诗酒趁年华

讨酒的叫花子

图书在版编目（CIP）数据

坠欢重拾 / 讨酒的叫花子著 . — 武汉：长江出版社，2023.12
ISBN 978-7-5492-9277-6

Ⅰ.①坠… Ⅱ.①讨… Ⅲ.①长篇小说－中国－当代 Ⅳ.① I247.5

中国国家版本馆 CIP 数据核字（2023）第 254577 号

坠欢重拾 / 讨酒的叫花子 著
ZHUI HUAN CHONG SHI

出　　版	长江出版社
	（武汉市解放大道 1863 号）
出版统筹	曾英姿
选题策划	朵　爷　图　南
市场发行	长江出版社发行部
网　　址	http://www.cjpress.cn
责任编辑	陈　辉
印　　刷	湖南天闻新华印务有限公司
版　　次	2023 年 12 月第 1 版
印　　次	2024 年 1 月第 1 次印刷
开　　本	880mm×1230mm　1/32
印　　张	10.5
字　　数	300 千字
书　　号	ISBN 978-7-5492-9277-6
定　　价	46.80 元

版权所有，侵权必究。如有质量问题，请与本社联系退换。
电话：027-82926557（总编室）027-82926806（市场营销部）

目录
Contents

- 第一章 001
  熟悉的身影

- 第二章 017
  一报还一报

- 第三章 033
  其实也不像

- 第四章 048
  就当散伙饭

- 第五章 067
  就不该回来

- 第六章 085
  医院之巧遇

- 第七章 103
  你来帮我擦

- 第八章 121
  纪岑安走了

- 第九章 138
  你还要走吗

- 第十章 157
  跟她没关系

目录
Contents

- 第十一章 173
  帮个忙行吗

- 第十二章 189
  礼物送你的

- 第十三章 206
  天边的月亮

- 第十四章 224
  两难抉择中

- 第十五章 242
  只有这一次

- 第十六章 257
  别自作主张

- 第十七章 275
  人得往前看

- 第十八章 294
  什么都会变

- 第十九章 312
  没当自己人

第一章
熟悉的身影

夏至，Z城。气温渐高，沉闷的暑热席卷着整个城中村。

纪岑安陷入了梦魇之中，无力游动，沉沦在往日自己做过的那些事里。

她梦到了南迦。那是纪家风光正盛的时候，她还处在高位，张扬倨傲，一切都还是记忆中的样子……

南迦风姿绰约，柔美，却一身的硬骨头，清冷孤高如天上的明月，可望而不可即。

对方哪儿都好，唯一的不好就是十分难以相处，还看不起她，总是满眼带着嫌弃与厌恶，视她如低劣的败类。

纪岑安不在乎，一点儿都不介意。她费尽心机地接近对方，然后同这朵清高出尘的高岭之花和平共处。

在这以后，她又做了许多过分的事，蛮横跋扈，恶劣且不自知，一边和南迦假意交好，一边又不走心地打碎对方的骄傲。

南迦讨厌她这样，却也没离开她，她们的友情维持了相当长的一段时间。但双方也相互折磨，不低头，两个人行事都带着尖锐的"刺"，不让对方好过。

纪岑安分外有耐心，迫使南迦对着自己，她以一种居高临下的姿态俯视着南迦。

之后因为一些事，她们大吵了一架。南迦抬手就给了她一巴掌。

啪——

纪岑安醒了，从硬木板床上坐起来，左手撑在身体一侧，浑身都汗淋淋的。她身上穿的破旧发白的浅灰色短袖已经湿透，薄薄的衣料粘在胸口、后背，整个人如同刚从水里捞出来一样。

现实与梦中全然不同，是两个压根不沾边的世界。

曾经华丽奢侈的生活不复存在，取而代之的是穷困潦倒——墙皮剥落的墙壁，锈迹斑斑的窗户框，落灰的阳台……

单间逼仄，连同浴室、厕所、厨房在内，总共只有十几平方米的面积。屋里的旧家具也不知道是从谁家的垃圾堆里捡来的，像是使用了很多年，有些物件的把手都烂了，只余下破烂的躯壳摆在这里占地方。

纪岑安平复了好一会儿，待彻底从梦境中脱离出来，才勉强动了动，抬起胳膊，扯了扯湿漉漉的衣服。

天气热，外面的太阳还没落下，离天黑还有一段时间。这个午休足够漫长，她吃完饭一躺，起来就已是六点多。

外面三十四摄氏度，出租屋里却没安空调，屋里仿佛蒸笼，闷热得连空气里都弥漫着一股难以言明的味道。

纪岑安的额角都是汗水，手心里也有，粘在脖子和锁骨上的头发都结成一绺绺的了。她身上有些不舒服，黏腻使她难受。

纪岑安转过脑袋望向外面，落日余晖实在刺眼，她下意识地把胳膊挡在眼前，待缓过神来才起身，下床穿鞋，找身干净的衣裤到浴室里换洗。

浴室很小，挨着厕所，两步就能走完，一转身就是墙壁。

这里连门都没有，只有一块脏兮兮的烂布做帘子，顶上照明的灯光也很昏暗，作用约等于无。

曾经的纪岑安是绝对不会踏足这种地方的，但现在她没得选择，也不讲究了。

她如今兜里空空，只配过这种昏天黑地的生活。这间两百块钱月租的房子于她而言已经很好了，有地方住都算是运气好，哪里还有挑拣的余地。

离开Z城后好歹摸爬滚打了那么久，纪岑安也习惯了这般生活。毕竟今时不同往日，纪家早已败落，她早已不是当初那个站在云端之上的骄纵大小姐了，已然没了当时的底气，能浑浑噩噩混到今天都是幸运，更谈不上别的了。

洗澡水是凉的，与燥热的天气对比鲜明。感受到乍然的冷意，纪岑安顿时一个激灵，身子都随之颤了颤。但是没办法，热水器坏了，房东迟迟不派人来修，她只能将就用着。

纪岑安浅吸一口气，接着胡乱用手抹把脸。她还沉浸在之前的梦中出不来，莫名恼火，心头像是有什么堵着。

都过去那么久了，明明她从来不曾惦记，这次竟会梦见那些有的没的。

大抵是离开太长时间，重回故地难免会回忆起什么，纪岑安这样认为。

纪岑安在脸上随便揉搓了几下。不到一刻钟，她关水，随手从不锈钢横杆上扯下一块白毛巾，胡乱地擦干身子，弄弄头发，"唰"地拉开帘子，随手将毛巾甩在肩头，而后微微弯身从浴室门口低矮的置物架里捡起贴身衣物套上。

弯腰的瞬间，在柔和灯光的照射下，纪岑安背上那条深而长的疤痕也逐渐暴露出来，犹如细细的蛇，丑陋、可怖、扭曲，昭示着本人曾遭遇过的险恶。

纪岑安看不见那条疤痕，也不会特别上心。收拾得差不多了，她才从浴室出去，到床边坐下。

发梢的水还在滴，房子里没吹风机，她只能再擦几次，然后等着它自然风干。

所有的事都做完了，纪岑安这才沉静下来，去理理近况。

她这次回来不是偶然，而是为了解决纪家留下的烂摊子。

三年前，纪家生意失败，如高山崩塌，众多附庸者作鸟兽散。纪家其他人，包括纪岑安她亲爹亲妈，全都跑了，带着诸多合伙人的巨额资金一块儿失踪，只丢下纪岑安这个没犯事的人独自去面对一切。

她最近查到一位曾在纪家工作的关键人物的动向，于是想趁风头稍微平息了，寻到那人，并顺藤摸瓜地找出纪家那几个祸害，让他们接受法律的制裁。

不过，目前纪岑安没能找到任何人，她还需要再等等。事情比较棘手，一时半会儿也无可奈何。

纪岑安不急，拿起手机看了看，见没有信息，又放下。

窗外热乎的风往屋里灌，风里似乎夹杂着一股萎靡的气息，还有生活垃圾堆积发酵过后的臭腥味，很是难闻。

纪岑安皱了皱眉，抬头往外看。对面暗褐色的工厂墙壁高耸，挡住了周边的外物，除了灰扑扑的阴暗地界，其余什么也瞧不见。

须臾，纪岑安收回视线，微微垂下眼皮。三年一个大变天，风水轮流转，她潦倒到如此地步，也不知道某些人怎么样了……

斜阳坠入地平线以下，暮色四合。周边地区缓慢地归于沉寂，变得死气沉沉。

隔壁工厂的机器运作声停下，纪岑安也趁天黑出门——她要出去见见老熟人。

晚上的筒子巷道路昏暗，密集的楼房高低林立，层叠起伏地将大马路隔绝在百米外的地方，她必须要穿过几条交叉曲折的小道才能走过去。

纪岑安从背光处步行到车辆人影稀疏的正街，等夜里最后一班公交车。

这个时间，来坐车的乘客并不多，站牌那里只有一个神色疲惫的小年轻和两个身着工作服的中年大叔，一看就是刚下班准备回家的打工人。

纪岑安杵在站牌边，一声不吭地加入候车人群。她把头发绑成一个马尾低垂在脑后，头上戴一顶纯黑的渔夫帽，还戴了一个同色系的口罩，身上穿着白色一字领短袖和宽松的长裤，脚下是平底鞋。

她这般打扮融进人群里也不显眼。

车来了，靠边停下。末班公交车上一大半都是空座，这时候才往家里赶的基本都是没精打采的打工人，大家不是靠着座位闭目养神，就是低头看手机，没有谁会关注无关紧要的陌生人。

纪岑安到后排靠窗的位置落座。公交车开到终点站时，车上只剩下两个乘客了。

机械的播报声响起，纪岑安这才下车，之后往偏僻的窄道一路前行，轻车熟路地混进一处居民小区，找了一个不易被发现的暗处等候。

这是她以前常来的地方，足够隐蔽，可以避开诸多耳目。

还在读书时，她就经常过来，和南迦一起。

想来距今都有五年之久了，纪岑安回忆不起来细节，只模糊记得这里承载了太多的往事。

纪岑安仰头看向斜对面楼房的十八楼，小区里好像已经没多少居民住了，十八楼的房间没亮灯，也不清楚是否还有人住。应当是没有的，她估计找不出第二个冤大头会租这种又贵又没品位的大平层了。

也就大四那年的纪岑安不差钱，才愿意屈就于此。

房子是南迦选的，也是以南迦的名义租的，她们在这个小区住了将近半年，直到纪岑安顺利毕业为止。

她们第一次吵架、冷战，再正经地和谈，就是在这大平层内。

在十八楼，她们曾一同相处共事了许久，真心实意地聊过很多。

纪岑安以前没少干为难人的事。

那年南迦还有个两小无猜的"竹马"，是理工大学的老师，出身书香门第。

竹马和南迦兴趣相投，打小一块儿长大，各方面都挺合得来，一个是文化人,一个是艺术家。眼看着他们要成为一对情侣,但可惜这段暧昧的关系中途却无疾而终了,连彼此的心意都还没来得及挑明。

纪岑安大四时,不过虚岁二十,南迦那会儿已实满二十五岁,已是崭露头角的服装设计师。她们就是在南迦的个人展会上相遇认识的。

纪岑安第一眼就看到了身着及地长裙的南迦。她被那一抹曼妙的克莱因蓝所吸引,于是想看看这个人是不是表里如一,是像她表现出来的那样清高,还是故作姿态而已。

于是,纪岑安重金拍下南迦的设计作品,大方为之捧场,借此接近对方。

一开始,南迦对她并不设防,只当她是哪家的大小姐在炫富,面对她的阔绰出手也是走过场似的应付,敷衍得很。

纪岑安心知肚明,却不拆穿,先请南迦吃了几次饭,做做样子,等到对方没那份维持的心思了,再露出真面目。

纪岑安向来不把别人的感受当回事,把所有人都想得很坏、很虚伪,也过于随心所欲。她起初是为了看南迦暴露"本性",后来是在接触中才对南迦有了好感,发现南迦这人其实也挺好的,起码比她那些狐朋狗友强多了。

她年少时无知任性,分不清真假善恶,孰是孰非,做事全凭心意,想要怎么样就怎么样,无视他人的自尊,一点儿也不顾后果。

哪怕后来她心里欣赏南迦,也真把南迦当朋友了,嘴里还是不肯承认。归根到底,还是劣根性在作祟。

纪岑安一言不发地敛起目光,收起无用的心思。没有人知道那些相互扯皮的事,她们都没对外透露过丝毫。

纪岑安对这里十分熟悉,她不放心其他场所,只答应在这儿约见老熟人。她出神间,老熟人已经到了。

注意到那边的动静,纪岑安谨慎地向后挪了挪,藏得更深。对方是个六十多岁的老头,中等身材,面容看起来和善、老实。

老头是她名下一处房产里的管家，叫杨开明，Z城本地人。

三年前是他帮助纪岑安善后，这回也是他为她办事：他找到了一名当时帮纪家铺路潜逃的重要中间人，同时打听到了纪家父母和大哥的踪迹。

纪岑安对杨开明有知遇之恩，八年前她出钱找人治好了杨开明老婆的病，帮衬过他一大家子。

杨开明还算本分厚道，且念旧情，他打心眼里感激纪岑安，故而这回敢顶着压力为她做那么一堆事。

杨开明正坐在亭子里的木椅上，时不时东张西望，谨慎地打量四周，看有没有熟悉的身影出现，同时也担心被跟踪了或是出现什么意外情况。

纪岑安远远地瞧着，没有立马过去，她戒备心极重地先行观察，担心他还有同伙。她不信任外人，不管是谁。

血浓于水的至亲都会利用她，背叛她，然后无情地抛弃她，何况是这种没有羁绊关系的旧员工。

任杨开明如何心焦，坐立不安地等待，纪岑安始终沉得住气，隐在角落里静默地远眺。

确认对方真的没有同伙后，纪岑安才现身："杨叔。"

杨开明有些激动，见到她就要站起来，可念及场合特殊，还是忍住了，只轻轻喊："小纪总。"

纪岑安坐在木椅上，说："这么晚了，劳烦你亲自跑一趟。"

老头有点手足无措，可也不啰唆，立即就将一个厚实的信封塞给她，并小声告知最近查到的消息。

双方都干脆利落，知道该怎么做，见面是为了正事，没必要拖拉耽搁时间。

讲完之后，纪岑安抬腿就要走，离开前不放心地说："你路上回去也注意安全，小心些。"

"欸，知道。"杨开明应道，他改不了当年的习惯，对她还是恭敬的模样。

纪岑安看在眼里，抿了下薄唇，终究没说什么。

也许是担心她漂泊在外不容易，老头欲言又止，她都走出两步了，才叫住她，关切地问："您这几年可好？"

她回身，不冷不热地说："走了，早点儿回去。"

杨开明站在原地没动，惋惜地叹了口气，目送她远去。

纪岑安没那么多伤春悲秋的情绪，转出小区后，特意在周围绕圈，保持着高度警惕。

前面一两公里处有条美食街，她有心到那边打转，装作逛街买吃的，晃悠一大圈，再折回来。这时杨开明已经离去，没了人影。

纪岑安往下拉拉帽檐，几乎遮住眼睛，这才准备找车回筒子巷。她没敢去灯火通明的小区，向前走了一大段，直至人多车多的街角，才打算叫出租车。

岔路口有好几个等车的人，来来往往都是年轻的背影。附近有十二所大学，所以这边学生挺多，大晚上夜生活刚拉开序幕，各处都热闹、喧嚣。

一名刚从连锁便利店出来的女生行色匆匆，捧着油腻腻的泡面，差点儿就撞上了纪岑安。

好在纪岑安反应快，及时侧身躲开了。

溢出的汤汁洒到地上，女生吓了一跳，赶紧道："对不起！对不起！你没事吧？"

纪岑安让出一段距离，冷淡地说道："没事。"

女生自觉不好意思，又出声道歉，还要递给她一小包纸巾。

"不用。"纪岑安拒绝了，态度漠然。女生也没太坚持，一会儿后便走开。

纪岑安不关心这些细枝末节，继续等车，待一辆出租车停下就要开门上去。

也是这时，身后突然有人喊："徐老师！"

接着又是一声："南迦老师。"

是那个女生。

纪岑安身形微顿，不自觉地扭头。不远处的樟树下，靠近烧烤店西侧，一辆大气的白色宾利欧陆不知何时停在了那里。

两个长相出众的男女候在车旁，并肩站着，正低声谈话，看起来像是在等人。那两位站在行人中着实突出，十分瞩目。

男人高瘦，一米八左右，长得很帅，浓眉大眼的，清秀俊朗，高挺的鼻梁上架着一副银边眼镜，斯文中流露出干净温柔的气息。

女的也是高挑身材，不折不扣的气质大美女，五官深邃，浓颜系面容，纯黑微卷的及腰长发，一双腿笔直、白皙。她手上拎着一个限量款的包包，穿的是修身收腰中长裙，裸色细高跟，大方又不失温婉，整个人气场很足，光是安静地站着就极其惹眼。

身着白衬衣的这个就是徐老师，在理工大学任教，曾被南迦念念不忘的竹马本人——徐行简。

未能料到会在此处遇见他们，还是深更半夜的时候，纪岑安倏地顿住，愣了片刻。

多年不见，南迦和从前相比有些不一样了，但是具体哪里不一样了，她一时说不上来，但样貌还是一如既往地好看。那张脸就足以让周遭的一切黯然失色，文静优雅的姿态更是无人能及，由内而外都散发着艺术家的美与内敛气质。

也许是分别时间太长，抑或是平日里只顾着躲藏、奔波，乍一见到她，纪岑安的脑海瞬间变成空白，竟有点儿不能将对方与记忆中的印象对上号了。

过了两秒，纪岑安才后知后觉，明明也就三年，却莫名有种恍若隔世的错觉。

纪岑安止步，没上车，脚下犹如生了根。

之前连夜出走Z城那天，纪岑安为了脱身，谁都没通知，处理完一些事就销声匿迹了。

她当时想的是，这辈子多半也碰不上了，就这么彻底断了联系也好。这次回来，她也没打算找对方，谁知今天偏巧又见到。

纪岑安把着车门的力道不自觉加重，因为太用力，手指节略微发白。她没敢表现得太明显，只用余光看着那边。

两边隔得远，纪岑安听不见他们在说些什么，南迦他们的声音比较小。

这姑娘估计是徐行简的学生，否则不会这么熟络，一见面就礼貌地喊人。

她对南迦的示好似是捎带的，举手投足间都能看出对南迦不如对徐行简熟悉，像只是认识她，出于尊重才表现得礼貌。

老师？出去太久了，纪岑安并不了解Z城的变动，对现今的南迦一无所知。她暗自瞧着，停下上车的脚步。

纪岑安愣神间已是好一会儿，前面的出租车司机不耐烦，见她迟迟不上去就开口扯着嗓门问："到底走不走？不上就别堵着，后面还有其他人呢！"

纪岑安迟疑了下，鬼使神差般，没上去，将车子让给了后面的乘客，她准备晚一点儿再走。

她故意走到粗壮大树的枝干后面，侧着身子立在那里，也不乱瞧，好像就是在等哪位朋友，从容不迫，平静而不招摇。

陆续有学生从近处经过，可无人会多给个眼神搭理她，全都是自顾自地穿行，没多久身边就换了一拨不同的人。

徐行简他们更是没发觉这边的动静，连看都没看一下。

徐行简专心与那女生交流，不时也和南迦说说话，挺认真地在讲着什么。其间，徐行简转身回车上拿了东西下来，南迦同女生聊了一会儿，有一搭没一搭地说着话。女生笑了笑，不用猜也知道是在捧南迦的场。

南迦面对小姑娘向来温和，不会太热切，也不会让人感到疏离，一如和纪岑安初相识的那几个月。

南迦还是以往的做派，不会拒人于千里之外，但又无法让人真正接近，总是隔着一层似有似无的屏障，跟别人保持着适当的距离。

徐行简拿上东西又回到她们跟前，把手机递给南迦。南迦接过去，嘴里轻言细语。

双方的互动自然合拍，普通情侣都没这份默契，但凡有一丝刻意，都做不出来这些个举动。

纪岑安垂下眼，懒得再看。他们竟然又在一起了，可纪岑安还是看不上徐行简，觉得他配不上南迦。

岔路口的对面有一家露天大排档，深夜正是生意兴隆的时候，架子上燃烧的木炭暗红，烤串的油滴落下去便有轻响。食物的香气与升起的白烟混合，味道有些刺鼻。

纪岑安的脚尖往前伸了伸，漫不经心地踩着小土块，几下就将其弄碎。

她想找点事做打发时间，许久才又抬起眼皮，不着痕迹地打量那边。凑巧的是，南迦也在此时发现了她，眼神落到她的身上，似乎感觉到了异常。

纪岑安敏锐地察觉到，当即就轻描淡写地别开目光，仿佛之前只是无意看见，并非有心窥视。但她终归还是有些紧张，怕被认出来。

虽然眼下她这副样子与曾经相去甚远，可被认出来又不是不可能的事，好歹她们朝夕相处快两年，各自连对方的小习惯都摸得一清二楚，如若认出来了，也不奇怪。

纪岑安不敢保证，犹豫着要不要尽快离开。

只是南迦很快就敛起目光，安然自若地继续和徐行简他们搭话。南迦没有认出她，连多一秒停留在她身上的目光都不曾有。

纪岑安面无表情，是她自作多情了。

几年前的纪岑安是何等的张扬夺目，哪里是眼前这个狼狈不堪又落魄得像一条丧家犬的模样。

别说是南迦，即便是纪岑安那些所谓的"昔日挚友"来了，只怕也不会给她半点关注。谁能料得到，有朝一日她会这般凄惨。

那边三人很快聊完，徐行简他们与女生分别，朝这边走来。

纪岑安垂首，避免和他们目光发生接触。

徐行简根本没看到她，边走边接过南迦手上的包，绅士地帮忙提着，朝着南迦柔声问："过两天去我那里吃顿饭？"

南迦也全程不瞧这边,应道:"嗯。"

双方不着急地走着,没一会儿就远了。两道并行的背影在黑夜中逐渐模糊,越来越浅,直至看不见。

纪岑安很久才直起腰身,定了定心神。她重新叫车回到城中村已是一个小时后,快凌晨一点了。

四处沉寂,出租车停在离筒子巷几百米远的桥上,纪岑安没让车送到住所外,接着从其他小道多转了两圈再回去。

进了出租屋,她没开灯,摸黑到床边坐着。等她冷静下来了,出租屋内才变亮。

她随便收拾了下自己。去外面跑了一晚上,纪岑安有点累,杨叔给的那个信封都没打开看看就扔到一边了,准备明天再整理。

她摁灭灯上床,同时将手机也甩开,仰着躺下去,抬起胳膊,双手捂住眼睛。

后半夜比下午的温度低些,但房子里不透风,还是热烘烘的,不过她还是勉强能忍受。

纪岑安躺着,许久才放下胳膊,睁开眼,看着顶上的天花板。

她记得徐行简三年前是要出国深造的,如今看来他肯定是因为纪家倒台而改变了计划,没离开。

身体已然疲惫,可跳动的神经仍然紧绷着,困意迟迟不来。

纪岑安没太纠结那些乱七八糟的琐碎往事,无暇介意别人怎么生活,自己都是一摊扶不上墙的烂泥了,哪有心力揪着故人不放。

过往是一张发皱的白纸,在经历风霜后,逐渐染上岁月侵蚀的痕迹,抹不掉,也消散不了。现实也如是,无可更改,日子只能继续过下去。

不知过了多久,纪岑安翻身侧躺,转而正对着爬满铁锈的窗户。

有一堵高墙立在前方,如水的月光照不进来,前不见路,后不见归途。

翌日高温依旧。城中村天不见亮就运作起来,工厂基本早上六点左右就开工,通电的机器嗡鸣作响,老远就能听见噪音。

纪岑安被迫七点就下床,实在睡不了,只能趁着大清早起来弄点吃的。出租屋里没几样食物:半袋子米,一把挂面,外加一捆蔫蔫的青菜。天气热,又没有空调,东西放一天就这样了。

灶台上也只有两口锅,一块不知道用了多久的木砧板,以及半袋子腌菜用的盐巴。

米和厨房用具还是前一位房客大方留下来的,房东带纪岑安到这儿时,本是要把它们扔了的,但她不嫌弃,凑合着继续用,省得再买。

不过,纪岑安这几天没怎么做饭,不方便,也不划算,多数时候是随便煮碗挂面将就一顿,吃腻了,再煮粥。

她连菜刀都用不上,青菜洗干净后掰开就行了,顶多用手折断就可下锅了。她没置办非必需品,倒不是她会过日子,主要是荷包拮据,买齐那些东西就该喝西北风了,还不如将仅剩的钱都使在刀刃上。

毕竟她也不清楚会在Z城待多久,兴许半个月后就要离开,兴许还要很久。做什么都需要钱,身上这点钱肯定不够,她打算做的还很多。

她昨晚打车是不得已,时间太晚,公交车没了,地铁也过了运行的时间,将近二十公里的路,城区内不打车,能走四五个小时。她六十块钱打车费掏出去,至少一周的饭钱就没了。

纪岑安面不改色地拿着筷子搅了搅沸腾起泡的水,把烫熟的菜叶子先捞出来,心里盘算着后面的计划。

杨叔那边短期内应该不会有什么进展了,接下来她还得想其他办法,看能不能找到别的人。另一方面,躲只是一时的,她也不清楚自己究竟能藏多久,长期在城里待着的话,背后那些人迟早会发现她的踪迹。总有一天他们会找到这里来。

她这次进城是孤注一掷,无奈之下的兵行险着。

纪岑安离开太久了,有的问题再不解决,她怕是下半辈子都只能流落在外,直到入土都无法像正常人一样生活。

被纪家坑害的人太多了,无数人对他们一大家子恨得牙根痒。尤其是栽了大跟头,差点倾家荡产,但最终又咬紧牙关拼着一口气硬扛下来的那一部分人。若是让他们发现她回来了,还不知道暗地里会怎么对付她。

早先纪岑安出逃也是因为这个原因,从法律意义上来说,她没做错事,与她无关,可背后的老板、苦主们哪里会管这个。

所有涉及那场纠纷的人都想从纪岑安这里下手,她无力自保,斗不过那些阴狠的人,于是东躲西藏。

她走的时候只带了一万块钱,什么都来不及准备,后来去了偏僻的乡下隐姓埋名,两个月后再转到其他地方。她一直在漂泊,没敢在哪个地方久居。

起初那段日子还是挺难的,一万块钱没让她坚持太久。

纪岑安也是走一步看一步,如同走钢丝一样,站在中间进不了,退不了,往下又是万丈深渊,失足便是粉身碎骨。

背上那道疤就是一种提醒,是她出"意外"后留下的纪念。

再煮上两三分钟,面条熟了,纪岑安动动筷子,将其全部捞起,加点盐,搅和几下便开始吃。填饱了肚子,她把昨天换下来的衣服手洗晾好,这才打开信封。

信封里有两样物品:调查到的证据照片和五千块钱——前者是纪岑安需要的,后者是杨叔偷偷塞进去接济她的。

知道她不好过,当面给,她肯定不接受,老头于心不忍,便将钱夹在证据里面。

纪岑安大致瞧了下,随手又塞回信封内。下次有机会,她要还给杨叔,她不准备收下。

老人家自己都拖家带口的,生病的老婆每个月吃药都要大几千元,哪里来的余力发善心?

傍晚时分,纪岑安收拾一番,出去谋生。她前两天找到了一份活,在一家环境如同收废品的小酒吧打杂。她依然是做临时工,一晚工作七小时,时薪十块钱,工资日结。

小酒吧最近缺人,找不到合适的打杂员工,一直是招的短期工。三千元出头,不包吃住,也没谁来应聘,凡是有点志气的人,都不乐意当冤大头,一般人不会去干。

小酒吧开在离筒子巷五个公交站距离的泰丰路,一所职业学院附近,卖的全是些低劣的酒水饮料,生意还行,可实际赚得很少。

老板加员工总共四人,除了老板和纪岑安,还有一个所谓的调酒师、一个端水送酒的小妹。小酒吧穷得连像样的驻唱歌手和乐队都请不起,每晚都是老板亲自上台带动气氛,时逢过节才会请几个收费便宜的学生过来暖暖场子。

纪岑安卡着点过去,到那边时,离正式营业还差十几分钟。抠门的老板正在碎碎念,嫌她去得晚,有点生气。

纪岑安理都不理,侧身进到后厨,径自换上围裙、帽子、口罩,算着时间准备干活。

调酒师也在里面,发现有人进来了,也不为所动,抽完了烟才丢出一句:"晚点你去外面帮忙点单,阿冲今天请假了。"

阿冲,服务员小妹。点单不属于自己分内的工作,纪岑安没应声,兀自忙着面前的事情,只专注擦洗杯子等杂务。

调酒师叫陈启睿,一张脸长得不错,但人品不敢恭维,是个暴脾气。

见纪岑安不搭理,陈启睿也明白她什么意思,接着说:"老板加工资,干完多给一百块。"

纪岑安理了理衣角,接受了这个条件,应道:"可以。"

陈启睿挑挑眉,别有深意地看她一眼。他一方面不满她这个只有看到钱才好说话的德行,另一方面觉得她的行为过于清高,不够平易近人,有点看不起她,可也不过多发表意见。

纪岑安面无表情,端了空杯子,侧身绕过他,不愿与之交流。

"昨天有人过来挑事,差点打架,今晚出去注意点。"陈启睿提醒她。

"行。"纪岑安听完就过,利落爽快。

但凌晨一点左右还是出事了,昨晚没能打成架的那两个人又到这里约架,其中一个学生身份的受伤了,警察和老师齐齐出动,纷纷往这里赶。

纪岑安没上前掺和,站在角落里等着问题解决,再结算工资。不关她的事,她到酒吧外守着,避开先一步抵达的警察。

学校的老师后到,来的老师恰恰就是徐行简和南迦。

第二章 一报还一报

受伤的学生是理工机械学院的大三生,徐行简的学生,正经的优秀学子。接到求助电话后,徐行简他们迅速放下手里的事就赶来了,生怕晚到一步。

通体纯黑线条流畅的保时捷卡宴,停在酒吧门口的平地上,离纪岑安这边只有十几米。

一行人应当是刚从什么重要场合出来,徐行简身着正经的西装,南迦也是一袭浅V墨绿丝质吊带贴身长裙,长卷大波浪发型,颈间配有华贵的白钻项链,腰身纤细,整个人复古、雅致又不失成熟、性感,风情万种。

跟在后面的还有一位宿管,是专门叫过来处理现场的。

纪岑安始料未及,正要躲开他们,却为时已晚。她之前取了口罩,随意地塞在裤兜里,现在只戴了个店里统一要求着装的鸭舌帽,身上穿的还是早晨那两件,鞋子更是没换。

一下车,徐行简和宿管就急匆匆地朝酒吧里走,南迦却不经意间偏头朝她这边看了看。

纪岑安别开脸,来不及遮掩,第一反应就是避开直接的接触。酒吧门口灯光暗沉,不一定能看清。她不确定南迦是否认出了自己,不敢冒险做出太大的动作,她似不经意地转过去一些,表面上处之淡然。

时机不对，越慌乱越容易露怯，淡定地静观其变反而是最优的应对方式。

纪岑安握了握拳，径自假装是中途出来解闷的小人物，无足轻重，不值得关注。

南迦没跟着徐行简进去，和司机一起留在外面。她本就是陪同徐行简到场，于是她就顺路让司机捎了徐行简一程。

南迦看不到纪岑安的正面，只捕捉到了一个清瘦的背影。

酒吧门口可见的范围有限，纪岑安站在了背光的墙角阴影里，从车子这里望过去，其实入眼的只有一个模糊的身形。

角度问题，晚上不比白天清晰。要是换成早上或下午，甚至是黄昏时刻，南迦就能认出她，偏巧现在是晚上。

从南迦的方向望着那一处，能看见的是身材修长的侧影，大约能看出是个绑着低马尾的女人。

她穿着酒吧服务生的围裙，胳膊过分纤瘦，脖子和侧脸轮廓也因为长期的劳碌而瘦削了许多，颓丧的形象也与记忆中的那位相差极大，只有夹烟的手指依然白皙漂亮，好看如白玉。

可单是这一点还不够，整体的区别太大了，大到压根无法将其和往日的那个人重叠，她们没有丝毫的相似。

几年前的纪岑安是何等的意气风发，虽骄横高傲，脾性令人生厌，但样貌、气质远超常人。上翘的桃花眼，高鼻，红唇，冷艳大气，微微带着点不刻意的厌世味道。以前要是她出席宴会或活动，那必定是全场最瞩目的存在，谁都抢不走她的风头。

眼前这个穿着廉价T恤的服务生和曾经的她着实不能比，她脚上那双洗到发白、面上都散了线的鞋，若是让十九岁的她来穿，定是死都不会接受的。

一个连喝水都要挑剔品质，把享乐主义进行到底，吹毛求疵到养狗都能月花几十万元的人，谁能想象有一天会到如此境地？

在南迦的眼中，此刻的纪岑安和路边那些满身酒气的醉鬼没什么两样。

夜里的风掺杂着夏日炎热,南迦静静地守在那里,没马上就转开。几缕被风吹起的头发乱了,卷到南迦白皙精致的脖子上贴合着,些许发尾动了动,不一会儿落到她的胸前。

这大半夜的,突然来了位如此明媚的女人,旁边又有保镖司机候着。一些路过的人暗自打量,像在看稀奇。

唯有纪岑安不盯着那边,她能感知到萦绕不散的目光,知道是谁在看自己。她慢条斯理地吐出一口气。

纪岑安垂眸看她,始终镇定自若。她无声地僵持着,表面看似不起波澜,实则内心激流暗涌。

良久,还是南迦先敛起眼神,不再看她。

感受到那道视线终于挪开了,纪岑安觉得舒坦了点,不过不敢表现得太明显,仍是保持原样。

几分钟后,徐行简他们出来了。公共场所打架斗殴不是小事,必须严肃处理,以免再生事端。

两位人民警察比较有责任心,大致询问了下前因后果,处理也很人性化。双方都动了手,这事肯定得调解、劝和。警察有经验,知道该怎么做,取证后,带走了老板当目击证人。警车就一辆,警察只带了主要人员回所里。

徐行简刚出来,便快步走到南迦的面前,低声交代几句具体的,然后说:"没事了,我再陪他过去做个笔录就行了。"

南迦颔首:"好。"

"你先回去,不用跟着一起。"徐行简说道,他温和、细致、周到又体贴,"我晚些时候再去找你,到时联系。"

南迦不反对:"随你。"

徐行简又叮嘱了些其他的,南迦倒没说什么,又往墙角看了看,弯身就要上车。

在路边的车辆陆续发动,接连离开。警车先行,然后是保时捷。车窗没关,南迦沉默地坐在里面。直至车子开出一段距离了,她才轻声对前面的司机说:"换个方向,今晚去北苑。"

前头的司机一愣,疑惑道:"您不是要等徐先生……"

南迦打断他:"不等了。"语调冷冷的。

自知不该多话,司机顿时噤声,在前面路口掉头,开往另一个方向。

纪岑安眼看着两辆车都开远,等了一会儿才转身。

酒吧内部剩下的客人也没多少了。陈启睿被留下来收拾残局,独自在吧台后清理。

发现纪岑安才回来,陈启睿满腹牢骚,不乐意她之前跑掉躲开。

陈启睿说:"人都找不到,还以为你去哪里了,溜得倒挺快。"见纪岑安没反应,接着说:"怎么了,看到警察就跑,犯事了?"

纪岑安不予回答,走进吧台后,问道:"我的工资怎么结算?"

陈启睿皮笑肉不笑:"问我有什么用,我又不是你老板。能怎么结,还不是等明天再看,难不成我掏钱给你吗?"

纪岑安接道:"也可以。现金,总共一百七十元。"

"不要做梦!"陈启睿直说,"我兜比脸都干净,也等着月中发工资呢,哪里来的现金给你。"

他们两个不对付,没什么可以讲的,不是一路人,道不同不相为谋。

纪岑安帮着清理地上,到时间了就进后厨收拾东西。她把酒吧里卖剩的吃的都装在斜挎布包里,还拿了两瓶水。

陈启睿冷眼旁观,再度嘲讽:"你是来打工的,还是来进货的?"

纪岑安对其视若无睹,挎上包就走。夜里她是步行回出租屋的,五个公交站距离的路不算太远。

与昨天一样,纪岑安还是绕了路,到家后没开灯,歇够了再进浴室洗澡。步行消耗体力,背后的T恤都被汗水濡湿了。

纪岑安捧了一捧水浇到脸上,闭了闭眼。

又是这么晚,又是和徐行简一块儿出门……南迦对徐行简始终如一,不管从前还是如今。

分明那时纪岑安都没做什么,南迦却一味护着徐行简。

"就这么在意他?"纪岑安曾问她。

南迦不应答,眼睛是红的。

纪岑安有些生气,但不表露出来,只说:"总是向着他。"

南迦不松口,不承认。

纪岑安固执,与之较劲,声音低低地说:"南迦,同是朋友,你什么时候也在乎一下我的……"

……

出了浴室,纪岑安上半身穿一件宽大、松垮的青色短袖,两条匀称笔直的长腿光着,乌黑柔顺的头发披散在背后。路过厨房,她顺手拿了瓶水拧开,仰头就喝了几口。

出租房的空间就麻雀内腑那么大,浴室挨着厨房,转过来就是床的位置,沾有水的拖鞋在地上趿拉两个来回,弄得地面上一大片湿漉漉的。

歇了片刻,纪岑安摸出手机翻了翻。

这东西是她去年才有的,四五年前的触屏机,版本比较老旧,正规市面上早就不流通了,她是在镇上二手店七八十块钱买到的。

这类淘汰款的杂牌机子只能收短信、接电话,其他功能根本指望不上。

纪岑安也没想着能用它发挥多大作用,买来不过是为了打工方便以及好联系杨叔。

她靠墙弯起细白的腿,背微微弓起,习惯性在手机上打出一串熟稔于心的数字,没两秒钟,再一个个清除,如此反复十几回。她犹豫要不要换个地方,明天领了工钱就另外找活。

她短期内遇到他们两回了,今晚没被发现是运气使然,下次若是再有类似的情况,抑或徐行简他们再折返找上来,一个不注意撞上……总之往后不一定能有这么走运。

但城中村日结短工难找,这种活要么是下苦力,要么是有一定的技术含量需求，要么就是有做工天数规定，号称日结工资，可一般是一个月或者半个月才会发钱。

诸如在小酒吧打杂之类的工作其实比较少，不然，纪岑安也不会找上这一家。她本打算做完这段时间攒一笔钱，赚个一千元左右，也足够支撑两三个月了，然而状况频发，她不得不慎重评估现状。

她现在处于两难的境地，像是站在悬崖上。她有点烦躁，手用力捏着塑料瓶身。不论如何，今晚的工钱到手为先，余下的都是后话，再多的担忧也是徒劳。

屋内伸手不见五指，再度黑沉下来。

一晃几小时过去，天光大亮，晨曦冲破云层，工厂的机器准时运作，重金属的规律对撞响动磨得人耳朵痛。

早上较为凉快，街上起了浓雾，厚厚的白色将行人、车辆都笼罩着。

太阳照常升起，但不足以驱散雾气，直到晌午了，才真正热起来。

纪岑安睡得太晚，到了下午三点才睡眼惺忪地爬起。

休息质量过差，她睁开眼睛，直起身来，脑袋昏昏沉沉的，有些恍惚。

木板床躺久了，浑身酸胀，肉里的骨头都在发僵，纪岑安动了两下，关节好像都在咯咯作响。

今天她提前到了小酒吧，打算等老板来了就讨工资。不是正常营业时间，酒吧里没有客人。

陈启睿昨夜没离开，留下来守店了，现今还在吧台后调试新品。

纪岑安背着包进去，还没到上班时间，找了个清净的角落待着。眼不见，心不烦，她和陈启睿井水不犯河水，省得离得近了，互看不过眼。

陈启睿见到她，同样没什么表示，兀自调酒，将嘴里的糖咬得咯嘣响。

服务员阿冲来了，带着她路都走不稳的儿子一起来的。这姑娘不到二十二岁，算是单亲妈妈，家里还有个病痛不断的老妈。

阿冲她男朋友去世了，孩子出生前半个月时意外遭遇车祸走的，男方那边家里已经没人了，所以孩子只能由她费劲地拉扯长大。她昨儿请假就是为了照顾孩子，小萝卜头发烧生病，必须带去医院打针，于是耽搁了一天工时。

对于纪岑安昨晚帮忙代工，阿冲由衷地感激，特地买了一网兜柑橘送给她，不停地道谢。

"真是麻烦你了！不好意思啊，让你一个人干两份活。"阿冲轻言细语，一定要纪岑安收下东西。

纪岑安婉拒，如实说："老板给了钱的，不用。"

"不是一回事，我这也没提早跟你们讲，搞得大家都很累。"阿冲接道，她极其好脾气，"总之还是辛苦你们了，收着吧，一点儿心意。"

纪岑安做不来这种人情世故方面的推拉，一再拒绝却不管用，最终还是拗不过对方。

阿冲和善、客气，比其他人容易相处。把柑橘送给纪岑安后，她就飞快地进后厨了，不给纪岑安再还回来的机会。

纪岑安迟疑须臾，还是收下这份心意。不过她也不白要人家的好，转身掏出十块钱，塞到阿冲儿子背带裤的小口袋里。

阿冲的儿子胆小，不敢接近不熟悉的人，见到她就开跑，磕磕绊绊跑到吧台那里，一把抱住陈启睿的腿，把脸藏到陈启睿的腿后。

陈启睿啧了两下，嫌弃地将小孩拎起来，支开他："一边去，别到这后面来捣乱。"

可惜小孩听不明白他的话，只一个劲地钻，非要躲着。纪岑安对此视而不见，转头回原位上待着，等老板到了，就找他要钱。

因为昨晚的意外，老板今日的心情相当差，熬夜使得那双眯缝眼更加浮肿，眼里遍布红血丝。

也许是因为昨天吧内有人闹事，昨天的营业额很低，老板一出现就成心找事，挑三拣四，指出三位员工哪里没做对，有意端着架子撒气。

纪岑安不给其正眼,拿到钱就什么都不关心了。陈启睿也是一副油盐不进的样子,仿佛挨骂的不是他。

只有阿冲当真,大气都不敢出,唯恐表现不好会被开除。她儿子倒还行,小孩子不懂大人的处境,全程藏在吧台底下,扯着陈启睿的裤腿玩。

陈启睿讨厌小孩子,作势要踢一脚,故意吓唬他。孰料阿冲的儿子不怕他,反被逗得咯咯笑。

老板脸黑如锅底灰,转头对着阿冲又骂,唾沫星子横飞。勒令阿冲立马把儿子送回家,找别人带,不然就别干了。

阿冲性子软,又是红着脸讲好话,又是点头哈腰的,表示七点半她妈妈就来接孩子,绝对不会耽搁生意,结果不多时又招来一顿埋怨。

不过,好在老板最后还是没赶孩子走。

纪岑安不管闲事,始终一言不发。

老板中间出去了一次,叫陈启睿和纪岑安到门口搬货。

周一的酒吧生意萧条,远不如前两天。

纪岑安系好围裙继续打杂,专心做事。阿冲进来了几次,有一回偷偷藏在门口抹泪,送走孩子后,情绪终于绷不住了。

这姑娘心态倒挺积极的,哭完,还反过来宽慰一边看着的纪岑安,说:"没事,他不会开除我的,有你帮着过渡,短期内招不到人,也不会怎么样。"

没有长期的新员工加入,小酒吧里又要有人顶着,就算请一两次假,偶尔犯错,老板也顶多是骂骂,不会动真格的。

道理浅显,大伙儿都懂,看破不说破。纪岑安"嗯"了声,扔了一包纸过去,说:"自己擦一下。"

阿冲小声说:"谢谢。"

理智告诉自己应当离开小酒吧另寻出路,但这天结束,纪岑安却仍没拿定主意。

之后几日里,也没出事,还算是顺遂。可纪岑安还是没敢松懈。

正是由于这份慎重,到了周六的晚上,凌晨下班回出租屋的路上,纪岑安发现了不对劲。

直觉告诉她被尾随跟踪了,她只好走有光照着的大路,待走到一处堆放施工杂物的地方,她不动声色地抓起一根结实的钢管握在手里。

她走过横桥,快接近筒子巷时,看见一辆平平无奇的大众车赫然出现。

车旁,前几天从保时捷卡宴里下来的那位司机就站在路边。纪岑安还记得他,一下就认出来了。

司机温和有礼,看到她后,不卑不亢地颔首示意,开门见山地说:"江灿小姐,南总想请您过去见一面。"

江灿——纪岑安流离在外时用的假名。

那边总共来了四个人,一位眼熟的司机,外加跟在后面的三个身材高大的便装保镖。他们说是"请",实际是围堵。去不去,非纪岑安所能决定。阵势搞得这么大,她不愿意也得上车,没有选择的余地。

南迦了解纪岑安,所以不给她任何可以脱身的机会,连退路都截断了。

纪岑安倒是想跑,可惜巷口那里也停着一辆纯白桑塔纳,提前堵住了通道,摆明了是不会轻易放过她。

对方准备充足,该拦截什么地方都摸清了,背地里肯定没少调查,专挑半夜三更的时候出手,既是笃定了她怕暴露踪迹不会求助的心理,又可以避免招来不必要的麻烦。

毕竟白天耳目众多,容易引起外界关注,只有她下班后是最佳时机。

四下巡视一周,见保镖们越走越近,她识趣地丢开长钢管,微抬起胳膊,以示不抵抗。

"去哪里?"她轻声问,语气淡然。

司机宛若听不见这句询问，转身为之拉开后座的车门，平和地说道："江灿小姐，您请。"

纪岑安弯身上去，听从指示行动。她先坐进车里，两个保镖随即也从左右两侧跟着上车，分别挨着她，将她堵在中间。

他们生怕纪岑安路上会跳车跑了似的，格外当心，如同看守犯人一般严肃。

司机是最后一个上车的，另一位保镖则负责开走堵在巷子口的那辆车。

两辆车一前一后地驶离筒子巷，中间分开，到了另一处路口再会合，然后在城中村绕行了几圈，最终七拐八拐地走上了一条偏僻漆黑的路。

问不出目的地究竟在何处，纪岑安索性也不问了，耐着性子坐定不动，沉默地打量起车上的这些人。

司机和保镖从头到尾都不讲话。

前面的人沉静地开车，后面的人看似没什么反应，可其实都在留心纪岑安。

车子一直没有上高速公路，前方的路段也愈发幽静、冷清。

纪岑安偏头看了会儿飞速而过的路边景色，总觉得有些地标似曾相识，好半晌才明白这是要去什么地方。

十分钟左右，车子进入一处郊外的富庶小区，停在一栋相当气派的大别墅车库内。

司机先下车，末了，真的像接待重要宾客一样，再为纪岑安打开车门。

在保镖的护送下，司机带着她缓缓地上到别墅的二楼。

房子内远比外面看着的要华丽，极简风的装修干净利落，黑、白、灰色调完美融合，每一样物件的摆放都经过了专业的设计和考虑，就连顶上的灯具都是特地从欧洲运回来的，颇费了一番周折。

每个地方都透露出别墅主人的品位。二楼内部是全部打通了的，横隔的墙壁都是半开放式的，并未将哪一处彻底围拢起来，但又分明地规划开了相应的区域。

进门便是宽敞的过渡地段，墙上挂着名贵的艺术作品，西侧有一个整齐的置放书架的地方，可以办公和休闲娱乐，对面是开放式客厅，再往里靠近那一边墙壁的地方则是浴室和房间，以及中庭的位置有一处由玻璃墙围起来的植物景观设计，里面有造价不菲的假山等，还种有需要高昂维护费用的观赏竹子。

纪岑安对这里十分熟悉。这是她亲自找大师设计的地方，一砖一瓦都是她本人挑选的。

这是毕业后她最常来的地方，每次南迦都在二楼等着她，每周两个人会在这里待上一两天。

别墅的所有布置都没变，还同当年一样，就连透明花瓶的位置，以及里面养着的新鲜纯白茉莉，都一如往昔。

大抵唯一的不同就是纪岑安这个人了。当年她有多么风光无限，现在就有多么穷困落魄，犹如凤凰成了没毛的麻雀，可谓天差地别。

纪岑安杵在原地，保镖尽职尽责地守在门口，司机开口："江小姐想喝点什么？"

纪岑安静静心神，摇头，回拒了。

司机也不多问，转身出去了。

纪岑安余光一扫，过一会儿到书架附近看了看。

架子上的书都是原先的那些，要不是此刻还清醒，纪岑安还有种回到当初的错觉，乍以为做梦。

没多久，司机又折身回来，手上握着一瓶酒和两个高脚杯。那瓶酒纪岑安也很熟悉，是头一次带南迦过来喝的罗曼尼康帝。

南迦当时没有喝这酒，半滴都没碰。

纪岑安记得清楚，那会儿南迦收到这份礼物后脸都白了，只默默地看着她，不久就举起杯子，把杯子里的水都泼向她。

纪岑安那时年轻气盛，不明白南迦为何会不喜欢，也同对方置气，彼此冷落了将近半个月。

当然了,是纪岑安先低头,高傲如南迦自是不会向她服软的。

南迦巴不得再也见不到纪岑安,宁可一气之下就走得远远的,最好从此就断开联系,不相往来,哪里会如她的意认错求和。

司机也不解释为何送酒过来,只俯身将东西都放到茶几上,绕过纪岑安,就再次离开了。

整个二楼只剩纪岑安一人,四处空旷,针落有声。至此为止,纪岑安怎么会不懂自己所处的境况。她以为自己隐藏得很好,谁也没有发现,其实早就被南迦逮住了"尾巴"。

只是对方从未点破,直到今晚才找上来。不知道南迦想怎么样,但一定不可能轻飘飘就蒙混过去。

纪岑安走到茶几边,垂眼看着两只玻璃杯子。

房里许久都没其他动静,无人进来,纪岑安迟迟不见熟悉的身影出现。

二十分钟,半小时,一个小时……对方故意晾着她。时间一分一秒流逝,已经很晚了。

纪岑安没继续站着,坐在沙发上耐心地等那人出现。

时针由"3",慢慢指向"5"。

由于工作忙碌了大半个晚上,加之纪岑安等候得太久了,疲乏逐渐显现出来。

没注意到底等了一个多小时还是两个小时,纪岑安以为对方可能是改变了主意,今晚不会来了。

她往后靠了靠,背抵着沙发,犹豫着要不要离开,思考怎样才可以走。她正想着,外面传来由远及近的脚步声。

不待纪岑安回神,门开了。着一身露背礼服的南迦终于出现,缓步进门。也不知她是刚从什么宴会活动上过来,还是本来就在这边,只不过现在才有心情现身,到这里见见老熟人。

纪岑安应声抬头,看向身姿妩媚的女人,目光随之移动,看她从门口慢慢逼近,到自己跟前为止。

南迦还是前几天遇到时的模样,见到纪岑安,也没表现出熟识的样子,像是在面对一个根本不认识的陌生面孔。

谁都没出声,简单的招呼都没打。纪岑安不起身,只是瞧着,保持缄默。

南迦仿佛什么都感知不到,任由她随便看,进来了就自顾自做事。她慢悠悠地打开那瓶酒,分别倒进两只杯子里———一杯满满当当,另一杯只倒了一小口。

南迦坐在她旁边,也不看她,倒好红酒后,才将满满当当的那杯往旁边推了推,温声说:"劳烦江小姐等了这么久,对不住了……"

纪岑安抬头,没接杯子。

南迦端起酒杯,晃了两下,柔声说:"今晚贸然请江小姐过来,是想问点事,想请您帮个忙。"

她语调平静如水,情绪稳定,好似不受影响。说完了,又停顿了下,等着纪岑安表态,不着急切入正题。

纪岑安默然,话都堵在了喉咙里,不上不下,仿佛哽住了。

屋子里又重新恢复安静。最终还是纪岑安先出声,声音喑哑:"南迦……"

上方的灯光很亮,光线有点刺眼。南迦不愿听这个,朱唇轻启:"江小姐看着很像我的一个故人……"

旧日的朋友共处一室,往昔的亲近不复存在,现在就是彻头彻尾的陌生人。

南迦的态度直白,那份疏离感不加以掩饰。

终归是过去的朋友了,也没必要有牵扯。认不认得出来也就那么回事,本质上不重要。纪岑安久久不语,她们此时的差别很大,看着就不属于同一个世界。

南迦华贵礼服加身,即使脸上泛出些微不经意的疲惫,也与几年前没有太大的改变,依然明艳大方,优雅不失风度,依然像天上的明月,居高而不可及。

但纪岑安不是,在她身上找不到一丁点当初的影子,光芒被蒙了一层厚灰，阴沉暗淡。在她身上只能看到近几年积攒下来的灰败、颓丧。像是逐渐衰亡的流星，恣意燃烧时璀璨夺目，无可比拟，落幕后只余下若有若无的痕迹，随时都会熄灭。

双方之间看似近，实则十分遥远。

三年未见，物是人非。

纪岑安知趣，静默片刻，低声交代道："这次回来是有点事要办。"她了解南迦，明白她是何意，也不过多牵扯，一一讲清楚。

"前几天……"纪岑安停了下，斟酌须臾，"不知道你会过去。"

南迦不喜欢她跟踪自己，她得讲清楚。以前有段时间，她天天如影随形地跟在南迦身边，无论对方做什么都要横加干涉。

大抵是人在特定的阶段总会发神经，这种情况在纪岑安身上尤其频繁。

南迦讨厌她，憎恨她的所作所为，数次想要和她绝交。

时至今日，南迦仍不放心纪岑安，之前的经历深入骨子里，她忘不了。

虽然纪岑安没了昔日的资本，可这不代表她一定改了坏习惯。有的人"根"就是歪的，本性难移。

有的道理，纪岑安现在也懂了，能理解一二。她知道对方的顾忌，因而回以该有的解释——她没跟踪南迦，上次只是巧合。

南迦对这个回答没有太多的表示，轻轻说："之前在紫府路好像也看见江小姐了。"

紫府路，上次那个等车的路口，夜里出去见杨叔的那次。纪岑安坦诚地"嗯"了一声："到那边见了一个朋友。"她点到即止，未挑明见的是谁。

南迦是认识杨叔的，还挺熟悉。杨开明以前是北苑的管家。

纪岑安不知道南迦如今的境况，不会轻易将杨叔说出来，当然，也没必要讲。

南迦不会关心她的事，多半也会当无用的废话听。有的方面，自己不必再提，两人终究是两条路上的人了，各有各的方向。

而如纪岑安所料的一致,南迦面上触动不大,听完后感觉也不在意她的近况。

讲清楚主要的,南迦才将话题揭过,转而问了些别的。她的语气依然轻描淡写,丝毫看不出异常,完全像是在跟不相识的人谈话。

怪冷淡的,但也符合这人的性子,南迦从来都是如此,只不过当初是迫于实力悬殊,许多时候必须走走过场罢了。眼下不用再顾及纪岑安的脸面,她便不必再如昔日那样。

双方讲着一些场面话,南迦也真的将纪岑安当作"江灿"对待,明面上还算客气,可感觉不到真实心意。她比之前头一回见面时还冷淡,都未曾正眼看过纪岑安。

也是,五年前,纪岑安好歹有纪家二小姐的身份加持,谁见了她不给两分薄面?即便是心里不喜欢,脸上也得装出热情熟络的样子来。

南迦当时不就是这么做的吗?

看不上纪岑安,但迫于压力,也要周到地接待她,末了还得接受她的邀请,与之一起乘车离开慈善晚会现场。

如今纪岑安又是什么地位,哪里能有相同的待遇。也就南迦有修养,换作是其他人,特别是那些被纪岑安得罪过的人,不生吞活剥了她都是好的。

一报还一报。三十年河东,三十年河西。

可能是混迹在外经受了太多风霜,纪岑安此时倒没多大的感触,没了当年的心眼和戾气,倒也能平心静气。

不知道南迦要做什么,纪岑安暂且都顺着,没提要走,也没讲不愉快的事。

南迦没喝那口酒,但身上的酒气很浓,纪岑安靠近一点点就能闻到。也许是喝了酒的缘故,加之夜里熬到这么晚,南迦眼里都泛着些许血丝,整个人瞧着慵懒且漫不经心,举手投足间都透露出一股随意,眼神空旷。

应当是有点醉了,纪岑安看得出来,南迦的心情不太好。

她也不是完全琢磨不透对方,南迦有的习惯还是没改,譬如心头有事时就爱耷拉着上眼皮。

第三章
其实也不像

南迦慢条斯理地举起酒杯,终还是将那点酒一饮而尽。

"不喝吗?"南迦问道,身子倚在沙发靠背上。酒劲上来了,她有些难受。

纪岑安很久没饮酒了,她日子都过不顺当,没钱买,也没那心思。

南迦也不劝她,一会儿站起身,慢慢地走向卧室那边。

纪岑安扶了她一把,跟在后面。到底是曾经相处过一段还算平和友好的日子,有的话不用讲,双方都清楚该怎么做。

推开隐藏的衣帽间门,南迦脱掉鞋进去,柔声说:"江小姐,能再帮个忙吗?"

纪岑安跟着她,知道要帮什么,径直从衣帽间最里处取下一件睡袍。

这一幕在过去时常发生,只是身份对调了。当年她总有一堆花样为难南迦,让南迦给自己换衣服,或做点其他的什么,老是不消停,不让南迦顺心、好过,直到南迦服帖。

礼服褪下,南迦背对纪岑安站着。

纪岑安能从侧面的镜子里看见对方腰后的刺青。还是原来那个,没被遮盖——一株并蒂而长的双生花,乍一看真像是植株扎进了白皙的肌肤里。

看了会儿,纪岑安将睡袍披到南迦身上。片刻,她难得主动地问了一句:"今晚去了哪儿?"

"中心区,西柳路那边。"南迦说。

纪岑安:"去做什么?"

南迦回道:"有个画展,过去看了看。"

她们有一搭没一搭地聊,颇有一种时光倒流的错觉。她们之间也不是没有和睦的时候,有一阵也挺好的,跟现下的情形差不多。不过,那段日子持续的时间不长,没超过半个月。

面前的南迦温柔,酒气中带着淡淡的香水味:木质调的气息,豆蔻的柔和中夹杂着白麝香的稳重与清淡,极有层次感。

是纪岑安记忆中熟悉的味道。

南迦转过身,朝向她,举动轻柔缓慢,拿掉那顶鸭舌帽。

纪岑安没阻止。

少了帽子的遮挡,凌乱的头发张扬开,那张久违的面孔便显露出来。南迦望着她的眼睛,直直地对上,低声问:"为什么要回Z城?"

纪岑安眼皮子微垂,别开了脸,不愿意跟南迦对峙,她避而不答。

南迦也不需要她的回答,缓声说道:"其实也不是很像,你跟她不一样……"

二人面对面站着,宛若一对形影不离的姐妹。温情柔顺的举动,近距离的接触,还是那么熟悉,但南迦口中的话语却又如同利刃,刺人很疼。

刚才还那么温柔的画面,下一刻南迦就抽离得干脆利落,冷淡得过分。

纪岑安抿抿唇,抬起眼皮,再望向对方。

南迦又恢复成最初的态度,将纪岑安当成陌生人江灿,温柔但克制,清清冷冷,与往常对待其他人一般,不会太过漠然,也不至于热切。

"今晚就到这儿了,耽搁江小姐的时间了,麻烦你大半夜还跑一趟。"南迦得体地笑了笑,方才那一瞬间的失神不复存在,取而代之的是往常应酬时的通达世务。

纪岑安心领神会。见一次面而已，不能代表什么。对方大费周折地请她到这儿，可不是为了叙旧或重归于好，刚刚能好声好气地说上几句已是极限，别的更无可能。

纪岑安唇瓣翕动，应该说些什么，可最终还是没有。她无可辩解，她们两个之间本就这样。那时，她们就是不断折腾的关系，一直不让另一个人称心如意，何况是现在。

南迦把睡袍脱了，换上一套合适的长衣长裤。

"五六点了，这个时间回去应该也不方便，江灿小姐可以在这里歇一会儿再走。"南迦说着，对着全身镜照照，捯饬乌黑秀丽的头发，全然不在意纪岑安的存在。

不知该如何回应，纪岑安闭眼，神色变化不大，语气很轻地说："不用。"

南迦不顾她的意愿，没听见一般，温婉地说："到时候让赵叔他们送你回去就行，也不费事。"

南迦讲着，视线从镜子中转开，稍微侧目看向纪岑安，贴心地补充道："江小姐待会儿若是有什么需要，喊赵叔上来就是，不必太拘谨。"

赵叔，赵启宏，开车的那位司机，也是北苑别墅的现任管家。南迦安排得滴水不漏，完全就是在对待一位远道而来的宾客。甭管纪岑安愿意与否，她今天肯定是要在这里的，南迦不会让她走。

不知道南迦要做什么，纪岑安站定没动。大概是光线照射角度的问题，她此刻的脸色泛着不正常的白，面上的情绪有些复杂。

南迦没兴趣和她周旋，收拾好转身便走出宽阔的衣帽间，头也不回地行至门口。

门被彻底合上，锁了。少了一道身影，偌大的二楼立时变得空旷、清冷。

漆黑的夜色浓厚，没多久，楼下传来汽车行驶的声音。

时钟嘀嗒转动，好久，纪岑安才垂下眼睑，看着衣帽间里昂贵的礼服和睡袍。

那两身衣服杂乱地堆叠在一起，显得突兀又不和谐，很是刺眼。不过纪岑安最后还是没管，一语不发地关上灯，把二楼里的全部亮光都灭掉，才倒在沙发上歇着。

这个夜晚注定难挨，哪怕距天亮只有不到两个小时了。

整栋大房子就好像是空了，被外界隔离了，外面的人进不来，里面的人出不去。

纪岑安躺在沙发上翻来覆去，天边露出鱼肚白之际都未能合眼，被愈发明亮的光刺得难受，想小憩一会儿都不行。

二楼的窗帘都是开着的，没合上，采光效果太好，太阳还没完全升起来就亮得要命。

赵启宏过了下午一点才慢悠悠地来开门，推着一辆小车，上面堆放着精致的午餐。门外的保镖已经离开了，不知何时走的。此时的别墅里除了用人和保洁人员，就只剩下赵启宏和纪岑安了。

一进门，赵启宏就向纪岑安问好，然后将食物全都摆到客厅的餐桌上，顺便示意一名用人把昨晚喝剩的那瓶罗曼尼康帝端走。

赵启宏挺有眼力见，看纪岑安一脸没血色的样子就猜到她昨晚过得应当不大顺利，因此也不多讲话，只叮嘱她赶快吃饭，有什么需求，可以随时告知。

"南总给您备了换洗的衣物，都放在浴室里了，您想什么时候换都行。"赵启宏谦恭地说。

随后，他又一五一十地复述南迦的话。如果纪岑安想留在这边住也没问题，长住都可以。如果纪岑安要是不愿意待在这里，也可以吃完饭就让他送回筒子巷。这边不会阻止，不会限制她的人身自由，反正都随她的意。

赵启宏没提到南迦的去向，其他的方面也一概不提。非常知轻重，有原则。

纪岑安知道问了也没用，没准备打听南迦，也不接受其他的安排，只把东西吃了，两点左右就离开了北苑。

她没让赵启宏开车送，坐的北苑免费的摆渡车到大门口，然后步行几十分钟到能坐公交车的站台，耗费好几个小时的时间辗转到城市另一边的城中村。

两个地方隔得远，挤公交车不是一般的受罪，到了筒子巷附近已是下午五点多。

夜里的插曲没对现实造成太大影响，与旧友见一面似乎也还行。她进入出租屋，置身灰尘堆积的环境中，那种真实感才渐渐复位。

纪岑安不声不响地站在屋子中间，没多久又走到墙角抵着，关上门，平复了须臾，突然一脚踹开地上的塑料瓶子。

砰——

塑料瓶飞到窗户上。普通玻璃本身不经摧残，又是安装了很多年的老物件，哪里经得起这般折腾，被砸到的那块玻璃立马就出现裂纹。

酒吧那边，陈启睿他们对这些不了解，也不关心，大家都安稳地过自己的日子，各人自扫门前雪，各有该操心的问题。

大的变动约等于无，稀里糊涂就是一天。总之，纪岑安自我宽慰一下，平平淡淡才是真，日子再无聊，也得过下去。整个生活如同一潭死水，连涟漪都见不着。

与南迦碰面结束后，纪岑安的生活很快就被打回原形。白天藏在出租屋里吃饭睡觉，晚上到小酒吧打工，从老板张林荣这个小气鬼手里赚几十块钱。

无人找到这里来，未有哪位仇家发现她。南迦并未泄露她的踪迹，她没告诉别人。

纪岑安没打算换地方，还是留在这边。

一是没那个必要，二是她想再等等看。

四天后，贵人多忘事的房东终于记起出租屋里的热水器坏了需要修理，勉为其难地找了个维修工上门，顺便过来检查一下房子。

发现玻璃破了，房东很生气，一番喋喋不休之后，勒令纪岑安赶紧赔钱，开口就要两百块钱，不然他这房子就不再续租给她了。

这人如意算盘打得挺响，仗着有这个月的房租在手，也不怕纪岑安走,甚至巴不得她赶紧气急上头搬出去,以便将房再租出去。

纪岑安不搭理这人,要钱没有,让她搬走,更是做梦,她横竖就一个解决法子——买块玻璃回来自己装上。

房东自是不答应,可一转头,发现纪岑安的脸色不大好看,略微阴沉,戾气有点重。房东忍不住发怵,觉得可怕。

"神经病……"房东小声暗骂一句。他没当着纪岑安的面说,走到门口才嘀咕这么一句。

纪岑安当天就花三十块钱买回一块玻璃给安上,将窗户修好了。

兴许是玻璃这事给闹的,夜里到小酒吧干活,纪岑安也板着一张脸,多数时间都面无表情。

陈启睿不了解她经历了什么,以为是刻意甩脸子给他看,憋到快下班了,才忍不住皱眉,直截了当地问她:"姓江的,你什么意思?对我有意见就直说。"

纪岑安不予理睬,守在后厨擦杯子,没心情解释。

她这副看不起人的态度让陈启睿更为恼火,笃定她就是成心找事,有意给他添堵。

陈启睿气得发慌,要冲上去当面质问,要不是阿冲过来拦着,两人今晚非得掐一架不可。

阿冲私下悄声问:"江灿,你怎么了,是不是遇到什么麻烦了?"

纪岑安否认:"没有。"

"感觉你最近老是心事重重。"阿冲很关心她,问东问西一大堆,以为她是家里或是哪里出了岔子。

纪岑安不喜欢别人刨根问底,不咸不淡地说:"真没事。"

阿冲说道:"要是有解决不了的,也能找我们帮忙,不要觉得不好意思,没关系。"停了一下,又说:"启睿就那臭脾气,你别跟他计较。他就是性子急,一天到晚瞎闹腾,其实没坏心眼。"

纪岑安"嗯"了一声,听得烦了,侧身出去收拾桌台,借此避开好心唠叨的阿冲。

这天夜里下了一场滂沱大雨,纪岑安还在回家的路上就遇到了噼里啪啦的雨点。大晚上没车没伞,雨势太急,不好走路,纪岑安只得到路边一家门店的屋檐下躲着。

真是够倒霉的,一小会儿,她便浑身被淋透了。

不得不等雨停。纪岑安抓起湿漉漉的衣角拧干水,弯身再去拧裤腿。

夜雨阴冷,站在路边被风一吹,极其受罪。她狼狈不堪,顾得了这里,却顾不了那里,才拧干衣角,狂风卷着雨水猛地一刮,又是一顿冲洗。

马路对面,不起眼的银色私家车内,穿着考究的女人不为所动地坐在后排,耐心地候在那里,对外面的一切漠不关心。

驾驶座的赵启宏看了下后视镜,轻声试探问:"南总,要不要过去……"

"不用管。"女人出言打断,面容平静。

看着越来越猛烈的雨,赵启宏一脸难色,可还是没多话,余光瞥了一眼自家老板清冷的脸,小心翼翼地观察了半晌,又自觉老实地闭嘴了。

Z城的夏季潮湿,豆大的密集雨点持续落了三四十分钟,迟迟不见停歇。因为排水不畅通,路面的低凹处都形成了水洼,不远处的花坛里更是泥水四溢,周围一片浑浊。

店铺屋檐下不是躲雨的适当位置,纪岑安进退两难,也不能换地方,到最后全身上下几乎没一块是干的。

她出来得不是时候,如若晚几分钟下班,还可以在酒吧里待着,等雨停了再走,可惜偏偏差了点时间。

纯粹是倒霉,没办法。不止身上,斜挎包都未能免遭厄运。好在包里没装几样东西,不至于有什么损失。

纪岑安的所有家当,连同杨叔给的五千块钱,都藏在斜挎包内衬最里边的隐形袋内。为了护住包里的这点钱,她侧身站着,顺便将那部破手机一并塞进去,怕淋湿了会报废。几十块钱买来的,肯定防不了水,但坏了还是得掏钱买新的。

凌晨时分,大街上放眼望去也就这么一个孤单的身影,正常人这个时间早躺在床上休息了,没有谁会发现这里的倒霉蛋。

就算看到了,也没谁会过来帮衬一把。况且,出于安全顾虑,这时候别人也不敢随便出门。

纪岑安没事干,习惯性要找点事做。

她没怎么关注四周的环境,都自顾不暇了,街边又停着那么多车辆,不会对其中某辆车过多上心。接连不断的雨模糊了视线,让她看不清那边的具体情况,更难以察觉车上的人。

纪岑安有点烦躁,也无聊,踢了下脚边的碎石子,抬头看看对面。

她拿出手机,打开看看,还能用,屏幕显示两点四十了,再过二十分钟就是凌晨三点。

另一边,雪佛兰科沃兹开始行驶,先一步离开此地。赵启宏知道该怎么做,见雨小了,不用提醒就发动车子,低调地转出停车的位置,逐渐开向与出租屋相反的街道。

路边的纪岑安抬头看了一眼,但没能看清车内的人,只看到了车子的外形,以及一晃而过的车牌号。她没太在意,以为是同样被困在原地不能走的人。

纪岑安拉了下斜挎包的带子,继而仰头看了看天空,直觉晚点还会下雨,再不走就来不及了,于是一脚踩进积水里,连忙上路。

她抓紧时间往筒子巷赶,以避免再躲一场雨,这很耽搁时间,反正身上已经湿透了。

同一时刻,开出一段路的雪佛兰上,赵启宏才敢轻声问:"南总,今晚是去汉成,还是……"

汉成路的房子,南迦惯常的住处。

可后排的人没吭声,赵启宏机灵,立时就明白了,到了前面的路口,再转到另一条道,往北苑那边去。

车子一路前行,畅通无阻。到了别墅那边,赵启宏体贴地送南迦上去。

今夜自家老板实在让人看不明白,比往常沉郁了许多,赵启宏从头到尾不乱讲话,能不多嘴就不多嘴,全程当只会做事的哑巴。

到了二楼收拾一番,他将南迦可能需要的物品送进来,转身就要出去。

但他走到一半,南迦突然喊住他。赵启宏应声,又折回去。南迦不苟言笑地说道:"把浴室里的衣服扔了。"

赵启宏愣了愣,想着那套行头也是专门准备的,可随后还是没多话,接道:"行,马上。"

南迦说:"带走自行处理也可以。"

赵启宏又应了下,全部照办。到底是置办的牌子货,价格不便宜,一件上衣就要两万多元,真的扔掉,还是怪可惜的。

赵启宏私下把衣服都收好了,不留在这里碍老板的眼。

后半夜,雨势果然又变大了一次。阵势比上一次还猛,不断砸在透明的落地窗上,响声很大。

南迦宿在别墅,睡在二楼的床上。大概是太久没到这里过夜,这晚于她而言并不好过。睡到快天亮之际,恍惚中,从前的经历如泉涌,憋得她喘不过气,平复不下来。

相同的夏季雨夜,差不多的时间,还是在这里,她和纪岑安一起。纪岑安低笑了声,故意惹她生气。

再一次地身临其境,真实感过于沉重,仿佛就在昨天,南迦醒了,睁开眼。

彼时天还黑着,雨下得愈发大了,没开灯,落地窗外的一切像是发生在玻璃瓶中,明明与屋内隔得很近,却犹如两个不同的世界。

南迦一只手撑在床上,掀开被子坐起来。她单薄的后背已经濡湿,几缕汗湿的乌发粘贴在她修长的天鹅颈侧,略卷曲的发往锁骨以下的地方延伸,柔软的睡袍料子贴在肌肤上,将其凹凸有致的曲线清晰地勾勒出来。

良久,待反应过来,南迦才动了动,心绪慢慢回到当下的现实中。她摸索着开灯,亮光骤然出现。

窗外的绿植经历过冲刷的叶子无力地垂着，雨水沿着叶子尖端往下飞快地滴落。

纪岑安凌晨回到出租屋就将湿透的衣物脱下，换掉，趁休息前洗了，把斜挎包也一并收拾干净。

她白天不用外出，关门闭户待在房子里，也不会被打扰，随便对付两顿就又是一天。

吃的东西依然是她从小酒吧打包的剩菜，炸洋葱圈配土豆条，外加一罐便宜的甜腻气泡水，喝一口，嘴里满是浓稠的勾兑糖精味。

天气气温不高，食物放了一晚也没坏。她连回锅重热的工夫都省了，只要不挑剔讲究，怎么样都能凑合一下。

纪岑安仍旧只穿着宽大的T恤，光溜着白皙的双腿。她一边胡乱塞几口洋葱圈，一边拿起手机翻阅，想找找附近还有没有适合自己的工资稍微高点的工作。

在小酒吧卖苦力不划算，工资太少，而且张林荣近几天好像快找到正式员工了，多半再过两个星期，就用不上她了。

杨叔那边至今没传来消息，她催也不好使，老头一把年纪，就那么大能耐，帮忙追查纪家大哥的动向就足够费劲，还要找到相关的中间人，谈何容易。

心知这事牵扯复杂，纪岑安不急躁，也不催促，每天有空了就看两眼手机，有消息就回去一趟，没有就继续等着，该干活搞钱就干活，没活的时候便休息。

另外，她私下也在调查一些人的信息，包括曾经的"至交好友"、南迦还有徐行简，同时了解了离开的这三年内发生的大事。

纪岑安腹背受敌时，那些"至交好友"可没少落井下石，有看热闹不嫌事大的，有急着撇清关系的，甚至有的人不搭把手帮衬就算了，还要反过来坑害她。

平心而论，当初纪岑安也没对不起他们。她这人虽然爱张扬，但对朋友没得说，无可指摘，向来是能拉一把就拉一把，不能的也会想法子为他们另寻他路，她算是整个交际圈子里最仗义的了。

可谁承想，等她落难时，也是这些人踩她踩得最狠，将忘恩负义的做派演绎得淋漓尽致。

如今纪岑安调查这些倒不是为了报复，她没那本事，知道自己有几斤几两，只是想看一下能不能找到当年事件的相关线索，试试运气。

至于徐行简和南迦，其实她也没能查到什么。徐行简还是老样子，在理工大学任教，专心做科研，表面上没太大的变化。

南迦这边的消息则更为封闭，很多方面都是纪岑安无从下手调查的。

上次那个女生喊南迦"老师"，可她并不是理工大学的老师，不在那里任教。

南迦近两年给了理工大学许多捐款，也不知道是出于哪种缘故，总之出钱又出力，做慈善，不求回报。

南家也是做生意发家的，但几年前的实力还不行，远不如当年的纪家，不清楚现在的实力如何了。

离开太久，很多事情，纪岑安并不了解，对南迦近三年的经历一无所知。

毕竟她们现在差距太大。

现实终归不是网络，一山更比一山高，正经有钱有势的人可能并不高调，普通人哪里会认识他们。

自从北苑那次见了一面后，纪岑安与南迦就断了联系。本来两人就没多深的联系，谈不上有什么牵扯。

调查不到就算了，早就绝交的人，既然无关紧要，那自己也不必再深究下去。

纪岑安敛起心思，专注于更重要的事。

天晴后，她到城中村晃荡大半圈，傍晚再到小酒吧做短工。张林荣近期是越来越看不惯店里的员工，对谁都板着一张臭脸，好似大伙儿欠了他很多钱不还一样。

阿冲悄悄提醒纪岑安，让其不要得罪这个火炮。她说是酒吧的生意不好做,接下来还会更加冷清。

"每年都这样,没办法,学生放假了,就没什么赚头。你躲着点就是,别放在心上。"阿冲好心地说,又指着那堆油炸食品,眨巴眼,放低声音道,"下回要拿就避开他,别让他发现了。他要是发起脾气来,卖不完的东西就是扔了,也不给咱们。"

纪岑安心领神会,道了声谢。阿冲笑了笑,突然记起上次她给了自己儿子十块钱,便叨叨地讲了两句,让她不要那么客气,随后又问她柑橘好不好吃。

纪岑安颔首,说:"还行,可以。"她以前不爱吃那东西,但现在也不挑,拿回去就都吃了。

阿冲挺高兴,分明是年纪更小的人,却一副过来人、大姐姐的样子,啰唆地表示下回再带些过来,家里还有两袋。

纪岑安不太会与人套近乎,略微不适应这种唠家常式的交际。这天,张林荣提前离开,酒吧快打烊收拾期间,阿冲她妈妈抱着孩子来了。

孩子有点发烧,刚在附近的诊所输完液。这大晚上的,老人家单独带孩子回去费劲,于是到这边等阿冲下班,打算到时候一块儿回家。

纪岑安从不随便发好心,但背上包要离开时,转身见到阿冲的病秧子妈妈有气无力地搂着已经睡着的小孩,犹豫了一下,还是接手了那个孩子,帮忙照顾一下。

阿冲租住的房子就在马路对面后,走四五分钟就能到。

眼看着阿冲起码还要打扫半个小时才能下班,纪岑安干脆抱着孩子,送祖孙两个回家。

阿冲她妈妈一个劲地道谢,用外地方言嘀咕,大意是麻烦她了。

纪岑安懒得客套,她没在马路对面久留,转身就走夜路回筒子巷那边了。

待走到上次的桥上,兴许是错觉还是怎的,隐约中,纪岑安总觉得身后跟着一道时有时无的视线,她好像又被跟踪了。

但当她回过头想要找出是谁时，她却一无所获，也没发现丝毫端倪，不知道是多虑了，还是前一次留下的后遗症。

这样的经历仅此一次，后面没再发生。纪岑安只能愈发小心地提防，几天后见无事发生，这才放下心来。

又过了两日，这事便被抛到脑后。她还有更要紧的事得办——杨叔费尽心力，终于在那位叫郭晋云的"朋友"身上找出了线索，发现他在当初事发前曾与纪家大哥有过密切往来。

杨叔不清楚郭晋云是否参与了那些事，余下的只能靠纪岑安自己去获取。要么她直接找郭晋云问个明白，要么想别的法子。

前者不可能，太危险，指不定反被人家收拾。后者也不是那么简单，想要接近郭晋云绝非易事，她想从中套话就更难了，几乎办不到。

纪岑安倒是想寻个万全之策，但迫于当前的日子一眼就能望到头，只得先摸清郭晋云的近况后再看。

因为以前没少在一块儿瞎混，纪岑安对郭晋云还是挺了解，知道这位私下是什么品位，也知道他爱去什么地方。

他喜欢到江河大院的一处低档会所消遣，每个月总有那么几天要过去一趟，这个习惯一直没改。

纪岑安持续蹲点一个星期左右，等到郭晋云出现后，也跟着进去。事情进展得很顺利，没人发现异常。

只是，郭晋云快结束离开前，突然察觉到了不对劲。纪岑安反应快，拉下帽子遮住大半张脸，转身就要撤。

"站住！"郭晋云回过神来喊道，推开身边的人就追上来。

纪岑安对这个地方还算熟悉，快步行至走廊尽头时，拐弯就转到了另一边。她没敢停留，步子不停，怕引起注意，也不敢立马就开跑，那样太招摇，保不准没跑多远就会被保安拦下。

走着走着，她还差点撞到侍应生，再一个拐角，又险些和保洁人员来个正面相撞。郭晋云在后面特别激动，大有要活捉她的架势，叫唤得很厉害。

有会所的人过来查看究竟怎么回事,以为谁在闹架,赶紧拦住郭晋云。

会所的人询问一番后,得知是要找纪岑安,便都帮着郭晋云追上来。

离出去还有一段路,眼看着要脱不开身,当走到一处角落里的包间时,纪岑安一咬牙就推门进去,打算从里面找出路。

包间里是有人的,还是熟面孔——一个绝对不应该出现在这里的女人。

纪岑安进去了,发现沙发上已经坐着一位,当看清对方的长相后,瞳孔一缩,难以置信。

但坐在沙发上的那人一脸镇定,没太大的反应。

门外,郭晋云他们已经追过来了,马上就会推门进入这里。包间内一片昏暗,并无别的去处,窗户也没有。

纪岑安失策了,哪儿都去不了。

看着面无表情的女人,纪岑安迟疑瞬间,脑子里空白了半秒钟,硬着头皮说:"帮个忙。"

南迦半隐在黑暗中,神情灰暗,似是听不见。可过了须臾,这人还是红唇翕动,眼皮子轻轻一抬,似是命令地低声说:"过来……"

外面的过道上,一行人浩浩荡荡地出现。为首的郭晋云一脸愠怒,脖子上的青筋都鼓起来了,咬牙切齿,显然气得不轻。

他们动作太慢,转过拐角处,走廊里已然空荡荡,半个人影都见不到,放眼四处,哪儿都寻不到纪岑安的踪迹。

郭晋云面色沉沉,比锅底还黑,眼里的"火星子"都快烧到身上了,整个人暴戾得如一点就炸的弹药。他终归是出来寻欢作乐的,这种事不光彩,要是被发现传出去了,尤其是被郭家的长辈们知道了的话,后果不堪设想。

不止郭家长辈会把他的狗腿打断,以后他在交际圈子里指不定会被怎样。他向来小心谨慎,却不承想马失前蹄,竟然被人逮住了。

郭晋云没能看清纪岑安的样貌,只当是对头派来的私家侦探跟踪偷拍,他怕坏事,气得脸都变形了,非把人抓住不可。

他气急败坏,不顾这边的包间里是否有人,直接踹门就进去挨个找,不把纪岑安揪出来,决不罢休。

郭晋云将会所当自家一样,拧动门把手,后一秒就是"砰"的一声巨响。整栋楼房都为之震动,墙壁像纸糊似的,仿佛再来一下就会倒塌。

这是拐角后的最后一间房,郭晋云笃定人就在里面,跑不了,因而进去后就大张旗鼓地往里走,还啪地摁亮灯。

"人呢,藏哪儿去了?!赶紧滚出来!"还未看清里面的情况,郭晋云就恶狠狠地大喊,手上用力攥着一根不知从哪儿拿的棒子。

门外的老板像是料到了什么,见来不及阻止,便眼明手快地关上门,挡住走廊里其他人的视线,不让看到里面。

下一刻,屋内发出一声惊叹。

当看到屋里的两人,郭晋云当场就怔住,特别是看见正面对着自己的那个人后,更是蒙了。

沙发的一角,一个女人披着头发背对着门口,让人完全看不见她的脸。从后面的角度,只能看见女人的长腿和后背,还有四周随地乱扔的各种东西。

而门口的那位,也就是南迦本人,此刻脸上是没有任何表情的。她没被干扰到,冷静而从容,同时脸色也让人捉摸不透。

郭晋云是认识南迦的,对其还比较熟悉。

郭晋云之前的嚣张气焰全无,本来还要继续放狠话,可对上南迦那张清冷沉着的脸后,立时就傻了眼。

他没认出另外的那个女人就是自己要找的跟踪者,以为是赶上了不愉快的场合,心知这是找错了地方,不该进来。

第四章
就当散伙饭

郭晋云犹如生锈的机器般卡住,抓着的棒子掉在了地上。

"南……南总……"他磕磕绊绊地说,直觉闯了大祸,一副欲哭无泪模样,"您怎么……怎么也在这儿?"

南迦眼神冷冷的,好似比三九天的冰块温度还低。

像是被猛地抽打了一棍,郭晋云一个激灵,接连后退两步,赶紧摆摆手澄清,一个劲地致歉:"对不起,对不起!南总,您大人不计小人过,是我误闯,是我不对。抱歉,抱歉!"

郭晋云一边说一边弯腰鞠躬,唯恐态度不够真诚。可惜南迦还是原样,不吃这一套,不经意间显露出不耐烦的表情。

郭晋云何等有眼力见,随后又不住地辩解,说不是故意的,他使劲找理由。

"要是知道南总您在这里,我不会来的……我的错,我的不对。对不住,两位,打扰南总您了。"

"我马上就走,这就离开。"

但已然晚了,南迦叫住他,压迫感十足。

南迦高挑的身子立在其跟前,不紧不慢地抬起眼皮,忽而问:"郭子易平常就是这么教你的?"

郭晋云愣了愣,没太理解她的意思。

不过,也不用他搞懂,因为后一秒,南迦结实的一巴掌就甩了上去，他的脸歪向一边，英俊的面容上立刻留下一道绯红的巴掌印。

"滚出去。"南迦闲适自若，淡然地收手，一字一顿道。

郭晋云不敢继续造次，麻利地滚了，未有多一秒钟的停留，十分知趣。纵使脸上带着一道显眼的巴掌印，他还是灰溜溜地转身，夹着尾巴到外面安生待着。末了，他还得把门合拢，重新关上灯，整个过程中，气都不敢喘一下。

南迦冷眼旁观，没有动容。包间里变得清静，空荡荡的只剩两个人。

沙发上的纪岑安这才恢复如常，装出来的柔弱荡然无存，她直起腰身，坐正，拨开脑袋上顶着的东西。

没了外人，但此刻还不能出去，她们还得在这里等上一段时间。需要让人再送一套衣服过来，毕竟郭晋云还在，若是就这么离开，就算遮住了脸，肯定也会被对方发现。

而且，就算郭晋云已经走了，也要防着点，难保他不会怀恨在心，会在什么地方守株待兔。有的道理不用讲，双方都明白。

纪岑安没打算再把脱掉的外套穿上，等着南迦手下的人送新的来。她安静地坐在那里，耐着性子等。

知道南迦不想跟她扯上关系，她也尽量闭嘴不多话。

这次她们是在纪岑安没有戴口罩的情况下相互面对，不似上回。不管怎么讲，南迦是认识她的，她也没必要避开了。

郭晋云一出门，她们便没了任何交流，南迦连个正眼都不曾给她，也不好奇她为何会在这里。

纪岑安同样有分寸，也不纠结于南迦怎么会出现在这个地方。她们两个刚才的举动全是在做样子。

可能在郭晋云眼里，她们两个刚刚的表现就是南迦在帮助纪岑安，显得挺在乎这么一个姐妹，但两位当事人的体验截然相反。

南迦排斥纪岑安的出现，甚至在纪岑安过来时，她就皱了皱眉。

准确来说，南迦嫌弃与纪岑安的相处。

南迦端庄，恪守本分久了，自然会对纪岑安这种人生出抵触，打心眼里就不接受。

纪岑安尽量减少存在感，直至新的衣物被送进来，才说："不知道你会在……"她顿了顿，然后如实交代："我只是进来躲一下。"

南迦不吭声，只看了她一眼。

纪岑安背过身，换下T恤，把披散的头发都弄到肩后，自顾自道："我有点事，所以要过来一趟。总之，我……"

那声谢谢，纪岑安讲不出口，卡在喉咙里欲吐不出，须臾，张嘴要讲又变成干巴巴的问句："你到这边见谁？"

这两句话依然没得到半点回应。包间里气氛沉沉。

南迦没有要搭理她的意思，美目微垂，看着她背上那条扭曲丑陋的疤痕。

屋内光线昏暗不明，可借着墙角装饰灯的柔光，南迦仍旧能看见纪岑安背后是什么样。原先她穿着衣服，南迦没注意，现在才发现。

南迦红唇绷着，嘴角的弧度都快平成一条直线，可脸上的神情始终如一，让人看不出她在想些什么，叫人很难捉摸。

纪岑安知道对方就站在那里，在看自己，迟钝地用余光看了眼南迦，以为她是不想听。

过后，纪岑安拿上衣服，准备套上。然而，还没来得及，她就感受到那人的靠近，以及腰间突然传来的微凉触感。她呼吸一滞。

南迦走过来，目光沿着伤疤的痕迹移动。纪岑安顿时发僵，动也不动了。

南迦低下头，一言不发。两人这时都看不见对方的脸，只知道对方在自己身边。

南迦抬了抬手，纪岑安却先行一步，条件反射地紧紧抓住了她的手腕，不让她碰到自己。

南迦也没怎么样，不挣扎，不抽回手，任由纪岑安攥着，再次缓缓抬起眼皮子，盯着纪岑安的身形。

"怎么伤的？"南迦终还是开了口，低声问道。

纪岑安抿抿唇，没回答。南迦继续淡淡地说："哑巴了？"

纪岑安含糊地说道:"不小心伤的。"她不告诉对方实情,轻飘飘想带过。

听出这是敷衍,南迦也不追究,貌似不是很在意。

纪岑安一动不动,揣摩不透她此时此刻的想法。

一会儿后,南迦又恢复如常。

"离郭晋云他们远点。"南迦无端说道,语气隐忍,不知是何情绪。

纪岑安怔了怔,回头望向这个人。南迦却又转身,迎上纪岑安的是疏离、冷漠和避而远之。

半个小时后,南迦先走出包间。

纪岑安迟几分钟现身,已然从头到脚都换了崭新的行头,连帽子都变成了能挡住大半张脸的渔夫帽。

这副打扮跟她来时是两种风格。那些不知情的人偷偷看向这边,隐约只能看见她瘦削的下巴。

会所的员工们对类似的场面已经是见怪不怪,所以对此也没过多关注,在南迦出来后就自觉地散开了,不去围观纪岑安和领她出去的保镖。一个个都主动避开,让道。

眼看着纪岑安弯身坐进气派的福特E530里,一群员工更加笃定她们两个遇到事了,一个个都噤声,心里都有了数。

之前帮郭晋云逮人的那几个人像鹌鹑似的杵在原地,心虚得手心发凉,生怕牵连到自己,大气都不敢喘,更别提抬头去看大堂那边的南迦了。

靠近服务前台的接待处,南迦站在不停弯腰道歉的会所老板和郭晋云面前,面无表情却也依稀透露出些许不耐烦。她不想听这两人的废话,从头到尾都不怎么理会。

没谁再惦记着跟踪郭晋云的纪岑安了,以为她趁乱脱身了,暂时没将二者联系上。

郭晋云哪里还顾得上其他的,只担心就此得罪了南迦。他离开包间后就一直守在楼下。等南迦下来了,他就觍着脸凑近,不停地解释，那诚意都快赶上庙里求神拜佛的人了。

　　这人从来都是软骨头，前些年巴结纪岑安时还好些，勉强算是有两分节操，起码从未如此低声下气过。

　　这两年，他才开始愈发不要脸了，遇上弱的就蹬鼻子上脸，遇上强的则卑躬屈膝，硬是将能屈能伸的本领发挥到了极致。

　　为了谢罪讨好，化干戈为玉帛，郭晋云赔笑地表示要请南迦她们吃饭，说是还要当面向另一位小姐道歉。

　　他没认出纪岑安，认定那就是和南迦相识的某个熟人。也亏他拉得下脸，换作其他人，多半做不到这一步。

　　不过，这份诚挚的心意依然不起作用，南迦眼神都没给他一个，她对会所老板说了两句，把后续处理妥当，最后结束了才淡声说："代我向郭老问声好。"

　　说罢，南迦与另一位保镖出去，不慌不忙地坐上那辆纯黑的福特保姆车。

　　郭晋云规矩地张嘴应下，目送她走远，待车子驶离会所门口，倏地变脸，立即换了一副态度，不服气地朝着门口啐了口涎沫。

　　南迦解决了所有的后顾之忧，收尾得干净利落。纪岑安不清楚后面这些，上了车也没再看到郭晋云，更不知道南迦是如何处理后续的。

　　她也不担忧，自己没在监控中露脸，不论进去还是出来。对于郭晋云的所作所为，基本也都在她的意料之中。

　　纪岑安几年前也挺浑的，她的朋友、熟人也半斤八两，大多是狐朋狗友。物以类聚，人以群分，这是亘古不变的道理。

　　南迦坐上来，纪岑安也没多嘴，到后面把衣服又换下来，穿回她本来的廉价地摊货。

　　那身名牌折得整整齐齐，被塞回袋子里。纪岑安默不作声，将其放到车座侧面。她不准备收下，但穿过了，也没钱还，能做的就只有这样了。

　　南迦只是随便搞了身行头给她，可这一套加起来就是六位数的价格,不是她能穿回筒子巷的。

纪岑安的自我认识倒是挺明确的,觉悟挺高。

但南迦对这般做法并不受用,冷眼看完,丝毫不动容。

双方走出会所后就没了交流,各自保持着距离,很是冷淡。

南迦静静地靠在座椅上,自顾自闭眼小憩。纪岑安偏头看了下窗外,也安稳地坐着。气氛像凝滞了,只有前面的司机不时会发出轻微的响动。

纪岑安过了很久才注意到司机是陌生面孔,不是赵启宏,换成了一位小年轻。但这不重要,换了个人,区别也不大。

车子七弯八拐,没多久转向东区那边,往城中村相反的方向行驶。到了一处僻静的不容易打车的岔路口,福特车才停下。

南迦不留情面,沉声道:"下去。"

也不知南迦是故意的还是怎么的,偏偏在这里赶人走,不再帮衬纪岑安。

纪岑安知趣,让她下车就下车。等她站稳了,福特车就重新发动,飞快地开出老远。

南迦异常决绝,不出一会儿,连车屁股都看不见了。

小年轻司机不如赵启宏经验老到,老板让做什么就做什么,一律按南迦的意思来。车子真的开走了,打了一个弯拐进隧道里,再过不久,又驶上高速公路,速度越来越快。

纪岑安沉默地立在马路边上,看着略显荒凉的四周,手指不由自主地轻颤了下,半晌才转身往后走,试着找到最近的公交车站。

这一片地区是新开发地段,山多,坡度大,人烟相对稀少,最近的一处公交车站离这里都有三四公里远,步行至少需要四十分钟。

纪岑安走路过去,绕了一大圈才找到地方,又等了一段时间才坐上车。

这边距离城中村也远,中途还要转车,基本又是两个小时起步。

纪岑安运气不好,回程中还赶上了下班高峰期,挤不上去,错过了两次公交车,等到了筒子巷,太阳都落到地平线以下了。

这天到小酒吧上班自然是迟到了，她直接晚了一个小时。阿冲以为她不来上班了，见到她，还愣了下，随即又拉着她往另一条道走，悄声说："正好，老板今晚有事还没来，我们没跟他讲呢……快、快、快，你先把围裙换上，别待会儿被发现了。"

一路风尘仆仆地回来，纪岑安的额角都是湿的，脖子上都是汗水，她又热又狼狈。阿冲将围裙塞给她，抽出两张纸让她擦擦汗，不解地问道："你今晚有事啊？怎么累成这样，是去哪儿了？"

纪岑安不说实话，敷衍道："没有，没去哪里。"

"我还想着你是不是辞工了，以后都不来了，差点发消息问老板来着。"阿冲说，腼腆地笑了笑，"幸好没有发，不然就坏事了。"

纪岑安说："应该还会再干几天。"

阿冲说："那就行。"她又开怀乐道："就怕你走了，我们都习惯你了。"

纪岑安不爱跟人这么亲切地交谈，没怎么回应她。

阿冲倒也不介意，心情不错的样子，先是说会帮纪岑安保密，肯定不告诉老板，又关心她吃没吃晚饭，然后接了一杯饮料放到她跟前，偷摸给了两袋小饼干，让她垫肚子。

阿冲还特别叮嘱："现在别吃厨房里的东西，小心碰上老板回来，他可能要到了。"

纪岑安没心力说太多话，只点了点头。

阿冲交代完就出去了，到外面招呼客人点单、端送酒水等，也同陈启睿通气，嘱咐他帮纪岑安保密，晚些时候在张林荣面前不要说漏嘴了。

陈启睿正在调酒，肯定是不乐意配合的，但碍于阿冲的面子，也不会做得太过。

他可没拿纪岑安当同事看待，纯粹是顺着阿冲，懒得管不相干的事情。没人会捧张林荣的臭脚，多一事不如少一事。

纪岑安在里面歇够了就上手干活，清洗杯子，顺便炸小吃。其间，陈启睿进去了一次，想借机讽刺她两句，有心想给她找不痛快。

不过，最后还是没有那么做。在瞥见纪岑安那件被汗打湿而贴在清瘦后背的T恤后，他只喷了两下，将要出口的话压了下去，态度莫名其妙。

纪岑安无视他，当作听不见，低头看着热油沸腾的锅，睫毛半垂。

阿冲进来，打陈启睿的胳膊："干活去，别搁这儿挡着。"

陈启睿听话，转身就让开道，出去了。

这晚的小酒吧生意仍旧一般，附近的大学正在陆续进行期末检测，大家正埋头苦学应付考试，没精力出来过夜生活。

夜里十一点，本该是客流量高峰期开始的时段，但酒吧内的客人非但没增加，反而陆陆续续离开了十几个，一半桌子都空着，剩下的大多是社会人士。

生意这么差，张林荣肯定不开心，一来就挑毛病，对这里不满，对那里有意见，查看营业额后，更是垮下脸，太阳穴上青筋都突突直跳。

若不是顾及还有其他顾客在，而且周围还有一些熟客，他可能当场就发作了。

三位员工倒没多深的感受，毕竟领固定工资，赚多赚少与他们无关。张林荣出现后，一行人都开始装死，佯作不懂，他气得快跳脚了，也视若无睹。

特别是纪岑安，临时工不怕丢饭碗，兀自做完分内的工作，到点了就结工资走人，只认钱，别的都无所谓。

张林荣这个当老板的都快被气死了，钱没赚多少，出账却是一笔又一笔。他这次开工资很是不利索，七十块钱都犹如割他的肉一般，万分舍不得。

他不住地唠叨纪岑安哪里做得不好，啰唆极了，听得人心烦。

纪岑安没心情与之扯皮，背上包就讨要工资，不想和对方虚与委蛇。

张林荣嫌弃她太计较，边找钱，边找碴，吹毛求疵地讲了一大堆，当面说着难听的话。

"催命啊！活没怎么干，要钱倒是勤快。"

"再这么干下去，都上街讨吃的得了！一晚上钱没有赚多少，本都不够赔的！"

"真是欠你们的，一个个都是祖宗，一天天的……"

不过骂归骂，他到底还是没太大声，嗓门是压着的，嘀嘀咕咕。

酒吧里的音乐还放着，纪岑安也没听清楚多少，只看到张林荣的嘴皮子飞快地张合，勉强听到了"祖宗"的那句，明白他这是在骂自己。

纪岑安面无表情，收到票子，直直地冷声道："你再说一遍。"语调没有丝毫起伏，只是平静地陈述，但听着却别有意思。

张林荣抬头看着比自己高出半个头的纪岑安，自知踢到钢板上了，硬是挤不出刚才那些话了。他没声了，憋得脸上的肥肉都抖了抖，可终归不敢如何。

这欺软怕硬的人，知道纪岑安不好惹，真逼急了，她可能什么都干得出来。张林荣瞬间就哑了，对纪岑安佯作耳背，转身就朝着阿冲和陈启睿一顿臭骂，训斥他们干活不积极，故意偷懒。

另外两个都习惯了，阿冲偷偷使了个眼色，暗示纪岑安不要在意，让其快走。

没必要跟这种人计较，纯属浪费感情。

纪岑安一言不发地捏着钱，许久，将七十块钱单手揉成团塞进包里，最后还是下楼出了门。

快七月中旬了，气温明显比前段时间高了很多，在出租屋里必定比之前更难熬。

热意弥漫在空气里面，缓慢直达皮肤的每一个毛孔。

因为过于疲惫，纪岑安进屋后都没洗漱，直接就倒在床上。这个夜晚注定不好受，她的内心很难平息下来。

后一天是暴晒的大晴天，晌午三十八摄氏度的高温，阳光晒得地面都发烫，温度再高一点，都可以直接煎鸡蛋了。

纪岑安汗水淋漓地醒来，浑身都黏糊糊的，不舒服。

这般处境实在让人难以忍受,也就她能挨得住,但凡换一个不能吃苦的来,估计都不知道热昏过去多少次了。

但人终究不是铁打的,该"享受"还是得"享受",再这么下去也不行,指不定哪天就中暑咽气了。

傍晚前,纪岑安出去了一趟,从旧货市场淘到一台十几块钱的大的二手破风扇回来。

纪岑安的运气不错,破风扇还是管用的,至少能让人感觉凉快些了。

过了一夜,会所的经历已经渐渐被遗忘,又一次不堪回首的经历翻篇了。

由于惊动了郭晋云,使对方有所警觉了,之后肯定也会更加防备,纪岑安也没继续查下去,暂时收手了。

而南迦那边……纪岑安当作无事发生,如同不曾遇见这人似的。生活挺现实,她只顾得了眼前,没办法样样都抓住。

两天后,大抵是在纪岑安这里受了一次委屈,张林荣没多久就招来了新的员工,不愿再出钱雇人还受气,只等新员工能上手后厨的工作后,就准备踹开纪岑安。

纪岑安必须物色新的工作了,不然迟早会坐吃山空。

两位同事对这一切束手无策,左右不了老板的决定。阿冲很是惋惜,好心为她指了两条适当的出路,建议她到周边的网吧看场子,或是去谁的厂里,从学徒做起。

阿冲什么都不清楚,力荐她去做长工,让她找份稳当的活计。

纪岑安不解释,口头上应了,但实际未有任何打算。

也许是那晚收了阿冲两袋饼干,夜里下班那会儿,纪岑安又帮阿冲抱了一次孩子,送阿冲的儿子和母亲回家。

阿冲对此感激不已,念及纪岑安随时都可能离开酒吧不干了,追上来硬塞一兜子零食给她,非让她接着。

"你带回去吃,不要客气。"阿冲抓起她的手,"前些天亲戚送的,给小宇的,他也吃不了这么多,你拿着,赶紧也尝尝。"

纪岑安拗不过阿冲,只能又收着了。

阿冲心善,性子纯良,不仅大方地分那一兜吃的,而且下班后还帮纪岑安处理了手臂上的伤。

纪岑安晚上炸薯条时被烫伤了,不严重,只有指甲大小。她自己都没怎么在意,可阿冲老是惦记着,执意为她看一看。

纪岑安不想欠人情,她收回手,不着痕迹地避开:"我自己来就行。"

可惜,阿冲没领会到她的疏远,觉得她是内向,不习惯,当即就把她的胳膊又拉近,诚恳地说道:"你自己不方便,别动,马上就好了。"

不知如何拒绝,纪岑安还是由着阿冲了。

两人站在光线昏黄的路灯下,阿冲借着微弱的光,慢慢抹药。

阿冲一面上手,一面讲话,再与纪岑安聊点其他的,调节一下气氛,同时也怕她痛,以此分散注意力。

不多时,纪岑安的脸上也不再那么僵硬,稍微平和了些。她也不是不能接受别人的好,只要过了那阵别扭劲就可以了。

"这药你留着,不够再找我要。"阿冲说着,热情极了,"我家就在这里,哪天你要是有空也可以过来坐坐。反正地方你找得到,到时候来了,打个电话叫我就成。"

纪岑安犹豫了下,半晌才颔首,"嗯"了一声。

街道寂静,马路边上的店铺陆陆续续打烊,唯有转角处的小超市还在营业。

深夜的城中村少了许多喧嚣,四处空荡,风一吹拂,充斥着一股子下水沟里传来的难闻气味。

十几米远的槐树下,还是那辆科沃兹里,赵启宏正在对后排的人报告着什么,提到了郭晋云,还有路灯下的那一位。

南迦似乎不上心,只看着另一边。

不确定自家老板是否在听,赵启宏有点为难,可还是试着问:"要不要拦住她们？还是……"

南迦迟迟不应答，望着灯下那两个交叠重合的影子，面无波澜，过了半分多钟，才缓缓说："不用。"

不理解老板这是怎么了，之前特意让他去查，现在又是截然相反的态度，他犹豫不决，衡量一番，委婉地说道："他们应该快找到江小姐了。"

南迦还是那个样子，不改变主意，心硬得堪比石头："让她长长记性……"说完，她收回视线，不再看外面。

街边的两道身影很久才分开，二人有一句没一句地聊了一会儿，耽搁了上药进程。

阿冲叮嘱纪岑安回去了别碰水，注意忌口。然后念及附近的醉鬼多，觉得走夜路危险，于是阿冲又送了她一段路。

纪岑安也没太不近人情，只是到了路口就没让送了，独自拎着零食和药膏走进混沌的黑夜之中，一会儿就完全隐没在尽头处。

两人分别，灰扑扑的马路变得愈发空旷，洁白的月色照不到这一隅，斜斜地落到房子墙壁上就折断了，只余下一条分明的边界线。

雪佛兰这才慢悠悠地开出来，从侧边停车位回到正路上，接着转换方向，朝着来时的道路折返。

车子只是顺路经过这边，停留了几十分钟。

赵启宏懂规矩，将老板送至汉成路的房子，不去北苑那边了，也绝口不提纪岑安。

汉成路才是应该去的地方，前两次是例外。南迦一般不去北苑，在过去三年中，从未踏足过北苑别墅一次。

汉成路的房子也是别墅，但地段相对繁华，处在城中心的闹市区，寸土寸金。比起冰冷的北苑，这里勉强不那么静，房子里配有专门的保安和用人。这么晚了，照顾南迦日常起居的阿姨还没歇息，正候在大门口，见车子出现了，便迎了上来。

按照往常的惯例，阿姨已经煲好汤，搁在厨房里煨着怕凉了，也炖了燕窝备着。南迦回来了，一般是要挑一样喝两口的。

南迦近几年的事业发展得好,身价、地位等各方面都猛然拔高,相应的,自身的付出也多,有的时候一日三餐都顾不上,像现在这般凌晨才到家已是常态。

她今晚也是去应酬了,谈了一项很重要的合作。猜到她肯定又没怎么吃东西,多半只喝了酒,阿姨早早就在备着食物,待她一进门,便送上去给她。

南迦没胃口,拂开,不碰。

阿姨欲劝两句,觉得她老是这样,对身体不好,可被一旁的赵启宏拦下,使眼色告知她端下去。阿姨很为难,不解地看着南迦,最终还是将餐车推走了。

赵启宏也不杵在这儿烦人,机灵地退出门,临走前还不忘把明天需要处理的文件资料放在桌上。

南迦没瞧那些文件,忙了一天,有点乏了,她转身走进房间里待着,将门反锁,再打开灯,合拢电动窗帘。

房间内只有自己后,她褪下了身上的正装,解开头发披散下来,然后才光腿赤足进入浴室,到浴缸里泡一泡。

多日连轴转的疲惫在这时显现,南迦半躺在浴缸内,借着热水舒缓疲劳,平复心情。

良久,似是放松点了,她的胸口慢慢起伏了几下,呼吸稍稍变重,身子又往水里缩了一小截,任温热的水面盖过性感的锁骨,漫至光滑漂亮的肩头……

她就这么泡着,合上眼小憩。某个场景一直浮现在脑海里,晚上的那一幕挥之不去,纪岑安和那个带孩子的女人……

曾经骄傲自负的纪岑安是不会沾惹上这类人的。

纪岑安讨厌小孩,不喜欢这种自以为是的关心,排斥那些浮于表面的讨好与刻意。以前的她是绝对不愿意,也不允许这样的人接近自己,如同避瘟神一样避之不及,对所谓的关怀一向还以刻薄、讽刺。

但今晚不一样,全然不同。纪岑安甚至都没推开阿冲,连下意识的举动都不曾有。

若是换作以往,保不准会是什么样,让阿冲下不来台都是轻的,她多半还会痛骂对方一顿。更过分的,她也许会变着法子羞辱对方,认定对她的好都是蓄谋已久的行为。

几年前的纪岑安可不会帮人带孩子,也不会放下身段去帮谁,主动地对别人好更是下辈子都不可能发生的事。

南迦太了解以前的纪岑安,不用猜都能想到她的反应,可唯独看不清如今的她。

眼高于顶、顽劣不知悔改的纪岑安不可能短短三年就变了个样。纪岑安的所作所为,只能说明她是能接受阿冲的,最起码不讨厌,否则不会是那样的表现。

赵启宏暗地里已经查过酒吧的所有员工,包括老板——张林荣、陈启睿、阿冲,以及新来的那个。他们的背景,南迦都是清楚的,也知道他们互相认识了多久。

纪岑安今夜的回应无一不昭示着,她对阿冲并没有太重的防备,虽然不是百分之百的信任,可还是有信任的。

纪岑安对南迦都是设防的,做不到像对阿冲那样信任。

南迦又往水里缩了一些,任由热水漫过白皙的脖子,漫到下巴那里。

南迦缄默安静,没弄出声响,直到快不能呼吸了,才伸手抓住浴缸的边缘,借力从水中出来。她湿润潮红的唇瓣如离水的小鱼般张合,急促地换了几下气。

满满当当的水在浴缸里荡漾,随着她的大幅度动作晃动,倏地洒落在地上,弄得周围都湿漉漉的,到处都是水渍。

一只湿漉漉的手扶着侧边的墙壁,等待烦乱心绪的抛开,理智勉强回笼后,南迦才冷静下来。

不知过了多久,她才重新躺下,再浸到水里。这回没再像刚刚那样,她不会那么冲动了。

泡得差不多了,南迦起来擦干了身子,倒上床,闭上眼睛不动了。

别墅二楼的灯光久久不暗,强烈而刺眼,后半夜的时光还长。她整晚不得安宁,第二天迎接她的自然是晚起。

徐行简有空到别墅走了一趟,来送礼物,也顺便过来看看。

他来时,南迦已经起床了,正穿着睡袍坐在沙发上翻阅昨天赵启宏留下的那堆东西,大中午素面朝天,连妆都没化。

别墅里的用人们都认识徐行简,见到他来了,都挺热情有礼,纷纷开口喊他"徐先生"或者"徐老师"。

徐行简素来平易近人,谁叫他,都会回应两句,十分绅士,有风度。

走到南迦面前,徐行简将花和盒子都放下,有意轻敲了一下茶几,彰显存在感。

南迦头也不抬,柔声问:"这是什么?"

徐行简大方地说:"我妈给你的,一定让我带过来。她自己做的糕点,平时待在家没事干,新学的手艺。"

南迦投去目光,对其早就习以为常,也不起身拆开糕点盒子看看,只道:"那谢谢伯母了。"

徐行简问:"又在处理公司的业务?"

南迦"嗯"了一声:"晚上开会要用。"

徐行简坐过去,挨着瞧了两眼,不见外地问她:"要不要帮忙?"

"不用。"

徐行简挑挑眉,没再说什么,但还是拿起一份文件,想为其出出力。

南迦没说啥,容许他这么做,不阻止。

"明天还有展览会,别忘了。"徐行简轻声轻语提醒,将其中一份甄别出来的资料递过去放在她面前,"上午十点出场,你答应了的。"

南迦应声:"知道。"

徐行简说:"那到时候我等你。"

还想再说什么,可看出她有点不对劲,徐行简犹豫了片刻,改口问道:"昨晚的合作不顺利,没谈拢?"

南迦翻了一页资料,坦然地回答:"不是,已经签合同了。"

徐行简关切地问:"心情不好?"

南迦不想提及私人方面的事,语调便有些冷淡:"没有。"

"那是怎么了,发生了什么吗?"徐行简说,他直觉哪里有问题。

南迦却置若罔闻,面上无异样地喊来用人,让其泡两杯咖啡,借此打断他的询问。用人听后,悉数照办。

徐行简欲言又止,思量一会儿,还是算了。他没再多说,不想烦她。

南迦垂下眼,拂了拂落在额前的碎发,然后继续沉下心做手上的工作。

下午,筒子巷外难得喧嚣,政府拨款修缮、改造部分危房,施工队一两点就顶着毒辣的太阳来了,马不停蹄地在烈日高温下干活。

轰鸣的机器声响个不停,比隔壁的工厂还闹心,搅得周围的居民都无法安心午休。

纪岑安趁这时出去物色新工作,想碰碰运气,看能否找到下家。

她到大型超市走了一圈,花了近一晚上的薪水买了袋儿童奶酪棒,等到了酒吧,就顺手塞进阿冲的包里。

她是实干派,回报对方的心意也不特别知会一声,做完就当作无事发生,一声不响地到吧台那里擦杯子。

昨晚的烫伤影响不大,多亏了及时抹药处理,后半夜里只有轻微的灼烧刺痛感。今天她起床后,伤口并未更严重,清早又上了一次药,现在已经完全不痛了。

阿冲给的药膏很有效,不然伤口虽小,但一旦破皮,纪岑安多少还是会遭点罪。

陈启睿看见了纪岑安的所作所为,后一刻就转过脑袋装作眼瞎了,破天荒不怪声怪气地挑衅找事。

张林荣今天来得早,已经在后厨教新员工如何上手了,响亮的大嗓门隔着一道厚实的墙壁都能让人听得清楚。

他耐心不足,教到一半就开骂了,一会儿指出新员工手脚笨,一会儿斥责人家脑子不好使,教了几回都记不住。

新员工人在屋檐下,不得不低头,被骂成这样,都不敢回嘴,生怕老板一个不高兴,到手的工作就吹了,于是老实地闷头做事,听指挥,让怎么做就怎么做。

纪岑安没进后厨,直至张林荣出来了,都还在吧台那里打杂,漫不经心地磨洋工。

张林荣也不拐弯抹角,见到她就直言:"明天做完就不用来了,另谋高就吧。"接着,他还添了句,"我们这座小庙容不下你这尊大佛,你爱去哪儿就去哪儿,我是伺候不起了,赶紧走。"

市侩小人的嘴脸毫不掩饰,就差把"嘚瑟"两个字刻在额头上了,他终于不装了。

他知道纪岑安还没找到别的去处,有意提前辞退她,哪怕新员工还没完全掌控后厨他也无所谓,仿佛这么做就能解心头之恨,就能狠狠地报复她似的。

可惜纪岑安对此没有太深的感触,她早料到了,眉头都没皱一下,毫无波澜。

张林荣这点小伎俩压根不够看,她经历过更下作的伎俩,相比而言,张的行为无关痛痒,对她造不成丁点实质性的伤害。

纪岑安径自做事,仅仅转头看了眼,以示知道了,随后侧身进到后厨,系上围裙就准备按照订单炸小吃。

她将张林荣晾在那里,把他当成空气。

张林荣一拳打在棉花上,唱了半天大戏,也没个观众看他表演,蹦跶那么久反而是白费心力,自己倒显得像个跳梁小丑。

他以为纪岑安至少会有些许表现,向他服软低头,要么就是生气,最不济也会担忧一下之后的生计吧,谁知都没有,什么都没有。

纪岑安像一摊死水一样，他怎么刺激她，都没用。

给对方添堵不成，张林荣气得咬牙，一张肥脸都气颤了。

他的心胸比针尖还小，爱记仇，朝着纪岑安的背影咕哝了下，不屑地轻声骂道："天天板着张要债的脸，晦气的东西。"

纪岑安听不见这些，还留在外头的陈启睿倒是一个字都没落下。

陈启睿也不帮腔，哪边都不站，叼着没点火的烟，意味深长地往后厨的方向看了看。

临到下班那会儿，破天荒地，陈启睿丢了包拆过的烟到纪岑安的怀里，连带着打火机也塞一起，什么都没说。

纪岑安睨他，有些费解。

陈启睿还叼着那支烟没抽，含混不清地说："才买的，只抽了两根，剩下的都在这儿。"

他的意思是送给纪岑安了，真少有的大方。

纪岑安没拒绝，他给，她就收下了。不过，她也不道谢，不至于收包烟就对这位转变态度。

陈启睿也没想着靠这个就收买她，不多时随口问："明天还来吗？"

纪岑安不假思索就点头，不介怀："要来。"

陈启睿嗤笑了一声，像是在嘲笑她的没骨气，但又不太像，神情略显复杂，让人颇为捉摸不透。

不知是可怜纪岑安，还是看到她对阿冲还可以，又或是再过一天就可以不用再看见她，所以没有继续排斥的必要了。他今晚对她的嫌弃似乎没那么重了，倒是比平常容易相处一点儿。

然而，也仅是一点儿，多的就没了。

陈启睿可不会宽慰纪岑安，更不会帮她说好话、想办法，能做到这一步，已是最大限度，说："记得找张林荣要工钱，别被坑了。"

纪岑安说："知道。"

之后二人就不再交流，到第二天晚上也是如此。

整个酒吧只有阿冲放心不下纪岑安，要分别了，还拉着问东问西的,又给她找工作的建议,还让她过两天到自己家吃饭。

阿冲自己本身都一穷二白了,但知道纪岑安条件不好,非得喊她上门,不嫌麻烦地表示要弄一顿好吃的。

"就当是吃散伙饭。"阿冲说,声音压得很低。

第五章
就不该回来

纪岑安没答应,可也不回绝。

纪岑安领到工资该走了,陈启睿与她一块儿下去,到了楼梯口,突然说道:"后天小宇过生日,满三岁了。"

纪岑安停顿片刻,红唇抿着。言尽于此,陈启睿也不强迫她,丢下一句:"随你的便,不去也行。"

自家孩子生日还是得庆祝一下,阿冲没钱铺张操办,请客吃顿饭就足够了。

阿冲其实已经请了另外的亲戚,这次也正好把纪岑安叫上,而之所以没说是庆生,也是不想纪岑安浪费钱买礼物,因而讲得比较委婉。

纪岑安不知情,回身看了看上方的楼梯,默然片刻,还是走出小酒吧,头也不回地离开了。

陈启睿在后面大声说:"中午吃,十一点半之前到。"纪岑安不应答,似是耳朵聋了。

但冷漠终究是表面的,真到了那一天,纪岑安还是去了,拎了一箱牛奶上门。本来不该去的,可她就是去了。

寻常家庭的庆生就那样,没什么值得期待的,就是一群大人凑在一起吃饭,下午嗑瓜子聊天,有事没事逗逗孩子解闷。

他们连牌都没打,连带着纪岑安和陈启睿就四个客人,另外两个都是老人家,不会搓麻将。

阿冲租的房子就是一间单间,不比纪岑安那里好多少,几个人站在里面,转身都不方便,站着都觉得挤。

陈启睿倒也不见外,过去了就自觉地帮忙炒菜、煮饭,将阿冲的儿子丢给纪岑安抱着。

可能是今天生日比较兴奋,小孩子也不躲着纪岑安了,一上来就搂住她的脖子,用糯糯的声音喊:"姐姐……"

大人们纠正小宇,说:"叫姨姨。"纪岑安的年纪比阿冲还大,算是同辈,他不能喊姐姐了。

庆生宴就是几个菜配一碗汤,外加两碟瓜子、水果,办得很寒碜,绝对是纪岑安这辈子参加过的最穷酸的一次生日宴。

但也许是没钱穷乐呵,大家都挺高兴的,气氛还算不错。晚些时候,陈启睿到对面上班,阿冲没去,专门请了一天假陪家人。

纪岑安也没走,留在这边吃了晚饭,天黑后与这家人一同出去散散步,直到很晚了才离开。

阿冲打算送她,她没让,两人还在路边磨蹭了一会儿。她还是独自走了,孤零零地往回赶。

阿冲站在原处目送她,招招手,颇有种就此分别的失落感,搞得怪伤情的。

纪岑安一路步行到筒子巷附近,她习惯性戒备,怕有人跟踪。

莫名地,分明周围没有可疑的人,她却隐隐觉得有道视线跟随在身后,甩不开。为了保险起见,她还是故意多走了一段路,到了筒子巷也不进去,而是成心绕弯子。

不过,好像是她多虑了,绕了一大圈后,那种感觉又消失了。

纪岑安四下看了看,在路口待了十几分钟。

与往常深夜才归来不同,今天时间尚早,十一点不到,街上路口来来往往都是行人。也不知道是不是不适应回来太早,或只是她的疑心太重了。

纪岑安没敢松懈,念及最近发现的不对劲,前几天就已察觉到有人在跟踪调查杨叔了，但一直不确定具体情况，她担心真的查到自己身上来了。

她又刻意多绕了半条街，如鬼影般出入，确定是真的没人跟着，才渐渐放下心，转而回出租屋那边。

她开门，进去，正要摸黑将门反锁。

只是刚放下胳膊，纪岑安忽而手背一紧，感知到了异常。

但终是晚了一步，对方先发制人。熟悉的人夹杂着名贵的香水味，她瞬间反应过来，收住了所有的自卫动作。

她没反抗，直接抬手扶住对方。

狭窄封闭的屋子里黑乎乎一片，对方烦闷、压抑，还有若有若无的情绪"侵袭"。

凌晨的城中村一如既往地僻静，街上冷清，巷子里更是幽深得如隧道，低矮的老式楼房林立，密集地向巷里延伸，到处黑漆漆的。

夜色迷蒙，如汹涌的潮水，卷着沉闷的浪反复翻腾，一层层冲刷。没有光亮照着，视线受阻，看不清楚人，纪岑安只能凭感觉将其往侧边带了半步，避免撞上堆放的大件杂物。

出租屋面积不大，黑暗中连下脚的去处都难找，稍不注意就会磕碰到，一不小心也可能会被绊倒。

但另一位不大配合，无意识地挣扎了下，不愿被带着走。对方还轻轻推了纪岑安一把，她没站稳，两人撞到了旁边的墙壁上。

倒是不疼，纪岑安没松手，将那人再向自己这儿拉拢，不让其远离，怕她跌倒在地。

那人身上有很重的酒味，醉意浓烈，一靠近就能闻到。她们站在角落里，墙壁冰凉，隐约中还有一股墙体脱落的石灰味。

纪岑安呼吸一滞，像是被定在了那里，不知道面前这个人为什么会到这里来，一时之间转不过来弯。好半晌，她才回神，张嘴喊了声："南迦。"

可南迦明显意识都不清醒了，犹如听不见这话，唯一的"回答"就是继续靠着她站定。

一切过于突然,纪岑安没有招架的余力。她愣住了,不明所以。

纪岑安就像雕塑一般。而南迦也差不多,除了倒在她身上,没有任何动作。南迦似乎是喝多了,不小心走错地方才到这儿来,意识还不清醒。

知道南迦醉了,纪岑安又唤了次她的名字,不过也没有用,没把人推开。

"等会儿……"纪岑安轻轻说,拍了下南迦的背,"我先开灯。"

南迦身形歪斜,脚下发软。

纪岑安费力地往床那边移动,将其带到床上去。屋里也没凳子什么的可以坐,只有那么一块能躺。

"你一个人来的?"纪岑安问,心知南迦这是不清醒才会找过来,她也没纠结那么多,随口一问。

南迦往后仰了仰,无法稳当地站定,于是连带着把纪岑安也带到了床上。

纪岑安轻声说:"你从哪里过来的?送你来的人呢?"应当是不愿听这些废话,南迦不耐烦,做了个嘘声的动作。

纪岑安停住了话头,抬眼看着。

平复了一会儿,南迦这才开口,压着声音说:"去哪儿了?"语调还算温柔,乍一听只是寻常的问话。

这场景好似仍是以前在北苑的别墅的晚上,现在只是那些夜晚中的一次,是她们又一次普通无奇的闲聊。

黑灯瞎火的,她们瞧不见对方的脸,只依稀看到模糊的轮廓。纪岑安直觉不对劲,南迦好像分不清现实。纪岑安挣扎着要坐起来。

"我送你回去。"纪岑安不回答刚刚的话,抓住南迦的手腕,问的还是那个差不多的问题,"赵启宏是不是在外面等你?"

可惜南迦还是不予搭理,再度挡住她:"纪岑安……"

南迦终于叫了她一次,叫的不是之前那个假名了。纪岑安不由自主地随之"嗯"了一声。

"今晚去哪里了?"南迦还是原先的问题。

纪岑安说不出来,不知怎么讲。现在不比以往,几年前她会很乐意讲,即使南迦不愿意听,她也会逼着南迦听完。但现在没这个必要了,她只不过去朋友家吃顿饭,有什么可讲的。

南迦不在乎纪岑安答复与否,继续说:"见了谁?"她径直问,"朋友吗?"

这样的举动很不符合这人的性子,纪岑安蹙眉,觉得她这是酒精上头了,不清醒。

纪岑安不想南迦待在这里,打算让其离开:"晚点我带你下去。"

南迦听着,不理会她的话,反常又温和地说道:"不走了,今晚我留在这儿……"

而后南迦再次靠着她的肩膀,与以前一样。

夜晚漫长,夏日的气温却始终如一,过了十二点也并未下降太多,一直徘徊在二十九摄氏度左右。

浮动的暑气萦绕不散,无形地弥漫在整个城市之中。筒子巷这边入夜后更是连细密的风都吹不进来,房子里外仿佛成了两个不相通的世界。

昏暗的环境放大了感官,虽各自看不清对方此刻的神情,可熟悉感使得两个人都为之恍然,有种不真实的感觉。

南迦一直不肯离开,只静静地待在这个狭小的空间里。

南迦未显露出丁点温情,抑或是对这个昔日好友的惋惜,从头到尾都不动容,有的只是不经意间散发出来的恨意。

南迦真的就是顺带过来一趟而已,她不关心别的,对纪岑安的所有一律漠视。往日的情谊不复存在,她断决了这种可能性。

南迦不动容,比当初愈发冷硬、绝情。她是恨纪岑安的,向来如此,从没变过。

即使纪岑安已经落到这步田地,穷困潦倒到只能藏在破屋子里,南迦也和之前一样,不会因为纪家垮了,纪岑安消失了三年,就彻底放下了。

她们曾经是最好的朋友,结果纪岑安直接不告而别,某天突然一走了之,再回来又是这个样子。

南迦怎么可能会原谅她。

不知过了多久,南迦微微垂着眼,低声又唤了一次她的名字,语气平缓、轻柔。

纪岑安红唇翕动,看不清眼前,只微仰起头,也看着南迦。南迦半是认真,半是愣神,轻轻地说:"走了就不该回来的……"

此时的月亮圆且亮,似水的月华洒在屋檐上,通过墙壁折射在灰色的石板路上,远处的天地交合相融,一片混沌,分不出明确的边界。

几个小时后,天际才渐渐泛出白色,晨光显现,一丝光亮爬上天空,再慢慢侵占别的地方。

天亮了,又是一个寻常的清早。街上卖早点的店铺最先开门,不少家庭作坊天刚蒙蒙亮就开始营业,工厂次之,但还是准时准点就开工。待到外面全部清明了,街上又恢复了忙碌杂乱的景象。

车辆通行,行人熙攘,南来北往的都是天地间渺小的一分子。出租房里的事不会对外界造成任何干扰,两边互不影响,谁也不会发现里面的动静。

昨夜来的人很早就离开了,南迦酒醒后,决然地走掉,连片刻的迟疑都未有。

她只是在这儿休息了一晚。

赵启宏开车来了一趟,还带了个装新衣物的纸袋,到了这边就本分地敲门送东西,也不关注她们之间究竟怎么回事。

他没有乱询问,把纸袋交给南迦,就到楼下候着。纸袋里装的是南迦今天工作要穿的正装,她需要换上了再出门。

南迦也不久留,甚至不给一句解释,收拾完毕就开门出去了。整个过程中,她出奇地安静、沉默,又变成了白日里那个成熟、有魅力的南总。

好似没纪岑安这个人,一切无关紧要。

纪岑安也一声不响，全不干涉，不管南迦做什么，走或是留下，甚至是见到赵启宏出现了，也没太大的反应。

车子低调地驶出筒子巷，一会儿就消失不见了。出租屋的门半掩着，留有窄窄的缝，外面的光亮经由此处漏进来，但不足以照亮内里。

太阳升高了，灼灼烈日挂在上边，温度攀高几摄氏度。房子关门闭户的，空气不流通，这里没多久就比外面热了。

纪岑安形单影只地坐着，有些低沉、颓丧。她一动不动，背抵着墙壁靠在那里，一双白皙的长腿弯着，赤脚踩在被南迦丢下的华贵裙装上。

南迦没把这条高定的裙子带走，像扔垃圾一样随手就抛弃了，不在乎其价值几何。

纪岑安低头看着这条裙子，没有将其捡起来的打算，但也没有别的举动。门没关，她不在意同一栋房子的其他租客会不会到这边游荡。

她好半天才起身关门，把自己锁在里面，一个晃神就是半天。反正没工作了，晚上也不用出去，无牵无挂的，她不着急，随便怎么样都可以。

她先光脚到浴室里冲凉，简单地洗一洗，捯饬两下，去去热气和身上的黏腻，然后收拾屋子，把那条礼服裙子拾起来，塞进袋子里。

做完这些后，她才去烧水煮面，将就着填饱肚子。

总不能就这么下去——晚一点，纪岑安又将木板床上的席子擦两遍，清理干净，并将衣服之类的都洗了晾晒好。

她能做的就这些了，除此之外，也不能怎么样。

现实穷困，到头来还是归于平淡。她冷静下来，理智逐渐回归，现实还是照旧。

自南迦离开，这一整天纪岑安也没出去过，本来是要出去找工作的，但她心情烦闷，连门都没踏出去半步，晚上就待在屋里歇着。

直到第二天，本该继续的计划才被执行。她埋头等消息，找工作，穿街走巷一整天。

南迦之后就没来过了，似乎那个晚上只是意外，真的喝多了，才来找她这个昔日的老友。

纪岑安也不找回去，很是有分寸，守在城中村过自己的日子。

新工作不难找，不出两天，纪岑安就又找到了一份临时工。但这次的工作不如酒吧的小工轻松，是做饭馆服务员。

新的老板没张林荣那么刻薄，对她也还行，可这份工作持续的时间很短，仅仅四天，她就没做了。

饭馆招到了长期工，转头就辞退了她，老板娘语重心长地对她说："你也不像是做这个的，另外找份正经的活儿干吧。你们年轻人有前途，哪能来我们这种小地方，我们这里都是没文化的人才干的，你一看就是读过书的人，不该做这个。"

纪岑安不辩解，领了工钱就自觉地离开。

见劝不动她，老板娘望着她的背影叹息，感慨现在的世道变了。以前的大学生个顶个都是人才，到处都抢着要，怎么现在的读书人总是往不属于他们的地方凑呢？

老板娘属实不理解，还摇了摇头。

没活儿了，纪岑安只能继续上街走动，找合适的去处。

路过一家药店，纪岑安到旁边的小超市买了瓶最便宜的矿泉水，专门拿冰镇过的结账。

小超市里只有她一个顾客，生意冷清，店主此时正在看本地的电视台频道，无聊地打发时间。

难得来了一个支付现金的，店主竟然没零钱找补，无奈只能提出让纪岑安扫码支付。

纪岑安扫不了，破手机没有那东西。

店主会错了意，以为她是手机里没钱了，必须用现金才能支付，继而不情愿地嘀咕了两句，但还是让她等着，说是要去隔壁换零钱。

等候的间隙，纪岑安也瞥了眼电视机，无意在上面看见了熟悉的面孔。新闻里在播报今天下午Z城举办的某个慈善募捐活动，放了一段现场视频，几位重要人物在视频里露了面。

没注意到新闻里讲的什么内容，纪岑安抬眼间只捕捉到南迦亲密地挽着徐行简的胳膊出席现场的画面……

她收紧手，将塑料瓶子捏出咔咔的响声。一会儿，有人拍了她的肩膀一下。

是那位店主，对方正一脸莫名地看着她，没好气地问："叫你好几次都不应，钱还要不要了？"

方才的场面只持续了两秒钟，电视里已经换到下一则报道了。纪岑安回神，收起找零的钱，默然将其揣进兜里。

店主觉得她神经兮兮的，突然脸色就很难看了，做完买卖就赶人，生怕她留在这里蹭空调。

纪岑安也没计较，拿着水转身出去。店主看得直皱眉，在后面小声抱怨道："大白天出来黑着脸吓人，真是有病。"

Z城又下了一次雨，阵势比上次还大，雨水如珠子般，打得沿街商铺屋檐前的棚子啪嗒响，排水系统不完善的地段没多久就淹了，积蓄的雨未能顺利流走，不出半个小时就开始往浅凹处倒灌。

街上一片狼藉，没来得及赶回家的行人更是遭了殃，纷纷无奈地朝最近的店铺里躲。

下雨那会儿正值黄昏时分，纪岑安走运，没赶上这趟雨，在变天前就已回到出租房里。

又是连绵不绝的阴雨天，乌云密布整片天空，潺潺的水声断断续续地响了一个晚上，到第二日晌午都没停下。这种天气，没法出门，除了待在屋里，其他地方都没法去。

不过，因为这场飘摇的雨，炎热的气温也随之下降，燥热逐渐消退，扑面而来的是凉爽与舒适，令人感到惬意。

有的事终究被吹散在了呼啸的风声中，留下的尘迹被斜飞在窗户玻璃上的雨水清除，彻底消失。

纪岑安分不出心思应付那些有的没的，她能做的只有着眼于当下。生存,以及调查真相,这两样才是她首要的任务,而非沉沦在某件事中出不来,揪着没必要的过往和人不放。

说到底,两人当初虽是朋友,似乎羁绊挺深的,但事实相反,她们之间少有姐妹间的情谊,连温情都不常有。

有时候讨厌和欣赏很难分清楚,可能是劣根性作祟,所以纪岑安才会没事找事干。她明明看不上对方,却还要接近。可能是自己本就和那个人是同类,因此想要融入和理解,即便是讨厌对方……

纪岑安自己也理不明白,明明远走的日子里,她从未挂念过这个人,不再抱有任何妄想,走得干脆又绝情,真就是撇下了所有,孑然一身离开。

可每次想到南迦的好,记起那些过去,纪岑安心里又空空的,既矛盾,又想念。像有一团迷雾环绕着她,但她不能将其拨开,始终笼罩着她的薄薄的一层"雾",让人识不清,辨不明,前进无路,也后退不了。

经过了一夜的浸泡,停雨后的巷道里充斥着一股子古怪、潮湿的垃圾腐烂气味。不算太臭,可那味道直往鼻子钻,让人呛得难受。

隔了一阵子,纪岑安再次接到了杨开明的电话,又收到一些新的信息。

杨叔那边的进展缓慢,可这么些天过去,他还是查到了纪岑安想要的线索,找到了当初帮大哥他们出国的中间人的身份和他目前所在地方,还找到了纪家大哥的踪迹。

杨叔告诉纪岑安,那个中间人应该是曾经在纪家旗下公司任职的一位高管,也是纪家父母挚友的儿子,大哥的发小,一个叫裴少阳的男人。

裴少阳以前没少跟着大哥一块儿干投资,与纪家的往来十分密切,可以称得上是纪家的一分子,堪比亲人。

但这样的局面没能持续太久,后面裴少阳与大哥闹掰了,双方差点决裂,再之后裴少阳主动退出了公司,并撤出所有与纪家有关的投资,以此表明态度。

裴少阳成功抽身的时间也耐人寻味,恰恰是在纪家出事的前一年。而且,在纪家倒台之际,这位偏巧就开着私人飞机出国旅游去了,一走就是整整半年。

而等到他玩够了回国,大哥和其他人早就跑得没影了。那时所有讨债的人都恶狠狠地盯着纪岑安,逼她负责,逼她还钱,全都不相信她不知情,大家都想利用她找出纪家那三个话事人。

杨叔不敢百分之百笃定,可心里门儿清,这事就算不是裴少阳主谋,也肯定和他脱不了干系。

其他苦主都把目光聚焦在纪岑安的身上,以为她这个女儿必定参与了,谁都不会怀疑裴少阳,他早就脱离出去了,哪里还会掺和进去。毕竟明面上他也是受纪家祸害的当事人之一。在外界看来,他应当和纪家有仇才对。纪家崩塌了,他也算是痛快报了一桩旧仇。

可往往出其不意才是最接近真相的,藏在背后的主体一般是置身事外的那个。

当年裴少阳和大哥翻脸就很不对劲,那时纪岑安被蒙在鼓里,只当他们是一时矛盾,等后来裴少阳真的离开了纪家的集团,她才意识到问题的严重性。

不过,当初纪岑安也没想到这一层,觉得这种事挺常见的,不稀奇。

生意场上没有永远的朋友,只有永远的利益,多少人为了蝇头小利打得头破血流,甚至可以因为那一点点利益就出卖身边的人,把对方送进去坐穿牢底都在所不惜。

他们的割袍断义简直不值一提,裴少阳主动退出,在纪岑安眼里,也算是顾及昔日的情谊,没搞得那么难看,避免两败俱伤。

现在杨叔讲起这么个人,纪岑安也是头一回起疑。她想过很多可能,以为是爸妈的朋友在暗中操纵,又或许是多方牵扯导致的,从没预估过这种情况。

杨开明说的话不无道理,因为这个姓裴的与纪家还有另一层关系。准确来讲,他跟纪岑安本人有着间接的关联。

裴少阳是郭晋云的远房表哥，以前纪岑安和郭晋云沆瀣一气，可少不了裴少阳的功劳。

纪岑安是通过裴少阳才认识的郭晋云，本来姓裴的是要介绍郭晋云当她的对象，表示郭晋云长得人模狗样的，嘴甜，会来事，想着她应该会中意这一款。但无奈她对这一款不感兴趣，他便只好退而求其次，撮合他们两个做朋友。

裴少阳从来都没把郭晋云当成一家子，所谓的撮合也不过是为了个人利益，有点将郭晋云当资源献出去的意思。纪岑安怎么会不懂，不点破而已。

她那几年使唤起郭晋云可没心软过，呼来唤去的，怎么顺心怎么用，可自始至终没料到他们会在背后坑自己。

如今仔细想来，好像纪家出事以前的那段时间，郭晋云对她也格外上心，隔三岔五就带她出去玩乐，出入各种场合。她也因此才完全没察觉到家里的变故，毫无防备，最后只能被迫成为挡子弹的活靶子。

二十出头的岁数还是太年轻了，往前的那些年，她只顾着飞扬跋扈、自以为是，嚣张得姓甚名谁都不知道了，待到被背叛出卖了，才清醒过来。但也为时已晚，她栽在"坑"里，压根爬不出来。

听杨叔讲完，纪岑安沉默了片刻。

杨开明提了两句有关大哥的事，说大哥上个星期出现在了瑞士那边，但寻不到纪家父母的踪影，他们藏起来了，成心不让国内的人发现。

杨叔也是费尽心思，通过各方才打探到这些事，而且很多方面还不是调查来的，全是猜测而已。

杨叔不敢打包票，在电话那头千叮咛万嘱咐，让纪岑安不要轻举妄动，不要一时冲动就找到别人那里去。

虽然郭晋云混得不怎么样，可裴少阳现在境况远胜当年，不是纪岑安能对付的。

纪岑安可以悄悄跟踪郭晋云，但想要接近裴少阳，几乎没可能，而且对方也不会如她的意，指不定会用哪种方式反过来对付她。

纪岑安颔首，沉声说："不会，我有数。"

杨叔还是不放心，说了一通关心她的话。

老人家良善，自己都没什么能耐，却见不得这个往日的雇主受苦，长吁短叹的，三番两次说钱的事，还打算让纪岑安去他老家躲一阵子。

纪岑安没接受这份心意，也不多聊，随即就挂掉电话，不想与他有过多的交集，怕连累人家。

纪岑安连郭晋云都搞不定，如何能摆平裴少阳？丢开破手机，她一声不吭地坐在床边，什么都没做。

太阳从云层间露出大半，天空的阴霾一扫而空。她垂眼，望着被灿烂的光线划分成一块明、一块暗的地板，看向墙角装有高定衣服的纸袋。

其实还有一个人能帮忙，但那不太合适，她应该不会愿意。

天晴过后的筒子巷比往日更为静谧，街上行人稀少，好些店铺都提前关门打烊了，得等到积水消退，道路上的污渍被清扫干净，才会重新营业。

夜幕降临，身穿橘色工作服的环卫工人开垃圾车到这边进行清理疏通，几个电力、管道维修人员也出现，搬上工具到附近抢修在大雨中被毁坏的电路管道什么的。

忙碌穿行的身影来来往往，所有人都闷头干活儿，在脏乱的环境中各司其职。

墙角的纸袋还是原封不动地放在那里。仅剩的那点没用的自尊和骄傲在作祟，纪岑安碰都没碰袋子，只一眼就别开了视线，收回目光，未有半分想法。

她如今也是走一步看一步，得过且过，不急在一时。毕竟三年都过去了，也不差这些时间。再者，就算找到了大哥和爸妈又如何，他们能狠得下心，置她于危险中不顾，难道现在就能立马悔过，回头是岸，解决他们捅下的娄子？

只要纪家那三个人敢踏上Z城半步,被坑害的各位苦主还不得都找上门啊。

想来也挺讽刺,得亏当年他们高抬贵手,没把事情做得太绝,可能是临到关头良心发现了,留了两分情面,否则纪岑安铁定吃不了兜着走。

那时债主都追到门口了,纪岑安还傻傻地报警来着,警方也迅速出动,却没什么用。

她一个人留在公司里,找不到家里人,误以为爸妈和大哥出了什么事,是一时想不开或遇到了意外?她心急如焚地到处找,生怕晚了就发生不可挽回的事了。

后来警方对她进行调查,相关部门找来了解情况,做笔录,告知她事情的原委,纪岑安才反应过来,知道这一切都是他们精心设计的局。

大家在她这里一无所获,警方也没查出她有问题,一度还将她列为证人,并且担心她受打击后会做出偏激行为,还为之做心理工作,表示关怀,劝她想开点,让她千万不要走极端,宽慰她一定会尽力找到纪家那几个祸害。

可这么久了,警方对这件事的调查依旧未有进展。

纪岑安没那么大的能耐,唯一可以做的就是找到线索,提供给警方,让司法系统介入,依照法律的程序来处理。

但前提是得有线索,不能随便就跳出来指责谁有问题,空口无凭地说别人有阴谋,要求必须得证人家,那肯定不行。

没有足够多的线索,没有充足的证据,找不到真正的当事人,算在纪岑安头上的账就不会一笔勾销。

她即便在法律上是清白无辜的,可在伦理和社会道德上不是。毕竟她过了二十几年潇洒日子,用的也是纪家的钱,怎么可能撇清关系。

纪岑安以前还抱有希望,异想天开地盼着有一天家人可以回国亡羊补牢,收拾烂摊子,亦或看在亲情的面子上,拉她一把,至少关心一下。但现在她死心了，不会单纯得像可笑的傻子那样继续白日梦。

纪家的那些人要真是担忧她，也不会丢开她，起码会给她留一条生路。但他们不仅没有，到如今连一个字的消息都不留给她，像当她死了一般。

纪岑安不愿再拖别人下水，无论是杨叔，还是那位。等查清楚裴少阳那边的情况，她应该也不会继续联系杨叔了。她尽量不让杨开明继续蹚这趟浑水。

背后那些人已经摸到了杨开明那里，定然是知道他有在和她联络，估计早就在暗中潜伏着，准备守株待兔了。

她不能轻举妄动，还是应该低调一些，怎么也要将这段时间平静度过。至于杨叔一家的安危问题，她倒是不用担心。

现在是法治社会，哪里能像电影演的那样混乱。

衡量一番，明确当下的方向，纪岑安心里也没那么乱了，理智的思绪回归，整个人平静了许多。

歇够了，纪岑安恢复如常，收拾了一下，出去买吃的，又买了一大把挂面和一小份青菜回来，顺带捎上两包咸萝卜、一包淀粉和几根火腿肠。

塑料袋里的食材不超过二十块钱，凑合着能过一周。余后的两天一成不变，平淡乏味，过得极其枯燥。

纪岑安去应聘，找短工，其间，到郭晋云的住处附近蹲守了几次。这才多久，不长记性的郭晋云就忘了会所里的遭遇，近几天又嘚瑟地摇尾巴了，从早到晚四处瞎混。

纪岑安不靠近他，每次只远远地观望，藏匿在角落里观察，试图找到他和裴少阳的关联，看能否顺藤摸瓜，发现他们私下的秘密。

可郭晋云并未找过裴少阳一次，仿佛压根不认识这人，别说联系这位表哥了，他连裴少阳的地盘都进不去。

凡是裴少阳常现身的地方，比如公司，郭晋云绝对不会出现在那里，喝酒买醉都往相反的方向跑。

这么一看，似乎他们确实八竿子打不着，真没那层不为人知的关系，但纪岑安却愈发笃定他们有事。

以往郭晋云对裴少阳可是唯命是从，对这个亲戚比待自家亲爸还热情。可以说裴少阳是郭晋云的首要巴结对象，平日里没少对他嘘寒问暖，热脸贴冷屁股也要硬凑上去拉关系，现在突然疏远了，反倒显得不同寻常，一看就有问题。

郭晋云这种不要脸面的人，为了好处，不惜跪着赔笑，能让他舍掉这条金大腿的，多半是有了更大的利益。

纪岑安太了解郭晋云了，早把他的德行摸了个透彻。

摸了那边一遍底细，纪岑安就折返了，转而当作什么都不知情。她到阿冲说过的那家网吧碰运气，以日薪一百二十元的待遇要求应聘上了。

照旧是临时打杂工，日常负责帮客户处理电脑问题，然后跑腿、送水、送吃食等。网吧晚上缺人，纪岑安又是上夜班，要从夜里十一点半上到第二天早上八点，所以偶尔还需要帮忙收银。

比起小酒吧，这边的薪水高了将近一倍，但劳累程度远超在后厨做事的时候。

网吧主管唯恐员工偷懒不干活，张嘴就催，指挥大家干这干那的，一刻也停不下来。

纪岑安上班的第一天就被喊去拖地、擦桌子，分明是保洁的活，但主管不这么认为，他认为保洁只干白天，晚上得她续上才行。

主管是老板娘家的亲戚，不能得罪，所有员工都忍着他，顺着他表演唱大戏。

一位老员工同纪岑安通气，让她不要与之一般见识，应付两下子就算了。

纪岑安倒也好脾气，横竖都是干活，做清洁也不是不可以。她以平常心接受，到时间就撤，拿到工钱便头也不回地离开。

好在主管给钱爽快，不会克扣一分，甚至不需要员工自己伸手讨，不似张林荣那么烦人。

网吧里不包饭，饮料可以免费喝，空闲时还允许玩手机上网。只要不打扰客人，需要时能随叫随到，其他的，爱怎么折腾就怎么折腾。而且，这边的正式员工还包五险一金，整得像模像样的，待遇比小酒吧好多了。

找到勉强稳定的新工作后，纪岑安犹豫了一下，最终还是知会了阿冲。

阿冲挺高兴，问了许多话，说："其实是启睿找的地方，他前两年经常到你们那里通宵打游戏，跟那些人也认识。"

纪岑安"嗯"了一声，不过还是只感谢阿冲。

阿冲笑眯眯的，让她有时间就过去做客，乐呵道："你放心干，争取早点成为正式员工嘛，这样也很好的。去年我也差点去那儿了，可是我不会电脑，搞不明白，人家不招我。"

阿冲改不了啰唆的习惯，一开口就说了一大通，讲着她那些日子的事。随后聊到小酒吧，她说纪岑安走后，她和陈启睿都很不适应，新来的那个总做错事，脑袋木木的，一点儿都不机灵，连客人点单，都记不住。

纪岑安想挂电话，她也没什么可讲的，她不喜欢听这些，对这些琐事不感兴趣，可迟迟没挂断。

"你有什么，可以跟启睿讲，找他就行，有麻烦就让他朋友帮你。"阿冲说道，笑了笑，之后才想着不打扰她休息，该挂电话了。

纪岑安自是不会找陈启睿的，没那念头，不乐意与其攀关系。不过，她的想法没什么影响。由于有阿冲在中间周旋、帮忙，翌日，纪岑安再去网吧守夜时，一个娃娃脸的男生过来热情地打招呼，问她："你就是江灿吧？我是陈启睿的兄弟，我两个住一起。"

娃娃脸自来熟，与阿冲也认识，受了朋友的嘱托要照顾纪岑安，行事丝毫不见外，完全把她当自己人了。

纪岑安没打算结识新朋友，不冷不热的，点了点头，应了一声。

娃娃脸却不介意她的态度，因为早就听阿冲他两个说起过她，清楚她是哪种性子，知道她没坏心，也不计较。

"我也上夜班,以后咱们两个就是搭档了。"娃娃脸说,没心眼地笑了笑。

纪岑安对搭档并不在乎,听完就当过了。

当晚,出于示好,娃娃脸还请纪岑安吃了顿夜宵。

纪岑安擦完桌子回去,这人大方地分她一把已经冷掉的烤串,塞到她手里,说道:"快吃,快吃,待会儿就更凉了,太凉了会硬,咬不动。"

她不喜欢重口味的食物,但还是收下了,人家给就吃,权当填饱肚子。

等吃完了,娃娃脸才告知实情,说烧烤是无人认领的,有的客户点了外卖又不吃,或是临时走了就送到前台收银处了,他其实是借花献佛。

纪岑安问:"谁送的?"

娃娃脸喝了口水,心大地说道:"这个不是送的,而是刚收拾桌子时捡的,好像还没动过,扔了怪可惜,浪费。"

纪岑安:"……"

第六章
医院之巧遇

网吧离筒子巷较远,坐公交车要一个多小时,位于大学城附近,大概隔了筒子巷两条街。

这边的学生更多,方便做生意,周边地区的网吧全靠学生党养活。哪怕是寒暑假期间,留校的大学生们也依然会到这边来上网,大多是三五成群一起来这儿过夜。

理工大学也在周围,走路二十分钟以内就能到。那边过来的男生特别多,几乎一半客人都是理工大学的。

纪岑安熟悉地形,但空闲时从未到外面晃悠,绝不踏入理工大学一步。

娃娃脸他们却喜欢到那边转转,有时还会过去吃夜宵,约上陈启睿他们喝酒聊天什么的。

陈启睿来过网吧一次,下班后到这儿打游戏,进来后眼珠子都快翻上了天,没正眼看过纪岑安一回。

也不知道是哪里得罪了他,他对纪岑安有意见得很,碰上了也决不寒暄两句。

纪岑安不会主动搭理对方,看见了都不出声喊人,眼皮子半合就当是打招呼了。

娃娃脸私下和纪岑安唠嗑:"启睿好久没过来了,今天难得来一次,也是稀客。"

"哦。"纪岑安说,并不待见对方。

无心的一句话,娃娃脸也没别的意思,讲完又转到另外的话题上,边打哈欠,边找话题,问关于酒吧的工作,过一会儿又帮腔骂张林荣,说他抠门。

娃娃脸年纪不大,与阿冲是同龄,比纪岑安要小几岁,可这孩子的嘴特别碎,颇得阿冲的真传,老是扯东扯西的。

他问纪岑安:"你有对象吗?"

纪岑安睨过去:"怎么?"

他说:"随便问问。有没有?"

纪岑安顿了下,不回答。娃娃脸聒噪,胳膊支在桌子上,手撑着脸,突然真心实意地夸她:"你长得这么漂亮,应该是有对象的,一看就不是单身。"

纪岑安不愿聊这些隐私,有点厌弃对方的多话了。

但娃娃脸真的只是问一嘴罢了,没想着要怎么样。他接连讲了好些关于纪岑安样貌的话,偷摸告诉她,说哪些人在背后夸她好看。

前些天在另外的地方做工,纪岑安多数时候是戴着口罩、帽子的,要不就是在后厨这类没什么人的地方待着,很少会有同事关注她的长相,对她也没什么别的心思。

可到了网吧,这边年轻人居多,即使她还是那副打扮,时不时戴着鸭舌帽,低着脑袋让人看不清脸,但大家对她就比较上心了。

纪岑安那高挑有致的身形就很受瞩目,就算是穿着旧T恤搭配洗到发白的牛仔裤,甚至鞋子也破烂得不像样,但光她的个子就足够吸睛了。

一米七六的身高摆在那里,笔直的长腿就很是吸睛,有了这个条件,她的脸长什么样已经不重要。

况且她一看就是美女类型,虽然有时灰头土脸的,对谁都冷漠无情,但小年轻们不在意这个,一个个青春悸动,总有意无意地悄悄瞥她。

已经有好些人找娃娃脸要她的联系方式了,不是问电话号码就是问社交账号，有的还想通过娃娃脸请她出去吃饭。

娃娃脸不好自作主张，先来探探她的口风，说："都是熟人，想交个朋友，看你的意愿。"

他还挤挤眼，意味深长地低声道："有的我这儿还有照片，长得真的挺帅的，正经的大学生，感觉还行。你要是没对象，也可以先看看照片，怎么样？"

纪岑安有些不耐烦，没有这方面的心思，直言："不需要。"

娃娃脸知趣，比了个手势，说："了解了，以后都帮你拒绝掉。"

纪岑安在网吧连续干了一个星期，没出任何岔子。也许是没缘分，也许是运气好，纪岑安没有再像起初那样遇见不想见的人。

同在理工大学，徐行简每天过来上班，进出校门数次，有几回都没开车出行，而是非常接地气地到校外打车或坐公交车。

可纪岑安从没碰上过徐行简，也没见过南迦。好似突然之间，这两个人就消失不见，变得无影无踪了。

两边斩断了牵连，断得干净利落。

自从上次在电视新闻里看见这对璧人后，纪岑安也渐渐知道了一些情况，包括南迦近几年在做什么，徐行简的现状，两人发展到什么地步了之类的信息。

南迦现今的主业已不再是设计，她改换到投资领域了，去年借着互联网的东风，更是打响了名气，稳坐年轻企业家中第一把交椅。

徐行简近几年也不差，学术造诣更上一层楼，混得风生水起，现在的名头响亮得很，诸如前途光明的大学老师、行业的希望、将来的领军角色……比起当初的他，跨越很大，是学校重点培养对象。

而与以前一样的是，他们仍旧是令人艳羡的一对，属于强强联合，双方都优秀出色，是各自的不二之选，可谓是天作之合。

上个星期的那场慈善活动，南迦是以艺术家的身份出席，徐行简则是作为摄影师参加活动。

两人实在登对，在现场也是如影随形，从开场到结束都在一起。新闻报道里，媒体直接给徐行简安上了"南总未婚夫"的名号，好似他们已经要结婚领证了一样。

纪岑安上网翻了翻,能查到的消息全是类似的捆绑——这两人一同出席了什么公益活动,参加了什么晚会,做了何种贡献。

相关的报道不算多,但仅从照片来看,南迦和徐行简关系匪浅,挺像那么回事的。纪岑安没去证实,也证实不了,不管怎么样,两人出双入对是不作假的。

但是纪岑安和南迦之前相处的那两年中,南迦是不愿意和纪岑安出席各种场合的,不想以攀附有钱人的形象出现,甚至以普通姐妹的身份出现都不行。

曾有一次,她们刚从僵持中缓和下来,纪岑安便带着她去参加一位艺术大师的私人宴会,欲介绍些志同道合的人给她认识,借此帮着拓宽一下她的交际圈子。

那天全程都挺顺利,南迦明面上也没表现出反感,可在离开宴会,与几位朋友单独小聚后,她在回去的路上却一直冷着脸。

她们回到北苑就大吵了一架,纪岑安搞不懂南迦在想什么,想要什么。

南迦并未解释,只说纪岑安恶心。两人为此险些又吵了,闹到要无法收场。

纪岑安也是后来才琢磨出一些意思,思及当日的经过,意识到应该是小聚上惹的麻烦。

那场小聚的确有点不愉快,可不是她的错。有人带了个不听话的朋友去,又在现场做了点让女方下不来台的举动,使得女方难堪。

那朋友惹得人家上火,据说扔了一把钱到女方的脸上,骂骂咧咧的,搞得场面极其尴尬。

言语虽不是出自纪岑安的嘴,但听在南迦的耳朵里,显得南迦和纪岑安做朋友有多拜金一样,这挺侮辱人的。

纪岑安觉得南迦清高,没事找事。南迦又很是固执,纪岑安怎么做都不满意。这事到最后也没解决。

清早下班回去,纪岑安拖着一身疲惫坐上公交车,找到座位,一坐下就开始闭目养神。

南方的夏季极易返潮,空气湿度大,天气热,可湿气重。

纸袋从地上被拿起来,改为放到床头的一边。

稍微平稳些了,纪岑安又到杨叔那里转了转。不过,她不是过去找人,只在暗中看看杨叔一家过得好不好。

大抵是断开联系及时,那些原本找到杨叔的人都不见了,一切看起来挺正常的。也可能他们是藏在什么地方,耐心地等着纪岑安自投罗网。但无论如何,目前来看还好,没人对杨叔一家下手。

纪岑安的一颗心落了地,见杨叔一家子都安稳,就悄无声息地离去。

当然了,撇开杨叔,另外阿冲他们,纪岑安也不想再与之产生交集。各有各的生活,大家不是一个世界的人,没必要过多地往来。

阿冲再给纪岑安打电话时,纪岑安没接,不管它。

打电话也没什么事要说,只是出于朋友的身份问问而已。她不接,一次、两次……次数多了,阿冲自然就不打了。

纪岑安下定决心推开那些不相关的人和事,集中心思打工,专注于了解郭晋云的动向,另外算着房子的租期,准备过几日再物色一处新的出租房。

她从不在固定的房子里待太久,一两个月已是极限,该转移阵地了。筒子巷的房子不收押金,每个月按时交钱就行,她随时都可以搬走。

纪岑安打算等这边的租约到期就搬去城中村的另一个地方。房东不知道她不续租的事,中间还过来催了一次房租,让她赶紧把下个月的租金交了,又说应该收押金的,他早前忘了收,让她下个月必须补上。

像是觉得纪岑安非住在这里不可似的,房东一张嘴就不饶人,仿佛他是大善人,租房子给她是在行善积德,做好事一样。

纪岑安不打算交房租,也不讲实话,要收钱,就等下个月再来,到时给。房东拿她没办法,也怕逼急了,她不租了,说了半天还是无功而返。

这破房子能租出去一间可不容易,同一栋别的租户已经有人不租了,要是把她逼走了,保不准什么时候才能找到新租客,房东哪里愿意。

城中村里找新房子不难,几百块钱的出租房一抓一大把。纪岑安不出一天就找到了新的住处,价格方面比较合适,不比这里贵多少。她想着第二天就过去,可也是这天,发生了一个小插曲,延误了行程。

陈启睿第二次到网吧通宵,路过她身边,停留了片刻,貌似无心地说了句:"阿冲家里出事了。"

纪岑安不管闲事,眼皮子都没动一下。陈启睿无视她的淡漠,自顾自地杵在她面前抽烟,满不在乎地继续讲着。

原来阿冲的妈妈病倒了,病得还挺严重,她那个讲话都不利索的儿子近来也不太好,又是感冒又是积食。

阿冲现在挺难的,一边要工作,一边还要照顾亲妈、带孩子,眼看着都快坚持不住,要辞工了。

陈启睿吐了口烟,缓缓地说:"小宇下学期该上幼儿园了,不能没钱。"

纪岑安假装耳聋了,埋头做事。

"你白天挺闲的。"陈启睿说,将主意打到她身上。

纪岑安不作答,一会儿才反问:"你不也闲着?"

陈启睿诚实地说:"嗯,但我一个人顾不过来,需要个帮手。"

纪岑安不会答应,她都快自身难保了,还去怜悯人家,也得看看有没有那个本事……她让陈启睿快滚,别待在这儿妨碍她干活。

陈启睿滚得麻利,临走前将医院的地址和病房号甩给她,说:"明天下午你去接个班,阿冲她没时间,我也去不了,张林荣让我帮忙搬货。"

医院离这边不远,几个公交站就能到。阿冲她妈躺在病床上喘气都艰难,形如枯槁,全然没了早前的气色。

纪岑安帮不了太多,到医院帮忙守了半天,等阿冲来了,又帮着带带小宇。

小孩子怕打针,见到护士进来给外婆打吊水就吓得直哭,嗓音响得怕是二里地外都能听到。

纪岑安怕他添乱,于是单手拎着小萝卜头到外面让其哭个够,又到离医院不远处的超市买了两颗糖塞到孩子的嘴里。

等她再回到住院部一楼时,小宇也不哭了,搂着她就喊"姨姨"。

纪岑安不认便宜亲戚,蹲下去拍小孩的背:"一边玩去,不要走太远。"

小孩不想玩,抱着她不肯松手,扭来扭去的,还一不小心撞到了迎面而来的人。

纪岑安下意识先抬手护住孩子,没看到被撞的那人是什么样,等抱着小宇起身了,才发觉异样。

视线相触的一瞬间,双方都顿了一下。两三步远的对面,南迦和一位中年妇女站在那里,南迦搀扶着对方,二人眉宇间看起来有几分相似。

同行的还有徐行简,以及两个陌生的面孔。看来都是陪着过来看病的人,偏巧就碰上了。那位中年妇女,纪岑安也认得,是南迦的小姑,她们曾有过一面之缘。

大概是没料到会在这种地方见到纪岑安,南迦微微愣神,但后一刹那又敛起目光,保持着端庄。

纪岑安还是戴着帽子和口罩的那副打扮,又抱着个孩子,一般人真的不能一眼就认出她。

对面只有南迦有所反应,徐行简他们只顾着南迦了,没怎么注意到纪岑安。

徐行简拉过南迦看了看,扶了她一把,贴心地问:"没事吧?"
南迦面无表情,摇摇头,温声说:"没有。"

方才是小宇不看路撞上来的,他十足的熊孩子样,徐行简对此有点不舒坦，觉得是旁边的大人没尽责，于是还想找纪岑安说两句。

但他被拦住了，南迦的小姑摆了摆手，示意他不要置气，挽上南迦的胳膊，慈祥地说："算了，不碍事。"

小辈们都听劝，徐行简只能压住不悦，又询问南迦有没有被撞到哪里。

南迦不应答，瞥了一眼微微低头的纪岑安，说："走了，先进去。"

徐行简这才没有计较，进了医院。

纪岑安抱着孩子没动，整个过程都不言语，不替小孩子道歉，发现他们转身要走，也没表示。

只有小宇被徐行简略严肃的神情唬得小脸紧绷。他自知不对，张开手臂死死地搂住纪岑安，直把脸往她的颈窝里钻。他都要哭了，胆小得很。

阿冲忙完了病房里的事情，到下面来找纪岑安他们。

一来，便见到孩子这副样子，阿冲不免问了下缘由，接着发现纪岑安无意间在看另一个方向，顺着就看见了不远处等电梯的南迦几个人，似是看出了什么，张口就说："你认识吗？"

纪岑安回神安抚孩子，轻声说："不认识。"

阿冲说："你盯着人家看，还以为是你认识的谁。"

纪岑安否认："没关系的人，不认识。"

阿冲了然，接过小孩，换到自己的手上抱着。二人也没留在这里，交流一番便转身拿着单子去取药了。阿冲需要纪岑安帮忙，她自己顾不过来。

他们往相反的方向走，转个弯就看不见了。

电梯这里，因为人多，南迦和徐行简他们还没上去。南迦站在外侧，电梯来了，也不进去，还是徐行简唤了声才跟着动。

南迦脸色不大好，红唇用力抿着，都泛白了，徐行简怔了怔，以为是之前撞到的，关切道："怎么了，是不是哪里不舒服？"

南迦却不领情，只字不语，没听见般径直走进刚打开的电梯里，走到小姑的身旁。

徐行简还想再说什么，可后面又有别的病人家属进了电梯。

他们被人群分开了。徐行简有分寸，插不上话就还是不多嘴了。

一楼大厅药房等候的队伍较长，工作日的病患特别多，光是自助缴费机前就排起了长龙，到处都是黑压压的人头在攒动。

人群中的轻微汗臭与医院的消毒水味道混合着，带着股说不出来的气息，呛人又难闻。

纪岑安拿着已经交完钱的单子挤在等候区，守着药房等叫号。旁边的阿冲牵上小宇，不让小孩乱跑，不时同她搭话，讲晚上怎么安排。

纪岑安心不在焉，没怎么听，注意力有些分散。

阿冲唤了她两下，小声喊道："江灿。"

纪岑安好一会儿才敛起心神，迟钝地察觉到阿冲是在叫自己。她转头看了看，以为是叫号到她们了，应声说："马上去。"

阿冲拉住人，说："不是拿药，还没到咱们。我问你晚饭想吃什么，盒饭还是炒菜，或者别的？"

纪岑安对食物不挑剔："都可以，你们决定就行。"

"那吃炒菜，等会儿我去门口的馆子买，你拿了药就先带着小宇上去。"阿冲说，又问想吃哪种肉，喝不喝汤什么的。

阿冲把纪岑安当客人对待，念着她专程过来帮忙，不好意思随便给她对付了。

纪岑安没什么意见，报了两个家常菜名，价格都不贵的那种。

阿冲记下，一会儿又发现她气色有点憔悴，看着就像是累的，问是不是上夜班太辛苦了，没休息好，不适应网吧的工作强度。

阿冲倒没将其和电梯口的事联系起来，只是感觉纪岑安下楼前都不是这样，现在却瞧着有些疲惫。

纪岑安摇头，搪塞道："没，可能是出去晒了一圈，外面太热了。"

"这太阳是挺大的，今天三十八摄氏度。"阿冲说。

她们排队排了二十多分钟才取到药。然后纪岑安抱孩子上楼到病房里，阿冲独自出去买饭菜了。

住院部这边一间病房四张床位，三张床上都是人。阿冲的妈妈在靠窗的位子上，纪岑安一进去，护士就来了。

护士到这儿给阿冲的妈妈换了输液瓶，并交代家属等会儿要做哪些事。

纪岑安逐一照办，晚一点儿再到护士站跑了一趟。

她和南迦虽处在同一栋住院楼，但接下来没再发生类似的相遇。

一边是普通病房，一边是高级套间病房，两者隔着好多层楼，再碰上的可能性很小。

忙完所有需要做的，纪岑安到过道尽头的楼梯口站了会儿，单独待着，不想被阿冲的妈妈问东问西。

老人家关怀过剩，都难受得有气无力地躺在病床上了，却还是念着忙碌的年轻人，反复唠叨。

纪岑安应付不来，于是离远些，安慰不来老人家，那就自己图清净。

她在楼梯口待了十几分钟再折返，进到病房里时，娃娃脸已经来了。

这小子也是到这儿帮忙的，八点后，阿冲要到酒吧上班，估计三点才能过来，其间得靠娃娃脸守着她妈妈和小宇。

娃娃脸和其他同事换班了，改成了明天的早班，空闲时间相对多一点。有别的人接替，纪岑安就能走了，可以先回出租房歇一歇，到点再工作。眼下才七点多，离晚班时间还远。

纪岑安没留下，婉拒了阿冲一起坐公交车回去的邀请，也不打算回筒子巷。她到住院部下面的公园长凳上坐了个把小时，趁太阳落山了，吹吹风，透一下气。

她成天只身窝在狭窄、幽闭的屋子里也无聊，适当呼吸新鲜空气也是种放松方式，不至于那么压抑。

黄昏时刻的气温依旧高，公园里行人稀少，目光所及之处基本是绿油油的茂盛草木，四周宁静、安然。

纪岑安迟迟不起来，坐下就像生根了般，闲适地独处，不看手机，也不做另外的事打发时间，她很享受。

天色逐渐加深，浓郁的灰黑盖过了亮白，堆叠的云朵匿迹，星月也未如期出现。今晚空荡荡的，天上什么都没有，是一片纯黑。

周边的路灯一盏接一盏地亮起，附近愈发安宁。纪岑安摸出手机看了一眼，还有几十分钟就是上班时间，这才不紧不慢地沿着小路出去，走至外面。

医院离网吧仅有一两公里，可以步行过去。她往下拉了拉帽檐，顺着大路走，穿过两个红绿灯，走完一条相当长的直行道，转出岔路口，再走一段路，就到网吧了。

一辆不起眼的灰色本田雅阁也在这时开了过来，车速十分缓慢，稳当地跟在后面。那车不急着赶路，不加以掩饰，光明正大地跟着纪岑安，不怕被发现。

纪岑安从上个路段就察觉到了本田车的存在，不用看都清楚里面载的是谁。她挺沉得住气，自始至终都任由对方跟着，不交谈，也不阻拦。

人和车子都行至隐蔽、僻静的路上，本田车终于停住，放下车窗。赵启宏一露面就礼貌地喊她："江灿小姐。"

车后座的那位则动也不动，隐在车窗的遮挡里。纪岑安驻足，装作不明白："赵先生。"

赵启宏是个人精，不提大半夜跟踪这档子事，只说："这都能遇到你，赶巧了。"接着好声好气地询问，"去哪儿，要载你一程吗？"

纪岑安知道无法拒绝。他的询问不过是想互相给个面子，不将场面搞得那么僵硬罢了，她上车是必须的。毕竟都跟了一路了，她就算现在拒绝了，晚点也肯定跑不掉。

纪岑安道了声谢，打开车门上去，径自坐在后排的位置上，挨着里面的那人。

赵启宏发动车子，没问目的地在哪儿，就将车开向更为隐蔽的另一条街，送他们到远处的室外停车场，然后自觉地下车望风，离得老远，不打扰，将空间留给两人。

车内的灯也关了，除了她们两个，整一个安静密闭的空间。车里不够宽大，两个长腿高个子坐在一起，稍微动一下，都会不小心碰到对方的膝盖。

纪岑安侧身，看向已经换了身裙装的南迦。但还是南迦先开口，似不经意地轻声说："江小姐今晚难得出来一趟，很少见到你。"

她摆着惯常的疏远态度，比下午对徐行简他们的态度差了不少。

不知南迦这是要做什么，纪岑安说："今天有点事。"

南迦问："谁生病了？"

纪岑安嘴唇微微张开，到底还是如实告知："朋友的母亲，我过来帮个忙。"

南迦直接道："那你们挺熟的，关系还不错。"

她未提及阿冲的名字，可指向性明显。轻描淡写的一句，也没过深的含义，似是随心的感慨，又不像是。

听不出这是何意，捉摸不透对方，纪岑安眼皮子往上抬了些，径自盯着一旁的身影。一会儿，她眨了眨眼，反过来问："你呢，去医院找谁？"

南迦却不愿告知。

"陪徐老师去探望亲戚？"纪岑安说，猜测中带有两分确定，已然清楚他们的往来方式。

每次只要南迦和徐行简在同一个地方现身，必定是为了一块儿做什么，大多数时候是面见家长或什么长辈之类的。

南家与徐家是至交，两边早已把子女捆绑成一对了，大家都乐意撮合这对青梅竹马，默认两家迟早会成一家，因而做许多事都是叫上两人一起。

今天下午南迦的小姑也在，八九不离十是这样。往年，这样的事时常发生，纪岑安又不是没见过。南迦没承认，可也不否认。

车里暗沉沉的，视线模糊。各自都瞧不见对方脸上的神情，见面便生硬地聊几句，漫无目的，仿佛各自都不在意。

南迦不想讲到自己，转而将话题移开："明天还要去？"

南迦感觉得到纪岑安的情绪有点奇怪,她在避而不谈某类话题。可这本身也不是要紧的,聊这个属实没必要。

但纪岑安这般遮掩看起来像是刻意在躲避什么,好像在保护阿冲他们,拦着不让外人伤害似的。

纪岑安何曾这样护着身边的人,这还是头一回。独一无二的待遇,显得格外特殊。

南迦倒不置气,已然料到她会是这般样子,过一会儿就不问了。气氛凝滞,双方僵持着,谁都不说话。

纪岑安察觉对方忽然就冷了下来,可又不想应对,也不想解释。

南迦缓和下来,白皙的手伸过来一些,低声说:"你很关心她。"

纪岑安没反应,嘴上说道:"没有。"

南迦不动声色:"是吗?"

纪岑安还是沉默。感受到纪岑安的变化,南迦好半晌才强势地把纪岑安拉向自己这边。

纪岑安收紧细长的手指,不由自主地抓住身下的坐垫,用力捏着,很久都不松开。

马路上一片寂静,漆黑的夜色如化不开的浓墨。晚风轻柔,拂动地上凋零飘落的落叶,簌簌作响。

旧城区的夜晚不比熙攘的商业街,这个时间点了,周围居民楼里的灯已经不剩几盏了,或白或黄的方块稀疏分散在低矮的立方体上,远远看着似是镶嵌上去的发光按键。

黑魆魆的夜阻隔了视线的交流,谁都瞧不见另一个人脸上是否有触动,或是别的情绪。

两人周围仿佛筑起了无形的墙壁,不断地收拢、逼紧,让气氛越来越沉重。

其间,纪岑安转开了目光,不愿这般僵硬地和南迦对视着。

"江小姐对谁都这么热心吗?"南迦低语,敛起适才的心绪,隔着暗黑,望向纪岑安,调子恢复了惯有的轻松平常,貌似不走心。

沉重的压迫感还没消散,纪岑安松松手,不再那么紧绷。有的事三言两语解释不清楚，讲了也没说服力，毕竟她自己都搞不明白为何会那样做。

她猜不透南迦此时的想法，不知道南迦现在做这些是出于什么心理。对上南迦的眼睛，须臾，她避重就轻地说："今晚有时间，正好就出来一趟。"

"不是普通的同事吗，何时走得这么近了？"南迦说。

纪岑安顿了顿，辩解不了。

南迦："江小姐人缘不错，在哪儿都处得来，跟谁都能结交。"

这倒是事实。以前的纪岑安广结好友，不管和哪边都能搭上线。即便有些人是冲着纪家的面子，看在大哥他们的面子上才会做做样子，但她的确到处吃得开，很受那些朋友的欢迎和追捧。

这才回城里多久，不过是在小酒吧干了十几天短工，纪岑安就认识了两个朋友，还一改本性，出来给人家帮忙。

倒是挺稀奇的，一般同事哪有这种待遇。

大家萍水相逢，没几个能像这样的，好心为同事照看长辈和孩子，帮忙帮到这份上的。

"以前也不这样。"南迦小声道，她记起了那些日子，话里有话。

纪岑安垂垂眼睑，僵着，也不低头。良久，她只说："南迦，当时真没看到你。"

南迦慢条斯理地"嗯"了一声。

"你也挺喜欢那个孩子的，很照顾他。"南迦说，对她的话置若罔闻。

纪岑安皱了皱眉，有些介怀。她不喜欢南迦这副模样，她接受不了，同时也发觉南迦似乎在威胁她什么，有点要拿捏自己的样子。

记忆中的南迦从不这么做，她们时常翻脸争吵，闹得不可收场，但南迦向来都是比纪岑安更为镇定、沉稳的。

往昔的南迦有自己的骄傲，绝对不会说这些，她有时清高到令人生厌，可怎么样都不会牵扯别的人进来。

当年是纪岑安爱翻旧账，小心眼，执拗得不行，非得揪着一些乱七八糟的东西不放,没少为无关紧要的人发脾气。

眼下二人好像灵魂互换了,很多东西都变了。她们坐在一处,但遥不可及。

两边都在僵持,空气都快凝固了。她们各有各的逆鳞,都有不能触摸的地方。纪岑安没应答,不想明说。

不知过了多久,还是南迦缓缓地说:"江小姐早就清楚,不是吗?"

纪岑安呼吸一滞,明白这句话的含义。她们的对话仅此而已了,不会再往下继续。半分钟后,车内的灯被打开。

街边候着的赵启宏收到了信号,立即整理了一下身上的衣服,三步并作两步走过来,打开门,重新上车。

知道这是结束了,赵启宏哪里会多嘴,甭管里面的气氛多低沉,他依然装作感受不到,上去就发动车子,尽职尽责地开着车送纪岑安到她要抵达的地方。

无须纪岑安再报地名,他们早就调查过她了,要去哪里全都一清二楚。

到了网吧门口,赵启宏没像第一回那般下去为纪岑安开车门,而是停好了车后,转身往后看看,恭敬地说:"江灿小姐,到了。"

纪岑安自己开门下车。等门合上,车一会儿就转换方向,朝着另一个岔路口开过去。

那不是去北苑或汉成路的方向。这么晚了,纪岑安看不出南迦是要去哪儿。夜色将他们吞噬,消失在街道的另一边。

已经十二点了,纪岑安上班迟到了半个小时。

进入网吧,纪岑安接到的就是一顿骂,主管什么都不问,张口就是批评。

其他员工都按时上班,没人缺勤迟到,唯独纪岑安这个临时工搞特殊。主管直说:"电话也没打一个,不想做了,明天就赶紧走,咱这儿地方小,经不起你折腾,真是……"

纪岑安不回嘴,以晚上搭不到公交车为借口,表示走路过来的。

主管气得脸歪嘴斜，觉得她是没脑子的傻子。

主管讲话刻薄，张嘴就大加讽刺了一番，逮着迟到这事做文章，指责现在的年轻人不能吃苦耐劳，这么轻松的工作，还不上心。

主管大有借机开刀的意思，明面上骂纪岑安，其实也是在警示其他做工懈怠的员工。

好不容易抓住这个时机逞威风，可以彰显一下自己的领导风范，主管哪里会几句话就完事。

网吧里偷懒的不止纪岑安一个，有的人来是来了，心却没来，一天到晚都在摸鱼。

不过，现在毕竟是营业时段，网吧里还有一批客人，这么叨叨教训员工会影响顾客的体验，主管没再多骂，他压着声音说："晚点再跟你算账。"

哪里还有晚点，等骂完了，也到了主管的收工时间。最终是以纪岑安被扣钱收场，她仅仅迟到半小时，但今晚的工钱就被扣了二十元。

以儆效尤，没有下次。

纪岑安一个字都不反驳，到了就做事，中途坐在收银台那里休息，从头到尾都没怎么吭声。

她脸色沉着，整个晚上都不苟言笑。

其他员工不知道她经历了什么事，只当是挨骂不爽，才被甩脸子，大伙儿都自觉地不上前招惹她，尽量降低自己的存在感。

有纪岑安挨训在前，这晚众人的积极性比平常高些，勉强勤快点了。

天亮时，纪岑安在桌子上趴着歇息，将脑袋枕在胳膊上，鸭舌帽盖在脸上，遮得严实。

娃娃脸七点五十分左右过来，拎着两袋包子外加热豆浆，一进门就走到她面前，拍拍她，将其叫醒。

纪岑安拿开他的爪子："让开。"

娃娃脸将其中一份包子、豆浆放在她的面前，说："阿冲买的，咱们两个一人一半。"

纪岑安看都没看一眼,没胃口吃东西。见其精气神不是很好,娃娃脸帮她把工钱代领过来。

她谁都不理会,嫌烦。

不明白她干吗这么冷淡,娃娃脸一头雾水,看看桌上热乎的早餐,冲着她的背影问:"吃的,真不要了?"

高挑的身影走远了,置若罔闻。纪岑安杂事不断,搬家计划又搁置了,又往后推迟了。

持续工作半个晚上,纪岑安拖着疲惫的身子回去,什么都没干,进门就倒在床上吹着风扇补觉,希望从昨夜的状态中缓解过来。

隔壁工厂的噪音接连作响,但没能吵醒她。她这一睡就是小半天,睁眼时已是下午五点。

经过了昨晚车上的摩擦,之后的一天时间内,纪岑安仿佛周身都环绕着一股低气压,让人离得老远都能感受到。

旧账翻不了篇,有的事就像卡在喉咙里的一根刺,深深扎在柔嫩的肉里,化不开,碰不得,永远无法和解。

出租屋里没开火,纪岑安的晚饭是在医院里凑合的一顿。做烂好人是有代价的,帮人需要负责到底。

阿冲妈妈的病情没有得到好转,出院还不知道要到什么时候了。纪岑安还是到那里当看守,带小孩,等着娃娃脸来接班。

她那张脸太过明显,生人勿近的架势把孩子都吓到了,平时软糯的小豆丁都不敢靠近她,见到她空洞又打不起精神的样子就发怵,不住地朝病床底下钻。

纪岑安没心情哄孩子,活像谁欠了她钱似的,她低头瞧了瞧小宇,不怎么搭理他。

其他人都知道她昨天迟到被扣钱的事,觉得那是症结所在,倒也没胡乱发散,想不到别的方面去。

娃娃脸私下跟大家都通过气了,他大嘴巴说了纪岑安在店里的遭遇,还有早上的那一出,让阿冲他们别惹这枚冲天炮,免得一点就炸。

打工人出苦力干活艰辛，二十块钱不多，可被扣掉就没了，又被当众训成那样，能忍得下去才有鬼了。

但凡来个暴脾气的，保不准就辞工不干了，哪里会为了百来块钱受这份气。阿冲和陈启睿心里有数，本来想问问原委，要宽慰纪岑安一番，只是见面后看到她脸色不大好，还是默契地不问了，任由她自己排解。

纪岑安在洗手间里待了许久，磨磨蹭蹭不出去，忖度着，心头很是不得劲，颇有种回到了当初的感觉，那时她冲动、任性、不成熟，一旦愠怒上头就郁闷，总要做点什么才能消气。

可惜眼下的处境不允许，她再憋屈，也只能自己压着。

生气不值当，发火更是徒劳，横竖吃亏的都是自己，她不能把别人怎么样。

工作迟到仅一次，她第二天还是准点报到。类似的事没再发生，要不又被扣工钱。

但是，纪岑安后面也不刻意躲着谁了，步行不会特地绕开理工大学的周边地区，都挑近路走。

但路过那附近不代表可以遇到徐行简他们，哪里有这么多巧合，他们连擦肩而过的机会都没有。

他们若真能正面碰上就是缘分了，何况徐行简不走这条路，更不是天天都需要来学校上班。

大学周围全是青春朝气的面孔，学生们脸上都洋溢着希望和笑容，纪岑安这类人在年轻的群体里还是挺显眼的，消沉的气质与大家格格不入，走在路上都属独一份的那种。

徐行简都遇不上，自然也碰不到另一位。

之前纪岑安还能偶尔在电视新闻上见到他们出双入对，可这几天就又不见了，仿佛真就身处两个不相通的世界。

第七章
你来帮我擦

纪岑安的心力都在郭晋云和裴少阳身上,不上班的时候,都在调查他们。

郭晋云最近非常活跃,死性不改,又去了会所一次,这回还带了一位不认识的中年女人一起去,硬是在会所里面待到翌日天黑才神色恍惚地出来。

纪岑安向来对郭晋云的德行嗤之以鼻,以前就瞧不上眼,如今更是嫌弃。

她跟踪中年女人到老城区,对这两位拍照取证,等把照片洗出来后,准备将其作为"礼物"送到女人手中,以此作筹码套取自己想要的信息。

纪岑安挺谨慎,不想搬起石头砸到自己的脚,担心被抓住。她暗地里观察,斟酌之后该怎么全身而退。同时,她也在调查裴少阳,发现他好像从那次出国旅游结束后,这几年竟然很少离开Z城。他像是故意避嫌,有心而为之的。

比起早几年,裴少阳这两年似乎高调了不少,名下的企业经营得很好,陆陆续续有了新的资产,一会儿出席某个重要场合当嘉宾,一会儿以年轻企业家的身份做公益博取名声,营造出高尚、正派的形象。

现今的互联网发达,很多东西在网上也能找到。纪岑安直接用网吧的电脑搜索这个人，查到了诸多耐人寻味的新的线索，譬如裴少阳在去年收购了哪家公司，上个月又和哪位有名有姓的人物参加了什么活动。

好巧不巧，被收购的那家公司就是纪家大哥曾经看中想收购的，当时大哥还告诉过纪岑安。

大哥说那家公司有潜力，假以时日，必定有大赚头。此外裴少阳接触到的这个人，也是大哥以前拜访过的，而且也是为了这家公司才去接触的，特意拉拢人家来帮忙。

那是纪岑安还在读大学时的事了，当初她不管这些，也没记住具体情况，如今她却琢磨出了另一层意味。

分明是大哥看中的投资，这块肉也快被纪家吃到嘴里了，可偏偏就差一点。纪家出事后几年，这块肉竟被大哥这位昔日好友吞下。

是两个人的商业目光一致凑巧？还是裴少阳怀恨在心，就是要抢夺这块肉？抑或是有不为人知的秘密在里面？

纪岑安素来不信什么命运安排，如今更加确信裴少阳和大哥之间有问题。也许这也是利益交换的条件之一，但这谁能说得准呢？

对裴少阳暂时也没辙，纪岑安查到这里就收手了。

纪岑安有条不紊，随即专注于郭晋云那边，打算把中年女人作为突破口下手。

可惜预想是一回事，实际又是另一回事。在计划实施之前，又有事插进来——赵启宏来找她了。

没料到赵启宏会来敲出租屋的门，而且还是大白天现身，纪岑安开门见到他的那一刻，眉头下意识紧蹙。

赵启宏还是一如既往地有礼貌，温和地喊她"江小姐"，然后开门见山地表示自己有事而来。

至于什么事需要他亲自跑一趟，他的解释挺有意思，说是来取上回落下的礼服，但纪岑安把东西拿给他，他又不接，表示得劳烦她亲自送到某个地方去。

他的借口着实拙劣，就差把目的写在脸上了。大概是不知道这个理由有多无厘头,赵启宏还笑得出来,说:"车已经在楼下等着您了。江灿小姐要是今天没空,那改日也行。"

话是这么讲,行为却不是这个含义。她非去不可,拒绝也不行。

不担心她不答应,赵启宏规矩地守在门口,无视她的脸色,乐呵道:"江灿小姐可以考虑几分钟,不着急。"

紧接着,他抛下一句:"南总那边也在忙,估计晚点才有空。她今晚约了人,到时候您也能跟着见见。"

言下之意,南迦今晚组了个局,是跟纪岑安有关的,要约见的那一位,纪岑安肯定认识。

赵启宏静心候着,直到纪岑安表情缓和,才伸手示意:"江灿小姐,请,我为您带路。"

纪岑安随之下楼,坐上车,跟着赵启宏到了一栋装修华丽的酒楼包间里。包间是套房,两间并着,外侧是吃饭的地方,里侧是私密性还不错的休息室。南迦并不在那里,得到了时间才会过来。

赵启宏让纪岑安待在休息室里等着,叫人给她上茶水伺候,同时叮嘱她不能出去,只能在这里,不能乱走动。

纪岑安不悦,可还是听从了,既然来了,那就且看且等。赵启宏体贴地笑了笑,差不多了就关门出去,到外面布置会客事宜,为老板把事情都办妥。

隔着一道门,纪岑安看不见外面的情况,全靠声音分辨。

南迦没让纪岑安等太久,守约地出现,带着今夜的那个人一起过来。外面窸窣一阵,双方在谈话,声音不大,听不清楚说话的内容,但能辨出那位是个男人,嗓音有点熟悉。

纪岑安当然能认出是谁。

"裴总,这边请。"墙外传来温婉的声音,是南迦在招呼对方。

如此场合,整个Z城也只有一位姓裴的能受邀约出现——来人正是裴少阳。

这太出乎意料,纪岑安刹那间神色慌乱,她以为南迦会安排谁来见她,或是带她去见谁,比如杨开明这种与她有过牵连的人,甚至是郭晋云她也想过,结果统统都不是,她都没猜对。

她已然做足了心理准备,想着会面对哪些场景。南迦那么憎恨她,指不定会用什么来逼迫要挟她。然而,对方不屑于此,直接将她千方百计变着法子要接近的人找来了,让纪岑安置身在暗处旁听。

在察觉来人后的瞬间,纪岑安不自禁地望了眼嵌入墙体的隐形门方向,腰身绷直。

厚实的墙壁将里外分隔开,但两边的隔音效果却不怎么样。等到外面的两人落座了,酒楼的服务人员上菜完毕全退出去,他们的聊天就愈发清晰了,一一落进她的耳中。

柔和灯光照明的外间中,南迦从容自如,大方有礼,一袭优雅精致的裙装衬上她白皙的皮肤,气质端庄,像是从画里走出来的人。她五官深邃,眸清似水,颇有江南美人婉约的气质。

裴少阳也穿得正式,是捯饬过一番才来的,作为客人,他不至于太失礼。

这个三十二岁的男人长相英俊儒雅,唇红齿白,大概一米七三,比穿高跟鞋的南迦矮一小截,可看着就随和,有亲和力,属于斯文安静型的那一类。

他的样貌瞧着隐约与郭晋云有几分相似,尤其是眉眼和鼻子,简直一个模子刻出来的,但气质瞧着比仅由皮囊就能显出败类气息的郭晋云高了不知多少。

裴少阳挺讲规矩,一看就是自律的人。南迦示意裴少阳坐上方以示尊重,可他婉拒了,转而坐在下位。

"南总也坐,别站着,不要那么客气。"

南迦不拘谨,径直坐下,然后抬抬手。候在一旁的赵启宏心领神会,上前为两位倒茶水,亲自为之布菜。

南迦诚意十足,可谓面面俱到,绝不会怠慢人家。

两方是到这儿来谈合作的,为了下半年的一个重要项目而提前接洽沟通,先简单谈一谈,摸清对方的意向和态度。

南迦与裴少阳在各自公司里的决策权都很大,两人基本能代表各自的阵营的态度。

他们两个都很有生意人的做派，先你来我往地谈一些不着边际的话题，表示问候。

南迦是认识裴少阳的，此刻开口就先从裴家那边切入，问起裴少阳他爸、裴老爷子的身体状况。

南迦上回和裴家接触时，裴老爷子生了点小毛病，身子骨一直不太行，这不是什么秘密。

裴少阳对南迦肯定也算熟悉，知道她现在的身份，也清楚她曾经是怎样的地位。

不过，几年前南迦和纪岑安鲜少在朋友面前一起露面，加之许多不为人知的事，外人终究只能看见表象，不清楚实际的情况。

南迦和纪岑安的关系，很少人知道，连纪家的大哥都不知情。

在裴少阳一干人等的眼中，四五年前的南迦只是一个漂亮出众的清高艺术家，和纪岑安只是有过几次交集，可她们并不对付，甚至相互看对方不顺眼。

反正所有人都瞧得见南迦的孤傲自恃，她对纪岑安的轻视和厌恶比股市上升的红线还容易分辨，长了眼睛的人都看得出来。

而明面上，南迦和徐行简是情投意合的一对，时至今日，他们连上新闻都出双入对。

不知是由于旧怨得报，还是心思深所以能装，裴少阳待南迦显得挺友好，愿意拉家常套近乎，末了，还说："麻烦南总这么费心思，多谢了。改天我也得请你一回，到时候希望南总能赏个面子。"

"近期都有时间，裴总哪天有空了，提早讲一声就行。"

组局谈生意就这样，正事不聊，其他的什么鸡毛蒜皮的事都要拉出来遛一圈。有些话不能说得太满，但也不能太空洞，需要拿捏好度。

裴少阳始终如一，好说话，谦和，讲到一半，又问南迦最近在忙些什么。

南迦一五一十地说："前些天参加了诗博的晚宴，近期处理公司的杂务,过不了多久应该要到江城参加展览会,顺便过去剪彩。裴总呢,在哪儿发财?"

裴少阳笑笑,摆摆手,说:"算不上发财,差远了,可比不上南总你。"

他端起茶水浅啜了口,一脸温和,歇了几秒钟,才又开口道:"我这段时间比较清闲,没什么事,就上个星期到海城转悠了一圈,其他时候都待在家里,哪儿都没去。老爷子需要人照顾,我走不开,腾不出手,没办法。"

话里的深层含义是没空做事,让人听不出是否有在影射别的方面,可语气很正常,不像是有其他意思。

桌上的两人你一句我一语,聊得倒是愉快,整个过程没有丝毫坎坷,仿佛真的是因为志趣相投才聊到一起的。

裴少阳年纪不大,但处事远比那些久经考验的老油条圆滑。他知道前些天南迦和郭晋云起了冲突,前因后果都知道,可就是绝口不提,哪怕一个字。

无论南迦是恰巧出现在那里,还是为了谁才出现在那里,他都一律当作不清楚。

南迦也是如此,心知那天的事情已经暴露,然而至始至终都不着急,不担忧郭晋云在裴少阳面前打小报告。

她优雅地喝了口汤,将话题拉回到江城的展览会上,随口一提会在那边见某个人。

偏偏赶巧了,南迦要见的那位,恰恰就是裴少阳新收购公司的竞争对手背后最大的股东。

大股东背景强大,实力雄厚,非裴少阳能比。大股东比较欣赏南迦,喜欢她的设计风格,中意她在艺术领域的成就,主动抛出橄榄枝请她过去参展。

南迦也的确招人喜爱,各方面都吃得开,人家诚心邀请,她必定是要去的,不能不卖面子。

不紧不慢地说完这些,南迦也不怕裴少阳会有想法,轻声细语地直言:"裴总近来要是有空,想一起过去走走的话,我们也可以一起。"

她诚意满满,仿佛不懂两家公司的对立局面。经商就是这样,同伴不一定是朋友,对手也不一定就是敌人,竞争是一方面,是否会因为眼前的利益而视人家为死敌就是格局问题了。

裴少阳心态稳当,表面平静镇定,似乎不在意这个,随后还问到展览会的进展事宜。

饭局顺利,两人全程和睦相处。

结束时,裴少阳起身,南迦送人到门口,秘书再引他到外面的马路边上。

这次的邀请就告一段落了,全部问题都已谈妥,后续的合作也定了下来,不出意外应该是成了。

十几分钟后,赵启宏让保镖出去守着,重新叫了一桌子菜。

等时间差不多了,赵启宏又打开隐形门,再转身离开,安静地到门口等待,把空间让给里面的两人。

满桌的食物换成了另一种口味,全是纪岑安喜欢的菜,丰盛可口,正热乎着。

纪岑安在休息间里听完了所有对话,一句都没遗漏。

她听出来了,裴少阳应该发现她了,只是目前还没出手,她的一举一动其实都在别人的眼皮子底下。

至于裴少阳为何不对付她,谁也不知道。可能是没把她放在眼里,也可能是想等等,看她能搞出什么花样。

今夜的这顿饭其实就是明晃晃地试探,是南迦专程做给纪岑安看的。

纪岑安出去,到桌边坐下。

南迦兀自翻看着之前用过的合同文件,犹如感知不到这里还有一个人一样,等她主动走到身边了,才头也不抬地说:"饿了就先吃点,尝尝这家的菜怎么样。"

南迦又换了一种样子,与裴少阳谈判时完全相反的样子,文雅,清清冷冷的,乍一看还是平常的脾性。

现在不是生意场了,更像是简单的吃顿饭,如同她们两个还是朋友一般。南迦语气平稳,让人听了觉得心里舒坦,容易放下防备。

纪岑安不饿,没吃。南迦也不劝,一页一页地翻着合同,过一会儿再执笔签字。她行云流水,一气呵成,字迹潇洒漂亮。

纪岑安看她,目光落在她的身上。南迦漠然以对,许久,忽而问:"你朋友那里如何了,出院了吗?"

纪岑安眼睫微动,说:"还没有。"

南迦说:"是什么病?"

纪岑安没吭声,她不大了解,只知道阿冲的妈妈是高血压和什么心血管疾病,毛病还不少,复杂得很。

"我在三院有认识的医生,"南迦说道,看完了,将文件搁在一边,"心内科的,应该还不错。"

言罢,南迦望向纪岑安,等待她的应答。

纪岑安想也不想,立马张嘴拒绝了:"不用,有医生了。"

这个回答在意料之中,南迦听了不生气,而后起身盛汤,她竟亲自为纪岑安动手一次,伺候她。

难得南迦愿意这么做,三四年前纪岑安都没享受到如此待遇。

这是纪岑安喜欢的广府汤,挺有地方特色的一道食物。

以前在北苑的时候,纪岑安还专门学过这个,然后纡尊降贵地煲给南迦喝。

纪岑安素来我行我素,自己爱什么,就给南迦什么,全然不顾南迦自己的喜好,一味都按照她自己的兴趣来。

南迦记得这道广府汤,特意让后厨炖了。她盛了小半碗,将其推到纪岑安的面前。纪岑安还是不动手。

"不合胃口?"南迦问。

纪岑安说:"还不想吃。"

南迦说道:"那先放着,等想喝了再喝。"

南迦这般生硬的做法太违心了,让人略感不适。纪岑安不由得蹙眉，心里就更不舒服。可惜南迦不会考虑她的感受，因为当初她也是这么做的，甚至更为过分。

南迦自顾自讲了几句，不解释请裴少阳过来的目的，只提及近期要做的一个设计，但还没找到合适的私人模特人选。

南迦也不挑明什么，仅仅这么讲一讲。

这一幕挺熟悉的，纪岑安心知肚明。很早之前，她就是这么变相地要求南迦，每次都不说明白，总是通过另外的方式让南迦自行体会。

之前，南迦千辛万苦筹备了一场个人的作品秀，好不容易争取到与大师合作的机会。但因为那次有徐行简在，他也要陪同南迦去国外办秀，纪岑安一直看不上徐行简，不知道他一书呆子跟去干啥，便从中作梗，联系上了那位大师，耍了点小花招——让南迦选一人同行。

南迦如果留下徐行简，大师会"因故"而推掉这场合作，接受纪岑安的邀请到国内来参加活动；如果南迦马上拒绝徐行简，不带他，而是选择让纪岑安陪同，那大师就可以全力与南迦合作。

后面的事情可想而知，南迦宁可放弃这次机会，也不愿屈从纪岑安的诡计，扔下她就出国了。

纪岑安气得摔东西，恨不得打断徐行简的狗腿，可迫于没那骨气，最终决定连夜赶到国外撒野，这弄乱了南迦的所有计划。

有的人天生就卑劣，理所当然地想要控制当朋友的另一方，失算了就原形毕露。

此一时彼一时，双方角色对换，纪岑安张张嘴，却什么都说不出口。

"在这里待会儿再走，晚点让赵启宏送你。"南迦说。

沉默须臾，纪岑安说："南迦，我……"

她想走，送完东西就离开，但一直没有机会。

南迦一直没有给她选择的余地，执意让其待在这里，哪儿都不准去。

南迦既然大费周章地设计了这场局，那绝对不会如此轻易就结束，不会只让她旁观便收场。

"先吃东西，十点后送你回家。"南迦给予应诺，神情莫测，掺杂着一点莫名古怪的情绪。

她平心静气的，语调平平，听不出半点强迫之意，可实际上不容拒绝，由不得纪岑安选择。

南迦钩了钩自己的头发，随即道："最近好像又瘦了些，工作很辛苦？"

纪岑安不喜欢这般对峙，心里紧张，她嗫嚅半晌，终究还是说不出跟南迦撇清关系的话，也就没再刺激她。

纪岑安服软了，态度放低："没有，还行。"

南迦这才放下胳膊，收起手，恢复如常。又把碗推过去一点，南迦柔声道："这一桌子菜待会儿该凉了。"

心里了然，纪岑安执起筷子。

南迦为之夹菜，犹如之前的所有事都没发生一样，裴少阳没来过，今夜她只是专门请纪岑安到此吃饭，没有任何目的。

无人前来打搅她们，连服务生都被支开了。这是属于两个人独有的时间，起码吃饭期间是这样。那些纷扰的人或事都被抛开了，她们只在安静地相处。

南迦白日里劳累，只有眼下才有点空闲时间，见纪岑安有所动作了，她也端起碗，跟着吃点，动了两筷子。

包间里鸦雀无声，气氛沉闷，两人都各自压抑着。

"炖牛腩，尝尝。"南迦给纪岑安夹菜，都按她的口味来。

纪岑安必须接着，悉数吃掉。

南迦对其倒是满意，自己也吃了块鱼胶。一桌菜总共二十几道，摆盘精致，分量也多，两个人肯定是吃不完的。

事实上，哪怕她们持续吃了大半个小时，那些菜都没见得明显变少。南迦没怎么顾着自己，多数时候都在"照顾"纪岑安。

没多久，纪岑安的碗里就满满当当的，堆出小山了。

纪岑安吃了几口就饱了，可还是没浪费碗里的，把碗里的几乎都吃完了。场面诡异又和谐，相似感萦绕不散。过往与现在交杂，熟悉又陌生。

"今天的汤好像不够鲜，味道有些淡了。"南迦开口道，恬静斯文，言语间好似将这里当作了北苑，她侧了下身子，问纪岑安，"你觉得怎么样，还行吗？"

纪岑安垂着眼，看着桌面："都一样，没多大区别。"

她们前几年来过这个酒楼，当时是纪岑安带南迦来庆生。

纪岑安还没学会做广府汤的那段时间，都是派人从这里买了，外带到北苑，然后一定要让南迦喝上。

太长时间没尝到曾经熟悉的味道，纪岑安竟然记不得了，居然忘了这道汤是何种滋味。

要知道，当初纪岑安挺爱找碴的，若是咸淡不对，那她保准要找酒楼麻烦，吹毛求疵到了极致。

南迦记性不错，还有印象。

"跟之前的比差了点，不够。"南迦说，终于不给纪岑安夹菜了，抽了张湿纸巾慢慢地擦手，她有轻微的洁癖，讨厌沾上食物的油渍。

为纪岑安夹菜时，南迦不小心碰到了装菜的瓷碗，分明没弄上油水，可她还是不停地擦着，犯了强迫症一般，重重地擦几下，将自己的手背都揉红了。

纪岑安余光瞥到她的异常，静静地望着，视线定在那白皙修长的手指上。

南迦的手很好看，白嫩，细长，骨节漂亮分明，没有丝毫瑕疵，堪比雕出来的艺术品。

南迦注意到了纪岑安的眼神，突然又不擦了，说："你帮我擦一下。"

纪岑安抬眼，对上南迦的目光。

南迦平静地重述，仿佛在讲一件再正常不过的事，仿佛这件事就应该是纪岑安要做的。

"你来帮我擦。"南迦说。

纪岑安愿意为之动手,应道:"嗯。"

纪岑安抽出一张白净的纸,抓起南迦的手腕,托在手里,细致地擦拭。她的力道很小,不似南迦自己那样乱擦,更不会不耐烦。

南迦的手比纪岑安的凉,大夏天里还是不暖和。

纪岑安随意地讲一句,转开南迦的注意力:"你从公司过来的?"

南迦任其左右,说:"去了北淮,下午有点忙。"

北淮,位于中心区的一条街,周围一片全是办公大楼,南迦投资的互联网公司总部也在那里。

纪岑安没少去北淮,对那边称得上是非常熟悉。一听地名,她大致能猜到南迦是过去办公了,兴许还见了什么老总之类的,但嘴里不问这方面,只道:"累不累?"

纪岑安一边说,一边用心地、一点一点地擦着。南迦的手并不脏,其实很白净,比她的手可好看多了,可她仍认真得很,一丝不苟。

纪岑安成心摆出这副样子,不触碰对方的逆鳞,顺着她的意。

南迦对这一套很受用,至此才敛起那些不该有的刻意,不多时又抽走胳膊,不让她再碰。

"不累,也没什么。"南迦淡淡地说,适才的温情转瞬即逝。

"比起你还差些,"南迦说,"白天偶尔能休息。"

纪岑安说:"那也行。"

已经过了那阵劲头,稍稍理智些了,她们都不那么刻意了。

南迦有点乏了,不想再聊下去,目光落到纪岑安身上,不知在想些什么。

"回去吧,很晚了。"纪岑安先说。

时间已然快十点,只差几分钟。时间一晃就过,都没什么感觉,明明她们才聊了一会儿。

南迦守信,答应了放她回去,到这时了也不会出尔反尔,她叫来赵启宏,这场见面就此告终。

走到门口,南迦又无缘无故叫住纪岑安。

纪岑安停下。南迦语调十分平和地说:"过两天见。"

纪岑安僵了僵,没有回话。

酒楼到网吧比较远,半个多小时的车程。她们不是一条路,南迦有另外的车子接,夜里还要去其他地方,赵启宏负责送纪岑安去上班。

回程的途中,纪岑安和赵启宏都不怎么吱声,等快到网吧门口时,赵启宏从后视镜里看了眼,说道:"之后若是有什么需要帮忙的,江灿小姐可以随时联系我。"

纪岑安抬起眼皮子,直直地看向前边。

赵启宏宛若察觉不到她的不舒服,貌似关切地说:"如果遇到了棘手的事,不能自行处理,什么时候找我们都行。"

他显然是在传达自家老板的意思,但内里是否真心实意就不知道了。毕竟依照今晚的架势,南迦对纪岑安还是耿耿于怀的,一时半会儿还不会和她和好,释怀更不可能。

那样的"好"可不是示好,纪岑安明白,她是聪明人,不用讲得太直白,她就懂了。

不过,她没理会赵启宏,到了就开门下车,连道声谢都不愿意。

赵启宏开车离去,飞快地闯入浓郁的黑夜里。

这回,她赶上了网吧的夜班时刻,没迟到,没有挨骂,也不会被扣工钱。

纪岑安没心思干活,人是进去了,可一晚上都心神不宁,想着事。

清早,还是娃娃脸过来接班,他带上了早饭,到了就扔一份给她。是娃娃脸自己掏钱买的馒头,不是阿冲买的。

纪岑安这回收下了,结完工钱,收拾好东西就回筒子巷。经过这么不太平的一夜,这天注定不会安宁。

转进巷子里,纪岑安上楼,走到出租屋门口。还未摸出钥匙开门,纪岑安就看见了被撬掉的锁。

昨夜她不在,已经有人"光顾"了这里,进过屋子搜寻。什么人会来这儿,她也不难知道,都不用费劲琢磨。

必定不是求财的小偷,有脑子的都能看得出这里一穷二白,能进屋偷到钱才怪了。

门上那把锁已经不能再用,损坏得不成样子。

纪岑安静默,思忖良久,将其拿开,扔在地上,长腿一抬,面不改色地进门。屋里很乱,到处都是被翻找过的痕迹。

租房时,纪岑安就没带多少行李,最近也没添置其他物件,她的全部家当一直是随身携带,走哪儿都背着包。

肇事者未能在此找到想要的东西,能找到的只有简陋的家具和破锅烂碗,以及晾晒在侧边阳台上的衣裤。

这里也不会有那人想要的。要真有关于大哥他们的线索,纪岑安早就去警察局立案了,何必在这个犄角旮旯躲着。

至于上次杨叔给的那部分资料,还有她自己发现到的疑点,事实上也并不是确凿的证据,什么都算不上,她前些天便将其销毁了,只把内容都记在脑子里,为的就是避免这种情况发生而连累无辜。

背后那位也真是够急的,不知道是坐不住了,怕她生事,还是想借此示以警告,明示她快收手。

或许两者兼有,这不矛盾。对方一方面担心纪岑安手上握有线索,所以冒险撬门进来,看能否找到相关的信息;另一方面也是出于告诫、提醒,让她不要任意妄为。

毕竟今晚酒楼那一场局就足以说明很多事了,彼此的立场也泾渭分明。

南迦和裴少阳两边的利益不同,纪岑安如今是夹在两边中间的那个人,三者目前还没有正面的冲突,但不排除之后会有。

裴少阳不认为纪岑安能翻出太大的浪花,不相信她沦落到现在这地步还能有多大的能耐,视之如盲目爬动却处处碰壁、始终找不到出路的蟋蚁,对其轻蔑而高傲。否则,对方很早前就该出手对付她了,哪能由她在眼皮子底下胡闹。

可眼下有了南迦,具有压倒性优势的天平保不准会发生什么变化，不论怎样，一个随时会爆炸的定时炸弹是埋下了，纪岑安不得不加以提防。

裴少阳生性多疑，他谁都不相信，对南迦必然严防死守。他倒不是怀疑南迦会帮纪岑安，而是怕南迦为了利益不择手段，用纪岑安做文章，或者怕纪岑安找到南迦，对他造成不利。

纪岑安往前走了几步，行至木板床边上，捡起扔在床脚附近的裤子，再扶正歪倒的再折腾两下就要散架的柜子，面无表情。

厨房的水泥面板上，昨天被整齐摆在角落里的米、面和盐都受到了牵连。

半袋子白米落了一地，剩下的半包面条也惨遭厄运，四下分散，一片狼藉。亏得瓶装油瓶身是透明的，不然也会是这种待遇。

对方做得真够绝，险些把墙壁都凿穿了，还拿走了浴室里的杂牌洗漱用品，将现场弄成盗贼光顾过的样子。

对方大有偷钱不成，所以随便顺走些东西，不枉进来一趟的样子。纪岑安默默地收拾出租房，把所有家具复位，弄干净厨房，扫净地上的米、面，不多时拎着垃圾袋子到巷道里扔垃圾。返回屋后，她什么都没做，就躺在床上休息。劳累了一晚上，她暂且歇歇。

太阳炙烤着大地，上午的烈日晒得玻璃窗都发烫，路边的绿叶都在灼热的光下泛出隐约的"油光"。

晚些时候，纪岑安没去医院，她留在筒子巷守着，有空就到外面打转，专门到最近的商店重新购买食物。

她不只买了面，还称了几斤米，顺便还买了些别的。她难得"奢侈大方"一回，不似原先那样亏待自己，赚了钱都不敢花太多。

藏身之处被发现，纪岑安并不慌张，她早有预料，自然能淡定应对。既然暴露踪迹了，她马上走也不明智，得找准时机才行。

那些人应该在暗地里盯着，她贸然行动，反而会自乱阵脚，跑到哪儿都甩不掉他们。当年第一次开溜，她也是这般，任由他们怎么变着法子逼迫，她都岿然不动，表面上破罐子破摔，等有机会了就连夜遁走，一溜烟人影都没了。

越是紧要时刻,她越是要冷静面对。

三年前被一众人围堵监视的情况下,纪岑安都能神不知鬼不觉地脱身,所以眼下对她而言也没什么大不了。

再不济,还有派出所能容身,实在万不得已,她就报警处理了。

知道躲也没用,纪岑安不再刻意隐匿行踪,出门都不绕路了,出去回来都是走的同一条路,其间还特地朝人多的地方蹲。

到巷口那里,纪岑安余光瞥到不远处一个中等身材的男子,男子已经尾随她很久了,她在商店那边就见过,现下又跟到这边来……

她觉得这人跟踪都不会,业余得很。

要么是裴少阳派来的人,要么是郭晋云找的蠢货。纪岑安镇定地进入筒子巷,回到出租屋,做了晚饭,从容不迫地吃了饭,然后去工作。

夜里,纪岑安坐车到理工大学附近,她又发现网吧斜对面的路边停着一辆车。那辆车,她也见过,不陌生。

赵启宏第一次找到这边来,开的就是这辆车,这车在大街上十分普遍。但这次开车的人不是赵启宏,而是换成了一位生面孔的年轻小伙子,一看就是游手好闲的那种,但身材瞧着清瘦有劲,目测一米七五左右,有一股机灵劲。

年轻小伙子隐在不断涌动的人群里,接着进路口的便利店买了罐冰可乐,外加一桶泡面,随即自然而然地进到网吧,一副轻车熟路的模样。

纪岑安一眼就看出了小伙子的反常,应该说从看见车子开始就知道了他是哪边的人了。但她没有拆穿,等他进来了,还为其找位子,佯作不知。

年轻人挺上道,进来交了钱就真的开始戴耳机打游戏,半点破绽都不曾露出,一直像模像样。他中途还点了一次夜宵,乍一看与其他学生党没太大区别。

凌晨两三点时分,这位摸起手机到厕所里待了十分钟左右,末了再回到自己的座位上。

纪岑安在旁观，平时怎么干活，现在就怎么干。

清晨，娃娃脸没来接班。

娃娃脸改成上中班了，因为早班的同事不愿再调换，所以要求把早班都换回来。

在网吧里工作，晚班是最辛苦的，熬夜伤身，危害大，所有员工都不乐意干晚班，早班相对轻松，八点过来，下午三点半就收工，是三个班次里最舒服的。

网吧的正式员工们都是轮换着三班倒，当然纪岑安这个临时工除外，她只有上晚班的份，没得挑选。

娃娃脸不来就是好的，纪岑安也不想再见到他。

这种时候碰不上总比碰上强，她尽量不跟他人有太多的交涉。

另一边，阿冲的妈妈出院了，老毛病治不好，缓解无大碍了就可以回家，再治下去纯粹浪费钱，没必要。

纪岑安本打算过去探望，但还是作罢了。她断开所有无关紧要的联系，不让其他人卷进来。

阿冲打了一次电话，感激纪岑安帮着照顾妈妈和小宇，欲再请她和陈启睿他们吃饭答谢，可无奈她不接电话，最后便只能请到另外两人了。

纪岑安又变得形单影只，难以接近。

裴少阳那边的眼线没离开，每天都到附近蹲守，悄悄观察出租屋的动静。

但那人也不会下手做什么，他未有别的举动，似乎只是在静观其变，过后会根据纪岑安的行为采取行动似的。

纪岑安日常两点一线，偶尔改变行程都是去买吃的。

至于赵启宏和南迦……纪岑安未打算联系，未将那天晚上的一切当真。她不会向赵启宏求助，她已经准备离开Z城了，只等这几天时机合适就走。她肯定是要走的，不可能留在这里任人宰割。

留得青山在，不怕没柴烧。其他的东西，她可以往后再查，现在走一步看一步了。

与南迦所说的"过两天见"不同,三天的时间,她们都没见上,连擦肩而过的机会都没有。

只有房东为了收房租来了一次,纪岑安给钱给得爽快,不拖欠,抽出两张票子就递过去了。房东一边辨别钱的真伪,一边没好气地问:"下个月还租不?"

纪岑安说假话不眨眼:"租。"

房东一脸"我就知道"的神色,叽里呱啦啰唆一通,大意是再过不久要涨房租了,让纪岑安有个心理准备。

破天荒地,纪岑安给了房东一次好脸色,说:"知道了。"

虽然纪岑安没讲什么,但房东有些惊讶,大概是没想到她竟然这么好说话,眼睛都瞪大了一圈,有些不相信自己的耳朵。

"真涨价,下次就涨。"房东说,刻意清清嗓子,故作深沉,怕纪岑安反悔,飞快地再讲了一遍。

纪岑安问:"涨多少?"

房东伸出一根手指,偷瞄纪岑安的反应:"不算多,只涨一百元吧。"

纪岑安依旧好说话,"嗯"了一声。

房东实在不敢当真,揉了揉耳朵,说:"从下次收房租开始,三百元一个月,你想好了?"

第八章
纪岑安走了

起初房东的打算是涨几十块钱,但考虑到租客会砍价,因此有心多报点,留些还价的余地。

房东对纪岑安的印象差,直觉她不会同意涨房租才对,孰知她比其他租客都好说话。他想着一个烂锅都要留下的人,按理讲不该这么好说话。

可纪岑安也不会解释,懒得废话,看他迟迟不走,后一瞬间就"啪"地关上门,差点把他的脸撞成大饼。

这么不可一世的态度才是她该有的。房东倏地往后退半步,躲开了,当即就张嘴骂。

门里的纪岑安不回嘴,充耳不闻,随便他发疯。

还是这一日,房东收完房租下楼,火冒三丈地要离开。

那个中等身材的男子"恰巧"过来找房子,问房东还有空房出租没,点明要租二楼的屋子。他假装打听租房,其实是在试探纪岑安是否续租。

可惜房东是个暴脾气,经验老到地看出男子不是诚心租房,理也不理就走了。

男子便由此得知纪岑安短期内不会离开的"真消息",他很快就将消息告诉雇主,并汇报这边的进展。

同一时间,纪岑安悄悄隐藏在窗后,一言不发地瞧着打电话的男子,注视着楼下发生的一切。

她照常上班,照常出行,一切照旧,没有变化。

每天一百二十元的工资不算少,干八天就是将近一千块钱。加上小酒吧和饭馆的零工钱,除去所有开支,纪岑安兜里的存款几乎翻了一倍。

钱虽还是不多,但足以支撑一阵子了。等存款差不多有二千五百元的时候,纪岑安一如往常出工,背上那个斜挎包。

她到网吧上班,放下包,等着主管出现。月末该是给员工发补贴的时候,主管竟没克扣她这个临时工的钱,也发了两百块钱的熬夜补贴给她。

网吧的老板算是有良心,念及小年轻们干活不容易,多少还是会给点所谓的福利。

主管发钱给纪岑安时眼睛都是往上瞟的,不正眼瞧她,阴阳怪气地说道:"收了钱就好好干,下回可别迟到了。也是老板舍得给你,想着近期大家都很累,换作平时,哪里有这么好的事。而且你又不是咱们的正式工,按理讲,是不该给你发补贴的。"

主管碎碎念起来就没完,不愧为店里的肱骨。纪岑安都听着,收好钱,手脚麻利地干活,到了半夜再抽空出去透透气。

彼时,那些打游戏的网吧常客都蔫了,毕竟通宵很辛苦,到这时好多人都趴在桌上休息了,其他同事也坐在收银台后打瞌睡,脑袋如有千斤重,不住向下点。

主管快天亮了才发现少了个员工,但熬了一夜,脑袋转不动,一时还看不出究竟少了谁。

主管看看别的员工,又瞧向角落里的挎包,后知后觉地发现纪岑安不见了。

主管顿时来气,直接拍桌子,吓醒了电脑前的那个姑娘,然后憋着火压低声音问那姑娘:"江灿呢,死哪里去了,早退了是不是?"

姑娘一脸蒙,没有注意到纪岑安是何时走的,转眼也看向那个挎包,若有所思地说:"没有吧,包还在这里,可能是去外面透透气了,要么就在厕所里。"

可十几分钟后,厕所内并未出来人。主管的脸色愈发不好看,勒令收银的姑娘到里边去找,自己也四处巡视一圈。

纪岑安不在,厕所里没人,网吧里全无她的踪迹,外面也找不到她。某些人也是此时才惊觉,目标跟丢了。

这么多天里,纪岑安表面上没什么异样,仿佛真的没发现他们,从早到晚都是那个"自甘堕落"的德行,把日子过得枯燥乏味,好似她往后余生都会这么麻木地生活下去。她不觉得无聊,守着她的那些人都习惯了,自然也就放松了警惕,不如最初两天认真了。

一直泡在网吧当顾客的那个小伙子率先回神,看见主管发火就明白了。他倒是没太大的动作,也没离开座位,知道追出去也没用,只抓起手机发了条短信,告知赵启宏。

守在网吧外面的另一批人,是八点以后才发觉异常的——以往纪岑安是到时间就撤,绝不多干一分钟活,但今晨晚了好久都没看到她出来。

网吧门口的大众车上,跟踪过纪岑安的男子慌了神,久等不到,直觉出岔子了,抬手就一巴掌扇在同伙的脑袋上,大骂:"还睡什么啊!人都跑了!起来!起来!"

太阳升至半空中,阳光耀眼。城外的高速公路上,一辆旧巴巴的面包车正快速前进着。面包车的车主是一位长相就显粗鲁的男人,对方操着一口地方话,不断抱怨着,明里暗里都在示意后排的乘客加钱。

除去司机的老婆,这辆车里共四位乘客,一位妇女,一对父子,还有一位戴着帽子闭目养神的年轻女子,也就是纪岑安。

纪岑安对司机的那些话左耳进右耳出,闭上了眼,随后就动也不动了。其余乘客比她还镇静,连眼神都不给前头的司机夫妇。司机夫妻二人气得要死,可也不能拿四人如何。

也是此刻,汉成路的别墅中,赵启宏毕恭毕敬地站在办公桌前,微低着头,说完话后,大气不敢出一下。

对面的南迦安静地查阅资料，一会儿才抬起眼，目光暗得像死水，可语调却轻松平常："跟丢了不会再找？"

赵启宏连忙回道："已经在找了。"

但他没说别的，他给不了保证。整个房间针落有声，犹如死寂之地。

冰冷的风由外面吹进来，吹在身上凉飕飕的，屋里好似寒冬腊月一般。

南迦没有放下文件，也没别的话，心思不如往常那么容易猜测，晦深莫测。赵启宏一直站在那里，不出去，等候吩咐。

南迦合上文件，平淡地问："还需要我教你？"

赵启宏忙应道："这就去，不用您操心。"

他旋即转身出去，将门带上，走到外面了，才觉得气氛没那么压抑了。

赵启宏为难地看看里面，隔着门不免有些担忧……果然，没多久，里面传来响动，像是有什么东西被扫落在地。

赵启宏到底没进去，还是留自家老板一个人待着。他转身下楼，叹了口气。有用人过来，对赵启宏说："徐先生来了，来找南总。"

赵启宏摆摆手："现在不行，把他打发走。"

用人领会，机灵地听从。赵启宏又突然将其喊住，迟疑两秒，改口道："算了，我去应付他。"

局面枝节横生，一出岔子，打得两路人马措手不及，所有补救行动都为时已晚，无力回天。

纪岑安做足了准备，耍得这些人团团转，走前布置得这么周全，用奇奇怪怪的操作搞得他们晕头转向，没落下任何线索，短期内要再找到她，堪比海底捞针，机会渺茫。

这个人太会玩弄人心了，到底是从小就在商场混到大的，把戏层出不穷，自始至终闷不吭声，几个小伎俩就骗过了全部的眼线，直到跑远了，这些人才发觉。

也不怪各方眼线蠢笨，反应慢，实在是防不胜防，纪岑安近期的行为太具有欺骗性了。

她新买了粮油、米面,续交了房租,有条不紊地工作,昨晚也照常洗了衣服挂在阳台上晾晒,甚至被丢在网吧的那个挎包里,还装着她在网吧顺手拿走的饮料……怎么看都不像是要脱身出走的,反而透露出会长期留守Z城、死扛到底的决心。

可纪岑安偏偏就是消失了,几个小时内就踪迹全无。

正如纪家出事那会儿,她表面上也肩负起了担子,变卖名下的个人财产填补部分空缺,一方面义不容辞地做好了有关底层员工的安抚和后续处理工作,把那场局里的无辜小角色安置妥当,乍一看还挺有责任心的;可另一方面,她又忽悠那些有厚实底子的大债主,趁全局崩塌前又火速消失,毅然决然地离开。

赵启宏对三年前的事情只是一知半解,不清楚全过程,但明白该怎么做。

他寻不到人,也不能放徐行简进来添乱,只好把人堵在外面,借口南迦有事外出不在,让徐行简吃了个闭门羹。

徐行简这趟是有事而来,不大愿意无功而返,但最终也没能如他所愿。

相较于汉成路勉强能维持住和谐的表象,另一边的中心区高楼内就没这么平静了。

收到消息的第一时间,慌了神的郭晋云连滚带爬地往表哥那里奔,一改往日里吊儿郎当的废物模样,拦都拦不住,非要闯进办公高楼顶部的豪华大平层里,忐忑地找到正在和得力下属谈工作的裴少阳。

两人有一些时日没见过面了,难得遇上一次,旁观的下属还有点惊讶,对领导这个纨绔亲戚的到来感觉很诧异。

但裴少阳泰然自若,二话不说,抬手摆了摆,暗示下属出去,然后与郭晋云单独聊聊。

之后郭晋云捂着肿得老大的脸出来,他英俊帅气的面容上赫然多了一道红色的巴掌印,比上次在会所里挨的打还狠,被扇得嘴角出血，眼冒金光。他走几步还差点站不住，身子一歪，险些摔了。

公司里的其他员工纷纷侧目，被这情况吓到了，可又不敢光明正大地看，一个个离得远远的，瞥了瞥便赶紧挪开视线，连忙装作在忙手上的活。

城里乱成一锅粥，可这些都与纪岑安无关了。数小时后，晌午之际，一路西行的面包车终于在一个露天车站停下，这是终点站。

一车人下去，给钱，至此分别。司机夫妻到这儿了还在叨咕价格的问题，收钱时一定要让四位乘客加钱。

可是，车上那四位看似安静老实，内里却都不是善茬，尤其是纪岑安，一句叨咕都不听，转身就去车站的出口等通往乡镇的大巴车了。

这里是其他几人的目的地，但不是纪岑安的。她还需要赶路，得多转两个地方，换到以前待过的一个地方。

一个偏僻、信息不发达，但又不极端落后的镇子——高桥镇。那镇离此地大约五十公里远，要转两趟车，一两个小时才能到。

纪岑安坐上了不定时发车的大巴，上车，买票，花十块钱现金坐到中转站，再由中转站搭车到高桥镇。

与大城市的繁华发达截然不同，高桥镇是肉眼可见没发展，如同电视剧里上世纪的旧村镇一样。

这里唯一的经济发展就是养殖业，而且近两年才艰难地跟上了国家大力扶贫的步伐，但整体面貌并没得到太大的改观，大部分的人依然贫困。

高桥镇甚至没有当下最流行的手机支付，很多方面还比较原始，比如日常的出行，进出镇子的普遍交通工具就是外来的大巴车。

不过，缺点也是优点，也正是因此，纪岑安才会选择到这儿，打算避一阵风头再看。

此次出行不顺利，受到的干扰不断，纪岑安也是不得已才离开，可她不会放弃那些线索，下一次仍要继续追查裴少阳。现在她只是躲一躲，以拿回主导权，以免一直被动。

高桥镇是不二选择，没有比这儿更稳妥的藏身地了。

因不是头一回过来，纪岑安对这边还比较熟悉，行事也很方便。

纪岑安上次到高桥镇还是去年五月，到这儿度过了安静的两个多月。她当时是以写作采风的名义，借故到镇上领略风土人情、收集资料的。

也许是纪岑安本身就有一种放浪不羁、爱自由的味道，那张脸就很能迷惑大众，这里的人对她胡编乱造的谎话深信不疑，真的当她是写书的。

由于有去年的铺垫，这次到镇上纪岑安不出半天就得以安定下来。去年那家人愿意租房子给她，还是当天就可以入住的那种，不仅价格实惠，房间里还自带被子什么的。

主人一家子对纪岑安回来表示热烈欢迎，用方言问她书写得怎么样了，发表成功没有。

纪岑安圆谎，说还需要修改，得加入一些细节，所以才会回来一趟。主人家对此深信不疑，当真了。

偏远地区的日子风微浪稳，不似城里那么折腾，让人提心吊胆。到高桥镇的头一晚，纪岑安得以睡了个安稳觉，早早上床，闭眼就飞快地进入梦乡，不用考虑外界那些乱七八糟的事情，丢开连日工作的劳累，放下了中途认识的人，包括阿冲母子、陈启睿、娃娃脸，还有压榨劳动力的老板……当然也不想某个人。

镇上的清晨雾茫茫，雾笼罩着四野，吞噬掉高低错落的房屋，使远处的景物似浮在半空中，不见落地的根。

纪岑安睡眠浅，醒得早，一觉过后再睁开眼，习惯性抓起手机看了看，上百条未接来电提示出现在屏幕中。

有杨叔打的，也有网吧那边打的——多数是主管打的。光从几分钟一次的间隔来看，对方多半想顺着信号爬到这边掐死纪岑安。

无论如何，不告而别确实是纪岑安的错，即使是临时工。领了补贴就走人，这么做着实不厚道。

网吧新招人需要时间，可能一天两天也找不到，多余的工作担子还是要分到其他同事身上。

但她也是迫于无奈，她给不了解释，没心思回电给主管。她思索了下，取出手机卡扔到裤兜里，十分果决地断开与Z城的所有联系。

念及杨叔，她还是不靠近他为好，起码能转移火力的指向，尽量不牵连人家。

大城市的治安有保证，而且纪岑安还将一个东西寄到了郭晋云那里，算是临别前给这位"朋友"一个礼物。

像裴少阳那个级别的人，他们气性大，高傲，行事处处都会顾虑到是否安全，为了面子，也不会明目张胆地对杨叔做什么。但郭晋云这种货色就不一定了，她需要特殊手段才能治住他。

纪岑安可不是在威胁郭晋云。只是出于昔日好友的立场写信关心他，叙叙旧，表示前几日在"老地方"见到他了。

郭晋云收到"礼物"会是什么反应，纪岑安也能预料到，无非就是气得咬牙切齿，发誓下次见面整死她什么的。但依照郭晋云欺软怕硬的性子，纪岑安这招肯定管用。

纪岑安不担忧，坐在床边盘算起后续计划。

回城一趟，仿佛比外出奔走三年的时间还长，人和事都太复杂，记忆里那些熟悉的过往已经大变样了，纪岑安从不深想，以免徒增烦恼。

到了这边还有一大堆事要处理，纪岑安分不出过多的精力，还是算了。

高桥镇地广人稀，她不需要躲躲藏藏，素面朝天出去，稍微入乡随俗一些，不端着架子就不会太引人注意。

哪怕是天仙似的面容，其实只要变得不修边幅，混迹在人群里便不会非常突出，只有身高会比较招眼。

纪岑安很快就融入了高桥镇的世界，如一滴水入海，落进去了就与之成为了一体。乡镇上的生活比城里更容易适应，她在这里生活不算太难。

纪岑安近期内没挣钱的想法了，她不着急谋生，日常就待在屋子里，黄昏时候有空再外出转悠散心给人家搭把手，或是帮主人家和周围的邻居出力修手机、旧电脑，或是教老人怎么用电话之类的。

相较于在城中村的刻意淡漠，到了高桥镇，纪岑安突然成了乐于助人的热心肠，很是受人欢迎。

她虽然还是不怎么爱讲话，但其他人爱找她唠嗑，分享"写作素材"给她听。

转眼半个多月过去了。镇上悠闲自在，天天都是清净时光，Z城内却几次闹翻天，有人急昏了头，恨得牙根痒，有人老成持重，不动声色地等待。可无人能找到这边，连准确的方向都找不着。

纪岑安想着过些时日该换地方了，在这里待太久也不行，但还没挑出合适的去处。这时又遇到了另一桩事。她在高桥镇碰上了认识的人，还是有过节的那位。

主人家介绍纪岑安到镇上某家手机店里做事，帮店主修手机。

纪岑安去了，还被店主留下来吃午饭，在一家环境平平的餐馆里撞上了前老板张林荣。这世界有够小的，他们竟然能碰到。

张林荣是到高桥镇探亲的，他十几年没来过这里了，趁着暑假店里没生意，就到镇上走动走动，顺便祭祖。

看到纪岑安的第一眼，张林荣还以为认错人了，眨了眨眼，愣了会儿，似是在打什么主意，随后喊住她，如老相识般拉起家常，说："哟，巧了，这不是江灿嘛，怎么来这儿了？"

纪岑安不搭理他，正眼都不给一个。

张林荣一改往日讨嫌的态度，笑眯眯地凑上前，又道："前几天阿冲他们还讲起你了，说你好像走了，我还不信来着。你怎么啦，之前不是干得好好的吗？在网吧那边上班是吧，怎么不干了？"

当着店主的面，纪岑安没表现出太明显的不耐烦，当是听不懂张林荣话里的嘲讽。

镇子地方小，店主和张林荣是认识的，不算熟人，可相互间见过许多次。

老乡碰面，这顿饭免不了要一桌吃。张林荣假惺惺地要请客，强行喊上纪岑安一块儿。店主以为他们两个是熟人，对此倒有点意外，不过也没多问。

饭快吃完了，张林荣问纪岑安："之后是留在这边？"

纪岑安漠然，睨他一眼，直接道："不关你的事。"

张林荣悻悻，端起杯子干了口白酒。一顿饭结束，纪岑安与店主走了，朝手机店的方向步行而去。

张林荣目送他们远去，直至看不见人，脸上表情才有了变化。

他本该回亲戚家的，但没有，而是眼看着纪岑安的身影消失在拐角处，才四下张望一圈，蹑手蹑脚地走到最近的一处无人角落里，摸出手机要通风报信。

也许是喝了酒，有些上头，张林荣从口袋摸出手机后都有点看不清手机屏幕了，找号码都慢腾腾的，翻了好一会儿才找出要找的电话号码。

拨号前，应该是想起了什么不愉快的经历，他有些犹豫，沉思了许久，终究还是咬了咬牙，一不做二不休地要打给对方。

然而，就在他点击拨通的瞬间，那部手机忽而飞了出去，一只脚重重地踹到他的背上，直接将他踢倒在地。

张林荣脑袋空白地趴在地上，感受到痛了才蜷缩起身子，如抱成团的虾米，"哎哟""哎哟"地叫唤。他一开口，又是两脚招呼上来。

张林荣如摊煎饼似的翻面躲闪，狼狈不堪，边喊边求饶："别打！别打！饶命啊，别打了！"

他很快被反手摁在地上，那张脸当场就与晒得灼热的石板来了个亲密接触，烫得他立马嗷嗷地叫唤。

纪岑安却丝毫不心软，沉下嗓门冷声问："跟谁打电话？"

张林荣不承认："没打，谁都没有。"他不见棺材不落泪，嘴硬得很。

纪岑安没心情兜圈子，对这种人不会留情，照着他的脸就是一顿伺候。

他弓起背，白长了一身膘，此刻没有任何招架之力，不是纪岑安的对手。他骨头不硬，没能扛多久，就如实招来了，畏畏缩缩道："我说！我说！有个男的在找你，他问你消息了⋯⋯"

纪岑安这才停手，一把拎起他的领口，拽到面前，声音更低沉了："你告诉他了？"

张林荣赶紧摆摆手，回道："还没有，没通知他，真没有！"他被打服了，身上的肉都跟着抖。

纪岑安逼问："谁找的你？"

张林荣欲哭无泪："我不知道，我也没问啊。"

"名字，姓什么？"纪岑安垂眼，居高临下地俯视他。

张林荣是真的不知道，对方都没自报家门，留的号码也不是本人的。不过，迫于再想不起来又要挨揍，他还是极力回忆，试着说："长得挺帅，比你高点，这里⋯⋯"他指了指鼻尖的位置，"这里有颗痣。"

鼻尖有颗痣，很明显的特征，纪岑安知道是谁——郭晋云，和她预料的一样。

郭晋云找到小酒吧，不止收拾了张林荣一顿，还连带着要挟酒吧里的其他员工。阿冲跟着遭了罪，陈启睿那个硬骨头更不用说了，被打得很惨，比张林荣还惨。

张林荣斟酌须臾，偷瞄纪岑安的脸，唯唯诺诺地说："我送他去医院了，但是不算工伤，店里不报销⋯⋯"

那是上个星期发生的意外，他们受纪岑安牵连所致。最后的结果自是报警处理，让警方介入调查。但这事算不得单方面的过错，因为一开始陈启睿也动手了。

这只能定性为互殴，即使陈启睿挂彩最严重，可派出所也不能偏袒他，必须实事求是地处罚。

打110的是阿冲，她哪里见过这种阵仗，吓得不行，于是慌慌张张地找警察。

警方的处理很公正，已经做到了最大化调解。张林荣没敢照实了讲，言语间隐瞒了自己干的"好事"，他支支吾吾的，畏惧又被打。

纪岑安知道其中少不了张林荣干的"好事"，否则陈启睿不至于受那种苦。

但她听完后也没再下狠手了，差不多了就行了，她放开张林荣，一脚踹开他。

纪岑安懒得听他多说，操起墙角的一根中空已腐蚀的木棍砸过去，但不是打他，而是打在墙壁上，震断成几截，只吓唬他，面色沉郁道："等会儿你敢报信试试。"

她一副凶狠的模样，看起来挺像那么回事。张林荣吓得一个激灵，自知打不过，慌忙说："不会，不会，肯定不会，你放心！"

跑得了和尚跑不了庙，纪岑安知道他的店铺地址，也知道他的家在哪里，对他的情况还是很了解的。

不管纪岑安有没有那个胆子做什么，张林荣总归是怕的。他秉承着"多一事不如少一事"的心理，点头如捣蒜，恨不得给予万分诚挚的允诺，就差举手起誓了。

纪岑安嫌弃他，厌恶地骂道："现在赶紧滚！"

张林荣听话，爬起来就往外冲，唯恐纪岑安后悔了又追上来，一溜烟他就跑得没影了。

纪岑安垂眼瞄向地上已然摔坏的手机，皱了皱眉。她对着那台破手机再踩了两下，确定电话确实没打出去，不久就从相反的方向离去，转悠大半圈，若无其事地回到店里。

手机店的店主以为纪岑安是回住的地方拿东西了，因为她就是这么说的。店主不怀疑，等她回去后，还热心地问了问。

纪岑安胡诌，藏着心事，不似上午专注，回答问题也注意力不集中了。她收拾张林荣时挺能耍横，但私下里冷静点了，不免还是会受到些许影响。

说来说去，问题还是从她这儿衍生出来的，症结在她身上，阿冲和陈启睿都是不该入局的人。

郭晋云收到那封"问候信"后，左思右想还是没触碰纪岑安的逆鳞，放过了杨叔一家，可他也不想让自己太憋屈，转而就找其他人下手。

纪岑安憋了整个下午,有点烦躁,她本身就不是隐忍的性格,加之一直以来都想着不能将麻烦带给别人,如今却适得其反,心头必然生着火,说不出究竟是什么滋味。

实话实说,纪岑安并不喜欢陈启睿,看不惯他的一身毛病,可眼下还是觉得恼火。

再思及阿冲,一个单亲妈妈,上有带病的母亲,下有将要读书的儿子,若是近期出了什么不测,哪怕是小小的波折,对这娘儿仨的影响定然还是很大。

法制社会谁都明白不能做违法乱纪的事,明面上也不会触及那道线,可实际上的操作就不一定了。

刚离开城市那会儿,纪岑安更多的是放不下某种执念,但现在又多了另外的担忧。

晚上,纪岑安躺在床上,翻来覆去,久久睡不着。她突然有了牵挂,难免会惦记。她也不是善心泛滥,只不过推己及人,还是做不到完全袖手旁观。

她几乎一夜未眠,硬生生挨到天亮。翌日大清早,天刚蒙蒙亮,她就起床了。

带着疲倦穿上鞋子,她麻利地收拾一番就辞别主人家,假装家里有事,要提前回去。本来她要待上一个月的,现在提了那么多天。

主人家猜她是忙,见其脸色略显苍白,还以为她家里真出了大事必须赶回去,当即也爽快,退了一半房租给她,并送她到车站,帮她叫车。

回程几个小时,她无须辗转隐匿行踪,不像刚来时那样。

纪岑安进城后的第一件事,就是戴着帽子,悄悄地到酒吧那里转了转。

她没光明正大地现身,怕被发现被逮住,去了就隔得老远观察,确认没事了,再进酒吧找人。

可惜酒吧里找不到陈启睿,调酒师早就换了人,服务员也都换人了。

张林荣太缺德,当天有一件事没告诉她,那就是在那天的打架事件后,为避免后续麻烦,他直接辞退了陈启睿和阿冲,生怕自己的生意被波及。

酒吧里的布置还是原样,可只剩一个熟面孔。纪岑安径直到后厨,找到之前那个新员工,也不拐弯抹角,上去就问陈启睿他们去哪里了。

新员工老实,被她那阴云密布的神情吓到,好一会儿才说:"好像是走了,不清楚,他也没讲。"

"阿冲呢?"纪岑安低声问,白皙手臂上青筋都快冒出来了。

新员工摇摇头,回答:"不知道,她跟陈启睿同一天离开的。"

新员工一问三不知,什么都答不上来,纪岑安窝火,眼皮子都跳了跳,只觉得打张林荣打轻了。但她不会对无辜的人发脾气,沉默须臾,又问了句:"姓张的给他们发工资了吗?"

新员工颔首,说:"发了的,算了账才走的,他们……"听完前半句,后面的纪岑安就不管了,转身就离去,走出酒吧大门。

她到马路对面的出租房里打探,才知道阿冲他们早就搬走了,不住在那里了。

不知道是因为换了新工作才离开的,还是出于什么别的缘由。

纪岑安各处晃荡一圈,什么都没找到。她重新开机,给阿冲打了个电话,电话通是通了,但没人接,一连几次都是这样。

或许,阿冲是有心避开她,不想再接触。人都是趋利避害的动物,吃了一次亏,便不会再上第二次当。况且不告而别的是她,带来麻烦事端的也是她,怪不得别人。

纪岑安冲动了,回来前就该打个电话问问,不应该这样乱窜。

她联系前同事也好,或是拿人家当朋友也罢,至少得问问对方的想法,而不是这么糊涂地径自跑回来,不由分说就找人家。

她向来都是这样的做法,以前是,现在也是,从不考虑周围人的感受,她走就走了,回来了就回来了,过于自我。

另一方面，冲动也是要付出代价的，凡事不可能按预想中的来。

纪岑安的行踪再怎么隐蔽，骗得过一时，但在冒失地进入酒吧后还是暴露了行踪。她躲得倒是快，可消息传得更快。

不出半个小时，北苑那边就收到了消息。赵启宏办事素来靠谱，失误了一次，便不会失误第二次。得知纪岑安出现在酒吧后，他迅速做出反应，先做了应对措施，然后再向南迦汇报。

十几天的时间说长不长，说短不短。自纪岑安音信全无后，南迦已在北苑待了半个多月，除了必要的活动出门，其余时候都一个人守在这里。

她也不做什么，平心静气地等着，没事就养花浇水，要么就修身养性，画画设计图。

其间，徐行简又来过两次，南家的人也来了一回，但谁都没能见到她。

南迦谁都不想见，她没那心思，一律让赵启宏处理。

纪岑安的出现无疑让赵启宏松了口气，惴惴不安地紧绷了那么些天，可算是盼到头了。他一五一十地讲完，抬眼瞥了瞥，揣摩南迦的意思，自己拿不定主意。

南迦未有太深的感触，当听到赵启宏提到纪岑安去了阿冲之前住的租房时，还是如此。

房子里静悄悄，一点儿响动都没有。察觉到老板的不对劲，赵启宏手心里出了汗，不知该怎么讲下去。

不过，南迦也没怎么样，半分钟后放下笔，收起设计画纸，似是没听到赵启宏方才的报告，似无意地问："感觉如何，这个作品？"

赵启宏这个外行哪看得出设计图稿的好坏，什么都不懂，也自知南迦实质上不是在问这些，沉吟半晌，折中说道："还可以，看着不错。"

对于这番变相的恭维，南迦没表现出丝毫高兴，她慢慢起身，却忽然把图稿丢在地上，说道："其实画得不好，少了两分精髓。"

赵启宏附和，说："是。"

南迦说:"有形无神,没内核,比不上原先的那些。"

"等会儿扫出去扔了,丢远点。"南迦接着说道。

赵启宏应下,接下来才谈到正经事。

南迦想了想,似乎不在意纪岑安是为了谁才回来的,柔声说:"晚点请江小姐过来坐坐,带她到这儿。"语毕,顿了半秒,她又补充道,"还有,让孙姨她们来打扫一下,可能江小姐会在这里住一阵子。"

赵启宏说:"好,马上就去。"

南迦没话了,垂眸再瞧了眼地上,可并未过多停留,好似自己才完成的作品,花费大半个月才设计出来的东西,真的只是一个失败品,抛弃了也不可惜。

自家老板此刻是什么打算,赵启宏琢磨不透,也不去乱猜。

既然要请纪岑安过来,那必须得想办法,用合理的方式邀请,而非强迫人家来。待客之道很重要,得尊重人家。

游走在街上的纪岑安很快就收到了回电。阿冲思来想去,还是给她打了个电话。

阿冲他们在医院里,还是上次那家医院。她妈妈又病了,被阿冲失业的事给闹得气血上头就住院了,进去后还查出了别的病症。

手机里,阿冲没说究竟是什么病,但能明显听出她才哭过,声音都是沙哑的,情况好像很严重。陈启睿和娃娃脸也在那边守着,帮着一起照顾病人。

直觉这次是大事,纪岑安心一沉,但不方便在电话里多问,迟疑片刻,仍是决定到医院看看。

光天化日之下,她一个成年人也不可能出事,进医院走一趟要不了命,死不了。

太阳都落到高楼后面了,纪岑安坐上直达医院的公交车,到了那儿附近再买上一袋子水果,按照阿冲给的病房信息找上去。

阿冲的妈妈这次住的是单人病房,与上回那间病房差了一层,不难找。

纪岑安等了两趟电梯才上去,想着探望结束就走,不打算久留。

但现实往往出人意料，不如预想中的那般顺利。赵启宏已经在那里候着了，等她主动过去。

一推开门，双方就撞了个正着，纪岑安愣住，始料未及。

第九章
你还要走吗

单人病房里宽敞，虽聚集了六个大人，还连带着一个小孩子，但并不拥挤，不似上回住单人间，进去了站的地方都没有。为了不妨碍医护人员进进出出做事，大家得靠拢点才行。

纪岑安出现了，外向的娃娃脸先打招呼，出声喊道："来了啊，这么快。这儿，这儿，快进门，别在外面杵着。"

病房内，阿冲的妈妈憔悴不堪地躺在床上，这才多久没见，她的眼睛好像都浑浊了，感觉到门口的动静，眼珠子才转了转，有气无力地往这边看。

柜子边上，阿冲正忙着倒水冲药，喂给妈妈喝。

而陈启睿抱着小宇，在一旁看守孩子，并时不时与其他人搭话，聊聊天，活络沉抑的氛围。

陈启睿脸上带着伤，不严重，可比较显眼，已经破相了，到现在都还没痊愈，也不知道会不会留疤。

也许是心头有气，责怪纪岑安的不辞而别，见她来了，陈启睿都没多看她一眼，只顾着别的事。

倒是小宇有良心，看见纪岑安现身了，圆溜的大眼睛一亮，扭扭身子就从陈启睿的怀里挣出来，跑到这边搂住纪岑安的大腿，很高兴地喊："姨姨。"

阿冲这时也招招手，倒水给纪岑安喝："现在有点忙，腾不出手，你先坐会儿,板凳在这里。"

阿冲随即转向赵启宏。

阿冲不清楚他们二人是认识的,开口相互介绍一番。纪岑安瞄了下赵启宏,不解释,几步走上前。

同样,赵启宏也不拆穿,不告知屋内的诸位他们早已熟识,当是第一次见到纪岑安。

经由阿冲的介绍,纪岑安这才得知,原来赵启宏是以捐助者一方代表的身份出现的,算是资助阿冲妈妈治病的人。

医院一直都有类似的帮扶活动,毕竟贫穷是世界上最难治的病。老百姓看病是难题,有的医疗项目和药物医保不能完全覆盖,算下来也是相当大的一笔费用。普通人很难自己承担,必须借助社会力量,所以医院方会尽最大的努力拉动有钱有势的好心人投入帮扶活动,为家庭条件差的病人减轻压力,算是一个解决办法。

阿冲的妈妈这次就得到了南迦名下所属公司的捐助,是该企业善心帮扶的人员之一,目前治疗才刚开始,正式的流程还没展开,耗钱的还在后头。

赵启宏也是出于关怀才到这儿,关注具体的进展的,过后还得回去给真正出钱的老板汇报。

他送了不少补品和日常用品过来,还挺有心的,没有敷衍了事。

赵启宏和善,先冲纪岑安开口,喊:"江小姐。"

纪岑安颔首,面上不为所动,回道:"赵先生好。"

而后纪岑安拍拍扒拉着自己裤腿的小宇,拎开不懂事的小孩子。

但小宇不如大人有自觉性,感知不到此刻的气氛,对纪岑安喜欢得不行,怎么都不松手。他生怕现在松开了,待会儿纪岑安就不见了。

前些天这孩子还问陈启睿来着,他好奇纪岑安到哪里去了。

陈启睿才负伤不久,脾气大,一张嘴就是"死了",吓得小孩眼泪汪汪的。

纪岑安还活着,小宇喜出望外,紧紧地挨着她,用小脸蹭。小孩过于热情,纪岑安接受不了,只得将其拨开,让他一边玩去。

阿冲把儿子喊回去,叫他不要闹。阿冲的妈妈听不得吵嚷,稍微闹腾点都不可以,否则就头昏脑胀的,难受得很。

阿冲接过纪岑安手上的水果,小声说:"来就来,花冤枉钱买这个做什么,下次别买了。"

纪岑安"嗯"一声,说:"也不贵。"

"我妈也吃不了,她不能吃这些了。"阿冲说,她因忙碌担忧而显得十分疲惫,人看起来都老了些。

阿冲的反应与想象中截然相反,没有生气或冷落纪岑安,之前不接电话只是没空,要照顾妈妈,抽不出手接听她的来电。

今天她妈妈又做了两项检查,需要家属时刻陪同,大家忙里忙外的,大半天都在忙这个,阿冲勉强能歇口气才回电话。

纪岑安不擅长安慰人,加之赵启宏还在这里,终究还是没说什么,表现得便有一点置身事外的意思。

赵启宏在旁边不多嘴,把所有人的行为都收入眼底,听着大家谈话,也不干涉,仅仅在快结束时,和阿冲聊了些有关后续治疗的问题,包括之后的捐助事宜。

赵启宏专程来一趟,阿冲都不知道怎么道谢了,一个劲地说"辛苦""麻烦""谢谢"之类的话,还挽留他一起吃饭。

赵启宏婉拒了,言毕还悄悄地看了眼一旁的纪岑安,那意味不言而喻。

"不了,下次吧。"赵启宏说,"等会儿还得去一次刘医生那里,找他问问情况。"刘医生是阿冲的妈妈的主治医生,也是为阿冲联系好心人的那位。

阿冲善解人意,说:"好,那您先忙,我送您过去。"

赵启宏没拒绝,离开前又关心阿冲的妈妈一番,还摸了摸小宇的小脑袋。

小宇懂事,朝着恩人说:"伯伯再见。"

他们出去了,纪岑安和陈启睿也走到过道角落里,找个人少的地方谈话。

他们各自都是爽快的性子，没用的话就不多说了。纪岑安开门见山地问："伯母怎么了，什么病？"

陈启睿这些天明显颓废了许多，嘴角都上火起小泡了。他一到病房外面就想"吞云吐雾"，可迫于在医院里，还是克制住了，急躁地回道："一大堆，原先的心血管病，这回还检查出来肺有问题。"

纪岑安说："还有呢？"

陈启睿指指自己的肚子，说："这里，长了瘤子，但是不大，过几天需要切除，还在准备手术。"

大部分人老了都是一身病痛，特别是年轻时干苦力活的，以前落下的病根，保养不好，等年纪大了就会一股脑显现出来。

阿冲的妈妈上次过来看病都还没这样，那时拍片好好的，看不出问题，也就一小段时间又成了另一个样子。

大抵是麻绳专挑细处断，厄运偏找苦命人，阿冲的妈妈操劳了一辈子，还没享上清福，一只脚就又踏进鬼门关了。

阿冲的妈妈五十多岁了，身子骨本就虚弱，动手术是大难题，还不一定能成功。

纪岑安还年轻，身体好，这辈子也就遭遇过一次车祸，也没大碍。十几岁时，她疯狂玩跳伞、滑雪和骑马都没出过事，生病的情况更是极少，她体会不到这种悲惨，对此也不发表见解。

她寡言少语，听到一半就没接话了。

陈启睿直白地说："没钱，维持不下去。"

纪岑安问："缺多少？"

"不知道。"陈启睿说，停顿片刻，补充道，"治疗费没什么，可以报销，主要是其他零碎的开支很多。"

治病是很艰难的，各种支出远超预想，占大头的费用有捐助方买单，可别的方面，如日常生活开支等，七七八八加起来也不少了。阿冲如今失业，时刻都得守在病房里，更没有精力赚钱了。

赵启宏提出为这边请专业的看护来接替阿冲，他顾虑极其周到。

可阿冲拒绝了,毕竟手边还有一个孩子,总不能把孩子抛下不管,或是继续麻烦别人照看吧。

这些都是大家帮不了的。

陈启睿问:"这次要待多久?"

纪岑安睫毛轻颤,含糊道:"不清楚,再看吧,再说。"

两人在走道里站了十来分钟,话没说上几句,回去病房时都没再提这些。

关于纪岑安远走的原因,陈启睿不关心,一个字没问。纪岑安也不提,她不想谈及隐私。双方在这点上达成了默契。

纪岑安只在病房里待了一个多小时就走了。阿冲没挽留她,不像上回那样非要留她吃饭。

可能也是不想继续拖累别人,毕竟一家三口已经给周围的朋友带来太多事了,阿冲不愿意给纪岑安增添负担,宁愿她下回不来了。

阿冲也希望陈启睿他们离开,别陪在这儿了。可惜陈启睿"阴魂不散",打从最初就决定赖在这里了,赶都赶不出去。

纪岑安下楼,到上次那个公园外的路口等着。一会儿,一辆红色的路虎揽胜停在马路边,是赵启宏来接她了。

他之前就在车里候着,现在直接开过来,到了就放下车窗,示意她上去。有的事心照不宣,该怎么做不用说,纪岑安也知道。

赵启宏不解释,只告知目的地在哪里,接着问她有什么需要的,以及还有没有另外的事需要先办的。

"江灿小姐要是现在没空,也可以晚点再过去,有时间了,给我打电话就成。"

没有要办的事,连容身的住所都没有,纪岑安能去哪儿,哪里还有需要做的事呢?

她径自说:"不用了,按你的安排来就行。"

赵启宏点点头,发动车子,一路直行,带她到已经收拾完毕的北苑。

南迦已然回了公司,只剩一栋空荡荡的房子。

二楼的房间内，日用品已经准备妥了，一应俱全，但凡生活需要用上的东西，这儿都有。

包括纪岑安之前留在出租屋当幌子的那套衣服，还有放在网吧的挎包，此时竟全都出现在茶几上，整整齐齐地叠放在一个干净的盒子里面。

赵启宏引纪岑安上楼，说："省得您多跑一趟，都已经帮您拿来了。"他再伸手做了个"请"的动作，"南总吩咐过，江灿小姐之后愿意待多久都行，这边可以随便您住。您若是有不方便的地方，要我们帮忙的话，随时都可以叫人。还有，门禁卡放在这儿了，楼下车库里已经为您配备了几辆可供出行的车，随您使用。钥匙放在床头柜里了，需要的时候，您自己拿。"

赵启宏不愧为南迦的得力助手，做事可谓周到，各方面打理得井井有条，连细枝末节都考虑到了。

纪岑安以往喜欢的酒水饮料更不用提，全都配备充足，化妆台上的香水都是她钟爱的牌子，无一不是按她的喜好来置办的。

南迦的意思很明确，带纪岑安过来，让其自己选择去留，不会干涉她的意愿，更不会限制她的自由。

接下来的日子里，纪岑安想走就走，想留就留，她可以到外面重新租房子，也可以长住此处，当然想出去工作也可以。

她爱怎么样就怎么样，把这儿当临时旅馆都可以，很自由。

当初纪岑安从未束缚捆绑过南迦，也是这么对南迦的，任由南迦做什么都可以，她一概不加干预，无限度纵容。

比起纪岑安曾经的过分纵容，南迦还算是收敛了些，她学不来这人骨子里的低劣和刻薄，说不出太难听的话。

那时的纪岑安不理解南迦干嘛沉心创作，一度说："画这个能有多大的名堂，好好歇着不行？"

夏虫不可语冰，南迦接道："不行。"

纪岑安觉得这是瞎折腾，漫不经心地说："为什么这么劳心劳力的，费劲半天能赚几个钱？"

南迦手上的动作一顿,可下一刻还是继续埋头画图。

纪岑安还说:"不如多陪我去玩,都一样。你的作品可以卖给别人,也可以卖给我,我出价还高点,起码比别的买主好。"

南迦不想搭理她。

她还挺不耐烦,张嘴就是:"咱们两个直接交易,你别画了,放下笔,跟我说会儿话。"

年少时说话不过脑子,不觉得那是中伤恶语,数次理所当然地各种要求对方,南迦的理想和追求对她而言一文不值,远不如和她一起瞎折腾重要。

现在身份调换了,站在这个被用心准备过的旧地,纪岑安低头拿起盒子,将里面的东西都翻出来。

赵启宏不打扰她,确认她愿意留下了,就退出去,把二楼留给她。

纪岑安有点乱,一个人站了两分钟,不多时再到沙发上躺下,背抵着沙发,仰头望着天花板。

既然来了,纪岑安也想清楚了,当下的处境不容乐观,出去租房不安全,而且还会牵连阿冲一家和几个无辜的局外者,所以她留在这里才是最佳选择。

想开一点,至少南迦不是强迫她留下来的,这是她自己的抉择。

南迦要做什么,想法如何,纪岑安不知道,眼下就等着。

比起出租屋,别墅里简直就是美好的天堂,空调冷气二十四小时吹着,舒适的环境,到位的伺候,吃喝都有专门的用人团队服务。

这里少了机器的轰鸣,没有巷子里不时飘散的垃圾腐烂的臭味,逼仄困苦换成了宽阔安逸,光是洗澡间都比筒子巷那间破烂出租屋的大三倍多。

纪岑安熟悉这里,每一处设施都不陌生,完全不需要用人的指导就能摸清楚所有地方。

但派来的用人并不熟悉她,头一次见面,以为她是南迦的重要客人,故而很是贴心地照顾,泡澡前还专门有人上来为她提前放水。

纪岑安以前习惯了被人伺候,那时吃葡萄都要别人剥好皮才吃,如今却不习惯这么奢华的方式，支开用人，一律自己动手。

晚上九点多，赵启宏送进来一瓶酒，也不管她喝不喝。

纪岑安没碰那瓶酒，泡完澡后倒在床上就睡，还推掉了睡前的按摩。

她睡下了，别墅里其他房间也跟着歇下了，逐一熄灯。这也是按她的习惯来安排的。

纪二小姐的"公主病"很大，有她在的地方，她就是天地，大家都得跟着她的节奏。

明明是当年习以为常的服侍，纪岑安这晚却失眠了，躺在床上合了眼，很久以后脑子还是清醒的，一直在想事。

白日里，还有近些天的变动忽然就在这时涌来，在脑里撞来撞去，扰得人无法安宁。纪岑安翻了个身，朝向窗外，又睁眼看看窗外的树。

这棵树三年前还没这么高，冠部只到与窗户齐平的位置，可现今已高出了一大截。

茂密的树叶挡住了天上的圆月，隔断了洁白的月华，使得屋子里昏暗不堪。

后半夜，纪岑安睡着了一次，但不够沉。隐约中感觉窸窸窣窣的，有人躺在窗边的沙发上。

纪岑安能感觉到，可由于困意太重，没睁眼。

这个夜深不明的时间，外面的湿气正浓，晚上的露水刚爬到枝叶末梢，汇聚成一滴滴晶莹的珠子。

南迦不想和她正对，不愿意她看向自己，与自己对视。

应该是有点累了，今晚在外面忙了太久，南迦的精气神不怎么样，不如往常表现得那么冷淡，反倒比较容易接近。

南迦动动胳膊，闭上了眼睛，除此外，也没另外的动作了。她不与纪岑安交心，只安安静静地躺着，仿佛当下非现实，而是一场隔世经年的幻境。

过了会儿，她们有一搭没一搭地聊了几句。

南迦问了纪岑安许多事。纪岑安的话被堵在了喉咙里,她想说些什么,不过也觉得不合适,这种时候还是闭嘴为好。

窗外的枝叶随风颤动,南迦想了想,低声问了句:"纪岑安,你还走吗?"

纪岑安没回答。

南迦只是过来一趟,天亮前就离开了,留纪岑安继续一个人在这里。

纪岑安睡醒之前,用人进来帮南迦收拾了一下。

何时进来了人,纪岑安都没发觉,昨天赶路,后半夜又没睡好,待上午补了一觉,回过神来就是晌午了。

与昨日类似,守在这边的还是那些员工,撇开赵启宏,余下的几位全是纪岑安不熟的。

纪岑安没有使唤他们,起来后就洗澡,用凉水冲掉身上的黏腻,收拾完毕再到楼下自己弄吃的。

她厨艺不过关,只能凑合对付一顿,年少时十指不沾阳春水,近几年也没学会怎么做好吃的饭菜,都是冰箱里随便拿两样青菜,择好,过过水,丢进锅里炒两下就完事。

她连调料都不怎么放,不加蒜末,只加油和盐。也就纪岑安自己能吃得下,这对她来说,算是不错的搭配了。

一位用人看不过眼,当她是老板的贵客,见她这么糟蹋菜叶,欲上前帮忙搭把手,可被赵启宏使眼色制止,不准进厨房。

用人领会,收住一时的好心,随纪岑安"自生自灭"了。

别墅里,给纪岑安准备的东西配备齐全,可她大部分都没用。搞定了厨房里的东西,她到楼上的房间待着,不愿看见"阴魂不散"的赵启宏。

赵启宏真是尽职尽责,比谁都好使。

下午,他又新买了一堆东西,派人送到二楼,说是给纪岑安准备的。

纪岑安打开看了看,是一些可以打发时间的东西,什么都有,包括两部未开封的新手机。

不用猜，赵启宏这一出也是依照南迦的指示行事，要将纪岑安原本的那部破烂机子换下来，让她自己挑部满意的。

可惜纪岑安不领情，一部都不要，还是坚持用她那部旧的。赵启宏也不强求，管她爱用不用，这都是她的自由。

赵启宏特地将两部手机摆在茶几上，放在纪岑安眼皮子底下，说："江灿小姐要是都不满意，喜欢另外的牌子，也可以告诉我们，我们帮您买。"

人家分明是一番好意，可莫名其妙地，纪岑安不太能接受，倒不是觉得这样侮辱人格，就有种说不出来的感觉。

南迦大半夜来过一次，待了没多久，连缓和的空当都没留给她。

纪岑安有点情绪不稳定了，忽然又有了曾经那样的感受。每次被谁惹急了，她便克制不住脾气，总要发泄、找事，不吐不快。

但现在的纪岑安不会发火了，她控制得了自己的脾气。

没了纪家的庇佑，在社会上，她终究只是一个长着一张漂亮脸蛋的普通人，然而好看不是所有事情的通关卡，很多时候这反而是一种负担。

"不需要，我用原来的。"纪岑安说，态度不免有点疏离，不似前一天那么客气。赵启宏不介意，接着把其他的事悉数告知。

末了，他还交代一句："南总今天下午有事，可能会比较晚才收工，晚上应该不会过来。"

纪岑安瞄了他一眼，眉宇间透露出不耐烦，但不发作。赵启宏识趣，到此才打住，招手示意用人进来再打扫一次，转身去楼下忙另外的工作。

手脚麻利的用人就是不一样，几下便把这里打理得井井有条，比纪岑安收拾的效果可好太多了。

纪岑安不想在楼上闷着，也不想出门，于是到后院走动。她没事做，出门也不知道该往哪个方向走。

对于医院那边，她已经知道了基本的情况，这两天她不打算再去，不想给阿冲找事。

阿冲的妈妈的医药费有南迦的公司负担，再大的病都不算是问题，纪岑安没必要过多担忧。

眼下纪岑安本人才是最棘手的麻烦，她最好安生待在这里，不然一旦出岔子，那多半又是她引起的。

局面捉摸不透，纪岑安不知道南迦为何会帮阿冲一家，另一方面，纪岑安也搞不懂自己怎么想的，怎么就回来了。下一步该如何行动，她很茫然，有点糊里糊涂的。

纪岑安坐在后院的木椅上，瞧着墙角绿油油的竹子，长腿向前伸，踢了踢地上的石头，又将一些小土块踩碎。

偌大的别墅里住的人少，白天夜晚都冷清，楼上楼下空荡荡的。特别是傍晚时刻，夕阳落到院墙之上的位置，灿烂的金黄一层层渲染，映得地上的景物都变了颜色。

天黑后，南迦果然没来，直到第二天都不见踪影。她确实忙着搞事业，抽不出空，毕竟名下那么多资产，公司又大，成天到晚都有各种业务和文件需要处理。

她们两个挺有对比性的，纪岑安就不爱打理这些，一是那时候年纪小，玩性太大，只顾着吃喝享乐；二是还在读书，对继承家业没半点想法。她当年过于天真，以为按纪家的底子和发展，自己就算是当一辈子的废物，也可以肆意挥霍到死，极其没志气，觉得纪家哪怕是随便分点钱打发自己，必定也够用了。

纪岑安如意算盘打得响，坐享其成了二十一年，被养废了，脑子不行，单纯得很。她那时做投资都是随心所欲地砸钱，跟着狐朋狗友瞎闹腾，赚不赚钱根本不担心。

虽然她最后还是赚了不少，毕竟门路摆在那里，猪站在风口都能飞，她怎么可能会赔。

乍一想来，纪岑安要是能有南迦十分之一的本事，不那么放纵不羁，兴许不会落到如此下场。

但凡稍微有一丝防备心，有些许规划和打算，在纪家倒台后，她也能轻松脱身，如今保不准还能在什么地方逍遥快活。可她没有，总是成事不足败事有余，妥妥的废物一个。

一个靠家里，一个靠自己，差别就有那么大。

纪岑安现今倒是自食其力了，不过为时已晚。她使多大劲都没用，大浪打下来，自己什么都不是，简直讽刺。

南迦是后一日晚上来的，时间比之前早些，上半夜到这里，一进门就遣散其他人，让赵启宏他们全都出去，一个都不准留下，只余下二楼还亮着的灯。

纪岑安不清楚南迦会来，因为赵启宏没说。

南迦是临时起意过来的。

南迦进门时，纪岑安刚洗过澡，白嫩的小腿肚上还挂着没擦干的水珠，正在对着浴室的镜子擦头发，身上穿的是这边准备的睡袍。

人靠衣装，换了一套值钱的衣服披着，即便是这么一件睡袍，但在剪裁和布料的衬托下，远看着还是有那么几分味道。

南迦不与之打招呼，脱掉鞋子，步过去。她关灯，浴室里顿时变得暗沉。

她不想在光亮下与纪岑安相见。准确来说，她是不想见到纪岑安那张讨嫌的脸，也不想让对方看见她。

纪岑安手上的动作停了停，回身瞥了眼，问："今晚没工作？"

南迦重新放水，守在浴缸前，等水放差不多了，才边解衣服扣子边说："做完了。"

纪岑安擦完头发，放下纯白色的毛巾，要开门出去，让出地方给南迦。

南迦却率先问："你呢，今天做了些什么？"

没料到她会问这个，纪岑安顿住，回头望过去。毕竟自己在这儿住着，所有的行动都有人看着，肯定瞒不过她。

也许对方只是找个话题聊聊而已，纪岑安思忖半响，还是选择如实告知。

但南迦对此不是很感兴趣，问完了就没有继续搭话。

和之前那晚一样，南迦留在这边过夜，与纪岑安一起待着。

二人全程几乎没交谈，纪岑安想说话，可南迦做了个嘘声的动作，不想再和她有过多的交流，轻声道："不要说话，有什么之后再讲。"

她们长时间处在一栋房子里，可隔阂消散不了，老是横在两人中间。有的时候，南迦似乎还当纪岑安是以前的那个人；但更多的时候，她对纪岑安不冷不热，但不疏远，有时主动接近，可态度莫名其妙，好像还记着纪岑安不告而别的仇似的。

她们两个一时之间和好不了，南迦温柔，有耐性，待纪岑安不算差，可也仅如此而已。

人是矛盾体，狠心时是真的狠心，心软的时候也是真心软。两人各怀心事，各自躺着。

睡到下半夜。双双都有些睡不着了，中途半梦半醒间，搭了几次话。

纪岑安听面前的人问："之前去哪儿了？"

纪岑安如实说："高桥镇。"

"是为了你的朋友，才回来的吗？"南迦顿了顿，又接着问，"这些人都是你的朋友，对你很重要？"

纪岑安不承认："不算是。"可事实如山，她反驳不了。她这么说，反而像给真相蒙上了一层灰。

南迦不介意，本就是随口问问，她早已料到了结果。

纪岑安翻了个身，平躺着，仰望天花板。她不喜欢这样的场面，好像是对峙，也没多大意义。

南迦却不这么认为，又喊了她一次，纪岑安没动。

南迦低声道："你好像很关心他们……"

无论诚实与否，有的事实都难以辩解。若不是郭晋芈挑衅闹事，阿冲和陈启睿被搅扰，纪岑安应该不会动恻隐之心，而且多半是不回来的。

口是心非的掩饰太假，南迦也不需要纪岑安的反驳。毕竟现实摆在眼前,无论嘴里的话是怎么样的,纪岑安的所作所为已经成了既定的事实。

南迦望向纪岑安,静默地看着她。

纪岑安无可辩驳,想讲点什么,可话到嘴边又没了,像有一块石头堵在喉咙里,不上不下地卡着,难受得很。

"不要乱想。"过了很久,纪岑安才低声说。她不打算自我辩解,只顺着方才的话说了这么不明不白的一句。

南迦自知多说无用,她想要的也不是解释,这些都是无关紧要的,她只是随口一问而已。

南迦什么都清楚,包括现在纪岑安周围的一切。

纪岑安才是被动的那个,没有任何权利,也没什么资格。她的言语管不了用,反而还会让局面更加难堪,让大家都处在不好的境地中。

南迦后面也就不想深究这些没用的了。

忙完了公司那边,南迦第二天有空,她不回南家,也没心情去找徐行简,上午就待在北苑。

大清早她不着急离开,太阳的光线透过茂密的枝叶照进屋里,她才慢慢睁开眼,望向窗外。

南迦脸上的神情,乃至每一个动作,都未透露出丝毫的温和,颇有种她们最初认识时的感觉。

快到十点了,纪岑安才起床,许久才掀开被子,找到自己那身旧衣服穿上。她仍旧不碰衣帽间里的那些衣服,她们各自都有自己的坚持。

南迦不管纪岑安的行为,从头到尾都很冷淡,梳洗整理结束了,转头又各自忙别的事,无视房间里另一个人的存在。

纪岑安抿抿唇,神情有些复杂,不知道在想些什么。一个小时后,二人到楼下餐桌前坐着,提早吃午饭。

赵启宏上午出去了,不知道去了哪里,今天是一位面容慈祥的做菜阿嬷接替他,负责管理别墅里的一切事宜。

阿嬷年纪有些大了，记性也不太行，弄错了赵启宏的叮嘱。

赵启宏一再告知其纪岑安不喜欢吃姜，让阿嬷做菜时注意些，可阿嬷犯糊涂，忘了这茬，且不止一道菜放了姜。

饭桌上，南迦面前摆着种类丰富的食物，眼睛却瞥向纪岑安右手边的那道放了一小撮姜丝的嫩滑兔子肉，眼见着纪岑安伸筷子过去，不挑食地从里面夹了一块吃。

时间足以改变一个人，连饮食习惯都能改变。

按照纪岑安以前娇纵、不可一世的风格，要是让她吃到姜味，做菜的那位肯定工作不保，她绝对会发脾气。可当下的她眉头都没皱一下，东西吃进嘴，还扒了两口饭，竟似不讨厌姜了。

南迦从头到尾都没怎么动筷子，她食欲不佳，中途喝了小半碗汤，米饭都没吃。

南迦的习惯倒没变，进食于她而言就是补充能量，无所谓口味和享受，每回都是吃得很少，有饱腹感了就停下。

饭后无须她们收拾，自有用人干活。离开了二楼，南迦就恢复成往常的模样，面容淡淡的，情绪波动不大。

她不再把纪岑安当回事，兀自专心于自己的工作，差不多了就到沙发那里坐定，翻看从公司带回来的一些报表和资料，只专心致志地干活。

南迦妥妥的女强人风范，处理起业务得心应手，显然比曾经的那个清高艺术家厉害了很多，身上多了几分经过历练而沉淀下来的成熟韵味。

纪岑安站在不远处望了一眼，心里突然生出一股难以言喻的感受。早前她习惯了站在那个"高度"看问题，现在跌下"云端"了，再看又是另一种感觉。

南迦自是能感受到纪岑安的视线，可她佯作不知道，连头都没抬一下。她们的相处方式很怪，没有具体的规则，仿佛是两个不熟识的陌生人，前两天里有过几次口头试探，如同心照不宣的友人，可某种程度上，好像还算不上。

太阳光开始向另一半边天空倾斜时,纪岑安外出了一次,她有点事,必须出去。不过,她没告诉南迦,因为知道对方不关心这个,说了纯属自作多情。

她出门,不开别墅里早就准备好的车子,步行半小时,走到外面的路边挤公交车,中途换了两次车,到医院才下去。

今天下午阿冲的妈妈动手术,纪岑安到这儿来探望。

手术时间在下午三点半,但需要病人和家属提前做准备,阿冲和陈启睿大清早就在忙活了,一会儿上楼,一会儿下楼,再过不久又被医护人员喊了过去。

两个年轻人应付不来,忙得像热锅上团团转的蚂蚁。

娃娃脸比纪岑安晚到一段时间,手术都开始了,才姗姗来迟。他把孩子带去了原来的病房,避免小孩在手术室前影响大家,也是怕小宇害怕,算着时间过来的。

阿冲妈妈的肿瘤位置并不偏,长在了比较容易取出的地方,加之病变时间较短,手术时长预计不会太久,至多四个小时就能出来。届时做完了,天都不会太黑,也就太阳落山的时候。

医院不允许有太多陪同人员守在手术室门口,直系亲属去一个就行了,别的人尽量不要跟着,尤其是小孩子。

纪岑安和陈启睿他们轮流站岗,每隔一小时换人去陪着阿冲,另外两个则留在病房里带娃,其间顺便下去买点喝的上来。

阿冲在动手术前就止不住流眼泪,看着亲妈躺着被推进去,哭得就更凶了,眼睛都哭红了。

陈启睿先到那边陪着,但他不懂如何安慰人,全程一声不吭,除了守着阿冲,别的什么都没做,递一张纸巾都不会。

后面是娃娃脸去替换陈启睿的,纪岑安把娃丢给陈启睿看护,自己下楼买了包纸巾丢给阿冲,接着返回病房。

也许是心里也不好受,陈启睿总想找点事做,找个人同自己讲话,于是甭管纪岑安愿不愿意理会自己,他开始不住地唠叨,讲着一些零零碎碎的事情。

陈启睿问:"你这几天住的哪里,重新找的房子?"

纪岑安不讲,她才不会告诉他,眼神都不给他一个。她蹲下身拉过闷闷地玩床单的小宇,为其擦擦花脸。

小宇怯生生地挨着她的胳膊,乖巧地小声对她说:"姨姨,我想找妈妈……"

纪岑安轻轻摸小孩的脑袋,忽悠道:"你妈出去逛街了,等会儿才回来。"

陈启睿站在一边又问:"找工作了吗?"

纪岑安说:"再看。"

"网吧那边肯定不招你了。"陈启睿说。

纪岑安终于迟钝地发现,自己其实给他添麻烦了。毕竟是他给她找的路子,将她介绍到网吧工作,又是娃娃脸想办法把她安插进去的。而她忽然不辞而别,必定会给其他人带来影响。

纪岑安这才想起来,迟疑片刻,转而问陈启睿网吧如何了,娃娃脸的工作有没有变动。

陈启睿说:"哦,他啊,江添自己辞职了,没什么影响。"

江添,娃娃脸的名字。纪岑安长眼一抬,看向他,她有点被触动到了,她以为是自己导致的。

但很快,陈启睿不甚在意地解释:"那个工作本来也不怎么样,他只是打暑假工,挣点学费,以前跟你一样,是临时工,没课的时候才过去守着。"

江添还在读书,是附近某所大学的大三生。因为家庭压力和诸多方面的问题,他是中途休学再重考的高中,二十三岁"高龄"才读上大学。如今他和纪岑安同龄,却还在边打工,边供自己读大学。

纪岑安不知道,一直以来都以为江添是早就进入社会的那种人,江添和网吧里的其他同事也没讲过这些。

陈启睿没提江添是什么大学的,接着说道:"他已经找到工作了,在他们学校的饮料店上班,待遇比网吧好点。"

纪岑安"嗯"了一声。

陈启睿说:"那边好像缺人,最近招工,要找几个长期工。"讲完,他又瞥了瞥纪岑安,意思不言而喻。

纪岑安睨他:"你不是调酒师?"

"做饮料又不难,简单多了。而且,那边工资待遇还行,一般员工实习期就给四千元,包两顿饭,干得好,长期做下去还加薪。"陈启睿说道,他吊儿郎当地靠着墙壁,一只脚往前伸伸,故意逗小孩玩,没个正形。

他有意把条件都讲得明明白白,特意说给某人听。某人能领会,她淡漠地拉开挨欺负的小宇,半晌,说:"等会儿联系方式给我一个。"

陈启睿应下,倒是仗义。他们都不是话多的类型,站在一块儿讲什么都没趣味。

纪岑安自认为和陈启睿不熟,轮到该自己到手术室那边去了,放下小宇就要走。

陈启睿有些犹豫地叫住纪岑安,忽而从衣服兜里摸出一把糖,塞到她的手上,不自在地说:"她中午都没吃东西,你带这个过去,让她吃几颗吧。"

那把糖一看就不错,不是劣质的东西,但大热天在兜里揣了太长时间,都有点化了。纪岑安狐疑,不懂他的操作。

陈启睿摸摸鼻头说:"给小宇买的,他没吃完,剩了些,我也没买别的东西,凑合着吃吧。"

纪岑安收下糖,没空戳穿他,转到手术室那里。

这时的手术已经临近尾声,医护人员出来了一趟,通知病人没事了,马上就可以送到监护室,并告知家属接下来要做哪些准备。

阿冲伤心得喘不上气,双眼肿得像两颗山核桃,听到医护人员的话后才宽心些。不过,心是放下了,身体却绷不住了,腿一软就要往下滑,还好纪岑安抬手接住阿冲,没让她摔了。

后续的事宜是江添和陈启睿在处理,纪岑安只需照看母子二人,将他们带回病房里,让阿冲吃点东西。

阿冲伤心,小宇也急得小脸紧皱,使劲抱住妈妈的大腿。

大概是情绪积攒到一定程度，需要发泄出来，阿冲突然就倒在纪岑安的怀里，寻求支撑。只是很普通的一个行为，她没有任何别的想法。

阿冲的举动过于突然，纪岑安有点僵硬，不适应这种亲密行为，但也没推开她。

见阿冲实在是伤心，又有个矮矮的小豆丁在底下瘪嘴要哭，纪岑安想了想，不多时难得好心地抬起手，安抚地拍拍阿冲的后背，干巴巴地安慰道："你不要哭，没事了。"

阿冲都抽噎了，一会儿却又破涕为笑，庆幸手术成功了。

纪岑安搂了她起码两分钟，有生以来头一回这么做，且等她稍微平静下来了，又拎起小宇，将孩子送到她面前，想让小孩和妈妈亲近亲近，以此安慰她的心。

纪岑安不适应这些常人间的情感交流，不知道该怎么做，只能凭感觉瞎来。不过，这一招还是管用，阿冲笑了笑，搂住了小宇。

病房的门没关，站在外面的过道往里看，眼下这样的场景挺温馨，不要太美。

纪岑安是背对着门口的，瞧不见此时门外的情形。待处理好眼前的所有事情了，纪岑安就听到门外刚回来的江添喊："赵先生，你来了！"

她应声转身，看见不远处站着的两人。站在左边的是赵启宏，提着一个果篮，还有几大盒补品。另一边是南迦，这位两手空空，一袭优雅的长裙，打扮得大方端庄，正饶有兴致地瞧着她们。

看样子他们到了有一会儿了，将二人的所有举动收入眼底，但是没有打扰她们。

第十章
跟她没关系

南迦不该出现在医院,按原定计划,公司下午开大会,她应当在会议厅里,或者是坐在别墅的电脑前远程参与,而非纡尊降贵地现身病房门口。

但南迦就是来了,还是主动要来的。这人在北苑待不住,处理完文件后还参加了半小时的会议,见公司一切顺利就提早退了,没事出来走动,散散心,顺便也来瞧两眼,看看纪岑安对这边到底有多上心。

毕竟纪岑安前两天就开始记挂着这事,决定了要来。晌午过后,她招呼都不打就悄然离开,看样子挺为她的朋友们着急的。

而事实也是如此,纪岑安果真由里到外都放不下这些人,对阿冲更是关心,三两下就安慰上了,也没见过她对别的人这样。

就算是当年纪家父母生病住院,纪岑安都做不到这个程度,顶多是帮着跑腿。这样轻言细语宽慰,还想法子逗人家,那真的是她有生以来头一回见。

这个没心没肺的"二世祖",竟然也有知人情世故的一天,活似木头开了窍,极其不容易。

由此可见,再怎么出格的人,其实心里也有那么一块柔软的存在,只不过得看面对的是谁,不同的人当然有不同的待遇。

南迦没得到过这样的待遇,纪岑安不会这么对待她。纪岑安待她的好,对她的付出,全是需要相应的回报的,一分一毫都会讨回去,任何从指缝里流出的好意,都得有与之对应的价值交换。这位不肯吃亏的主儿,腰杆直,骨头硬,有自己的"原则"。

现如今,换作一个带孩子的单亲妈妈,人家只是不费力地关照了她几次,她的"原则"就被打破了。

早在纪岑安抬起胳膊那会儿,南迦和赵启宏刚来就撞上了,偏偏那么凑巧。

这一趟南迦倒是没白来,不然也不会知道纪岑安还有这么温和、良善的一面。

南迦当即就放缓步子,静默旁观。赵启宏要上前打招呼来着,可被她拦住了。

纪岑安的表现也没让人失望,温柔得不像她。

南迦没生气,只是觉得眼前的纪岑安过于陌生,陌生到看不出丁点曾经她的影子,好似内里早就换了,唯有壳子还留着。

南迦候在那里,等江添出声喊了,才面色平和地将视线挪开,宛若未看到这一幕,心里没多大感觉似的。

回头见到南迦的一瞬间,纪岑安下意识的动作也耐人寻味。她有些躲闪,脸上先是一怔,随即收手,不自禁就和阿冲母子俩拉开距离,不再那么贴近。

她应该是不想被南迦发现她待别的朋友这么亲近,因而得稍稍"撇清"关系,加以掩饰。

江添嗓门大,阿冲和小宇也跟着看过来。发现有人到了,阿冲赶紧擦擦眼睛,收住泪水,压下方才的激动情绪,连忙招呼他们,将他们迎进来。

"赵先生。"阿冲飞快地放开孩子,搬起凳子放在病房中间,"没注意到你们来了,这儿坐,快请,快请。"

南迦和赵启宏从容自如,见怪不怪的,未表露出多余的神情,也不会有看不起人什么的意味,非常自然就进门了。

赵启宏跟在南迦的身后,一面走,一面向大家问候,言简意赅地讲明来意。

今天是阿冲妈妈做手术的日子，公司这边再次派代表来看望，以示关怀。

另外，赵启宏也大大方方地向所有人介绍南迦，公开她的身份，告知他们。她是公司里的高层。

赵启宏办事素来令人放心，他绝口不提南迦这个级别的人物为何会亲自到这里，且很有眼力见地忽视了纪岑安。

按理来说，花钱做公益是应该定期回访，有始有终的。但这种小事轮不到领导层的人来干，更犯不着让背后的老板操心，可偏偏南迦就是来了。

不过，赵启宏也机灵，仅称呼南迦为"南总"，不说她是老板。

阿冲他们从来都认为赵启宏是那边公司专门派来对接的工作人员，不了解详情，至于赵启宏北苑管家和南迦私人秘书的身份，那就更不清楚了。

现今听到一个什么老总到医院，还是样貌漂亮得跟天仙似的人，高傲出尘又清冷，一看就不是一般的人物，大伙儿立时都蒙了。

他们平日里哪里有机会接触南迦这样的角色，脑袋都有些转不过来了，不知道该怎么接待才好，变得很拘谨。

江添灵光，率先张嘴："南总好，有失远迎，不好意思，来来来，坐，坐。"

阿冲也倒了杯水递过来："南总，您喝水，赵先生，您也喝水。"

拽得不可一世的陈启睿都放下了架子，念及阿冲的妈妈多亏了南迦他们帮助，难得给了好脸色，少有地友好一回，在阿冲拿杯子时就把柜子上放着的瓜果摆出来。

只有纪岑安杵在原地，什么都不做。但她的态度并不重要，没什么影响。

南迦接过杯子，礼貌地道谢，温润有礼，本着公事公办的原则，不夹杂一丝私人恩怨，整个过程都略过了纪岑安，但又不是非常漠然，不会让其他人看出端倪。

好像她们在这儿遇到只是巧合，不小心就凑到一处了。好像她们是第一次碰上的陌生人。

阿冲在中间带动气氛，完全忘记上回在一楼大厅电梯口见过南迦的事了。她当时只顾着关切孩子和纪岑安，对南迦早已没印象了。

阿冲对纪岑安、陈启睿及江添一视同仁，说都是朋友。

"这两个都是我老乡，一个地方的，他们是发小。"阿冲说，最后转向纪岑安，多讲了句，"江灿原本是我和启睿哥的同事，这阵子有时间就过来帮忙，她也是下午来的。"气氛较为和睦。

南迦待外人都是一贯的作风，温婉得体，挑不出毛病，尽管不够接地气，可也没什么架子，不难接近。

哪怕是与这些往日里压根不是同一个世界，日后也不会有交集的人往来，她也不会高高在上，始终都是把自己放在与他们一样的层面。

在阿冲特地点了纪岑安名后，南迦给面子地看了纪岑安两眼，面上柔和，语气却不冷不热，说："江小姐心善，很仗义。"

挺普通的一句夸奖，没有过深的含义，听在阿冲他们耳朵里就那么回事，可纪岑安听了却是另一番感受。

很明显，南迦并不是在夸人，她这个样子就不像。

她们终究是知根知底的老友。相处共事的两年里，她们就算没敞开过心扉，但光凭着那么多次相处的经历，太懂对方的小细节了，纪岑安没有办法忽视。

南迦若真心赞扬谁，一般不会太直白，因为浅显的语言太容易脱口，显得不够用心，乍一听似是做作的恭维。切实的欣赏是春风化细雨似的，藏在话里，不使当事人明察，可又让其十分舒心。这样的话术才是她常用的。

纪岑安领教过太多次，心知南迦这是不高兴了，可也不能怎么样。有人在，她没法当面问。其实没人在，也差不了多少，她问了也没用。

一行人在病房里待了二三十分钟，过后又去监护室看望阿冲的妈妈。他们进不去监护室，只能在外面看。

阿冲的妈妈需要在监护室住一段时间，可能几天，也可能很久，待情况转为平稳了，才能转移回去，后面还得继续进行观察和治疗。

治病过程复杂，做手术只是其中一个部分，后面还有相当长的一段流程得持续跟进。

南迦他们此次来也是为了这个，赵启宏要和阿冲谈谈后续事宜。至于怎么谈，这就属于私密了，纪岑安和陈启睿他们不能听。

纪岑安他们知趣，自觉地离开，准备到外面等着，顺便下楼买饭，一个小时左右再回来。

这么久，肯定够两边洽谈完了。

也许是南迦的突然到访着实让人意外，又或许心里有点不是滋味，纪岑安总觉得会发生什么不好的事。

关门出去前，纪岑安不自禁地回头望了望，恰恰撞上南迦投向这边的目光，视线相触。纪岑安的心倏地紧缩。

江添后一步出来，没发现纪岑安片刻的走神，侧身的瞬间关上了门，说："走吧，下去了。"

纪岑安驻足不前，犹豫了一下，后一秒还是跟上他们，到楼下去。

买饭时，纪岑安多买了两份，不用问赵启宏他们吃不吃。两位贵客到来，他们不吃她也得买，以表感谢。今天小饭馆顾客多，排着长队，等候花了很长时间。

纪岑安在这边排队，陈启睿他们则到附近的商店置办日用品，再给阿冲一家买点他们能用得上的东西。

陈启睿走前，对纪岑安说，让她再多买两份饭给他，不然吃不饱。纪岑安的心神都飘远了，没听到。

轮到她了，她只按常规的搭配买，没有多买两份饭给陈启睿，买完，站在路边等陈启睿两人回来。

陈启睿回到这里，不免叨叨刚嘱咐的事情都没记住，还得重新买一次，耽搁时间。

纪岑安不辩解，这回任陈启睿叨叨。

三人再回到病房，想着南迦和赵启宏应该还在，孰知他们很早就走了。不知他们究竟聊了些什么，阿冲低落的情绪平复了不少，像白捡了钱一样高兴。那边应该带来了好消息，很好的那种。

　　陈启睿进门就挑挑眉，最先注意到阿冲的情绪变动。这姑娘够感性的，心碎的时候哭得梨花带雨，一旦有好事发生了，高兴又摆在脸上。也确实是好事，于阿冲而言，绝对是最好的一件事了。

　　吃饭时，阿冲就将方才私下谈的部分内容告诉他们了：一是南迦的公司承诺可以报销妈妈后面的全部治疗费用，直到痊愈为止；二是考虑到他们家的困难情况，光是出钱帮扶还不够，不是长久之计，那边的意思是可以提供一个工作机会给阿冲，只要她愿意，公司也能为她提供合适的岗位。

　　这对阿冲来说无疑是从源头解决了问题，进入社会打拼的这些年里，细细想来，她没做过一份正经且长期稳定的工作。

　　一个活能干上一年都很好了，可能今年做服务员，明年又得干导购，再过两三个月又换成别的。

　　甚至小酒吧的打杂，都是陈启睿帮忙找的，没有他担保，张林荣必定不会收阿冲。

　　没办法，前些年阿冲太小了。没本事、没学历的小姑娘能找着什么有盼头的工作？

　　后来怀孕生子，生活就更艰难了。她带着孩子，到哪里应聘都是碰壁。

　　进大公司干活，即使是当扫地的保洁员，也比现在强得多。再者，赵启宏讲过了，会给阿冲一份稍微有技术含量的活儿，会派师傅带她上手，只要她能学成，破格录用也不是不行。

　　阿冲觉得赵启宏对自己说了这些，便误以为是他为自己寻的机会，感动得又红了眼，同时也无措得很。

　　她担心自己做不来，没那个脑子，学不好反而拖累赵启宏。这傻姑娘单纯，全然忽略了南迦与此是否相关。

　　陈启睿和江添也是两个心大的，听到有钱可以挣，转正后那边还给交五险一金,特别是还有各种福利补贴,当场就拍桌子替阿冲定下,逼阿冲去,让她硬着头皮也得上。

这哪里只是一个机会这么简单,阿冲要是能进去,指不定找着门路,考张什么证书,评个职称,那往后可不就有路可走了吗?

陈启睿说一不二,强硬地说:"你去。小宇这边,你不用担心,上班时我帮你带。"

知道他也不容易,带娃耽搁干活,阿冲面露难色,不想答应他。

"你这才找着新的工作,老板肯定⋯⋯"

"老板不计较,没事。"陈启睿回道,"之前应聘的时候就问过了,说可以带过去,只要不闹腾就行。不信,你问江灿,她也知道。"说着,他偷摸在桌下踢了纪岑安两脚,暗示赶快配合。

纪岑安没那么乐观,不懂南迦这是怎么了,为何做这些安排,低头想着原因,痛感传来才回神点了点头,应声道:"嗯,是可以。"

陈启睿说:"我们两个都在,到时候江灿也能帮着看,你放心去就是了。"

阿冲半信半疑,不敢下决定。席间,大家围绕这事展开了讨论,除了纪岑安神不守舍,两个男人都有点激动,比当事人阿冲还开心。

他们三个就阿冲差些,江添是在读大学生,以后肯定不会太差,陈启睿有手艺傍身,只有阿冲什么都没有。

阿冲应该去,进大公司是相当不错的选择。纪岑安也这么认为,但考虑到南迦的不寻常,又高兴不起来,反而有些疑虑。

晚上九点多了,纪岑安才到北苑。

时间不算晚,别墅里没留灯,纪岑安上到二楼打开门,南迦已经在那里等着。

外面不开灯,南迦浴室里的灯还亮着。南迦的小腿上还有水渍。纪岑安找了毛巾过来,递给她,低着头垂眼问:"今天是为什么?"

"你说周女士?"南迦轻声问,"有什么问题吗?"

纪岑安说:"你给她安排的?"

南迦漫不经心,目光在纪岑安的脸上停留了一会儿,仿佛琢磨不透她的意思,回道:"你是在质问我?"

"没有,只是问问。"纪岑安说,比较坦诚,"觉得应该是你。"

南迦把腿擦干净了,才又说道:"你都有答案了,还找我干什么?"

纪岑安瞧了瞧南迦,不知她又有了什么想法,是满意,还是不满意。估计多半是后者。

以前纪岑安最讨厌南迦这样自作主张,但也不至于发脾气,她于是坐到床边,只说:"不像你的性格。"

今夜的南迦似乎很不高兴。

"我的性格?"南迦问,一眼就洞悉了全部似的,"还是你在担心什么?"

南迦眉眼耷拉着,不留情地戳穿:"你担心周冲,怕我伤害她,不是吗?"

某种程度上来说,是这样。显而易见,纪岑安就是在为阿冲考虑,放心不下,所以才会当面问这些。天上不会掉馅饼,再好的事也得有个度,一旦过了那条线,很难不引人怀疑。

公司做公益就能够凸显善心和社会责任了,何必再招阿冲当员工,无底线地帮助她。

纪岑安混了社会那么久,早就把那些"良心"企业家的套路摸得透透的,哪里不清楚有钱人的打算。

这次的公益项目是以公司的名义进行捐助,那必定是经过了公司内部审批的,并非南迦一个人的决定。如今招阿冲进去,兴许也是内部的计策,但这阵仗未免太大了些。

细细想来,应该只与南迦有关,要么是她单独定下来的,作为老板,她塞个新的员工进去也不难;要么是她经过了高层的同意,已经提前说明了要招个人。但无论哪种情况,都不理智,都不符合她的行事风格。

最简单有效的慈善就是直接打钱,而不是招一位自带累赘的员工进公司,南迦应该明白。

公益做到这个份儿上,有点过了。纪岑安并不是以恶意来揣测南迦,仅仅觉得不合理罢了。

纪岑安多疑,搞不懂现在的状况。面对南迦的拆台,她没有争辩,如实说道:"她不适合你们公司,进去了,也待不了多久。"

南迦说:"不试试怎么知道,就这么不相信周女士?"

纪岑安还是说:"她做不了。"阿冲连电脑都不会使用,哪里进得了互联网公司。

纪岑安不是看轻阿冲,只不过她目前的能力水平就这样。她基础的知识都不具备,在那种竞争极其激烈的大环境下,进去了很可能是备受欺侮,等于浪费时间。

但凡南迦的公司与这一行无关,偏实体或传统行业一些,纪岑安都不会这么笃定,可唯独互联网行业不行。阿冲进去,肯定做不好,肯定没有出路。

南迦不这么想,她早就另有安排,但却不告诉纪岑安。

"你挺了解周女士……"南迦说,抬抬眼,似是记起了什么,又小声道,"可惜周女士已经答应了,过不了多久就会上班实习了。你要是不放心,可以劝劝她,让她放弃。"

南迦的手搭在纪岑安的肩头,话语停顿的片刻,她掐了纪岑安的肩膀一下,力气还有些大。

"找我已经晚了。"南迦侧侧头,一眼就看穿纪岑安的打算,"都通知周女士了,我们总不能言而无信……"

平缓的语调,柔情的举动,她此时的样子挺平和,但实际的言语表达出来的意思却截然相反。

两边都固执、自我,彼此愈发陌生。她们都不满意彼此的态度,冷战一触即发。

南迦指尖的温度很低,冰冰的。她的眼神很冷静,死死地盯着纪岑安,不放过纪岑安脸上每一分变化的神色。

对方的态度让纪岑安脊背绷直,像一根拉得死紧的弦。她听得出南迦话里的深层含义,纵使不算威胁,可也没差太远了。

纪岑安不可能去阻止阿冲，若是要拦着，今晚就该这么做了。但她没有，她不想打破大家的欢欣雀跃的场面，而是选择找南迦处理。实际上，她就是想跟南迦谈谈，不把局面弄得太难堪。

只是她预估错误，结果适得其反。南迦的好脾气到了头，对她的容忍也达到了极限。

是纪岑安有些分不清形势，越过了那条线。

她本应该很清楚这点——恪守规矩，本分行事。那是她们之间的原则，一开始就是这么定的，后来也是这么遵从的。

其实阿冲如果知道了纪岑安的真实身份，指不定会多疏远，接不接受她这个朋友还另说。

"她跟这些无关。"纪岑安缓缓神，有些不舒服，顿了片刻才说。

南迦没兴趣为一个外人跟她掰扯，任由纪岑安解释。

可惜话语的力量终究微薄，越是揪着不放，越能突出她的在乎。若真是没关系，也不会有这番对话的存在了。

南迦没心思听，拧了拧眉，觉得烦，下意识要避开，不想搭理纪岑安。纪岑安在这时攥住她的手腕，憋着一股劲，心里很是不舒服。

南迦安静地望着她，看她要做些什么。有的人本性难改，天生就不服管教。

纪岑安不让南迦躲避，把话题拉回方才的交谈，说："先讲清楚。"

"放开。"南迦说。

纪岑安不听，她几年如一日不变的臭脾气，执拗起来就说一不二。她不想再这样继续下去，她想要一个准确的回答，没心情做那么多的无用功。

南迦也不是一个服软的，被抓着手的时候就来火了，气氛隐约有点像回到当初两人争执的时候了，她们各自带了一身刺，谁都不退步。

纪岑安以往就爱这样做，好似南迦是一件没有感受的物品，因而只要吵架了，她就绝不让南迦离开，不给南迦冷静的空间，必须立即理清，她十分强势。

这样的做法不能说是逼迫,却令人反感,一次两次还能忍受,多几次谁也受不了。人不是机器,做不到程序化地解决问题。

纪岑安从来不懂这个道理,当年是,现在也是。

不过,纪岑安现在只想着谈一谈,没以前那么强势,这和以往的她有着本质的区别。

事实上,纪岑安没做什么,除了抓住南迦的手不放开。

但正是这个动作,触及了南迦的逆鳞,她霎时的反应有点冲动,挣出一只手后,另一只手一扬……却没打准地方。

光线不足,影响了视野。南迦的手落向纪岑安的肩上,却落空了,只差了一点。

纪岑安没察觉到她的异常,后一瞬重新抓住她挣脱出去的手。

南迦咬牙道:"纪岑安!"

南迦有些失控,不复平时那般稳重、沉静,褪去了大度、成熟的外表,露出潜藏在内里的真实。

两个人相互抵着。没多久,双方就抛开了最先争论不休的事,转而争论别的问题了。

纪岑安毛病又上来了,她径直问:"你什么意思?"

南迦扯了扯嘴角,有些讽刺道:"我能有什么意思?"

"好好讲话。"纪岑安沉声道。

"我用得着听你的?"南迦比她还偏执,全然没了当初的好脾气,"只能是你说了算?"

纪岑安回道:"我没有让你这样。"

"那是怎样?"南迦直视她。纪岑安说不上来,一阵缄默。

"也不是每一次都必须得听你的……"南迦说,脸上的表情极其难看。

缺乏平和的沟通,之后的对话自是不会那么令人愉快。

两个人都不服输,虽然也没做什么,但却有意让另一方不痛快。

阿冲只是导火索,一个无关紧要的由头,却全面激发了她们两人间的矛盾。

如今的南迦比往年倔强多了，那时至少讲点情面，现在则完全不讲情面，不配合不让纪岑安如意了。

等到不吵了，纪岑安变得有些狼狈，脸上带着很多复杂的表情。她垂头看着南迦，仿佛要透过那层皮囊窥视南迦的内心深处，她想看个明白。

她紧了紧手，情绪不稳定，想要反驳，可一个字都讲不出来。她还想再争辩，搞清楚南迦的意图。

但南迦不肯表露出来，也不给她继续探究的机会，抬起胳膊就将方才打偏的巴掌补回去，红唇翕动，颤了颤："出去……"

两人的难堪以一人高开而告终，她们各自退让，不欢而散，所有的一切戛然而止。

少顷，二楼的房间门被打开，清瘦的身影从里面慢慢出来，往楼下走，到一楼客厅里另寻休息的地方。

纪岑安在一楼沙发上坐着。

夏夜里不冷，躺在沙发上也能舒适地过一晚。纪岑安还是留下了，她哪儿都不去，她没有能去的住所，也没那个心去找。

她甚至都不生气挨了打，却又感觉无所谓。她已然料到了会是这个待遇，只能自讨苦吃地受着。

南迦就那个性子，这次还算温和的了，要是搁在几年前，今晚她们两个估计又要崩溃，不会如此轻易就收场。

纪岑安自知理亏，不给自己找借口，她摆得正心态，还算认得清对错，不至于行为太恶劣。

别墅里，从这时起到天亮为止，再未有其余动静。

这边还住着不少用人，那么大的房子，不止她们在。但也许是夜太深了，大家都睡着了，听不见，又或许是别的缘由，这会儿竟没谁出来看看，也无人来管纪岑安。

二楼黑乎乎的一片。纪岑安侧着身子，目光向远处延伸，融进浓郁的昏暗中，很久以后，再望向楼梯口的方向，思绪有些乱。后半夜悠长，很难熬。

楼下的人辗转反侧，一直弄出窸窸窣窣的声音；楼上的人也不得安宁，余思经久不散，反复翻涌折腾，心思被扰乱了，没法淡定地歇息。

归根到底，这才是原本该有的情形。

揭开表层的皮肉，剩下的才是真实。

南迦怨纪岑安不告而别，也在意她和阿冲关系这么亲近。

纪岑安死性不改，骨子里就没变过。

无论在外人面前她们是什么样，都不重要，私下里才是真实的她们。纪岑安脸上还留有方才的轻微痛感，她抿唇，舌尖抵住口腔一侧，轻轻碰了碰。

今晚这一出有些眼熟。只是那时不是南迦先挑毛病，而是纪岑安成心找碴，揪着一些有的没的不放，非得找存在感造成的。

南迦也会发脾气，但没这么狠。她一般是不打纪岑安的脸的，大多呵斥纪岑安而已。

不过，一般来说，事情很快就能翻篇。

这回就更严重些，但依旧是纪岑安的问题，她不该那样质问南迦，理智上不应该。思忖了一会儿，纪岑安不再纠结这个，开始怔怔地出神。

她不知道后面何时才睡着，脑子里一直有一种捉摸不定的念想在乱窜，直至意识模糊了，整个人才沉了进去。

估计是睡前这档子事导致的，纪岑安天亮时分又做梦了，梦到了一些杂七杂八的人和事。

她梦见了大哥和父母。在认识南迦以前，她总是惹是生非，给家里添乱，不务正业地瞎晃悠，搞出一堆棘手的问题。纪父也打她，用棍子使劲抽，打得她满院子跑，让她跪着认错。

当时母亲和大哥也在，可他们并未上前制止，连假意拦着的动作都没有，不动容地冷眼旁观，好似那是极其正常的事。

后来再挨揍，纪岑安就不跑了，挺直腰板，随便怎样。她嘴硬得要命，决不认错。

和南迦认识的那两年，纪父就不打纪岑安了，只跟她吵架，不动手了。

纪岑安不愿待在家里，就往北苑跑，隔三岔五出现一次，改成给南迦添堵，换地方折腾了。

南迦比纪父他们好些——纪岑安是这么认为的，最起码南迦不使自己烦恼，即便有摩擦，那也比纪家人好。

早上是赵启宏叫醒的她。纪岑安没睡踏实，睁眼后脑袋沉重了些，很不舒服。

赵启宏来了有半个小时了，进门见纪岑安躺在沙发上，一看就是在楼下过了一夜。他却不问缘由。

南迦已经出门，到公司了。她白天还有一堆工作需要处理，必须过去。

别墅里余下的事都交由赵启宏负责，包括纪岑安的事。

赵启宏带了些熟食过来，还亲自下厨为纪岑安煮了碗鸡汤馄饨，随即贴心地问："江小姐下午还要去医院吗？还是留在这边？"

比起前几天的随和，纪岑安今天明显没心情应付他，样子都懒得做，吃完馄饨，淡声说："不关你的事，别跟着我。"

她不由自主就带着些戾气，脾气有点冲。对于她的不客气，赵启宏不往心里去，也很有眼力见地没有再问。

但不问不代表同意，他自然不会听纪岑安的话，只照着老板的交代行事。

晚些时候，纪岑安外出了一趟，不是去医院，只随便在外面走走。

赵启宏没离开别墅，可在纪岑安走后，就立马给一位保镖使眼色，让其跟上。

赵启宏不干涉纪岑安去哪儿，随她的便，只要乐意，她上天都可以。他派保镖只是为了防止意外情况发生，以免她在外面遇到变故，难以应付。

自从纪岑安住进北苑那天起，赵启宏就安排了保镖守着她，还不止一位。

纪岑安一直都知道,只是不挑明,她当作没发现,默许这群人在暗中跟着自己。

纪岑安没走远,绕了一圈就回来了,其间还甩掉了保镖,凭借对地形的熟悉,七拐八拐就不见了踪影。

这可把保镖吓了一跳,以为人又离开了,差点立马上报赵启宏,好在最后发现是虚惊一场。

纪岑安自己折返回去了,成心不让他们跟着。

因为这事,下午赵启宏多派了两个盯梢的,怕出岔子,再来一次上回的经历。

纪岑安无动于衷,对此不关心,任由赵启宏派三个还是十个人盯着自己,反正再出门时,照旧会把他们甩开。

赵启宏有点头疼,他觉得纪岑安不会走,但又不敢保证,担心这是障眼法,怕被忽悠了。

思来想去,赵启宏还是将这些报告给南迦,委婉地提了两句,试探南迦的想法,看接下来是不是该做些什么,要不要提前找方法应对。

与上次的沉脸、置气不同,南迦好像不怎么介意了,听完了不仅没反应,还说:"明后天有工作,后天晚上还要去老宅,你那边自行安排,不用找我。"

赵启宏开始犯难,没太懂老板怎么突然不一样了,琢磨不出她这是什么意思。不好再多嘴,赵启宏思索片刻,硬着头皮应声:"好,知道了。"

纪岑安没走,南迦就不去北苑了。南迦离开得决绝,大有撇下一切不管了的架势。

赵启宏两头传达,白天听南迦讲完,晚上转达给纪岑安,一五一十地告知,南迦是因公司忙才不回来的。

另外,不用纪岑安开口打探,他便开口说了阿冲那边的进展,让她放心。

阿冲已经到公司看过了，和人事部对接完毕，两边都对另一方有了基本的了解，目前还比较顺利。

公司承诺了招阿冲进来，肯定不是假话，相关的事情都安排妥当了，只看她何时能去。

阿冲过去的当天就定下了时间，说下周就能上班，最迟不超过半个月。

阿冲很看重这个机会，铆足了劲要挤进去，阿冲还致电赵启宏，表达感谢，劳烦他这阵子跑来跑去地帮忙。

纪岑安傍晚时也收到了陈启睿发的短信，只不过他讲得没这么详细，只说了阿冲要进南迦的公司，没提别的。

赵启宏斟酌着说："南总可能会在老宅住两天，最近不一定来这儿，应该……"

"回老宅做什么？"纪岑安问，打断他的啰唆。

赵启宏以为她没在听，蓦地被问话，不知该如何回答。他迟疑半晌，左右衡量后回道："定期过去看看，再过不久老太太过寿，应该要大办。"

纪岑安心知肚明，直白道："还有哪些人在？"

赵启宏不说，纪岑安也能猜到，很明显，南家年年有事都会考虑邀请徐家的人，这次自是不会落下。

赵启宏哑巴似的，像被封了嘴的闷葫芦。纪岑安不刁难他，已然心里有数。

房子里鸦雀无声。

纪岑安不想在楼下待着，上了二楼。

赵启宏留下来清理残局，使唤用人收拾客厅，不多时再送份酒水上去。然而，今夜他进不了房间，门被反锁了。

第十一章
帮个忙行吗

赵启宏进不了门,那份酒水又被端下楼,放回原位。本来送不送都没什么区别,纪岑安不喝,他纯属白费力气。

赵启宏站了会儿,知道人还在里面,只是歇下了,犹疑许久,最后选择不打搅纪岑安,也未将这些情况告诉南迦。

有的事能不插手就别胡乱掺和,因为与己无关。下去后,赵启宏同其他员工通气,示意都放机灵点,不要没长眼睛一样撞枪口。

用人们领会,一个个规规矩矩地守在一楼,绝不踏足二楼半步,轻手轻脚,老实地干活,做完就各自回住的地方。

大伙儿都发现了端倪,知道这是出了问题,但纪岑安和老板到底咋了,谁都不敢探究、揣测,宁可无视,也不会好奇地打听。所有人都老实自觉的做自己的事。

平稳无奇的一宿,与往日没两样,虽少了南迦的身影,但影响不大。南迦平时也不怎么来,挺正常的,不值得关注,反正对用人们来说是这样。

纪岑安什么都没做,在楼上睡到日上三竿才起,然后兀自捣鼓自己的事。

午间时分,纪岑安面无表情地外出,继续找工作、面试,她还是决定去陈启睿说的那家饮品店。

纪岑安和饮品店的负责人在线上联系过了,负责人让她过去一趟，要当面看看，合适的话，明天就可以培训上班。

进驻学校的那家店是一家自创品牌，专卖咖啡和自创饮料，规模不算大，可装潢很不错，文艺范十足。

面试的地址不是别处，正是理工大学附近的Z大——南迦的母校，也是她定期回去并资助捐赠的地方。陈启睿前几天就讲了，饮品店的负责人也说过，纪岑安早已知道这事了。

纪岑安没必要避嫌，何况饮品店的位置隐蔽，设在艺术活动中心的一楼，环境清幽。顾客大多是低调的学生，加之店里饮品的平均单价高于二十元，一般也没什么回头客，在那里工作定然不容易被别人注意到。

相对而言，学校的人流量哪怕大得多，可远比鱼龙混杂的酒吧和网吧安全，是个不错的去处。她的应聘很顺利，店长当天就要她了。

负责人是饮品店的店长，投资的老板未现身，据说老板远在国外，没精力打理这个，就全权交托给店长了。

这家店的老板也是Z大的毕业生，开这家店不图赚钱，纯粹为年轻时的情怀埋单。

店老板还是学生时就总想着在校园里开一家饮品书屋店，希望以后能多多接触青春、有朝气的面孔，但可惜后来没能实现这个愿望，现在天天忙得脚不沾地，很难抽空分身实现向往的生活。

说白了，他只是为了满足表面的自我追求而赔钱做生意，花钱买开心罢了。

店长滔滔不绝地唠叨了快二十分钟，介绍自家的情况，再花半小时探纪岑安的底，但只在意她的能力，不关心她的身份，弄得像在进行专业的精英选拔似的，极其正式。

去面试的只有纪岑安一个人。

纪岑安有问必答，略掉不该讲的，其他方面都照实说。她没太多经验，不会做饮料，但可以学。总之，她不说那些花里胡哨的东西。

交流完毕，店长直接把对她的不满意摆在脸上了，然而，到了最后，也许是招不到其他员工，对方还是录用了她，告知短期工的待遇：每天包两顿饭，工资周结，一天工作八小时，日薪一百五十元，如有加班，则另算。

上班是两班倒，短期工上晚班，下午两点开始，晚上十点结束。员工的工作待遇不是店长定的，是由那个所谓的老板安排的。

报完条件，店长问纪岑安的意思，让她赶快做决定。

不着急拿下这么好的就业机会，纪岑安镇定道："我要先想想，晚上给你答复。"

店长明显没料到她会犹豫，别的应聘者要是碰上这条件，百分之百就答应了。

店长当时愣怔了半秒，随即又恢复如常，不甚介意地说："可以。不过如果有别的人来了，遇到更合适的，我这边就不会留位子了，你尽量早点给答复，今晚十点前，行吗？"

纪岑安颔首，说："嗯，好。"

面试到这儿就结束了，纪岑安没在外面久留，转而又带上暗处甩不掉的保镖，坐公交车回去了。

陈启睿打电话问结果，得知她竟然还挑挑拣拣的，火气就上来了，尖酸刻薄地道："这天气也没下雨，昨晚洗澡脑子进水了？"

纪岑安不恼，随便他骂。

陈启睿怒其不争，恨不得帮其答应。几千块钱是没多少，可是能稳当地拿几千块钱的工作也没多少，他们都是摸爬滚打一路混过来的，清楚这份活计很适合纪岑安。

劳力付出是最不值钱的，最没技术含量的，赚的都是辛苦费，外面干这一行的，多的是两三千元钱一个月。陈启睿不理解纪岑安的想法，分明是她自己要去面试的，现在又模棱两可，简直拎不清状况。

"要不是阿冲让我看着你一点，鬼才管你。"陈启睿急性子，张嘴就说，"我跟你讲，你赶快应下，明天咱们两个一块儿过去上班。"

讲完，他又骂骂咧咧，直言她一堆毛病，不识好歹。

纪岑安将手机外放，任由陈启睿在手机对面唠叨。

处在客厅另一边的赵启宏往这儿看了一眼，将二人的对话收进耳中，明面上不说，也不干涉这些，可私下里还是将事情报给了老宅的那位听。

纪岑安坐在沙发上，一会儿，挂断了电话，收起手机，余光朝赵启宏那边望去，看得出他在做什么。

都是以前用过的招数，她不可能不清楚。现在南迦待她的招数，不及她当初的十分之一多。赵启宏那点小动作，都不用纪岑安细心观察，一早就暴露了。

赵启宏到后院打的电话，出去了几分钟，而后没事人一般进来。他再回到客厅时，沙发上的人已经不见了，估计又上楼了。

赵启宏总觉得哪里怪怪的，招来一名用人询问，可没能发现什么异常。

"算了，没事。"赵启宏怕纪岑安突然下来，随后支开用人。

城东老宅，南家。

借着老太太办寿宴的机会，南父将四个子女都叫了回来。

除了南迦这个排在中间的，另外还有老大，以及一对龙凤胎也都来了。四个子女都处于工作的年纪，龙凤胎是最小的，但也有二十五岁了。

南家是偏向传统的大家庭，每次的集体聚会都比较正式、严肃，聚的时间也很久。

家里的其他人都在互相唠嗑，不只聊寿宴，还在讲一些与之无关的话题，比如个人近期的动向，比如职场、生意等。

南迦以前多少会参与一二，很多时候不发表见解，但会听一听，但她今晚却融入不进去，心神不定，根本不在意其他人在说什么。她白日里工作太累，家里也乏味、无趣，这样的场合对她本来就没多大意义。

家庭会议进行到一半，南迦抽身离场，到外面吹吹风，顺便接个电话。这人一语不发地起身，不知会一声，也没有解释，无视桌上其余家庭成员的存在，好似拿他们当空气一样。被孩子这么当众轻视，南父的脸色有些难看，可到底没发作。

今时不同以往，南迦现今才是家中分量最重的那个，早已不是当年必须听大家长摆布的温柔女儿了，近两年在场的都得仰仗她过日子，可不能再对其呼来唤去的了。

龙凤胎对视一眼，心知等会儿估计又要翻天，但不想介入。唯有大哥与南父同一立场，面上的表情转阴，不自觉地收紧拳头。

南迦是愈发没规矩了，越来越不像这家里的一分子了，相处起来比外人还陌生。若不是这家里还有个老太太能治住她，恐怕她一年到头连老宅的大门都不会踏进来一步。

她五年前都还好，很正常，也就这几年大变样……

老大南俞恩沉了沉脸，等南迦走出去了，才隐忍地从牙缝里挤出一句："没教养的东西。"

龙凤胎面面相觑，小弟在桌下轻踢三姐的腿，大气不敢喘一下。

南俞恩这么骂南迦，南父都不护一下，似认同儿子的观点。

南父强行压住怒火，接着猛地拍桌子，指桑骂槐地训斥动来动去的小弟："坐不住就滚远点，不要在这里碍眼！"

声音不大，也不知道外面的人能不能听见。

小弟正襟危坐，没敢顶嘴。他没南迦的底气，更没那本事。他低下头，小声说："是我不对，抱歉。"

可惜南父还是看不惯他，不能朝当事的南迦撒气，抬手一巴掌抽在小弟脸上，当场把小儿子的脸扇得通红，微微发肿。

小弟捂住脸，像受气包一样安静地坐着。越是传统的家庭越讲究规矩，认为天底下只有父亲打儿子的份，没有儿子还击的道理。

一大家子压在上头，小弟挨打完，晚些时候还需要单独向南父敬茶认错。这是该有的流程，家里向来都是如此。

今夜在这儿的还有南妈和老太太。眼看着小弟挨打，南妈心疼归心疼，可没上前阻止。

屋里的会议持续了两三个小时，迟迟不结束。南迦没再进去，在花园里转了两圈，等着老太太出来。

老太太打小就疼惜这个孙女，老人家是这个家里唯一的"温暖"，比南父他们讲情理多了。

她是个亲切的老太太，乐观慈祥，对谁都好，尤其对南迦关怀备至。

老太太很晚才出来，知道南迦在这里，拄着拐杖就独自到这边，挨着孙女坐。不像对南父那样，南迦对老太太很是尊敬，人来了就喊，打招呼。

老太太和蔼地笑笑，先宽慰她："别跟你爸计较，不要往心里去。"南迦看着老人家，抬手扶了扶。

"不碍事，不用。"老太太说，坐稳了就问了问孙女的近况，关心几句，"最近都没见你回来，怕你忙，我和你妈都不好过去打扰你。"

南迦说："这阵子业务多，过些天会轻松一点。"

老太太握着她的手，拍拍手背，语重心长道："年轻人忙点好，拼事业，以后有出息。"

祖孙两个没太多话聊，讲来讲去就那些家常话。但南迦也不觉得无趣，陪着老人家，想和老太太多待些时间。

聊差不多了，老太太还是按惯例讲到徐行简，问及对方时，南迦却没话了。

老太太门儿清，仍说："他人蛮好，看着长大的，两家也知根知底。"

南迦不反驳这一点，回道："你之前讲过了。"

老太太莞尔，说："年纪大啦，记性差，又给忘了。"

南迦说："上次回来的时候讲的。"

老太太见她不想谈这些，又把话锋转开，让她留下来再住一晚。

南迦没答应："明天公司有事。"

老太太有些失望，可也没怎么样，理解她辛苦。不过，老人家终究还是惦记着那点事，到最后又拐回到徐行简的身上，说："你妈也中意他,挺合适。"

有的道理讲不通,谈论多少次都是徒劳。南迦没心情再多说,点到即止,听完就过。

南迦原定是要在这边再歇一夜的,至此也没那必要了,留下来反而多生嫌隙。于是南迦自己开车走了,南父和南俞恩等人被气得半死。

行至途中,南迦又掉转车头往回开,但不是回老宅,而是在十字路口转向北苑。

车子到北苑时已将近半夜。

圆月的夜晚,路上映着银白的光,深远的道路成了一条老而长的灰色带子。别墅里清静,赵启宏他们歇得早,唯有二楼的那位还没睡。

纪岑安倚在柔软的座椅靠背上,不知是巧合,还是料到对方会回来,所以她才这么等着。

南迦推门进去,再反锁,走至纪岑安跟前。茶几上放着空酒杯,那瓶罗曼尼康帝所剩无几。

纪岑安酒量挺好,这样都没醉,还能抬头看向南迦,起身,开口说:"以为你不回来了。"

南迦的目光随之移动,问:"怎么?"

纪岑安稍低头,漂亮的眼半合,嗓音因酒气而喑哑,说:"没怎么……"

她们背着微弱昏沉的光,定在那里,站了许久。两天的时间足够彼此冷静。

夏夜干燥的晚风从没有关上的窗吹进屋,带来沉闷与热意,但同时也夹杂着少许的凉快,能稍稍缓解溢进房间里的暑气。

酒的味道很重,南迦不喜欢这味,可没远离,她定定地站着。

"过来待多久?"纪岑安问,比上回温和了许多,没那么咄咄逼人了。

南迦对上纪岑安的目光,轻声说:"不知道。"

"今晚呢？"纪岑安语气平缓，她喝了酒就这样，没什么毛病，只是不自觉地压着嗓子。

没有任何争吵，纪岑安这般姿态就足够让人卸下所有防备，南迦"嗯"了一声："再看……"

那就是要待在这里，纪岑安这才作罢。之后，两人轮流洗漱，接着躺下休息。

南迦平躺着，一会儿又翻身。纪岑安什么都不问，打开空调，又将所有光都熄灭，仅余下柔和的月华洒到被子上。

南迦合上双眼，二人在处理这些陈芝麻烂谷子的事上向来默契，早就习以为常。

纪岑安熟知南家的情况，有哪些人，都是什么关系，谁怎么样，这很久以前就摸清了。

南家那边也许不够了解纪岑安这个人，可她对他们都了如指掌，特别是南父。

纪岑安瞧不上那些只会窝里横的人，对南父等人向来不屑一顾，厌恶他们虚伪和清高，但也不干涉别人的家事。

南迦毕业后就搬出老宅了，不再时常回那个家，都是定期过去探望老人，要么就是逢年过节再到那里。

可不论是前些年，还是现在，南迦在老宅都待不了太久，最多三天就会离开。她多年如一日的习惯，一直没变。

南父的老顽固脾气很少有人受得了。他自傲，独断专行，骨子里就是大男子主义，现代社会了，还奉行旧时代那一套准则，教育子女更是刚愎自用。

最开始，纪岑安想认识南迦，曾打算从南父下手，可一次聚会后就放弃了。

南父是纪岑安最讨厌的那种人，另外的南俞恩和其他几位，也都是她嗤之以鼻的对象。这类角色都不配出现在她的视线里，她多看一眼，都是给他们面子了。

要不是南父是南迦亲爸，依照纪岑安那时的做派，第一次见面后就非得整他一回不可。

这么极端的家庭,竟能培养出南迦。大概是因为一大家子人里总有"特殊案例"吧。

纪岑安又不着痕迹地看了南迦一眼,心里有了底。她们口头上没太多的交流,一个不问,一个不说,南迦不会告诉纪岑安自家的私事,更不会提及这次回老宅的经过,还有南父催着她赶快定下来,没完没了地施压,各种变相逼迫的婚事。

南父十分满意徐家,也早就看中了徐行简,希望两家能多一层关系,从而进一步联合。

在南父看来,女儿做生意并不算正经的营生,他对她的期望不同,盼着她可以走更有底蕴的文化路,而非整天不着家地搞什么互联网。

以前的南家虽远比不上纪家,可往上三代也算是传统的书香门第,一个个都是正经的有头有脸的人物。只是到了南父的爸爸这一辈,南家逐渐没落了,传承到南父这儿就更加衰败了,远比不上过去的风光。

南父活了大半辈子,这些年以来最大的愿望就是能光耀门楣,重新振兴南家。但无奈他能力不行,在这方面着实没天赋,便只能将希望寄托在儿女身上,盼着四个孩子可以按自己预期的那样生活,以此来满足他那旺盛到无处安放的虚荣心。

他辛苦栽培四个孩子,想的是他们可以像徐行简和徐家其他子女那样,朝着"社会地位"的方向进发。

比如进大学当老师就是其中一条路子,再比如谋个一官半职,再不济通过联姻这种方式也行。

南父前些年就想让南迦进学校做大学老师,可惜南迦中途不听话,一头扎进了商海,与他的期盼背道而驰,且越行越远。

南父不死心,舍不掉做生意带来的钱财,又抛不开原有的"志向",于是退而求其次,表示不阻拦南迦的意愿,但唯一的要求是她最起码能找个像徐行简那样的,家世清白,有传承底子的人。

不喜欢徐行简也成，她可以换人，找谁都随她的意，只要出自书香门第的都行。

老太太这两年的身子骨愈发差劲了，没少进医院，老人家原本是不站在南父这边的，可自从上次住院以后，却改变了想法。

老一辈守旧，有局限性，所有小辈里，老太太最担忧南迦，想着她都三十岁了还孑然一身，挂念得很。

南父吃准了女儿的软肋，用情义和规矩压人。南迦虽然不吃这招，憎恶这一切，但长此以往，终归还是会克制不住。

南迦有些搞不懂今晚到这里来的缘由，她们分明是在冷战。但双方都是依照本能，遵从内心深处的念头，在另一个人这里诉诉苦，寻求安慰。

良久，南迦轻不可闻地低语："陪我待会儿。"

纪岑安低头："嗯。"

黑魆魆的夜晚，放眼看去全是黑沉沉的一片，朦胧间能望见树木的轮廓。

南迦侧躺着小憩，思绪仍旧烦乱，一时半会儿平静不了。

别墅区的绿化率高，周围树木丛生，到处都是绿油油的枝叶。

夜晚露水重，三四点时，树叶就略微沾上湿气了，再过不久，又有了晶莹的水珠。细小的透明珠子渐渐汇聚，等到柔软的叶片不能承受之际，倏地掉落到地上，在灰扑扑的地面上留下一抹痕迹。

她们不知何时睡着了。

这几天，纪岑安歇得够多了，尽管夜里没怎么睡着，可她状态依旧不错。翌日，也是她先起来。

南迦昨晚过来，谁都没告诉，连赵启宏都不知道。别墅里的用人都不清楚老板过来了，见纪岑安下来，就要到楼上收拾整理，差点闯到二楼。

纪岑安拦住他们，然后跟赵启宏说一声，让其另行安排。

赵启宏赶忙支开用人，勒令谁都不准上去，自己也在楼下候着，直到南迦醒来为止。

自家老板的脾性,赵启宏明白,她不通知他就过来了,一看就是有事,否则不会大半夜到这边。

赵启宏看了纪岑安一眼,待纪岑安还是如往常一样,该怎么样就怎么样,不会因此就变得冷淡或什么的。

他变着法从纪岑安的嘴里打探情况,问道:"南总什么时候来的,今天是要留在这边?"

纪岑安看看他,却不回答,只说:"我找了份工作。"

赵启宏早就知道这事,可还是愣了片刻,没转过弯来,不明白她提这个干吗,问道:"江灿小姐现在要出门?"

纪岑安背上挎包,以行动代替回答。

赵启宏以为她会留下等南迦醒来,结果不是,这就有点不对劲了,不符合她平时的做派。

他猜测她们昨晚是不是又发生了什么冲突,可他没问,只能目送纪岑安出去。

纪岑安抬脚就走,直接出门。赵启宏光顾着看,一头雾水,久久反应不过来。

今天反常的远不止纪岑安,另外那位也是。午间时刻,估摸着南迦应该起床了,赵启宏才上楼,把该准备的东西和午餐都送上去,然后汇报纪岑安已经离开的消息。

赵启宏不动声色地观察老板的脸色,念及南迦那么晚才到,早上的气氛好像也不大对劲,想着她可能会有比较大的情绪波动,可能会和那次他把人跟丢时一样生气。

然而南迦并没有太深的触动,听到纪岑安独自走了也不生气,似是料到了,脸上神情自若。

赵启宏揣摩不透她们两个怎么回事。

怎么一天一个样,总是阴晴不定?

赵启宏不啰唆,试探着问道:"晚上要派人去接江灿小姐吗?"

南迦淡淡说:"她自己能回来。"

赵启宏应道:"行。"

南迦没胃口吃东西，让他将食物都撤走。

她从昨天到现在都没怎么进食，饿过头了，已然没感觉了，看到什么吃的都没想法。

赵启宏照做，不过还是留下一碗青菜瘦肉粥，有心提了句："江灿小姐熬的，一大早就在弄这个，只煮了这么点，她自己都没吃就走了。"

纪岑安煮了一人份的粥，却不吃，留给谁的，显而易见。

纪岑安什么都不讲，因为赵启宏能领会，不管南迦吃不吃，反正留在桌上不端走就是了。

南迦不会因为这个就感动，等赵启宏快到门口了，才把人喊住，轻声说："老太太的寿宴，重新安排一下。"

她没点明意思，但赵启宏能理解。重新安排必定是和纪岑安有关。这次寿宴邀请的客人众多，其中就有裴家一干人等。

赵启宏点头说："您放心。"随后他退出去，细心地带上门。

又只剩自己了，南迦揉揉眉心，身上很是疲惫。她看了眼桌上的粥，沉默许久，起身转至衣帽间，换了一身行头，准备出门。

纪岑安真的去上班了，上午就到店里进行必要的入职"培训"。

算上她和陈启睿，包括那位招聘他们的店长，这家饮品店里就四个员工。另外的一人是本校的学生，目前还是兼职，负责上早班，与纪岑安的班次不重合。

由于是刚入驻校园的店铺，加之又是暑假期间，饮品店内的人比较少，一整天下来都没几个顾客。

店里只有一位正经的咖啡师，也就是店长本人，其余三个都是新手。原本要一起到这儿来工作的江添没来，他进学校实验室了，近期没时间。

比起纪岑安和什么都不会的学生，陈启睿还算优秀，入职前几天学了不少做饮品的技巧，他上手飞快，很得店长青睐。

纪岑安慢一些，但其实还行，不算太差。

那个学生才是最没效率的员工，总是学不会，照着配料单子都做不出东西,捣鼓大半天,纯属浪费食材和力气。

可饶是这样,店长也没发火,只对纪岑安和陈启睿说:"后面你们两个顶上,不会做饮品的就到外面点单,这里也用不上多少人。"

大抵不是自己出钱开的店,所以无所谓用人成本,他似乎不怎么在乎,不如面试纪岑安时那么上心。

另外,着装要求方面,店里让所有员工必须扎头发,穿统一的制服,戴统一的帽子,为了达到相应的卫生条件,也让他们必须佩戴口罩。

店长着重强调了这一点,再三嘱咐,说:"店里有冷气供应,室内不热,希望各位都能遵守店规。"

这倒是挺适合纪岑安的,她本就打算继续戴帽子遮一遮,以免出岔子被认出。

陈启睿与那个学生不是很在意这些细节问题。这份工作清闲,远比以前的活轻松。

一点多那会儿来了两位客人,下午剩余的时光基本空着,偶尔能出现一两个下单打包带走的,可这么点单子,能挣几块钱呢,勉强只够空调费吧。

可见幕后的老板的确是有钱没处花。然而,这与纪岑安无关,打工的管不着,不用操这份心。

昨晚没怎么休息,今晨起得也早,纪岑安唇色有点白,嘴皮子偏干,对谁都不怎么搭理。她看起来心情不太好,脸上的表情有些臭。

陈启睿上午就发现了,察觉到她心里不爽,他一直憋着没问,直到现在才敲敲桌面,不解地问道:"一来就拉着脸,谁惹你了?"

纪岑安坐在吧台后的高脚凳上,沉声说:"没有。"

陈启睿不信,盯着她:"真的?"

不想扯私事,纪岑安回道:"谁都没惹我,昨晚没睡好,有点困。"

陈启睿边擦玻璃杯子边说:"你前两天不是没上班,还熬到这么晚做什么,又遇到事了?"

纪岑安摇头否认,不讲话。

陈启睿也许是觉得跟她熟了，便化身话痨，提了提周家，说阿冲家有位亲戚到城里探望阿冲的妈妈，会在这边待一段时间，顺便帮忙照看老人和孩子。

长辈到底有经验一些，比他们接手照顾得更好，而且同龄的熟人也能陪阿冲的妈妈聊聊天。

和前几次相同，陈启睿依然没提纪岑安和郭晋云那档子冲突。

他知道纪岑安用的是假名，大概明白她的经历不简单，但那都是自己干涉不了的，心知问了也没用，而且她也不会讲，因此一个字也不说。

何况那次调解结束后，郭晋云没再出现，凭空消失了一般，陈启睿他们的生活又恢复了平静，很多隐秘也就随之散去了。

纪岑安极其敷衍，听了一会儿依旧不吭声，埋头专心做事，兀自清理做饮品的机器。

她倒不是对陈启睿有意见，就是不怎么愿意开口，喜欢在自己心里压着，这不怪别人。

经历了昨晚的一夜，现在冷静下来后，纪岑安心知肚明，南迦没把她当作什么不可割舍的朋友。

纪岑安倒也不介意，可红酒喝下去后，心里就空落落的，不如当年洒脱肆意。以前她可以不在乎南迦的想法，现在却完全变了。

或许是尊严使然，又或许是别的缘由，纪岑安说不上来，总之她有点被压着的感觉，整个人挺纠结的。所以今早醒后，她才会先行离开，走前还煮粥，这对她来说就是很奇怪的行为。

纪岑安径自接了杯水，往里放了点冰块，端起来喝了一小口，垂垂眼，想要分散注意力地问陈启睿："你要不要喝？"

陈启睿不要，无福消受她的示好。

"去趟厕所，你看着一下。"陈启睿见她心神不定的，看出是不乐意被打听，便把场子甩给她看看，自己找借口到男厕所抽烟。

纪岑安图清净，没拆穿他的小把戏，继续待在角落里，不多时再抓起毛巾擦吧台。新工作毫无难度，她一天就能适应。

晚上生意更冷清，店长干脆提前一个小时就打烊了，放员工早点回去。

纪岑安和陈启睿一块儿离开，步行走出学校，一同到距离这里两个公交站的老街去看阿冲。

阿冲新租的房子就在老街，是同陈启睿合租的，是那种旧式矮楼，里面有三间房，外带一个小院子，可以做饭。但卫生环境比较糟糕，连单独的洗澡间都没有，只能提着桶进厕所里凑合。

纪岑安空手过去走一遭，进门后都没坐坐，不多时就起身离去，搭末班公交车回北苑。

今晚不够太平，她走到街边候车时，发现有陌生的"尾巴"跟来了。

纪岑安警觉性高，知道有保镖跟着自己，也敏锐地感知到还有别的人在跟着。

暗地里的保镖还算专业，但可能是守了纪岑安一整天，太消耗精力，并未察觉到不对劲。

保镖伪装成同样等公交车的路人，靠在公交站牌那里，瞧着就像是普通市民，不值得注意，但"尾巴"肯定猜得出他的身份。

纪岑安假意刷手机，余光却在四周巡视一圈，没看到可疑的人，这里除了她和保镖，没别的人了。

也许是她精神过于紧张，想多了产生的错觉。

公交车停靠在路边，上去的只有纪岑安和保镖。坐车至中途，出于保险起见，纪岑安还是下去转了半条路，甩开所有跟着自己的人，接着打车回去。她连保镖都不让跟着了，她谁都不信任。

回到别墅将近十点半，南迦还在书房里加班，处理公司的文件。

今早煮的那碗粥没了，厨房里空荡荡的，不知是被喝掉了，还是倒垃圾桶了，纪岑安没管，她直接上楼。

二楼的茶几上，放着一份已经准备妥当的东西——老太太寿宴的拟邀客人名单。名单赫然摆在那里，她走上前便能一目了然。

纪岑安放下挎包，不自觉地看了看。裴少阳的名字位列前排，郭晋云也在，还有一些认识的老熟人，她曾经的狐朋狗友以及裴少阳欲接近的那位老总也在其中。

名单旁边，还有一张通行卡片。这是南迦给纪岑安准备的，照片与她本人不符，可眉眼间又相似，名字用的是"江灿"。

凭着这张卡，等下周在南家的私人山庄里办寿宴时，纪岑安便能以"工作人员"的身份随意进出山庄。

纪岑安怔了怔，拿起那张通行卡。她皱起眉头，摸不透南迦的想法。

南迦做完了全部工作才上来，纪岑安坐在那里，等着她。

南迦目光扫过纪岑安的脸，走到床前，准备换身衣服。

"回来晚了。"南迦脱掉外套，好像对纪岑安今夜的动向了如指掌，但不问原因，似是不知道纪岑安去了阿冲那里一样，语气平常地缓声道，"迟了半个小时。"

纪岑安将卡片丢回桌上，瞧着那份名单，说："下班去了趟北川路。"

她不说谎，因为瞒也瞒不过，保镖会告诉南迦的。

"见了谁，又是什么朋友？"南迦温柔地问，身子侧了侧。

灯光刺眼，照得屋子亮堂，连同南迦的动作变化都清晰地收入眼底，纪岑安看到了她的侧脸，随即又别开目光。

纪岑安没了昨夜的气势，收敛了许多："过去看看……小宇，跟陈启睿一起。"

纪岑安避而不谈阿冲，有意略过。本来她今晚也没见到阿冲，房里只有亲戚和小宇，阿冲在医院守着病人，走不开。

听得出纪岑安的回避，南迦未介怀，慢条斯理地披上睡袍。

第十二章
礼物送你的

"工作如何了?"南迦问,仍是稀松平常的腔调。

纪岑安说:"挺简单的,工作不难。"

"最近放假,学校应该没多少人。应该比较空闲。"

纪岑安一听这话就知道这是要谈谈,平心静气地接道:"应该差不多。不会有多少留校的,会少一大部分人。"

"前不久去过一次,那边有活动,据说要邀请历届校友参加。"南迦说,聊起纪岑安不知情的事。

纪岑安接话头,问:"什么时候?"

"六月中旬,十二号那天。"南迦平和地开口,"正好也要过去见老师,就一块儿聚聚。"

这位老师纪岑安知道,她就是通过这位老师认得的南迦。

那时纪岑安费了一番周折才和此人搭上关系,为此可没少花心思,光是认识那位老师就欠了不少人情。

毕竟人家可是南迦最敬重的对象,算是发掘并一手提拔她的伯乐,对她有着知遇之恩。

纪岑安明面上说是出于欣赏佩服的原因,要去捧老师的场,各种找机会接近,实则是把人当幌子,想方设法要认识南迦罢了。

蓦地听到他的消息,恍若像上辈子的经历,纪岑安顿住,一时之间思绪飘远了,一言不发地立在那里,眸子里的情绪不定。

"他怎么样了？"好一会儿，纪岑安才张嘴询问。

南迦动了动，红润的唇轻启："和以前差不多，就那样。"然后，她的视线上移，貌似无心地看向纪岑安的脸，小声说："他问起你了。"

纪家的事，老师是有所耳闻的。他对纪岑安的印象不错，知道她名声不太好，但本性远比表现出来的要好得多，所以不讨厌她。

搞艺术的大都"口味独特"，看人不根据大环境来评定，很多时候往往和大众的想法不同。

别人忌惮纪岑安的自大，当面一套，背后一套，但老师内外一致，觉得她挺有意思，不算是喜欢，可绝对谈不上讨厌。

纪岑安说："问了什么？"

"问你这几年在做什么，去了哪里，还有，问了在不在Z城。"南迦说完，旋即道，"我不知道，回答不了。"

纪岑安低声问："他还在教书？"

"在教，不过去年就到退休年龄了，今年不常去学校，一个月也去不了几次。"南迦低头看着她。

应该是空调的风太大，纪岑安的手有点冷。

"他的办公室还是在活动中心三楼，你以前去过。"南迦开口，算是直白地提醒一句。

老师熟悉纪岑安，兴许哪天见到了，还能认出来。

而且他的办公室和纪岑安工作的饮品店在同一栋楼里，很有可能遇到。

纪岑安能懂她意思，问及桌上的那张通行卡："那卡给我做什么？"

该谈正事了。

南迦开门见山道："礼物，送你的。"

纪岑安看着她，与之目光相接："要我参加老太太的寿宴？"

南迦没有正面回复，别有深意道："好多人都会去，已经安排妥了。孙铭天，你认识他吗？"

孙铭天是裴少阳新收购公司对家的那个大股东,上回邀请南迦参加展览会的人,也是目前裴少阳最担心的对手。

纪岑安肯定认识,她再怎么纨绔,对这号人也还是知道的,曾见过面,只是不熟,几乎没联系。

裴少阳现在捡的都是当年纪家的漏,正经算来,那时纪家和孙铭天也算得上是利益竞争关系。

"单子上没他的名字。"纪岑安记性挺厉害,刚刚看过的那些名字都没忘记。

南迦不以为意,低声说:"没写上去,他是单独请的。"

纪岑安停住,用大拇指指腹摸着自己的食指骨节,力道很重地揉了揉。

南迦说:"你去见他。"

纪岑安问:"是你的打算,还是他的?"

南迦先不告知纪岑安,转头轻描淡写地说起裴少阳的近况。

裴少阳今年有的忙,前脚刚收购了公司,后脚又在搞投资,要在某某金融科技集团进行入驻融资。同时期,他还计划进军医疗行业……偏偏就挺凑巧,每一样都是纪家大哥当年已经在做或是筹备要做的。

可能外人察觉不到这其中的猫腻,毕竟纪家倒台这么久了,大哥自己的投资方向也没透露出去,好多东西都是商业机密。但裴少阳最近有点心急了,看样子是怕出问题,所以加快进程,以免夜长梦多。

南迦也不是知情人士,只不过第六感敏锐,直觉这与纪家有关,便加以留意。而事实也如此。

纪岑安不怎么参与自家公司的管理,可大体方向还是摸得清的。

终归她和大哥是一家人,同住一个屋檐下,低头不见抬头见的,哪里会完全置身事外。她是聪明人,一点就通,两件事一结合就懂了,出声挑明南迦的意思:"你让我帮孙铭天。"

南迦只是陈述事实:"单打独斗没用的。"

谁都不是傻子，裴少阳更不是。纪岑安一直暗中探访，他如何不知情，早就防备着了。

事实摆在眼前，胳膊拧不过大腿，处境如此悬殊，纪岑安就是有天大的能耐，也斗不赢他。她要真有那个本事，早就找到证据了，怎么会到现在还什么都做不了。

孙铭天这是抛出橄榄枝了，当然，他可不是看中了纪岑安的能力，他知道她有几斤几两，只是觉得她有用，能在这场争斗中帮上忙。

不管怎么说，纪岑安比他们都更熟知裴少阳。

为了现在这些投资，大哥做过哪些准备，纪岑安也基本知情。商业竞争就是先下手为强，她就是可行的参照物，能为大家指路。

两方合作，作为回报，孙铭天会帮纪岑安对抗裴少阳。南迦和孙铭天在同一阵线，利益的出发点一致。

作为说客，南迦该讲的讲完了，便到此为止。纪岑安唇线紧抿，绷直嘴角，下不了决心，未做选择。

南迦也不着急，道："你自己决定。"

纪岑安面色如水："你的条件呢？"

南迦看着她，冷淡地观察着她的反应，等到她抬起眼了，才不紧不慢地告知："我的条件早就说过了，我接下来还缺一个私人模特……"

南迦相当认真，语气不作假。她风轻云淡，不担心纪岑安拒绝，未用什么手段逼迫，只任其自己抉择。

各人有各人的立场，所处的情况有差异，考量的东西也不同，如何权衡利弊各有考量。现成的条款摆在那里，余下的全看对方。

纪岑安一脸凝重，表情有些沉重。她听进去了，也琢磨出了话里的含义，把前后的一连串事连成一条线，最后发现了那些潜藏在深层的布局。

从始至终，南迦都是清醒且极其克制的那个，无论是到出租屋找她，还是对裴少阳的那次邀约，乃至后面资助阿冲一家，都与"心软"二字无关，更不是念她们的旧情。

自路边的那次见面以后,一张巨大的网已经铺开了,逐渐编织成形,一天接一天地扩大,再收拢,直至牢牢将她困在其中,截断她的所有退路,让她再也挣脱不了。

纪岑安可以放下全部,毅然决然地离开这里,改日想到办法了再回来。但同时,和她的选择捆绑在一起的,还有其他人:纪父、纪母、大哥、裴少阳、郭晋云,还有阿冲和她妈妈等。南迦的帮助都是自带筹码的,一次次下注、加码,直到天平彻底倾斜。

现实是捆住手脚的锁链,这间牢笼的大门开着,纪岑安进去,困难统统可以迎刃而解,所有人皆大欢喜,反之则走向另一个极端。

纪岑安还年轻,可以等,两年三年,甚至更久,但阿冲的妈妈等不了,陈启睿他们就那点本事,怎么都无法和郭晋云对抗。

还有,届时裴少阳保不准已经洗白得干干净净,那就完全是另一种截然不同的局势了。

凡事皆有变故,将来的一切,谁都预料不到。她是甘于隐忍,继续流窜远走,还是站在南迦这边,该怎么选,答案其实显而易见。

南迦之所以这么做,必定也不是出于好心,她没有不计前嫌的大度胸怀。

南迦一方面和孙铭天的目的一样,看中了那些投资,欲抢夺裴少阳他们口中的肥肉;另一方面,南迦和纪岑安的纠葛还没完,纪岑安折磨了南迦那么久,而今风水轮流转,南迦也不会轻易让纪岑安过好日子。一个人困在笼子里出不来,那么对方也别想飞出去。

南迦是一把温柔的刀,表面裹着白色的软布,看起来无害而端庄,但内里是利刃,比几年前的纪岑安要冷漠许多倍。

年少时的纪岑安只是轻狂,在那个年纪,再怎么飞扬跋扈,终究有一定的限度。她能被约束,因为有一道无形的底线横在那里。

南迦却是不同的,她是理智的,谨慎的,做什么都是步步为营,以最周全的方式行动,确保万无一失。

现在该是收网的时候了,付出了就得有成果。南迦的善意都是需要回报的,不是白白帮忙。

纪岑安双唇翕动,半晌,沉声说:"没了?"

"没了。"南迦说,歪了歪头,"今晚先想想,明天再给我答复。"

纪岑安站着,双手没抬起来,可也不置气。种哪样的因,得哪样的果,现今她只是自食其果。而且,天底下没有白吃的午餐,有代价才有相应的"回报"。

南迦已经洗漱过,换好睡袍就要休息了。她没精力陪纪岑安再浪费时间。

无视纪岑安的反应,南迦走开了,到洗浴间对着镜子护理一番,不多时再出来,躺下安心养神。

纪岑安杵在茶几前,低头看着通行卡,不知在想些什么。

二楼只有一个地方能歇息,室内冷气太足,沙发上挨不了一夜。

这时南迦已然合上了眼睛,不知道睡着没有,纪岑安也躺在另外一边,侧身睡觉。

偌大的二楼在漆黑之中很是空落,落地窗玻璃透明,有一侧没有窗帘的遮挡,能看见外面的景色。

翌日是晴天,万里无云,天色澄明如湖水。这一天都是考虑时间,随纪岑安怎么想,南迦不干扰她。

赵启宏听命又送了些东西过来,有资料、衣服等一堆七七八八的东西,全是和寿宴有关的。资料是有关宾客的,服装是给当天的工作人员穿的一身相对正式的夏季西服。

东西都被装进了一个纸箱里,放在床边,纪岑安晚上回来就能看到。

纪岑安一整日都处在发呆的状态中,白天醒后在别墅里待了很久,在后院的花园椅子上坐着吹风,下午再去店里干活。

黄昏日落那会儿,江添到店里转了一圈,过来看看他们的新工作,问两人过阵子有空没,他想请大家吃饭。

江添这学期得到一笔奖学金,八千元钱,他想庆祝一下。他叼着一根糖,含了老半天,忽然问纪岑安:"江灿,你读大学了吧?"

纪岑安一刻也停不下来,一直在找事做,借此分散注意力。也许是为了分散心思,她难得肯好好讲一次话,说:"读了。"

江添好奇:"你读的是哪所大学?"

纪岑安回道:"理工大学。"

"什么专业?"

"计算机。"

江添睁大眼,不可置信地看着她,非常惊讶:"真的啊?"

他也是理工大学的学生,知道理工大学的计算机专业很厉害,基本上能读出来就前途不愁,至少对绝大部分普通学生而言,读完本科出社会就能有很好的薪资待遇了。

可纪岑安混成这样子,怎么看都不像是计算机系出来的……

纪岑安瞥他一眼。江添问东问西,叽里呱啦,聒噪得很:"你是哪一届的?你怎么不从事本专业的工作呢?"

纪岑安不想说,嫌烦,于是扯谎道:"不在Z城读大学,不是Z城的理工大学。"

江添不信:"那在什么城市?"

纪岑安专心擦吧台,权当耳朵聋了。江添哪壶不开提哪壶,过一会儿又说:"阿冲说你会修电子产品,专门学过这个?"

纪岑安把陈启睿拉过来,让他来对付江添。

看出她有意瞒着,神神秘秘的,江添不免感慨:"你有学历,可以找一份与所学专业相关的工作,肯定比像我们这样打工轻松多了。现在计算机专业毕业的人很吃香,你要是愿意试试,指不定哪天就年薪百万了,是不是?"

江添一边讲还一边扯住陈启睿,问他:"睿哥,你说对吗?"

这小子心大,眼睛有点毛病,不会看事。正常人都猜得出来纪岑安有不得已的苦衷,不是明面上那么简单。但江添他脑回路与众不同,非得瞎琢磨。

陈启睿认同江添的话,可还是给了他一掌,拍在他的背上,不耐烦道:"一边去,别挡在这里影响客人点单。"

江添咬碎嘴里的糖,嚼得咔咔响。

这也不是多大的事，可莫名地，纪岑安感到不太爽快，不是介意江添的话，但就是心里一阵难受。

好像人在水里泡久了，一旦有机会触到岸，隐在深处的不安分因子就会变得十分强烈。

下班后司机开车过来接人，纪岑安收到短信后就收拾拎包，到学校后门上车。

南迦还是在书房里，但今夜没处理工作，而在看书。纪岑安被领进去，面对她。情况明了，她选了哪一个，不用说出来南迦也知道了。

若是南迦不想要的答案，纪岑安此刻都不会出现在这里。

南迦放下书，轻声道："过来。"

纪岑安上前，不过行动却有些扭捏，她直接问："什么时候过去？"

"过几天，不急。"南迦温和地说，也不是真的在意她的想法，半是随心、半是满意地道，"今天准时了，比昨天早。"

接下来将有一场持久的硬战要打，怎么压制裴少阳还需要从长计议，得一步一步慢慢来，不可能一蹴而就。

欲速则不达，太快太赶，往往会适得其反。

这边的计划已经全都定下来了，后面会稳步跟进。但此刻南迦在书房等候了小半天，可不是为了和纪岑安谈这个的。

南迦是个注重过程的人，笃定了纪岑安会接受自己的条件，早就有所应对，只等着她主动应允而已。

书房里燃着熏香，气味是清新的草木香，闻着较为清淡，有安神舒缓的作用。她是她们两个以前都中意的一种香。

这款香是纪岑安专门搜寻来的，费了老大一番劲才从一位老师傅那里求来的独家手工产品。

当时南迦压力大，一边要解决家里的事端，一边要忙着筹备新作品的发布，夜里时常失眠，纪岑安便找了这么个法子。

也确实有点用，但主要不是因为这款熏香，而是某人每天找碴的功劳。

不过,这熏香的确受到她们的喜欢,尤其得纪岑安的钟爱。淡香中泛着一股子清冽味道,如同浅尝后的余韵,再一嗅又是无尽的回味。

"明天也让司机去接你,这样方便些。"南迦接着说,柔顺的发也有一股若有若无的好闻的气味。

纪岑安这才发现桌上点着的金色精巧小香炉,她看见一缕缕往上升腾的白烟。

烟气由炉子冒出,倏地四散开,化为虚无。

留心到了这个细节,纪岑安余光瞥向那边,应道:"可以。"

南迦也看了一眼小香炉,解释道:"昨天取过来的,之前托梁师傅做了两份,剩下的在柜台上。"

纪岑安认识梁师傅,很熟悉,她与梁师傅比和老师走得还近,勉强算是忘年交。

梁师傅有多难搞,怎样才能从他手上求得两份香,纪岑安曾经领教过,知道南迦没少为此搭人情进去,也许花了不少时间才说服人家做。

吃软不吃硬的性子就这点不好,白日她分明是憋着气的,可被南迦三言两语拨弄一顿,倒显得那点计较不够大气。

也是,选一条路走一条道,既然决定了,那就得顺势而为,端着反而不坦诚。纪岑安稍微放松了点,低声说:"他还在这边?"

"嗯,没走。"南迦说,"搬到这附近了,不远,有机会你可以过去看看。"

纪岑安接道:"后面再说。"

南迦此时不想聊外人,提了两句梁师傅,很快又转开话锋,转回到纪岑安本身,问及今天做了什么。

南迦没有感兴趣的话题,她无非是找点能讲的,以此消磨时间。

南迦今天的状态还行,相较于前几天,特别是从老宅回来的那个晚上,整个人看起来清醒了,性子也恢复了平日的样子。她蓦地说起那碗粥，硬生生地转折话题，低声道："还可以，比以前好一些。"

纪岑安知道她说的是粥，看样子她是喝了，没浪费。她直接跳过这个话题，问："你在书房里做什么，有事？"

"没有。"南迦也不拐弯抹角，语调慵懒又不失温和，直言道，"在这儿等你。"

这话有够含糊的，听着是十足的好话，但好像带点别的意思。南迦有心这么讲，把握着说话腔调。

纪岑安愣怔，旋即眉头一蹙，不喜欢她这般作态，下意识就心脏骤紧，但她也不排斥，不反感南迦的行为。

"天晚了，等你回来。"南迦讲得倒是挺有感情，似乎跟真的一样。

纪岑安忍不住侧了侧身子，对上她探究的目光，片刻，开口说："下午不是要过去开股东大会？"

赵启宏白天就告诉了纪岑安这些，以免她有事却找不到人。

纪岑安以为南迦应该晚上才到这边，或是像早前一样，凌晨以后再来，但没料到她会等自己。

这不符合她的行事作风，她从不主动等纪岑安，除非纪岑安强行要求。

南迦说："去了，没用多久。"言罢，她转而道，"有些累，就早点过来了。"

"南迦……"纪岑安喊了对方一声。

察觉到纪岑安的不高兴，南迦还是那个样子，自顾自地说："今天事情不多，明天才会比较忙，又要回老宅一趟。老太太让我必须过去，要在那边待半天，也可能久一点儿。"

纪岑安站着，一会儿，张张嘴巴："嗯。"她不习惯，不适应这样的南迦。

南迦与纪岑安记忆里的那个人太不相符，以往那两年，这该是纪岑安的角色，她会这么成心使坏，为的是让南迦向自己低头。

眼下的南迦有样学样，但结果却各异，南迦不需要她服软、认输，她已经退步了，没有可以再让她往后退的余地。

南迦也是在逼她，在她仅剩的那条底线上拉扯，试探她的底线到底在哪儿。

纪岑安不甘愿，即使答应合作，内心深处也是不服的。她是个硬骨头，放下是万不得已，可有朝一日若是有别的出路，她也绝对会放弃这边。

南迦了解她，看得出她的心思，不用问都知道，纪岑安永远这个德行，本性难改。

身后是高大竖立的书架，上面堆满了各式各样的著作，还是纪岑安当初为南迦搜来的那些，一本不多，一本不少。

纪岑安脚下动了小半步，下一刹那就贴在书架上了。硬壳纸质书厚实，抵上去就能感觉到。

纪岑安靠在架子上，怕动作太大而弄倒东西，没有再退。

南迦若有所思地看着她。她们在里面待了二十多分钟，谈话时间不过半，剩下的时间里各自无声，未有响动。

纪岑安的脾气终归是淹没在了这个房间里。她思忖了一下午，衡量了那么久，回来后本该对峙一番的，预期该是两人产生口角，可都没有。

南迦像个没事人，轻声细语，轻飘飘就将这次的矛盾翻过，给了纪岑安一个台阶下。

"我明晚还会过来，不要等。"南迦说，眉眼柔和，忽而想起什么，又别有意味地出声提醒，"有空记得去看看杨叔，别总往医院跑……"

纪岑安愣了愣，浑然不觉南迦何时和杨叔那边有了联系。她反手撑在后面，胳膊肘支在书架上，说："你找他了？"

南迦没话了，也不让她再啰唆，她不想听这些无用的内容。那不在交换条件的范畴内，她们没必要谈这个。二人相互妥协，约定就算是达成了。

夜里，纪岑安一个人留在这边，那份放在房间里的宾客资料还需要她过目。按南迦的吩咐,其间有用人送夜宵上来,并好心地递给她一串车钥匙,告诉她,如果出行不方便,其实也可以随便开一辆地下车库的车出去。

纪岑安收下车钥匙,随意地放在茶几上。第二天清早,思及杨叔,她又把那串钥匙捡起来,挑出一把大众车的钥匙,丢进挎包里。

天亮后不久,纪岑安开车出门,到杨开明家附近打转,打探那边的情况。杨叔没事,好好的。

无人到他这里找麻烦,他一大家子过得都还顺遂,比纪岑安预料中的要安宁很多。

但这段日子里,杨叔家还是发生了一些变化:杨叔的儿子最近换了新工作,没在原来的那家公司干了,杨叔儿子工作的新公司是一家外企。其具体的任职情况,纪岑安不得而知。

借着车子的掩饰,纪岑安跟了杨叔的儿子一路,发现那家外企挺眼熟——那是孙铭天投资的一家企业。她在资料上见过。

应当又是裴少阳他们搞的鬼,他们暗地里针对杨叔一家了,但被中途阻止,没有得逞。

纪岑安没下车,坐在车里远远地看着外面,看见杨叔费力地搀扶着他老婆出来晒太阳散步,她偷摸打量了老两口一会儿。

她未停留太久,路边也不允许停车时间超过三分钟,看到杨叔他们目前安全,于是她放心地离开了。

不清楚杨叔一家是谁在暗中帮衬,也许是南迦,也许是孙铭天。

但这些已经不重要,谁帮都一样,没差别。无论是谁出的手,这都是南迦多给纪岑安的一个报答。

昨夜的种种都是南迦早已铺陈好的,今天的这些算是奖赏,给她的"回报"。

纪岑安抓着方向盘,看向前方的路。她似乎从掌控者变成了笼子里被豢养的动物,屈从地咬中了南迦抛出的诱饵,一步步接受对方的驯服。

一切才刚开始,离结束还远。可那终究都是后面的事了,与现状的突破无关。纪岑安的当务之急不在此,不能局限在这点上,她还有更棘手的事情要处理。

孙铭天约见纪岑安可不只是为了见她一面,更不在乎她的个人情感,届时她如果派不上用场,拿不出他想要的筹码,这次的交易必然破裂。

对方是冲着利益来的,本质上还是做买卖,假如这边的诚意和本钱不够,孙铭天肯定不愿意再下注,毕竟谁都不想当冤大头承担亏损。

趋利避害是一个合格的商人的基本素养,名利场里没有良知与情分可言。

纪岑安打小就明白这个道理,纪父、大哥都教过她,同人周旋必须掌握先机,直击要害才是最有力的方式,别的都是一些没用的花架子。

离老太太的寿宴只有不到三天时间了,纪岑安需要把心力集中在这个盟友身上,进一步摸查对方的底细。

纪岑安谁都不能信,哪怕是南迦介绍的人。

到了十字路口,纪岑安转换方向,返回北苑。

开车出行远比挤公交车便利、省时,且易于隐匿行踪。她外出一趟差不多有一个小时,也没人跟着,到了这边,太阳才升至半空中,不到上午九点。

白日的北苑如往常一样冷清,赵启宏和南迦一块儿去了老宅,这边就只剩纪岑安和用人。

趁着他们不在,纪岑安抽空再次翻动纸箱里的文件,再到书房里找出南迦留下来的东西——一些书面报告和资料之类的。

纪岑安没遮掩,不担心会惹事,也不担心被南迦发现了会怎样,直接拿出来看即可。

反正她在房子里做了什么,都会被告知给南迦,甚至她到后院透透气，也有保镖跟随，甩都甩不掉。

而且那些资料也算不得重大机密，都是南迦昨晚当着她的面放下的，保险箱的密码还是当初的那个，从来没变过。

626542——纪岑安亲手设置的数字密码，一直沿用至今。

这个密码只有她和南迦两人知道，除此以外，谁都不清楚。保险箱里只有这么一摞东西，拿走了资料，内部则空荡荡的。

说起来，这个保险箱并非装修时就有的，而是后来纪岑安某天心血来潮，找人到这儿装了个嵌进墙的长方体保险箱，每次给南迦买了礼物就往这里塞，还觉得这样很有意思。

纪岑安品位低下，讨好朋友的手段又烂又俗气，自觉很有心意，票子砸进去，眼都不眨一下，仿佛所有的花费只是一串数字，无所谓用了多少。

不过，送礼只是她单方面的意愿，南迦一样都不喜欢，每一份礼物都不接受。

这几年纪岑安走了，这个保险箱还能留存到现在，没被砸了，倒挺出乎意料的。

纪岑安上午都待在书房里，翻阅孙铭天资料的同时，也逐步摸清了南迦近三年的动向。

孙铭天是靠实体行业发家的，年轻时做小生意，称得上是白手起家，最初租店卖服装，中间摸爬滚打，经营五花八门的买卖，开饭馆，做电子批发，办厂子……

三十岁出头那会儿，他折腾得差不多了，又赶上了国内互联网行业的风潮，顺势就进入了这一领域，为如今的投资业打下基础。接着往电商的方向发展，然后则是进入势头迅猛的房地产业，乘风而起，狠狠地捞了一大把。

可以说，这老滑头活到现在，几乎没经历过太大的失败，在投资大方向上的目光可谓毒辣，像射箭箭箭必中似的，绝无虚发。

纪岑安年少无知时，光顾着吃喝玩乐，竟没怎么关注过他，只听大哥讲了两次，大意是他实力强劲，不可小觑。

纪岑安知道孙铭天的人生挺传奇，但向来都是听听而已，不以为意，没料到他这么横，发家史堪称传奇。

孙老爷子已经六十多岁了，但仍未有退位让贤的想法，依然壮志不减，野心勃勃，还有折腾的精力。

他这几年缩小了投资板块，早就不再以房地产为重点，已经把中心移到了互联网和金融科技这两方面，另外还弄了一堆杂七杂八的项目。恰巧，其中有两个方向都和裴少阳那边重合了，这注定了要与裴少阳有激烈竞争。

南迦留的资料里，大概记录了两边公司近两年的合作，多的就没了。

内容不详细，隐藏了许多细节，南迦似是料准了纪岑安会找这个来琢磨，所以关键的信息一点儿都不透露，给她看的都是外界能找到的，连商业机密都算不上的信息。

翻看完，纪岑安思索了会儿，又找了找其他的东西，譬如她认识的、曾经一起组过饭局的老板，还有她交际圈子里的熟人、朋友，有没有谁出现在这份资料里。果然，还真有。

全是她当年帮南迦牵线结交的这部分人物，这也为后续的合作打下了"友好"的基础。

想来也是世事无常，南迦那时清高，不低头，最是厌恶那些人，认为他们沆瀣一气，跟纪岑安这种纨绔蛇鼠一窝。

可之后为了生意，南迦竟也敛起了孤高的骄傲，放下成见，愿意同他们打交道了。

将收集到的信息记下，再串上自己本就知道的东西，纪岑安心里有了底，明白孙铭天要什么，知道自己到时该怎么做。

纪岑安虽有些浑，但不是没脑子，她要真没两把刷子的话，以往昏天黑地瞎闹腾时早就栽了，哪里能平安无事地活到今天。

本身的意愿和能力是两码事，之前是她过惯了穷奢极欲的日子，喜欢挥霍无度，所以没拼劲，没志气，烂泥扶不上墙，可这不代表她是个脑子空空的白痴。

一家出不了两种人，父母和大哥都很有能耐，纪岑安也差不到哪里去。她二十几年来唯一的挫败就是遭遇那次变故。

看完后，纪岑安把资料放回去，在书房里独处了很久，快到晌午才出来。

下午的时光无趣，暑假过半了，学校里留宿的学生又走了一批，偌大的校园愈发空旷，艺术中心的楼里人影稀少，店里的客人就更少了。

均价几十元的消费不贵，但大部分学生没什么钱，一个月也就一千元钱左右的生活费，多一点的也才两千元钱，傻子才会天天跑到这儿来花钱。

一杯咖啡三四十元，再来个甜品，没七八十元下不来，Z大食堂吃三天都花不了这个数，这个店的生意能兴隆才怪。

照这个趋势下去，老板每个月租金加水电等成本都得赔上六位数的钱了。

可这都不是打工人该烦恼的问题，连店长都淡定得很，店员们也乐得清闲，不操心店里盈亏的事情。

记挂着孙铭天那一茬，纪岑安干活显得挺敷衍，没事做就坐在吧台后，有客人了，才勉为其难地起身点单。

由于前一晚可能被跟踪了，所以紧接着的两三天里，纪岑安还是小心为上，尽量不去北川路，避免他们接触阿冲。

纪岑安欲提醒陈启睿注意点，回去的路上防着些，别掉以轻心，可话到嘴边还是又吞回去了。

对方明显是冲着她来的，不会对陈启睿他们怎么样。再者，南迦应该也派了人在暗地里守着，出租房那一片路段监控也多，跟踪的那些人总不能真的对他们做什么，顶多就是暗中观察动向。

只要纪岑安离阿冲他们远点，大家就都不会有事。

纪岑安憋着，把告诫咽回肚子里。

陈启睿却看了她一眼，察觉到她好像要讲什么，直接问："怎么，有事？"

纪岑安否认:"没有。"

陈启睿一脸怀疑,说道:"那你看我干吗?我脸上有东西?"

纪岑安望向门口,睁眼说瞎话:"没看你,不要自作多情。"

考虑到寿宴那天要离开,纪岑安提前向店长申请调班,告知三天后有事,可能需要调换一个班次加请假一天。

也许是假期不缺人,少她一个不少,店长也没刁难阻止,答应得爽快,头也不抬地说:"不用请假,哪天有空多轮一次班就行了,直接补回来。"随即他转身关闭机器,附带一句解释,"省得专门向老板打报告,麻烦。"

这倒是合纪岑安的意。刚找到工作就请假,确实不大好,挑个日子补回来更好些。

纪岑安同意了。

第十三章
天边的月亮

该做的准备，纪岑安都办妥了，剩下的只用等着。

夜里，南迦到北苑后，纪岑安已经睡下了。

纪岑安歇得早，南迦回来了她都没反应。南迦没惊醒她，不多时接了个电话，被叫走了。

两人没能见着，后一天也没有。直到寿宴前的晚上，南迦才现身，到北苑住，第二天顺道和纪岑安一块儿去山庄。

她们换了个地方，在三楼休息。三楼是南迦从前设计作品画画的地方，也是出自纪岑安的手笔。这是为了让她能安心工作，专门弄的一层。

本来南迦有自己的工作室，很多时候都待在那里，可纪岑安嫌过去费时，因而就辟出了这个地方，近乎百分之百地还原了南迦工作室那边的布置。

三楼不知尘封了多久，前些天才被打扫出来，纪岑安也是自回来后第一次上这里来。

二人在这里讲着明天到了山庄后的安排，南迦轻声道："赵启宏会带着你，到时候跟他走。"

纪岑安说："你呢，要守着老太太？"

南迦"嗯"了一声。

纪岑安辗转侧身，问："结束了再去见孙铭天？没有准确的时间?"

南迦说:"再看。"

明天的场合重要,得保持好状态才行,她们两个只谈了谈,没别的话要说。

寿宴将持续一整天,正式的宴席于晚上开场,但客人上午就会陆续到。

作为家里人,南迦本应寿宴前夜就赶到那边,但她没有,而是翌日清早带着纪岑安一起,由赵启宏开车送到山庄。

南家的山庄位于远郊,离城里挺远,有两个多小时的车程。

同行的工作人员不单有纪岑安,还有南迦的几个秘书与得力的手下,以及从汉成路别墅里带来的陌生面孔——管家和助理。

他们都是能为南迦办事的人,全被安排到一辆车子里,跟在南迦乘坐的车子后。

南家的其他成员早就在山庄里候着了,对于女儿的迟来,南父他们很是不满,可到底左右不了她,一个个也没敢如何。

今天是重要的日子,一大家子表面上都和颜悦色,相处融洽,保持和气。

南父也不甩脸色了,今天简直就是完美的父亲形象,慈祥可亲,十分温和。连往日里内向寡言的母亲都开朗了些,笑意满满,为老太太的庆生感到开心。

南迦带来的所有工作人员,包括纪岑安和赵启宏,被安排到一个套房里。有事需要人了,他们才能出去,否则其余时间都得在里面待着,哪儿都不能去。

无人发现混在队伍里的纪岑安,从进入山庄起,到她待在套房里等候的这段时间,谁都不曾察觉到多了这么一个人。

寿宴如期举行,排场搞得很大,其间老太太出来露了个面,当了几分钟的主角,之后就被扶下去了。

其余时间,这里就是宾客们的交际场,凡是受邀到这里的人,都没心情关注寿星怎么样,都各有目的。

套房内，纪岑安不清楚外面的一切进展，耐心地候在里面。墙壁挡住了外面的嘈杂声，这边连声音都听得不太清晰。

快十点那会儿，赵启宏终于领着纪岑安去到另一个宽敞的房间里待着，然后告知南迦何时过来。

纪岑安这才算是出来了一次，到套房之外的地方换口气。转移的中途，过道上，她还差点遇上了其他客人。

纪岑安无意听到了他们的谈话。寿宴不单是庆生，南家大张旗鼓地操办，也是为了另一桩事。

纪岑安听力不错，听到了两句花边新闻。

新换的房间偏僻，在靠近后门的那边。屋内昏黑，纪岑安不想引人注意，进去了也没有开灯。

南迦只身过来，先到这儿看纪岑安，先通通气，以免引见后出岔子。

纪岑安也有这个想法，但和孙铭天的事不沾边。

二人站在墙角，不待南迦先开口，纪岑安就拉住她，直接问："你和徐行简是怎么回事？"

背后的墙冰凉且刺激，突如其来的钳制让南迦有些不舒服，她挣了挣。

纪岑安沉声说："南玺平是不是要让你们订婚了？"

南玺平就是南父。方才纪岑安途经过道时，从客人的私语交谈中听到了南迦要和徐行简订婚的消息。

南玺平欲借着这次的庆生把南迦的终身大事敲定下来，省得夜长梦多。

他在宴席上对徐家的态度实在直白，就差把"结亲"两个字刻在脑门上了，看徐行简更是摆出十足的老丈人架势。

再看徐家那边，上至长辈，下到徐行简本人，似乎也有这个倾向，全家无一不重视这场相聚，将南家当作准亲家来待，过来送礼都铆足劲送名贵的物品，可谓诚恳。

至于他们为何这么急，一副赶鸭子上架的作态，追其根本，还得从徐家大舅的升职讲起。

前两天,在本职岗位上兢兢业业干了二三十年的徐家大舅终于迎来了事业的春天,在某外国集团成功升至重要部门的二把手,突然扶摇直上,跳跃了一大截。

家里出了这么个人物,徐家也必定跟着一同沾光,今时不同往昔,如今的徐家是香饽饽,徐行简这个家中唯一的适婚男青年又一次成了大家眼中的最佳女婿人选。

南玺平原本只是较为满意徐行简的,念及他家世清白,是自己看着长大的孩子,知根知底的,也勉强能与南迦匹配,可多少还是看不上徐家的家底,始终觉得没有门当户对。

南玺平仅将其作为备选,直到徐家大舅晋升,他才改变了想法,当机立断,势要促成两个年轻人的婚事。

他不管南迦是否愿意,先一步行动总是不亏的。凭南家和徐家这么多年的交情和往来,他很有把握。

徐行简年轻有为,样貌英俊,仪表堂堂,一看就是潜力股。有了家里的支持和大舅的铺路,从今以后,人脉圈子绝对不愁,他将来的路,起码十年以内,必然光明通畅,百分之百大有作为。

南家缺的就是这种助力,这个家里,商业上有南迦,做生意不差钱。其他三个儿女也还行,特别是南俞恩,走的就是南玺平设定好的那条路,不负家中的期望,假以时日,指不定就成了怎样的厉害人物。

南玺平有主意,算盘打得响。无论从南迦的角度,还是家里其他人的利益出发,两家联姻都显得很有必要。徐家的打算也如出一辙,认为徐行简与南家完美契合。

南迦的头脑和财力,以及她本身在艺术方面的一定成就,同时又是Z大的名誉老师,既能干,又优秀,有气质,方方面面都挑不出毛病。

更重要的是,南迦做生意的手段上得了台面,底子干净,经得起细查。

家庭有一定的文化底蕴，本人又在各方面都突出，向来是最受徐家青睐的儿媳人选。

在两家看来，婚姻的本质就是利益的交换与联合，双方的结合必须有一定的条件，说白了，可以相互帮衬，这才是理想的联姻。

爱情什么的都是其次，可以后期再培养。何况南迦和徐行简从小到大都认识，青梅竹马，这么多年也有感情基础，在外人眼中早已是板上钉钉的一对了。

今晚山庄里来的那么多宾客，都看得出来这是喜事将近，估计两家的婚事快要成了。

毕竟南玺平见到徐行简就像看到亲儿子似的，明摆着是要通过此次的寿宴表态，给准话了。

席间，徐家也给足了南玺平面子，即使有的事口头上不用讲明，但意思很直白。两方都这样了，多半下次再公开请客，就该吃两个年轻人的喜酒了。

大家心里有数，因而当面祝贺，背地里才谈论几句："这两家都够现实的，得亏他们两个从小一起长大，看样子应该能成，否则又是一出实打实的逼婚戏码。"

过道那两个客人讲起这事还挺感慨，艳羡南迦和徐行简。这两位能坚持到现在，要修成正果了，也是不容易。

其中一个客人不屑南玺平的做法，私下酸溜溜地讽刺道："这南玺平也真的够那什么的……啧，若不是惦记着徐二身上有利可图，哪里肯点头？之前不一直看不上眼吗，好几年都不松口，现在又赶着上，生怕被抢先，恨不得立马把人送去徐家。"

另一个客人也看不上南玺平趋炎附势的势利眼儿，但没有评价别人的家事。

纪岑安路过那里，听的就是这段，从中大致琢磨出了今夜的宴席内容。

到底是这样的场合，有众多客人在，亲戚好友和各类生意伙伴都来了，不管南玺平唱的什么戏，南迦都只能一律接下，不可能当场拆自家人的台，会等宴会散场后再私下说。

纪岑安太了解这种所谓高级场合的规矩了，脸面大过天，只要进去了，再怎么不适应也得受着。必须保持温婉大方的状态，时刻紧绷，得游刃有余地应对。世界崩塌都得忍，不能有任何懈怠。

南玺平就是故意这么做的。放在往常，南迦不会听他的废话，但今晚不行，众多宾客都在看着，她不能阻止父亲，至少面子功夫得做足。

前边的宴席还在继续，与此处的沉寂氛围截然相反。

纪岑安情绪波动有点大，南迦的脾气也不怎么样，压着声音道："你发什么疯？"

答案是肯定的，可南迦不想承认，拍了对方的胳膊两下，勒令般说："松手，听到没有？"

显然，这无疑是默认的表态。纪岑安顿了顿，嘴唇翕动："你答应了？"

南迦懒得搭理她的突如其来的质问，待会儿还有更重要的事得做，南迦只道："孙铭天十一点之前要走，不会在这里留太久。"

处理了一天的人际交往，南迦很累，不愿在这种紧要的时候掰扯其他东西，她提醒对方："先办正事，其他的，路上再说。"

纪岑安仍是质问："答没答应？"

南迦保持着冷静，还是执意要揭过这篇，没心思细谈，径直讲正经的事："晚点孙铭天可能会跟你单独谈，自己收着点，别太过了。他应该要问你跟西盛相关的，也许也会问其他的，试探你手里有多少底牌，你别全都告诉他。还有，他不知道我和你认识……"

南迦停了两秒，未讲得太明白，但她知道纪岑安懂。

她抬抬下巴，有意忽视纪岑安的反常表现，自顾自不放心地叮嘱了一通："你知道该怎么做，用不着我教。"

南迦越是搪塞，纪岑安就越发凝重，脸色又深沉了两分。

南迦的态度很能说明问题，模棱两可就是闪躲，即便没点头，可后续也很可能会朝着这个方向发展。

纪岑安有点头疼,想弄个明白:"是现在徐家对你很有用?还是说南玺平做了什么?"

南迦也来火了:"纪岑安。"

双方僵持,各自固执地不肯退一步。

对峙良久,还是南迦先放弃,不再坚持,红唇轻轻张合:"没有。"

纪岑安这才松开手,说:"他不适合你,你俩本来也没感情,别因此搞什么商业联姻那一套,非得将就一辈子。"

南迦说:"你管不着。"

纪岑安继续说:"你本来就不喜欢他,也不想和他结婚,别这么糟蹋自己……"

她非要干涉南迦的私事,没了往日那种旁观看热闹的心态。

其实她们一开始就不应该和好的,半路绝交分开才是最合适的结果,可惜她们没有那么做。

纪岑安是活在阴暗中的被逼到悬崖边上的人,人生凄惨,本身也没有可以再失去的,孤注一掷也没什么大不了。

毕竟她以往也不是品德多高尚的人。她不自诩良善,就是那么狭隘且不可一世,哪怕落魄至此也是,改不了这个臭毛病。

两人久久地站在一处,匿在黑暗当中。

隔着浓郁的昏黑,南迦看不清纪岑安的脸,但能感觉到这人的眼睛是盯着自己的。南迦比纪岑安矮一点,一米七二左右,但穿上高跟鞋就是差不多高度了。

身后冷硬坚固的墙壁让南迦有些不适,面前又被这位挡住了,她避无可避,哪儿也去不了。

终是因公共场合,在外面不比在别墅或别的能独处的出租屋里,南迦还是没怎么样,不与她较真。

南迦下意识不想对上这样的纪岑安,不免躲了躲,先一步别开了脸,偏头不正面看这人。

双方都是倔脾气,各自在较劲,不让对方下台。不过一会儿,两人都冷静下来了。

门外的动静，打断了冷战。响动是从远处传来的，不在附近，可由于山庄地方空旷，声音从老远还是传到了这儿。

勉强清醒了些，两人方才从争端中回神。

纪岑安放手，直直地立在原地。南迦尚能保持平静，趁此再推她一把，硬是把人推开了些。

纪岑安收敛了些。

"让到一边去。"南迦冷淡地说，调子没有太大的起伏，让人听不出情绪波动。

纪岑安没动作，不让。南迦很是生硬："别挡着道。"

纪岑安沉溺在漆黑的夜中，脸上的表情模糊不可见，还是那副油盐不进的样子："没挡住你。"

"离我远些。"南迦停顿两秒，强行把话题扯到正事上，不再揪着眼下的摩擦，没有感情地告诫某人，"蒋秘书会领孙铭天到这儿，应该快了。"

纪岑安反应不大，不是很在意，应该说，不怎么担忧这个事。

"把灯打开。"南迦抽出手，有些冷淡。

纪岑安默然片刻，还是照办了。

方才争执间，南迦的一只高跟鞋不知何时掉了，落在地上。纪岑安摁完开关，目光往下。

南迦的脚踝下方是微红的，穿了快一天的高跟鞋，需要走来走去应付宾客，走得太多了。

好在脚没破皮，不算受伤。

纪岑安看得出南迦的窘迫，但不拆穿或点明。

南迦穿上鞋，表情略微不自然，但仅仅只是一瞬间。

今晚的她一身高定，繁复的设计使她看起来愈发典雅端庄，气质高洁，一如往常般可望而不可即。

按照约定，孙铭天三分钟后就会被蒋秘书带到这里，进房间见她们。

那是一位中等个子的老爷子，面相瞧着就十分和善，一脸敦厚、好相处的样。他的打扮也并不突出，身上穿着很寻常的Polo衫，整体穿搭干净又清爽。

他是极其普通的老年人样，乍一看不似来做客的，更像是到这边来散步的路人。

两方的见面也远比想象中要顺利，丝毫不紧张，颇有点路上偶然遇见熟人，随意闲谈两句的态势。

他不给两位年轻人任何压力，连冷脸都不曾有过。

进去了，孙铭天面上的神情与在外面一致，没太大的改变，不因为纪岑安是纪家的人就看低一等。

这时纪岑安和南迦已经收起适才的情绪，对外不露出一丁点破绽，完全就是同盟者的姿态，仿佛两个人纯粹是被利益绑在一起的。

孙铭天一出现，南迦就先在中间当介绍人，把纪岑安引见给他认识。

因为以前见过孙铭天，纪岑安的表现也还行，不卑不亢地喊了声："孙董事。"

孙铭天笑呵呵，回道："纪小姐，好久不见。"

老狐狸比预想中的更圆滑，给人的第一感觉就不简单，显然是有备而来。

但当着南迦的面，这人也不表露，一进来就讲了些有的没的，不谈正经事，先寒暄一番，可绝口不提纪家那些破事。他似乎什么都不清楚，不懂纪岑安是个麻烦，还当她如往日的纪小姐一般，明面上丝毫不怠慢。

前些年，纪岑安什么大场合没见过，这次也算不上什么。她摸得清孙铭天的套路，知道他是在试探，同时也是顾及南迦在场，所以也绕来绕去地在扯淡。

纪岑安也不急，游刃有余地接招，主动问："您老最近在忙些什么，还在北区那边？"

蒋秘书泡茶端上来，为三人倒上，首先端给孙铭天，再是纪岑安，最后是自家老板。

这也是提前安排妥了的,赵启宏叮嘱了蒋秘书该怎么做。

孙铭天接过茶水,轻啜一口,润润嗓子,回道:"不忙,不忙,这个月都闲着,没事做,每天都待在家里休养。"

他们聊天,南迦站在一旁不怎么加入。

南迦识趣,旁听了一会儿,懂得了孙铭天的打算,不用他张嘴挑明,待到时机合适了,自觉地找了个借口出去,说是前边还有人在等着,得过去一趟,晚点再来,把空间留给他们。

孙铭天笑了笑,很是善解人意:"那我和纪小姐在这里待会儿,没事。"

南迦说:"小蒋在门口,孙老,您有什么需要,可以找她。"

孙铭天十分好说话,干脆地应道:"行,你去吧,不急。"

他一副随和老前辈的模样,可比南玺平的色厉内荏强多了,起码给人的感觉就亲切、和蔼。

南迦颔首,不着痕迹地瞥了坐着的纪岑安一眼,与之目光相接半秒钟,见她气定神闲地,这才出去。

蒋秘书也随着一起,自觉退出。门一关,里外隔开,成为两方的天地。

南迦是真的要到前边去,但在离开前,她还叮嘱蒋秘书,不紧不慢地吐出一句:"留神看着点。"

她的声音很小,里面的人听不到,只有蒋秘书能听见。蒋秘书点点头,回答:"您放心。"

南迦也不啰唆,缓步离开,到宴会还在进行中的前厅去。

前厅觥筹交错,一个个相谈甚欢,聊到了兴头上,都没多少人注意到她的出现。

站在大舅身旁的徐行简最先看见她,他刚才一直在找她,刚要找南家的人问来着,怕她有事提前走了,或是去哪里了,结果转头就碰上了。

徐行简对纪岑安的存在不知情,他有事要和南迦私下谈谈,想要解释今晚的一切。

好不容易寻到南迦，徐行简同大舅耳语一番后，毫不犹豫地扔下面前那堆客人就往这边走。

南迦眼一抬，同样发现了他，于是停在那里了。前厅人多嘴杂，四周都有耳目。

南迦与徐行简的同框很招眼，光是站在那里就极其引人注目，旁边的宾客纷纷投来羡慕的目光。

登对的两人又凑在一块儿了，才子佳人，情投意合，怎么看都是天造地设的一对，令大家好生羡慕。

两个当事人都挺会做戏，表面功夫做得不错，即使心里因为两家的事生了嫌隙，可面上相互间周到而体贴，当着众人的面绝不起冲突，反倒笙磬同音，很是和睦、协调。

他们的一言一行毫无破绽，连两家的亲属都看不出来。

见外甥急匆匆找上南迦，徐家大舅忍俊不禁，感慨年轻人情深意重，南迦只离开了十来分钟，自家这位就惦记得很，像毛头小子一样。

长辈们相视一笑，大伙儿都是那个年纪过来的，都理解年轻人的想法，倒没起疑心，识趣地不去打扰他们。

本想上前攀谈南迦的其他宾客也知趣地让开，把人留给徐行简。

作为晚辈的徐行简温文尔雅，非常斯文周到，见此还同这些人打了个招呼，彬彬有礼。

南迦不动容，冷眼看着，顺手端起一杯香槟，喝了一小口。

走近了，徐行简也端上香槟，守在她的左手边，轻声问："之前没找到你，去了哪里？"

南迦面不改色，她把适才的心绪都收起来了，坦然自若地回道："到后面补了个妆，歇歇气。"

"伯父找过你。"徐行简说。

南迦轻晃细长的高脚杯，轻声问："怎么，又有事？"

"没，只是想让你去见见高总。"徐行简说，然后汇报她离场期间发生了哪些事,用这些过渡,打破他们之间的尴尬局面。

他转头看了眼南迦深邃的五官,习惯性地顺着她的话行动,然后继续讲着:"大哥带高总过来的,没找到你,就先去见其他人了。"

徐行简观察着南迦的面部神情,将其每一个细微的变化收入眼中,许久,感觉她好像不是非常生气了,才逐渐把话题转到今天的事情上。

南迦也给他面子,边听,边与之往人少的角落走,到前厅摆放酒水的吧台斜对面站定。她从头到尾都收放自如,性子柔和,和离席前没什么两样,甚至路过什么老总、什么董事的身旁时,还会向他们点头示意,始终不失端庄。

可她越是这样,徐行简就越是拿捏不准她是怎么想的,他自知自己做得不太对。

有关两家可能要结亲这事,徐行简早已知情,寿宴前就知道了。

两家的长辈已经单独见过面,也没瞒着徐行简,徐家那边还特地知会了他,嘱咐他要懂事,表现得积极点,对南迦多加上心,争取早些定下来。

徐父徐母十分中意南迦,家里的人都喜欢她,徐行简不是不清楚,可他非但自己拿不定主意,对自己的人生大事没主见,还默默看着两家的长辈越俎代庖,直到开宴都没吱声,连一个字都不曾告诉南迦。

相识多年,徐行简清楚南迦的意愿,满口保证会尊重她,给了相当分量的承诺,但如今也是他违背了承诺,忘了自己的担当,成了无声的帮凶。

当然,也不排除这是他本身的意愿,他本就有那份私心。南迦的确是完美的妻子人选,从哪方面看都是。

联姻的实质就那样,改变不了现状,就顺势而为。对徐行简而言,只要这场婚事能成,那绝对是稳赚不亏。自家的实力再加上南家的帮扶,他将来的身价起码能再升两个级别。

正如长辈所说的那样,没有再比南迦更合适的了。这是不争的事实。

徐行简这人不反对结婚,在这方面也很顺从,思及他和南迦打小到现在的情谊,他也确实动了一点儿别的心思。

被大家说服后,他也觉得南迦可能会答应,所以至今为止都对家人的安排睁一只眼闭一只眼,想看看她的接受度如何。

然而,终归是他自作主张,南迦一如往常的无情,面上的神情虽温柔,可言语锋利如刃。

"日子定哪天了?"南迦心如止水,直截了当地问。

感觉到她的冷漠、疏离,以及由内而外都散发着生人勿近的气场,徐行简捏着杯子,知道理亏,答不上来。

南迦却温声细语:"年前,还是年后?"

徐行简不说,斟酌半晌,只小声道:"对不起,这次是我……"

南迦不想听,还是那句:"具体什么时候?"

逼婚这招太狠了,反而使对方离得更远。徐行简嗫嚅着,讲不出话,老半天,才小声低语:"年后,可能是正月。"

两家长辈催得紧,不问两个人的意见,几个来回就彻底定下了,商谈的速度堪比火箭。

正月里都是好日子,定亲再适宜不过,到时请客、摆宴之类的也方便。

双方家庭很看重这些旧俗,挺讲究所谓的"父母之命,媒妁之言",什么都谈妥了,硬是不给当事人回转的余地。

具体细节,南迦不用问也能猜到,无非就那样。

南玺平的行事作风一向强硬,徐家也吃那一套,老一辈们自有他们的规矩,毕竟思想观念还停留在上世纪。

"你的打算是什么,要结婚?"南迦缓声说,依然面不改色,好似自己不是当事人,仅仅在和朋友随意地交谈分享。

徐行简没声音了,他否认不了,对着她说不出谎话,因为一眼就被看穿。

南迦又抿了口酒,浅尝辄止,无视他此刻的样子,娓娓道来:"徐叔上个月找了我,让我帮他牵线,又要给徐二铺路,应该是又有个新项目。辽城那边有几块地在开发,不出意外的话,下个月应该就能竞标到手。"

徐二,徐行简的小叔的儿子,比他小五岁,是目前徐家年轻一辈里最有前途、最有出息的一个。

这位也在从商,与南迦走的路线差不多,能力也突出。

大抵是一个家族的,不分内外亲疏,发展好了都能反哺本家,徐行简的爸爸尽力培养徐行简的同时,也对这个侄子格外关注上心,待其不比徐行简差。

徐行简和徐二不对付,互看不上眼,在本家内的竞争很激烈。

南迦是站在徐行简这边的,立场从来不变,但前提条件是他也能跟自己共进退,而不是反手就在背后捅刀子。

她嘴巴微微张合,稳稳地端着手上的香槟杯,如实说:"我还没答应,正在考虑,过几天再给徐叔答复。"言毕,她望向徐行简的脸,"你觉得怎么样?"

听到徐二和亲爸的事,徐行简脸色变了变,霎时不大好看了。他不了解这些,家里做生意相关的事,他都不沾边,不插手,现在突然从南迦这儿得知了又一则自己被排除在外的消息,他有点愕然,不知所措。

他到底只是个年轻的大学老师,在自己的专业上表现得再优秀,可还是会有一定局限性,比那位堂弟还是差了一截。

徐行简不太能平和地面对这个情况,唇线都快绷成直的了。他看看南迦,再看看不远处的徐父。

南迦挨近徐行简,淡淡地说:"辽城的项目赚头大,近期不少人都在盯着……"

徐行简一动不动,没多久,目光再落到另一边与客人侃侃而谈的徐二的身上。

相近的时间,偏僻房间里的谈判也接近尾声。桌上的茶水也快见底了。

一番交谈顺遂,一老一小都对彼此有了数,摸清了虚实。纪岑安为孙铭天续上一杯,不疾不徐地提出自己的条件,不加掩饰。

她开价挺直接,省得拐弯抹角说半天。

孙铭天笑笑,不急着拒绝她,温和地说:"纪小姐不是已经有了一个条件,还要再加一个?"

前一个条件,说得比较宽泛,没有可以衡量的标准——帮她对付裴少阳和郭晋云。说白了,其实只是一句空话。

对付到哪种程度,是小打小闹,还是扳倒他们,谁都保证不了。纪岑安有脑子,知道孙铭天为了利益肯定会暂时帮助她,可一旦他咬下裴少阳嘴里的肉,后续发展就不一定了,转头把她卖了也不是不可能。

唯有资金真实到手才是王道,这个不能作假。她也不是凭空说开价,伸手就随便要钱,双方都明白这点。

纪岑安大可以不蹚这趟浑水,她又没犯过法,被追债也是受牵连的,若真的没办法了,大不了继续隐姓埋名,远走高飞。

纪岑安心知肚明,挑明说:"对孙老您来说,前一个条件不也是顺带的?"

孙铭天不否认,抬起杯盖撇去茶水沫子,仔细忖度。他不爱打虚幌子,沉吟片刻,停下撇茶沫的动作,盯着茶水看了一小会儿,再瞄了瞄纪岑安。

良久,这老狐狸才松口,毫不吝啬赞赏地瞧着她,眉毛上扬,叹道:"现在的年轻人都很会讨价还价,讲不过你们。"

纪岑安说:"望您老海涵。"

孙铭天放开杯盖,摆摆手,说道:"行了,客气过头了。"

纪岑安礼貌地接道:"应该的。"

她以前是什么样子,孙铭天还能不知道?他不跟她计较,谈完正事就行,不多谈什么。

孙铭天还得再回前厅一趟,他未在此处久留,随后被人领着离开了。

蒋秘书招来一名员工，让其带纪岑安从后门出去，坐上安排好的车，要送她下山。

纪岑安和南迦一同上来，但不会一起下去。南迦今晚要留在山庄，必须陪老太太在这边过一夜。

按往年的惯例，南家所有人都会留下，部分重要的宾客也要在这儿歇一晚，包括徐家的人。

纪岑安知道这些，不用问都已了解。她上车后面无表情地关门，从车窗看了山庄一眼。

与往年相同，南迦休息的房间还是三楼东侧的那间。

南迦送走部分客人，安顿好留下的那些人，再跟老太太聊完天，时间已是半夜。

南迦上楼进屋，反锁门，准备休息了。只是刚走到床边，她一个侧身，来不及反应，就被一个人先捂住她的嘴，不由分说地阻止了她接下来的动作。

南迦整个人一紧，顷刻间绷直脊背，抬手就要反抗挣扎。

那人却先一步出声，制止了她的反抗："是我。"

略显小声的语调落在耳里，才认出对方有意压着的嗓音，南迦愣怔，没料到会是她。

根据原先的计划，此时纪岑安应当坐在回城的车里，再过半个多小时就该到北苑了，而非出现在这儿。

这不是纪岑安可以久待的地方，起码今夜的时机就很差，山庄里还有那么多眼线，随时都可能发现她。

三楼不止南迦一个人住，还有老太太，以及南玺平他们。

南迦的心猛地紧缩，似压强差过大而骤然变瘪的空壳，等惊觉是谁在身后，反应更大。但她忍住了，嘴巴没出声，力气却变大了，很是费劲地挣扎几下，翻身面对上纪岑安。

南迦不可置信地看着纪岑安，有点缓不过来。

蒋秘书刚送纪岑安上车就通知赵启宏了，赵启宏也第一时间亲自确认,中间还联系了那个开车的司机,之后才把纪岑安的动向传达给南迦,再三确认纪岑安已经被安全带离山庄。结果,她又回来了,瞒住了所有人,还悄无声息地进了这间屋子。

纪岑安怕南迦反应太大,担心她被吓到,连忙补充说:"别动,别动。"

南迦拉开纪岑安的爪子,整个人还沉浸在惊惧中,随后勉强维持镇定,神色颇为复杂,径直问:"你不是走了,怎么在这里?"

纪岑安小声回道:"没走,走到一半又返回来了。"

南迦蹙眉,即使房子的隔音效果不错,她也还是担心弄出声响,挣扎无用就反过来钳住纪岑安的另一只手,又问:"小郭呢?"她说的是开车的那个司机,二十岁出头的小伙子。

纪岑安说:"走了,我让他掉头返回来后就走了。"

"讲清楚,怎么回事?"

纪岑安不讲实话,只道:"没怎么,过来看看,今晚不想走。"

面对这个不计后果的人,南迦显然有些生气,语气也很重:"所以就这么闯进来了?"

"不是闯,是从后面上来的。"纪岑安解释,"避开了前面那些人,没被发现,放心。"

南迦不免愠怒,可未立马发作,咬着牙低声说:"之前说过你不能留下,见完面就得走,你又想做什么?"

"不做什么。"

"纪岑安!"

气氛不大愉快,她们见面就争执。

饶是南迦一贯处变不惊,平时总以稳重成熟的那一面示人,可眼下还是被气得够呛。

纪岑安现在的行动太没脑子,不按要求,一意孤行,打乱本来的计划,明显就是胡来。

南迦了解纪岑安的本性,心知肚明她为何折返,但委实没想过她这么能闹腾,竟什么都不顾,完全任性而为。

纪岑安比当年还执拗，以前起码讲点道理，知道哪样的场合表哪样的态，现在却很莽撞，身上那股偏执的狠劲更甚了。

纪岑安仍说："今天不想下山。"

南迦用力抽出手臂，抵着她的肩膀，说："你听不懂人话是不是，谁让你回来了？"

自知做得不对，纪岑安也不辩解，随便南迦训斥，过一会儿才让她正面朝向自己，似是不懂她生气的原因，道："徐家那几个不也没走。"

南迦扭开脸："他们是客人，老太太让他们留下的。"

"徐行简也算？"纪岑安问，"他住哪里，隔壁，还是楼下？"

南迦不回答，不与之较劲。这种事也说不清。纪岑安倒挺来劲，没完没了，似乎挺了解当下的情况。

"他也住三楼。"纪岑安笃定，看南迦的反应就能猜出来了。

身体像被钉在床上，动弹不得，南迦是真的来气，之前在楼下被纪岑安挟持都还能维持住理智，始终克制冷静地应对，但现在不行了，恍惚间好像又有了曾经被纪岑安逼到忍无可忍时的感觉。

南迦不再矜持，随之而来的是压抑了许久的情绪爆发。她已经很久没这样过了，只有当初才会如此。

南迦盯着纪岑安的脸："离我远点，起开！"

可对方像聋子一样，不止不听，还一动不动地盯着南迦。

纪岑安说："今晚我留在这儿。"

她们两个谁都不让步。

第十四章
两难抉择中

门外的过道上还有人,时不时有侍应生走过,偶尔也有别的客人上来。

宴席之后,有的客人私下还要聚聚,或者闲聊,要么找主人家再说点事。毕竟杂七杂八的事很多。

隔着一堵厚实的墙壁,里面的人看不到外面的景象,外面的人也不清楚屋内发生了什么。一个员工刚从老太太的房间出来,老太太的房间就在对面,他刚送了一杯老人家要喝的温水上来,出了房间,也未能察觉到这边的动静。

房间里没开灯,他们便默认南迦已经歇下了。宴会上忙了一天,南迦早些休息也正常,不会有谁怀疑。

南迦骂纪岑安,低声训斥这人有毛病。但这么多年的修养摆在那里,她再怎么置气,也骂不出太难听的话,连句带脏字的话都没有,毫无杀伤力,作用近乎于无。

纪岑安习以为常,她不是第一回经历了,听得多了,都能背出南迦会骂自己什么词,顶多就是在"不正常"和"有问题"之间切换,来来回回就这几句。

太久没听过了,纪岑安倒有些怀念,尤其听到南迦训斥自己有病时,内心一点儿波动都没有。

本就是自己耍的手段,她早料到了南迦会有什么样的反应,很是无动于衷。

纪岑安骗了人——她找理由忽悠开车的小郭,诓得那小子团团转,真的以为山庄出了大事,二话不说就送她回来,生怕耽搁了时间。

纪岑安让小郭先不要告诉赵启宏,再编了借口骗他,他便信了,到现在还不知实情。

消沉了那么多日,她们一直以来都保持着不受对方影响的相处状态,好似再也不会被触动到生气。

许久,还是南迦败下阵来,她不敌纪岑安的疯魔劲头,不是她的对手,没辙了。

纪岑安轻声说:"我留在这儿,明天跟你一起回城。"

南迦不愿意,态度坚决:"我要回老宅,送老太太过去。"

纪岑安改口:"那让赵启宏来接我。"

南迦坚持:"晚点就走。"然而不管用,某人不听从,比谁都犟。

南迦这回穿的礼服精致华丽,肩膀露在外面,服饰上没有过多的束缚,行动有些受限,做什么都很不方便。

她挣扎间,原本精致的打扮已经被毁得差不多了。

纪岑安挺有自知之明,知道南迦无论如何都不会口头上答应,多讲也没用,垂眼看了下,后一秒就"唰"一声扯过被子,飞快地将自己罩住。

赶不走纪岑安,南迦自然让她留在这屋里住一夜。其实这么晚了也不便再离开,出去就容易被发现,时间不合适,要走只能等明天了。

夜里山上的温度低,比城里要凉快不少,晚上的天气较为舒适,凌晨以后都可以不用开空调,不会太热。

这间房里配有单独的浴室,从侧边开门就是。待南迦彻底妥协了,纪岑安这才放开被子。南迦想去洗漱,纪岑安硬要跟着。

南迦不让纪岑安跟着:"出去。"

纪岑安拧干毛巾,帮南迦捶捶肩膀,站在旁边候着,说:"泡十分钟,等会儿再睡。"

南迦不领情，打开她伸来的手。

像感觉不到痛一样，纪岑安不在意南迦的强硬和冷漠，她习惯了这样，还是继续帮忙。

南迦仍然抗拒，未有半分动容，嗓音冷冷的："用不着你，松手。"

纪岑安满不在乎，回答："洗完早点休息。"

南迦抗拒不了这份心意，只能受着，没有另外的选择。按一按确实好受些，至少她的肩膀没那么酸了，也没那么累了。

无论情愿与否，南迦最终还是坐在那里不吭声了。

她们睡觉时已是后半夜，双方暂时休战。这会儿安静了，不似早些时候那折腾。

"明早也走不了，还有人在，等能离开的时候，赵启宏会上来接你。"南迦说。

纪岑安老实安分地应道："行。"

山庄里别的房间同样安静，灯火逐渐熄灭，主人家和客人们都各回各屋，山庄慢慢归于安宁。

对面房间的老太太早已睡熟，从一开始就没听到任何奇怪的响动，到睡眠呼吸均匀时也未能发觉反常。

而隔壁屋子里歇着的是南玺平和南母，夫妻两个对环境更是不敏感，都没察觉到家里多了一位不速之客。

也许是寿宴上的全部事宜都如预期中的那样顺利，心里的一块大石头落地，南玺平这夜睡得格外舒畅惬意。

南母还想同南玺平讲讲话，觉得今天这事做得不太对，太不顾及女儿的感受，可南玺平不给她交流的机会，认为南母忧虑过重，自寻烦恼，纯粹是没事找事，便不予理会。

夫妻双方早过了琴瑟和鸣的时期，南玺平跟她也没有可聊的了。

感觉到丈夫的疏离与冷漠，南母夜里不太好过，她心里堵得慌，一会儿因为这个失落，一会儿又因为念及二女儿而辗转难眠，悄悄地叹气。

一夜清净。凌晨四五点,水汽挂上枝头,山间起了浓雾。

南迦醒了一回,睁开眼。纪岑安觉浅,也醒了。

她还没完全清醒,眼皮子都抬不起来。

云团堆叠在天际,渐渐挡住斜到这一边的圆月,待凉风轻拂,再缓慢飘动,漫无目的地往另一个方向移动。

树木叶子挂上了晨露,薄薄的一层湿润映着月色,四处都被银白色笼罩。

醒过一次后,南迦再睡便不容易踏实,犹如漂在水面的浮萍,心里总是很没底。

一会儿,周围安静下来,南迦这才安稳地睡着,勉强从胡思乱想中抽离出来,意识重新归于朦胧,又小憩了一阵。

露水爬上了窗台,透明玻璃的外侧不知何时变得冰凉,另一边的景象都染了一圈晦暗,愈发逼近的雾气更浓了,几乎掩盖住房子外的世界。

看了眼灰蒙蒙的窗外,本来睡着的纪岑安伸出胳膊放在被子上。

上午的山上与城里大不一样,空气清新爽朗,少了城里早高峰时的喧闹与拥堵,多了两分野外独有的空旷与幽静。

一大早,天际刚泛出鱼肚白时,山庄就运作起来了,住在这边的用人不到六点半就开工,进出忙活着,尽责地打扫卫生,还有为晚些时候才起床的主人及宾客准备早饭。

这边还有好多亟待解决的事,南迦作为东道主,晚歇早起,七点左右就起来处理后续。

南迦先在房间里拾掇一番,接着打电话给赵启宏,交代具体的工作,以免横生枝节,再是准备到对面房间找老太太,带老人家到后花园散步。

不过,在之前收拾期间,南迦在房间里待了足足半个小时之久。

纪岑安跟着起了床,精神不错,先行进浴室把昨晚脱下来的那身员工装捡起来,把打湿的裤腿吹干,等干得差不多了就穿上。

完事以后,纪岑安就守在一边,什么都不做,旁观南迦的行动。

昨晚的不愉悦延续。

白日里的南迦比之前更不近人情，又成了那个一丝不苟的南总，时时刻刻都一本正经。

看到纪岑安杵在那里，南迦又一次皱眉，理了理衣领子，漠然道："看什么？"

纪岑安眼也不眨，人因熬夜而有些颓废。她拧开水龙头，不讲究地掬一捧水浇在脸上，问："你们什么时候走？"

南迦继续扣衬衫的扣子，而后理顺头发，说："上午。"具体是几点还没定，但肯定是上午就离开，不会留太久。

但这是其他人的行程，至于纪岑安怎么办，南迦沉吟片刻，脸上神情有些凝重与复杂，她低声叮嘱："他们离开以前，你不要出门。"

纪岑安"嗯"一声，简单粗暴地抹了把脸，连毛巾都不用，直接这么直起身弄掉水，就算是洗好了。

南迦站在后面，低头看着她的背影，美目上挑，旋即看向她面前的镜子里，从镜中瞧着对方沾有水珠的脸，表情有点难以言喻。

南迦这般样子只维持了一瞬，纪岑安没能察觉，直起身子时仅仅察觉到后面的视线，知道南迦在看自己，可后一秒同样从镜子里看向对方。此时南迦已然转开眼，不再看她了。

晚一点，有别的用人要进来收拾，问这边需要什么服务。南迦拒绝了所有人，门都不让进。

徐行简想要对前一晚发生的事做补偿，也来敲门，他清早起床后就直奔她的房间。

可惜隔着一道门，他看不见屋内的情况，不知道纪岑安也在。此时南迦已经快出门了，身上的礼服换成了收腰小西装，纪岑安正在给她整理衣角。

听到门外的动静，纪岑安发现了是谁，面上不动声色，随后拉了南迦一把。南迦拂开她的手臂，泰然从容。

纪岑安细眉轻扬，用两人才能听到的声音说："他倒是对你挺上心……"

南迦不以为意，对其视若无睹。

纪岑安又说："这是要一起吃早饭？"

南迦朱唇轻启："走了。"她示意纪岑安放手。

门外，徐行简久等不到南迦出来，他不死心，伫立在原地候着，也不着急，非要把人等出来为止。

房间里很久都没回应，几分钟后南迦才现身，不紧不慢地走出。

徐行简条件反射地看过去，连人带房间打量一遍。他先看到了南迦，余光瞥见那边的床铺，不自禁地看了几眼。

"还以为你下去了，但之前也没在楼下见到你。"见到南迦，徐行简解释自己来的原因。

南迦走到他身边，反手带上门，说："刚在洗漱，没听见。"

知道她要去对面的房间，徐行简说："老太太已经出去了，刚下了楼。"

双方并肩而行，一同到楼下。

不出两分钟，赵启宏从过道的另一头出现，进房间假意为南迦收拾行李，实则跟纪岑安一块儿待在屋里守着，以防谁不长眼进来撞见了不该出现的人。

上午的时光漫长，南迦连轴转，既要分寸适度地送客，又要陪老太太唠嗑解闷，直到晌午才忙完。

人少了清静些之后，老太太眉开眼笑，为孙女终于能有空跟自己待着，不用应付那些所谓的老板而高兴。老人家见着徐行简也笑眯眯的，甭提多高兴了。

她拉着徐行简讲话，大有将徐行简当自家人的意思。

老太太对儿孙和徐家的某些情况知之甚少，也没人告诉她那些乱七八糟的纷争，她只是知道孙女和徐行简感情可以，打小一块儿长大，如今快要有个结果了，老太太哪能不开心，笑得眼角的褶子都更深了。

南迦都三十岁了，是该成家的年纪了，同龄人的孩子都能满地跑了，这么多年唯有她还单着，让人心急。

老太太牵起南迦的手拍了拍，语重心长地说："你们两个啊，也该定下来了，趁着现在岁数还不是很大，能办的就早点办，可别拖下去了。"

南迦没搅和老人家的兴致，轻声说："您也不要总是记挂我。"

"哪能不操心，我经常念着，就怕你一心扑在工作上，忘了考虑自己的事了。"老太太关切地道。

南迦说："别担心，我心里有数。"

"你爸他们在你们这个年纪早就结婚了，在你这个年纪都有你了。"老太太念叨，讲起过往，一开口就停不下来，又是用南玺平、南母举例，又是讲到她那个年代的情况。

老人家这辈子就是这么过来的，观念老旧，但她真心实意地担忧南迦，的确放心不下，没有逼婚的意思，仅仅讲道理而已。

南迦都听着，不争辩。一边的徐行简没打岔，也不插嘴。

南玺平和南俞恩他们都在前厅，父子几个聚在一处，不知在讲些什么。

中途，南俞恩往这里瞥了一眼，神色不大好看，仿佛不满南迦的态度，一脸阴沉。

南玺平反而沉得住气，说了句话，应该是在告诫南俞恩不要发作，徐家的人还在，有事等回老宅再说。

南玺平一发话，南俞恩便收敛了些态度住嘴了。

大概十一点的时候，待所有宾客离开，南、徐两家才开始返程。

南玺平热情地邀请徐家大舅跟他坐同一辆车，将大儿子和徐行简都喊上，态度很是大方得体，给人一种敦厚的长辈形象。他还将老太太和南迦送上旁边那辆保姆车，同样是一副十足好儿子好父亲的样。老太太笑笑，心满意足。

南迦弯身上车前望了望山庄，而后头也不回地进去。

三楼上，窗户侧后面，纪岑安站在那里目送所有车子驶离，山庄恢复清静后，才收起目光。

赵启宏负责收尾，之后的一切都是他经手，包括山庄这边的清理工作。他好歹不能白来，明面上总要起点作用，不然容易招来嫌疑。

纪岑安神不知鬼不觉地混在员工队伍里被送走，来接她的还是前一晚的司机小郭。

小伙子上当过一次后就学聪明了，这回再接到纪岑安，硬是一个字都不跟纪岑安说了，哑巴似的，一律只做自己的分内之事，其余的事情都不掺和。

但此次纪岑安也没有要脱身的打算，上车后也老实，随便车子开往哪里。

小郭送纪岑安到Z大，依照原定的计划，她今天得上班。

她虽然已经迟到了两个小时，可也没什么影响，反正人去了就可以了。

纪岑安在车上就换了身行头，到店里还是往常那样，让人看不出半分奇怪。店长今天没来，陈启睿已经帮她打卡了，一切顺利，如同无事发生。

山庄的事告一段落，不论过程如何，表面依然风平浪静，没有太大的改变。最起码目前阶段还是这样，同以往差别不大。

要说最近哪儿有所不同，就是阿冲的妈妈出院了，接下来还会静养一段时间。

人是今天上午接出来的，时候赶巧。下班后，纪岑安到北川街商店逛了逛，拎了一袋子补品上门探望。她本不打算再去那边的，但因为是阿冲的妈妈出院的特别日子，所以还是去了。

算来他们有一段日子没见了。

阿冲的变化挺大，精气神比前阵子充沛了许多。她有了工作，家里老娘出了院，肩上的重担似乎都消失了，似乎生活马上就能进入下一个新阶段，会越来越有希望一样。

纪岑安本想探望下就走，阿冲极力挽留她，做了一桌子菜招待。今天江添也在，所有人围坐一桌，为阿冲的妈妈出院庆祝。

到底是重聚，纪岑安来都来了，哪有饭都不吃就离开的道理。

况且，今晚北苑也没人，纪岑安在这边歇一晚都行。

阿冲特地买了一扎啤酒回来，让大家分着喝，并关心地问纪岑安："最近都没怎么见着你，找着住处了吗，你现在住哪里？"

纪岑安没讲实话，不可能告知他们自己住北苑，扯谎说："正在找，这几天住在亲戚家。"

没听她讲过城里有亲戚，阿冲好奇，问了两嘴是什么亲戚。纪岑安又乱编，讲是远房小姨。

阿冲信以为真，听不出话里的虚实，随后顺带聊了些其他的，比如远房小姨是爸妈哪一边的亲属，比如纪岑安的家里人何在。

这些私人问题，也没人问过，大家都不清楚，之前不熟，不好多嘴，现在就不那么见外了。

阿冲和陈启睿他们的情况，纪岑安一清二楚，平日里听大家闲聊就都知道了，只有她自己在大家眼中还是个谜。

忽然提到家人，纪岑安一怔，随后轻描淡写地说："他们不在Z城，去外地打工了。"

江添跟着问："江灿，你是独生子女还是非独生子女？应该是非独生子女吧，不然怎么不和你爸妈一起去外地。"

纪岑安应道："嗯，非独生子女。"

江添没眼力见，边吃菜，边试着猜测："有兄弟，还是姐妹？"

纪岑安照实说："上面有个大哥。"

"那难怪了，还真是这样。"江添说道，没发觉纪岑安的细微变化，光沉浸在自己猜准了的乐呵中。

其实纪岑安的家庭状况不难猜，也不是说就是刻板印象，只不过像她这种被过度放养的姑娘，一般都是类似的境况。

江添自己也是，所以一看纪岑安就能感觉出她是同道中人，明显就是家中有兄弟姐妹，所以本人不怎么受重视的那种情况。

这孩子情商低，讲了一大堆扎心的大实话。陈启睿在桌下踢他一脚，让他赶紧闭嘴，不要胡说八道。

江添一怔，有些抱歉地抬手摸了摸鼻头，自觉好像说错话了，赶忙将话题转移开。

纪岑安说:"没事。"她倒也不介意。

大家又聊起别的,知道了小宇即将入读幼儿园。

一顿饭吃得轻松,下了桌,阿冲还给大家各塞了一袋子吃的,让他们带回去。妈妈住院期间,她收了很多东西,一家三口吃不了,大热天放久了坏掉也是浪费,便分给他们。

纪岑安都收着,告别后,赶末班公交车到北苑。南迦要在老宅待几天,归期未知。回这儿的是赵启宏,他晚上过来的,到这边是为了完成本职任务。

刚进门,纪岑安就收到了一份文件外加新的手机、电脑,都是后面能用上的东西。她原来那部破烂的手机接听电话信号很差,不换不行,就怕哪天直接报废了。

赵启宏办事周全,手机卡也一并买了新的送来,什么都考虑到了,生怕纪岑安上不了网失了联系。

纪岑安接了东西,不再挺着脖子装清高,这边准备了,她就用。她也没钱置办这些,而且店里还没发工资,手头的全部存款连一台电脑都买不起。

除此之外,按照自家老板的吩咐,赵启宏还弄来了一堆硬件。他不大懂这方面,一律挑贵的、好的,纪岑安需要什么,他就全都打包买来。

"要是还有哪些缺的,江灿小姐,您尽管说。您看看,都齐了吗?"赵启宏贴心地问。

望着地上堆成小山的器件,纪岑安的太阳穴都不受控制地跳了跳,憋了半晌,还是忍住了。

"有需要,再找你。"她说。

赵启宏颔首,之后不打扰她,转身出去,向老板汇报情况。

纪岑安拆开所有物件,大致归类,再逐一组装、试用,近乎半个晚上都耗在这上面。

太久没捣鼓这些了,纪岑安有点手生,不过好歹是专业出身,当初没少下功夫研究，她上手还是挺快，不至于三年就生疏到什么都不会的地步了。

快合上电脑那会儿，纪岑安登上某个邮箱账号，找到一些存放在上面的东西，点进去翻看确认，不多时又退出。

旧事正在走向正轨，回归该有的路线。有了与孙铭天的交易，纪岑安两头并进，白天维持原状，继续打工，晚上则着手干正事。

孙铭天那边自山庄分别后就不再露面，仿佛没见过纪岑安似的，只通过南迦这边联系她。

事情如期发展，两边交接得比较顺畅。

如果不出意外，孙铭天他们下一周应该就能搭上西盛的车，赶上这一趟"顺风车"。纪岑安沉稳应对，不担心。

但凡事无绝对，还没等到这一天，意外就出现了——小宇不见了。

阿冲要上班，把孩子放在出租房里，请亲戚看管。

她只不过出去工作了一天，再回家却没能见到儿子的踪影。

问题比较复杂，三言两语不能阐明。最先发现孩子不见的是江添，根由也要从他讲起。

这天学校的实验室里基本没活，江添傍晚有空就到北川街晃悠，他专门过去帮衬一把，到出租房里待上几个小时。

出租房里只有远房亲戚在，又要照顾卧病在床的阿冲妈妈，又要看小孩，一个人精力不够，太累，很多时候都需要大家轮流出力搭把手。

原本在此之前，亲戚都是把小宇放在阿冲的妈妈那间屋共同照看，可那天多了个大人，有江添主动分担，亲戚便放宽心让小宇到院子里玩会儿，到外面跑两圈解闷。

小孩子嘛，天性就活泼爱动，整日关在房间里也不行，长此以往对身心成长有害。

亲戚没顾虑太多，而且也不是完全放任不管，时不时还会出来看两眼，不让小宇跑得太远，连院子的大门都不让他出。江添也是这样，隔几分钟就盯一下，帮着看看。

按理讲，两个成年人都如此负责，不至于出岔子，但百密一疏，还是出事了。

江添心大，想着菜市场就在附近，来回一趟半小时绰绰有余，觉得很快可以回来，因而离开前也没告知亲戚，拍拍小宇的脑袋，叮嘱一声就出去了。

偏偏巧了，那时亲戚刚烧了一桶热水，正关着门给阿冲的妈妈擦洗身子。两个大人都疏忽了，皆以为对方会看着小宇。

等江添拎着一袋子菜回来，院里早没了孩子的身影。江添慌了神，人都傻了。亲戚更是吓到了，将一桶热水打翻在地，弄得到处都是。

他们最初没敢让阿冲知道，以为小宇只是调皮，不听话，可能还在周围什么地方躲迷藏，但急匆匆地找遍了附近的所有地方后，仍旧没寻到孩子的踪迹。

屋里没有，附近也不见身影，小宇像凭空消失了一般，哪里都找不着。亲戚这才焦急地打电话给阿冲，带着哭腔道出原委，让她赶紧回来。

接到电话时，阿冲还在公交车上，下班高峰期，道路拥堵，一听儿子不知去向，如同遭遇晴天霹雳，脸上顿时血色全无，面色煞白，差点一头栽倒下去。

好在公交车离北川街只剩两个站，阿冲勉强撑住，等到下了车，硬是一口气跑回出租房。

陈启睿同样第一时间就赶到了出租房，班也不上了，他都没来得及向店长请假，放下工作就不要命地骑车过来。

但无论怎样，都为时已晚。再来两个大人也改变不了现状，孩子真的丢了，重新找一圈还是没找到人。

出租房里乱成了一锅粥，大家都急得团团转。

警察同志也来了，派了一支小队出动。他们比阿冲和陈启睿先到两分钟，出警速度极快。

江添报的警，他找了第一圈没找到小宇就打了110，反应还算快，脑子一片空白时也没忘记找派出所求助。

纪岑安是最后才知情的那个，是陈启睿找的她，让其立马赶到出租房。他积极发动所有能用上的关系，不管是朋友还是仅限于一般程度认识的人，都喊着一起找小宇。

纪岑安晚上不在店里，她正好调班了，按店长之前的安排，补回请假的时长，白天都在饮品店干活，下午六点才下班。

收到消息那会儿，她还没歇下，本来等着南迦回去商量事情。得知大致的经过后，她的心猛地一跳，直觉那和自己有关。

不过终究只是瞬间的念头，真实情况还需查证，凭第六感可办不了案子，没有证据就下定论反而是添麻烦，会把局面搅和得更乱。

也许小宇真的是不小心走丢的，但眼下最重要的就是赶快找，分散警力去证实没有证据的猜想，只会耽搁寻人的进程，浪费不必要的力气。

纪岑安不轻易猜测，没等到南迦就连夜出门，招呼都不打一声，甚至没有告诉赵启宏和别墅里的其他人。

她面色阴沉，挂断手机后就冷着脸，神情很是凝重。别人一看就是出了大事的样子。

赵启宏顿时警觉，知道这是遇到事了，可这时还不清楚情况，心头发紧，上前试探地问："江灿小姐，您这是要出去？"

纪岑安没空应付他，大步流星地赶到停车场，不解释做什么，只道："嗯，有事，晚点……忙完了再回来。"

赵启宏欲拦着，怕哪里有问题，斟酌着说："怎么了？这大半夜的，您刚接了电话就要开车外出，需要我们陪同吗，要不我跟您一块儿走一趟？"

纪岑安开门弯腰上车，一脚踩上油门，用汽车尾气代替回答，"轰"的一声将赵启宏远远地甩在后面，留下他茫然地站在那里。

纪岑安赶到北川街已近夜里十一点，警方小队已经不在这边。

两名警察调走监控回了所里，其他的警察还在找孩子，只派了一位女警驻守在出租房，处理后续的事宜。

纪岑安的出现并未引起女警太多注意，毕竟她并不是第一个到的朋友。

她来了，女警问了两句就没再管。

阿冲跟调监控的警察走了，江添和亲戚也去了所里做笔录，看能不能帮上忙。

陈启睿刚从外面找了两圈回来，他满头汗水，穿着的还是店里的工作服，上衣已经湿透，粘在瘦削的后背上，烫过的头发早没了型，看起来又累又狼狈。

见到纪岑安，陈启睿二话不说就拽着她，喊她到外面搜寻。

纪岑安跟上，问他："警察怎么说？"

陈启睿嘴皮子都干巴了，眼球里都有点充血，平日里的痞气帅哥形象全无，像一只无头苍蝇，飞来飞去，不知该做什么。

"不知道，没问。"他摇头，胡乱抓起一瓶不知道谁喝过的矿泉水就仰脖子喝掉一大半。

纪岑安相对冷静些："监控呢？往什么方向走的？"

陈启睿说："找过了，没有。"

这边的街口有监控，可基本在外面的正路上，巷子里的那个是坏的，不知哪一年就报废了，压根就是摆设。

警方没能在正路的监控里看到小宇，把同时段周边可用的监控都调出来细细排查了一遍，可仍是没发现孩子去哪里了。

现在唯一可以确定的是，孩子没往大路上跑，乐观一点的可能是出去走小道迷了路，自己找不回来了，往坏的方面想则可能是被人拐走了。

前一种概率不大，三岁大的小孩能跑多远，总不能让人找不到。另一方面，小宇的性格又胆小认生，这孩子很黏大人，哪怕是他自己走远了回不来，也多半会害怕哭闹，应该会有人发现才是。

警方挨家挨户询问过了，住在附近的居民纷纷表示没见到有陌生小孩，连可疑的声响都没听到。

别说人了，他们连流浪狗都没有看见。至于是否被拐卖，谁都不敢打包票。虽然是信息发达的现代社会,但也不是不可能,城里丢孩子又不是零概率事件,只不过现在很少了而已。

不论与否,警方已经依据拐卖犯罪性质在查了,早就向车站、机场等地方加派了人手,阵仗搞得很大,可至今还是没进展。

不过,可以确定的是,孩子应该还在Z城。"应该"意味着不是百分之百肯定。

警方还给出了其他的可能性,或许小宇掉到哪儿导致受伤,可孩子年纪小不会求救,又或许他被什么小朋友带回家玩了,没通知家里。

以往他们出警碰到过这种情况,大人都找翻了天,急得要死,最后发现孩子在别人家里好好的。

陈启睿就是依据这两种可能性在找,打着手电筒,地毯式搜寻,一方面担心小宇是不懂事贪玩忘了回,另一方面也怕孩子是摔入沟里、污水井里了。

"再去公园那边看一下。"陈启睿摸出一支手电筒,甩给纪岑安,边走边喘气,"咱们两个一人一边,到铜鼎再会合。"

纪岑安接着手电筒,也不啰嗦,直接照办。然而,他们再找一遍也没找到,甚至把排水沟的石板翻开了,趴着找都没看到孩子的影子。

深夜的公园黑漆漆的,中心区域亮着几盏路灯,灯光微弱得随时都会熄灭似的。除了人工湖那里,该寻的角落,他们一处都没放过。

纪岑安打着手电筒望着人工湖浑黑的水,一眼看不见底。

这片湖又那么宽阔,岸边建有仿古式的廊桥,东边一侧立着一架巨大的水车。水车还能运作,一圈一圈地转动,车水的声音哗哗响。

陈启睿沉默地看了半分钟,转身往回走。

"再去巷子里找找。"他说,又喊纪岑安。

纪岑安的手紧握成拳,骨节发白,一语不发,不去想那种悲惨的结果。

十一点四十多,阿冲和江添他们从警局回来,被警车送到家。

找不到孩子，阿冲神色灰败，可未落一滴泪，更没有崩溃。她自始至终都绷着神经，即使偶尔嘴唇在发颤，一句话都讲不出来，但人还是能扛着。她不到那一刻不敢倒下。

江添整个晚上都在自责，把事情归咎到自己头上。他在见到阿冲后就狠狠地扇了自己两个巴掌，觉得对不起她，是他没看好小宇，才把孩子弄丢了。

亲戚年纪较大，眼睛都哭得肿成了核桃，如天塌下来了一样，好几次都差点站不稳。她就不应该关门，干吗非要赶时间弄那些，若是等阿冲回来再做，孩子肯定还在家里。亲戚悔得肠子都青了，懊恼到没脸见阿冲。

阿冲没怪他们，谁都不责怪。这种事怎么能怪别人呢，他们都是过来帮忙的，归根到底是她这个当妈的没能力，拖累了大家。

场面死寂，随着时间推移，所有人的心都在往下沉。

时间越久，孩子越是凶多吉少。

纪岑安和陈启睿凌晨时分回了次出租房，看看阿冲及其妈妈，担心她们两个一时想不开，然后将江添喊出来，继续搜寻。

找不到也得找，只要还没有找到，他们就不能停下。几个人连同警方一起，把周围摸了个底朝天，整夜都没敢懈怠一秒钟。

警局也在网上发布了寻人启事，希望能有知情人士提供线索。

不知这一夜是怎么挨过来的，夏季闷热，跑来跑去很累，但纪岑安的手却很冰凉。无端地，她突然记起了自己出车祸的那个夜晚。

翻倒的车辆，破碎的玻璃，疼痛，血腥味……她被困在车里面，没法出声，意识模糊，连打电话都办不到……背上被硬生生撕开了一道口子，座椅垫子都染上了殷红。

纪岑安走出北川街，靠在路边的灯柱上，摸出手机，拨通熟稔于心的电话号码。电话接通了，她喏嚅半晌，对手机另一头的人说："帮个忙。"

那边已经知道了这里的事，很早就清楚了。

纪岑安低声说:"如果还是找不到小宇,九点前带我去见裴少阳。"

计划永远比不上人重要,纪岑安做了选择,即使还不确定这件事与裴少阳他们是否有关,可只要有一丁点机会找到小宇,她就会毫不犹豫地离开南迦这方。

这是必须,也是合理的选择。但凡有良心的正常人,都会这么选,她也不例外。这极其合乎情理,无可指摘,也都在南迦的意料之中。

南迦默然听着,半晌没有回信,似是信号延迟了般。许久,像是确定了什么,南迦缓缓地说:"可以。"

随即,南迦挂断电话,未有半秒的迟疑。一通电话接通时长不到半分钟,总共三句话。双方都利落,没有异议。

南迦比纪岑安更沉着,也做到了之前的允诺,不干涉这人的决定,任其抉择。

尽管公正来讲,纪岑安的行为算得上是出尔反尔,不商量就独自行动,压根没衡量多方利益,忘了其他人的存在。

一场以利益至上的合作,本就不应掺杂私人的情绪,既然一方由于当下的处境打算中止合作,因此避害,那另一方也只能及时止损,不做强求。

通话结束,纪岑安没再拨一次。

灰白穿透天幕,又一轮微光袭来,不起作用的路灯于这时自动关闭,夜色退出弯曲深长的巷道,露出表面落灰的陈旧原样。

纪岑安好一会儿才回过神,收起心绪。

孩子还下落不明,现在不是消沉的时候。

所有人的心都悬着,都在等着未知的结果,谁都不好过。

警方又一次扩大搜索范围,网上的寻人启事也在持续发布。他们累了一夜,仍不敢松懈,毕竟白天才是关键,能寻求到的社会帮助比夜里更多,也许过不了多久就会有好心人打来电话提供线索。

大抵是出于愧疚,纪岑安天亮后就没进屋了。她开不了口安慰这一家子人,无颜面对他们。

不只她，陈启睿也这样，但原因不同。陈启睿是看不得阿冲那个样子，心里烦躁，控制不住暴脾气。

纪岑安杵在路口候着，垂着脑袋，神情显得很颓废。

陈启睿蹲在斜对面，他没胃口吃早饭，也没那个心情。地上满是掉落的烟灰，他定定心神再站起来，直接用手捻灭火星子，又一脚踹在旁边的垃圾桶上。

纪岑安眼皮子动了动，顺势看向那边。

搜寻一晚，憋到了极点，陈启睿脸色难看，骂了句难听的。他倒不是针对谁，只是纯粹发泄一下。

纪岑安感触不大，可唇线不由自主地绷直。

第十五章
只有这一次

北苑，三楼工作室内。

一身居家服的南迦正坐在桌后，听着助理的汇报。银灰色的手机屏幕朝上，被孤零零地放置在桌角。

助理面色为难，摸不透老板的想法，搞不清楚为何要更改今天的行程，但嘴上没多问，不乱讲话。

那都不是员工该管的，不论吩咐什么，合理与否，自己都照着做就是了。

助理翻看着手上的文件，默默地细算一阵，将原定在上午的工作安排都往后推，同时通知底下的团队该怎么协调。

这些都用不着老板操心，团队可以自己搞定，不算多大的事。

交接完毕，助理有分寸地退出，给一旁站着的蒋秘书让出空间，还带上了门。

蒋秘书也是来汇报的，不过与公司的事无关，而是来告知北川街的情况，以及将查到的最新动态上报。

同另一边的兵荒马乱相反，这里始终平稳镇定，一丝不紊。

北川街有了怎样的变动，这边比纪岑安更先闻到风声，他们昨晚就有所行动，一直在暗地里调查，还派人去盯着裴少阳和郭晋云他们。

事关无辜的小孩，无论立场怎样，细查是必定的，这是底线。

南迦昨夜才从老宅回来,白天陪老太太又进了一次医院,处理了一些无关紧要的琐事,夜里到别墅已经比较晚了,错过了很多消息。她也一晚上没怎么休息,整个人素面朝天,眼眶因熬夜而略显青黑,看起来有些疲惫乏力。

蒋秘书一面把泡好的热咖啡给她,一面讲着,把她让查的东西一口气说完。

裴少阳那边至今没发现蛛丝马迹,他昨天不在Z城,事发时还在隔壁市出差,没有可疑的行为。

很明显,要么这事跟裴少阳不沾边,纯属意外,要么是他心思太深,行事够缜密,早就切断了所有可能查到他身上的线索。不论哪一种状况,目前来看从裴少阳下手基本没什么用,查他就是白费力气。

还有一个可疑对象就是郭晋云了,这人的疑点最大。

郭晋云不仅在Z城,而且前些天还在外面鬼混,自从裴少阳这个表哥走后,他便心痒难忍,一连好几个晚上都是在外面过的夜,人都快玩废了。

好巧不巧,偏偏就在昨天晚上,也许是他心里有鬼,刻意做样子,又可能是忧虑裴少阳早上要回来,不敢折腾得过分,郭晋云提前回了自己的房子住,还请了一群人到家办派对。

也不知道他这么做是为了迷惑裴少阳,怕被发现他那点上不得台面的癖好,还是为了掩饰什么别的,担心惹事上身所以借此制造不在场的证明。

蒋秘书翻开文件夹,递上一个厚厚的信封,把里面装着的照片都交给南迦过目。

全是拍的郭晋云,照片包含他这几天到过的地方,见了哪些朋友,请了哪些男女过去玩。

南迦美目眯起,一一翻看照片,将其分好类。

蒋秘书讲完就站着不动,等她发话。

南迦却不提之前的那通电话,从头到尾兀自做事,没打算约见裴少阳。她保持镇静，不会自乱阵脚。

蒋秘书试探地问道："要不要再查查其他人？"

南迦拒绝了："不需要，就这样。"

蒋秘书迟疑，又问："江小姐那边，还用人看着吗？"

北川街乱成那个样，警方也在，南迦派保镖跟着纪岑安其实也不太行。保镖如果一不小心被逮住了，很难解释清楚。

南迦跳过这句，不作答，把郭晋云前阵子见过的人的照片单独挑出来，轻声说："再查查这几个。"

蒋秘书愣怔，看出南迦这是有点不高兴了。她顿了顿，随后应下，不再说与纪岑安相关的话。

南迦若无其事，片刻，端起咖啡用勺子搅动。她一口没喝，只是碰了几下杯子。

蒋秘书拿起照片按命令行事，麻利地出去，抓紧时间找人。

南迦待在三楼，到点了才下去。

纪岑安这时到了别墅，是开车回来的。距打电话不超两个小时，这段时间，他们仍找不到小宇。

南迦坐在一楼沙发上，已经换下了居家服。

这边查到了什么，南迦也不藏着掖着，都告诉了纪岑安，讲清楚了大概的经过。还有去找裴少阳的事，南迦表示晚一点会安排上。

裴少阳上午十点才到Z城，九点早了些，安排不了见面，得至少延后一个半小时。

要见裴少阳不难，这个可以不急。

南迦不会在一个孩子的问题上为难纪岑安，这是人之常情，没必要过于计较。

桌上有早饭，是之前南迦让用人准备的。

"坐会儿，先吃点东西。"南迦说，面容镇定，看不出有丝毫的芥蒂。

纪岑安立在饭桌前，开口道："后面的……孙铭天那里，我会跟他讲清楚。"

南迦回道:"随你。"

纪岑安道歉的话到了嘴边就是说不出口,只看着她。南迦不为所动:"吃完了上楼洗漱收拾一下,换一身能穿出去的衣服。"

之后南迦无视对方,无论纪岑安怎么样,她都不管了。随便纪岑安站着还是坐着,吃不吃东西,何时上楼……总之,南迦交代完就没了下文,全部按答应好的那样做。没有多余的异动。

纪岑安张了张嘴,半晌,温声说:"嗯。"

纪岑安解决完面前那份早餐,南迦一直也没走开,陪着待了十几分钟才起身,直到她离开桌子为止。

气氛很是怪异,外面的一切犹如被隔绝了,房子里针落有声。

守在旁边的赵启宏这次也没有夹在中间打圆场,心知不能掺和,做好分内工作就置身事外了。他已经将车备好了,依照南迦的指令算好时间,计划九点半就帮自家老板预约裴少阳。

这个精明的老男人一向有眼力见,以往总是自作主张,现在却守规矩得很。

现在是八点三十五分,还有近一个小时。赵启宏一言不发,坚决守在一楼,当纪岑安是透明人。

纪岑安瞥他一眼,目光从他的脸上掠过。

赵启宏装作不知,待南迦走到楼梯口上三楼了,才转头看看纪岑安,可嘴巴很紧,绝不吭声。

没多久,一楼只留下赵启宏一人。

赵启宏心里有数,谁都不打扰,料准了这次会面不好收场,他挺直背,尽职尽责地做事,等着时间到。

赵启宏在心里叹息了两声,觉得闹心得很。他招招手,让用人赶快收拾餐桌,然后径自去做准备。

然而,没过多久,他还没来得及准备好,这份闹心就没了。快到九点整时,北川街传来新的动静——孩子找到了。

距离二十几公里外的新区那一片,一名好心的商家在自己的药店门口找到了小宇,立马就报警了。小孩没事,目前安全健康。

警方第一时间就带着阿冲他们过去了，北苑这边之后才收到的消息，时间晚了些。

一晚的担惊受怕最后以有惊无险告终，虽过程艰难，但好在最后没事，事态并未向更坏的方向发展。

悬着的心放下，所有人都松了一口气，大家都庆幸没啥大事。不过，找到孩子只是最重要的一步，还有一些附带的后续问题需要解决，相关人员还要配合警方取证，继续深入调查。

三岁大的小娃娃走路都磕绊，不可能自己偷跑到那么远的新区，肯定有别的原因。无论哪一种，影响都非常恶劣，保不准近期还会发生类似的案子。为防患于未然，警方必须彻查。

据药店商家讲述，他是早上八点到的店里，当时小宇就已经坐在外面的台阶上了，怯生生的，迷茫不知所措。他不知道孩子是谁家的，问了周围其他居民和商家，大家也一无所知，纷纷摇头表示不认识这个娃。

反正孩子大清早就在那里了，谁都没注意到这么个不起眼的小豆丁，不清楚他是哪家的小孩，还以为他在等谁来着。

阿冲他们过去以后，在妈妈的陪同下，警察问了小宇，看能不能从孩子口中得到可用的信息。

有的孩子小是小，话都说不完整，可男女分得清，能大概讲明白一些事，孩子的话还是有用的。

但小宇应该是吓到了，太害怕，所以记不得昨天的经过。

很多问话，小宇一个字都答不上来。他只知道是自己跑出的院子，要去商店里买糖，后面就没记忆了，似乎是睡了很长的一觉，睁眼醒来还感觉像在做梦，一直稀里糊涂的，什么都搞不清。

这孩子等到家人出现才醒，终于反应过来，抱着阿冲就扯着嗓子大哭。

警方调了附近一片的监控，跟着有孩子现身的画面一帧帧地追查，发现小宇是从药店后面的小道走出来的，也没能看见另外的可疑人员。

后方的小道没有监控，其余路段也未找到相应的线索，调查就此中断。

但是有一点很明了：那人很熟悉这边的地形，行动前就做足了准备，绝对是有预谋的犯案。

为什么大费周章地带走孩子又放其离开呢？

因为查证只从阿冲一家着手，顶多查到共同租住在一个院子的陈启睿那里，被怀疑的对象全是与阿冲一家曾有过节和矛盾冲突的熟人，不会考查到纪岑安这个前同事身上。

就算查到了纪岑安，那也找不到什么有用的信息。

纪岑安以前的交际圈子和阿冲他们八竿子打不着，两边连日常的交往都少之又少，约等于无，根本寻不到可以联系的点。

怀疑要有理有据，不能随便说，没有佐证就是污蔑。

陈启睿在赶过去的途中就给纪岑安发了短信，没时间提前因后果，仅告知小宇找到了，待空下来再打电话细说。

他们现在在医院，带孩子检查身体。

孩子讲不明白自身的感受，哪里疼也不懂，而检查是紧要的环节，得最先做。

还好，初步检查的结果没事，孩子的身体没什么毛病。但这只是现在的情况，孩子还要留下来观察一段时间。

陈启睿不了解纪岑安那里的状况，打电话只是为了报平安，给所有参与进来的亲朋好友知会一声。他眼下不再那么愤怒，找到小宇后就平和了不少，语调缓和地说："你们也不用过来，这边人够多了，应付得心烦。要看孩子，等后面忙完了再来。"

纪岑安回答："好，你们先忙。"她本来也没想着要去，那边现在还有记者，她的现身只会带来更多不必要的麻烦。

陈启睿揉揉眉心，十分疲惫："谢了，这次多亏了你们。"他难得放软一次态度，竟然是代阿冲感激大家。

纪岑安顿了下，没回应。她无法违心地收下这声谢，她没这个资格。

这事极有可能就是她导致的,是她的错,不该感谢她。也就陈启睿他们被蒙在鼓里,若是知道事情真正的缘由,陈启睿不冲上来揍人都算是克制的了。

纪岑安抿抿唇,半晌,温声道:"照看好他们。"

陈启睿说:"知道,全程都看着,这边结束了,再带他们回去。"

纪岑安说:"行,辛苦了。"

双方少有这样讲话的时候,平常都是夹枪带棒的,眼下因为孩子都退了一步。

通话持续了五分钟,小宇还要做检查,陈启睿没空闲谈,讲完了就直接挂断,转而帮忙去了。

纪岑安站在别墅二楼的窗户后,听着话筒里面"嘟嘟"的响声,收回了目光,回头瞧了眼门口的方向。

她知道的这些,三楼的南迦也全都收到了,有蒋秘书等人的运作,南迦掌握的消息不比她的朋友少。

蒋秘书等人不断进出,楼上楼下来回走动,一会儿来一个,一会儿走一个……

这边依旧在查裴少阳和郭晋云。

孩子已经回来,那约见裴少阳的二手准备自然作废,孙铭天更是不用通知,今早的那个难题迎刃而解,纪岑安不用二选一了。

纪岑安上楼,推开门。南迦还在里面,她刚见过蒋秘书,手上正拿着一份文件。

不是早上那些资料,是公司送过来的文件,需要老板亲自过目处理。她之前推迟了上午的工作安排,但必须要签字的东西推不了,只能趁有空时抓紧解决。

仿佛知道是谁进来了,南迦从头到尾也没抬头。她的注意力都在文件上,看完一页,再翻到下一页,确认没有问题就签字。

她工作极其认真,效率很高,比以前设计作品时还用心,全神贯注且严谨细致,挺有大老板的风范。

跟以前相比,此时的她完全是另一种模样。

以前她还是艺术家时,温柔如水,一举一动都散发着艺术家安静内敛的气质,好似脱离了人间烟火气,淡雅矜贵。眼下则是另一种风格,她由内而外都严肃正经,做起事来心无旁骛,给人一种能独当一面的女强人气质。

纪岑安见多了南迦做设计,却鲜少看到她做常规的工作。

纪岑安走到她面前,垂眼看向放了一摞摞文件的桌面。南迦的余光都瞥到她了,可没有要搭理的意思。

南迦倒不是针对纪岑安,一旁的其他助理及前来端茶送水的赵启宏,她一样不理会。

看样子南迦是腾不出空,暂时没多余的心力说话,有事得等处理完那堆文件再说,不急的事情都可以往后推推。

纪岑安耐心地候在那里,不走,等助理和赵启宏他们都离去,才张嘴说:"人找到了。"

南迦这才停下手上的活,面无表情地说:"没事就行。"

她的语气如早先一样稀松平常,让人听不出任何的情绪,外在的表现是不生气,也不介意。

纪岑安觉得应该解释两句,说些什么,但似乎也没必要。

她们两个没因为这事如何,起码明面上没有,那纪岑安也不该讲那些乱七八糟的。优柔寡断不符合两个人的本性,也不适用于二人的合作。

除非纪岑安执意要收手,那双方确实有必要谈谈,反之就不用了,否则只会起到相反的效果。

做决定那会儿,纪岑安就抛开了另一个人,事后再讲有的没的,就太做作了,也显得儿戏,没有可信度。

何况南迦不愿跟她聊这个,不在意她的真实想法,所以她也没必要揪着小细节不放。

南迦直白,铺垫的工夫都省了,拿出一张照片丢到纪岑安面前,把新查到的东西讲给她听。

照片上那个瘦高个儿,长得尖嘴猴腮的男人,就是郭晋云的狐朋狗友之一，小时候家境普通，是这几年融进郭晋云的圈子才开始发迹。

他读中学的那几年，在新区住过，他父母恰巧就在小宇被找到的那个地方不远处安家。

"他参加了郭晋云的派对，中间外出了几次，傍晚不在，早上六点到七点之间也不在。"南迦说，不看纪岑安的脸，目光避免与之相接，然后甩出一份有"猴男"信息的文件，告知她一些实情，"不过后来又回去了，今天上午都还在郭晋云那里。"

那群人也不嫌累，派对办了一晚上，愣是从昨夜放纵到天明，玩够了才消停。看样子这群人白天是不会出来了，估计要补补觉，休息一下，不然非猝死不可。

那个人数次出去干吗了？没人知道。

看着这张照片，纪岑安不由得皱眉。她不认识他，也没见郭晋云带他出来过。

准确来说，照片里的所有人，纪岑安都不熟悉，有一个倒是见了几次面，可连话都没讲过。

她以往不屑于和家世太差的人混，"眼光"奇高，狐朋狗友结交了太多，她都不记得自己以前有没有对这些人做过什么，脑子里毫无印象。

"只有一个人做不了这些，他还有帮手。"纪岑安说，盯着照片里郭晋云和那个男人的脸，眼神深沉。

南迦不否认，可也没找到更多的东西了。时间有限，眼下搜集的就这些。

"剩下的蒋秘书会告诉你，到时候再看。"南迦把事情一件件说明，不待纪岑安消化完，继而道，"周六跟我去一趟C城，把西盛的事收尾。"

南迦语气沉静平缓，将两件事衔接得非常自然，仿佛只是给出通知而不容商量，比对蒋秘书的态度还干脆利落。

她一副公事公办的态度，不掺杂丁点私人感情。

纪岑安不谈上午的事情了，南迦也不当回事，一如既往地当作什么都没发生过。

南迦的表态挺明显，翻篇揭过，算是给各自一个台阶。早前两个人都是这么过来的，纪岑安时常会用这样的手段。

不管闹得多么难堪，甚至快要彻底玩完，也甭管是南迦还是她的不对，她最终都是含糊地略过，让那根"刺"卡在两人中间，等时间久了就渐渐没了。

南迦有样学样，不比纪岑安做得差。熟悉的相处方式再现，纪岑安嘴唇张合，想说点什么，可话到嘴边还是改口了，问："上午过去？"

"时间还没定，定了赵启宏会告诉你。"南迦说。

纪岑安看着她的脸，说："待多久？"

"可能半天。"

"我需要做什么？"

南迦拿起桌角已经看过的文件，回道："只要人过去，别的再通知。"

她翻开那份合同，不再给纪岑安眼神。她们没有可聊的了，到这儿就谈完了。

纪岑安离不离开是她自己的事，无所谓，想待多久都随意，但南迦没空再理会她就是了。

一位助理在此时进来，这人早就等在外面了，趁机送来南迦要的东西。

助理很有眼力见，接下来要和老板讲的内容有关商业机密，纪岑安不能听，这里不适合她继续待着。

助理很客气，抬手示意："江小姐，请。"

拗不过助理，纪岑安被迫转身。

南迦眼睫都未颤一下，直到纪岑安快到门口了，她才突然停止手里的动作，用纪岑安尚能听见的声音淡淡地说："只有这一次。"

纪岑安停步，侧头看过来。南迦接着说："下不为例。"

凡是能解决的困难都算不上真正的问题，磨合的过程不足为虑，心生隔阂又是另一回事，总之只要能待在对方心里那条衡量的基准线之上，两人的关系便能持续下去。

僵局是其次，这场交易的主体还在，情绪化的"枝节"就可以被忽略。

不同认知下的需求不同，无声的对峙就是变相的博弈，局面至此，及时降低损耗才是最佳选择。

纪岑安做了一次选择，南迦也做了一次。这不是让步，不是给彼此机会，这次是出于利益，出于避害就利的考虑而已。这样很公平，也很明智。

纪岑安停下，下意识地抓紧门把手。

助理走到她跟前，挡在她和南迦中间，隔断她的视线，随后轻而慢地关上门，不让纪岑安再打扰。

一楼，赵启宏已然换了一副面孔，没有了早间的刻意避嫌，恢复了原来的态度。

这"墙头草"颇有分寸，精明得堪比修炼了千年的老狐狸，可谓把见风使舵的本事发挥到了极致。

眼看着她们"和平共处"，关系没崩，还能"再续前缘"，他就继续着装模作样，一口一个"江灿小姐"地叫上了。他周到且殷勤，有条不紊地待人接物，圆滑但不令人生厌，犹如旧时宫里皇帝身边的内务总管。

纪岑安多次领教他见风使舵的本事，习以为常了，径自与之擦肩而过，眼神都懒得给他一个。

赵启宏脸皮厚，面不改色地代为传话，告诉纪岑安，蒋秘书估计要中午才能过来，他到公司忙事去了，短时间内没空。

而蒋秘书具体要忙哪些工作，赵启宏守口如瓶，没提细节，说："江灿小姐，您要是觉得麻烦，也可以单独联系蒋秘书，我这边过一会儿就把电话号码发给您。"

纪岑安还是无视他，转身走进书房，压下内心烦躁，将剩下的精力都用在西盛那边，继续捣鼓之前电脑上的那些东西。

赵启宏假装看不出她的坏心情，不多时还招来一名用人，耳语了两句。

用人领会，利索地弄了一杯冷饮，送进书房给纪岑安消消火。

十分钟后，纪岑安新买的手机振动，消息弹出。

瞧着屏幕上的一串数字，纪岑安好似一拳打在了棉花上，左侧眉梢都随之轻微一抽，不受控制地挑了挑。

心急火燎的开始，草草的收尾，小半天的纷扰到此为止。再后面的进展就那样了，如预想中的一样，最终定性为普通的案件，暂时收尾。

医院那里，小宇全部的检查报告很快就出来了，身体上无大碍，没有查出太大的毛病。

阿冲和陈启睿第二次到警局做笔录，江添跟亲戚也去了，几个人感谢警察好一阵，感激大家的辛苦付出。

关于网上的动向，警方还新发了通告，公布了事件大致的过程和结果，但阿冲他们的详细信息和孩子的长相等细节并没有透露。这属于隐私，不应当公开。

本地的媒体倒是想报道这个，毕竟是一桩好事，值得宣传。

有记者不知怎么搞到了阿冲的电话号码，还到出租房外找人，想让阿冲一家子接受采访，嘴里直说这是正面的社会影响，要以此激励他人，激动得都快把镜头撞在阿冲的脸上了。

纪岑安没亲临现场围观，可之后听江添说，陈启睿当场就黑脸了，不乐意配合。他凭一己之力赶跑记者团队，搞得场面很不愉快。

毕竟始作俑者都没找到呢，还接什么采访？何况人家不想受到打搅，平头小老百姓图清净稳定，不愿意事情再发酵。

担心孩子再次走失，阿冲他们决定换房子，搬到治安好一些的有电梯房的那种小区里住。一来避免那个人再找上来使坏，杜绝这种意外再次发生；二来阿冲的新工作通勤时间较长，换一处离单位近点的地方相对省事些。就算现在的平房没住太久,临时搬走要被扣一大笔押金,就算新房子的租金翻倍,不如平房宽敞,只是普通的两室一厅,他们也还是决定搬走。

这是陈启睿做主新找的住所,他二话不说就带上阿冲一家人连夜搬走。

纪岑安没再去搅和,自知本人就是最大的祸患源头,她犹豫了下,仅在手机里问了问,不踏足他们的新住处。其实,她这么做也没多大用,现在远离已经晚了,只是心理安慰罢了。

从纪岑安回来被那些人发现的那天起,阿冲他们就已经被卷了进来,上回陈启睿挨打就是实证。

昨晚的这一出给纪岑安敲了一次警钟,表明了一个事实:对方坐不住了。

生而为人都有软肋,总有那么一处致命的痛点。狗急了会跳墙,兔子急了还咬人,她要真是影响了对方的利益,对方铁定不会善罢甘休的。

人为财死,鸟为食亡。这是亘古不变的真理。

如今,纪岑安往前走要挨一棒槌,往后退也好不到哪里去。走到这一步了,她怎么做都没区别。只是她的处境越被动,那些人就会愈发猖狂。

纪岑安靠在椅子上,将手肘撑在两侧,眉头紧蹙。

中午,蒋秘书准时到了这边,先按照老板的嘱咐找到纪岑安,如实交代一番,而后转交一堆文档给赵启宏。

蒋秘书做事靠谱,任务完成得一丝不苟。

纪岑安又收到了一些东西,手里能用的不少。

她们两人的事归一码,其他人的事归一码。南迦守信,有分寸,不至于在这个节骨眼上为难纪岑安。

当下的关键是西盛,孙铭天是个老滑头,盯得紧,这边要是再出岔子,他肯定会出手,届时更麻烦。

看出纪岑安在想些什么,南迦轻声道:"周女士他们,我会让人接手处理,你不用再干涉。"

纪岑安合上文件,有同样的打算,应声"好"。

"我明后天有空,周五不来这儿。"南迦说,语调比早上轻柔了些,虽然还是有点冷,但不似之前那么冲。

纪岑安明白这是何意,不用挑开了讲。

"去C城,会有人来接你。"南迦说。

纪岑安手上的那份资料,南迦一眼都没看,任其自行处置。只要大方向不变,多的事就不归这边操心。

夜里,郭晋云的大平层里。与北苑的沉抑气氛相反,这群人还在醉生梦死,他们前一天没玩够,白日里睡够了晚上又接着玩。

郭晋云倒在床上,和一个化浓妆的年轻女人待在一起。

年轻女人脸上带笑,眼含秋波。

郭晋云转头又喊上其他人出去一起玩车,然后,又转场到酒吧继续喝。

酒吧还是他们常去的那家,位置较为偏僻,远离闹市区,以寻求刺激的年轻群体为主。

郭晋云心情很不错,走路都摇摇晃晃了,可还是坚持到外面摆阔,他收不住心。

中场时,他还非常有兴致地到酒吧外的巷子里抽烟。

酒劲上头,郭晋云路都走不动,待那些人全走了,他就坐在地上,因为没力气再回酒吧,所以独自靠在墙角慢慢抽烟。

也是这时,又有人进来。对方戴了帽子,身形高瘦,隔得远,让人看不出男女,只能看见这人手上攥着什么。

郭晋云喝大了,眼睛聚不了焦。他还当对方是来找自己要烟的,迟疑了半晌,竟大方地将没抽完的一小截递过去,打了个酒嗝,没精打采地说:"行,行吧……我高兴,都……都赏你们了……"

可惜那人看都没看一眼。

直到她行至自己面前,郭晋云才抬手费劲地揉揉眼,看见她手里的棍棒。不待他回神,那根至少二指宽的棍子就招呼上来了。

凌晨后的巷子寂然,四周冷清萧瑟。

这条街地处拆迁老工厂附近,属于居民密集度较低的区域,一入夜,特别是过了晚上十一点,街上除了酒吧外,其他店铺全关门了,连便利店都是上半夜就打烊休业了。

同一时刻的酒吧外,除了偶尔进出门口的身影,其他地方大多关门闭户,无人在这时出来瞎晃荡,更没谁会到酒吧旁边的巷子里转悠。

重重挨了一棍的郭晋云蓦地往旁边倒,痛苦地蜷缩起身子,接着发出一声惨叫。

夜色昏沉,郭晋云还是瞧不清对方的样子。

郭晋云一边脸肿得老高,眼皮子如有千斤重,睁都睁不开了,脑袋朝一侧歪倒,竟这么晕了过去。

那人往下拉拉帽檐,遮住好看的眉眼,悄声走出巷子,头也不回地离去,消失在远一些的拐角处。

郭晋云是凌晨两点多才被送往医院的,是发现他的酒客打的120。那会儿他已经醒过来了,被抬上担架后就一直在拼命叫唤。

第十六章
别自作主张

大晚上出救护车的医护人员对他的大吼大叫无动于衷,把他抬上车就开始简单检查一番,并按规定询问他的感觉状况。

郭晋云还有劲喊叫,看样子也不像是受了重伤。他的腿没断,身上仅仅受了皮外伤,暂时看不出有太大的毛病。

医护人员还算尽职尽责,念其是病患,酒劲未散不清醒,一直忍着他的疯癫,最后受不了了,一名医生才出声制止。

得亏医护人员气量大,不与之一般见识,然后送其到医院拍片检查是否有内出血等情况,顺便通知他的家人过来领他。

医院大半夜接收这类人是常有的事,见怪不怪了,按流程办就行。医护人员本想帮忙报个警,但被拒绝了。

郭晋云自己拒绝了,之前喊叫纯粹是矫情,眼看着医院真的要打电话了,他又不敢真的报警。

他非常有自知之明,清楚自己就不是个好东西,担心到时候会给自己找麻烦。

他抢走了医护人员的手机,趁未接通就飞快地挂断,疼痛的脸都快皱成一团,惊呼:"不要打!"

他反应太快,一脸凶样,医护人员被吓了一跳,往后退了半步,随后又赶紧压住他,让他躺在病床上不要乱动。

偏远酒吧的是非只局限在一处,这边的事端未对其他不相关的人造成影响。

Z 大校园活动中心，饮品店今天照常营业，晚班时长一如昨日：下午两点到晚上十点。纪岑安到这里正常上班，无事不缺勤，拿多少工资，干多少活。

她下班回到北苑，别墅里都熄灯了。

用人与南迦的秘书助理们已经离开，赵启宏都睡了，二楼整层都黑乎乎的。

纪岑安背着挎包上去，动作轻微，先脱掉身上的衣物，顺手一块儿洗完再休息。

南迦不在，纪岑安深更半夜做这些也不会打搅到谁。

纪岑安站在花洒下用凉水冲冲背，然后吸口气抹了把脸，慢慢搓洗，人逐渐平复下来。

临睡前，她将洗好的衣裤连同鞋子都晾上，不给阿姨留事情做，人倒是勤快得很。

平平无奇的夜晚，与往常一样。或许是阿冲他们都没事了，西盛的事也近乎定下，应该不会再出乱子，纪岑安这晚挺平静，身心都稳定了许多。

这么晚了，她还不睡，洗漱干净了就靠在床头敲键盘，灵巧的手指动得极快，一会儿切换界面，一会儿又在写代码。

对于纪岑安此次的晚归，以及她这晚又甩掉了保镖的事，南迦的人自是早就告知了南迦。

可大概是被这几天的事闹的，南迦没像以往一样给予适当的指示，好似不在乎，听完就完了。

两人再见面时，南迦一句没问，不关心纪岑安是又去见阿冲他们了，还是遇到了什么。

她们分明连口角都没有，可二人的关系反倒随着阿冲一家问题的解决而降温。

但她们也不是就此断开往来，只不过少了点什么，像是回到了最初重逢时候的状态。

南迦上三楼等着纪岑安，她桌上放有软尺和一些图纸等，待纪岑安进去了，才眉眼微动，张张嘴，轻声说："过来。"

纪岑安看着她，走上前："做什么？"她明知故问，声音很低。

南迦说："背过身站着。"

纪岑安转身，知道该是履行承诺的时候了。答应过的话不能只是说说，而不实行。

"要试新作品？"纪岑安转过头看了看。

南迦不想解释，摸向这人的背，隔着衣料触碰到中间的脊柱。

"转过去，不要看我。"南迦柔声说，目光下移到手指摸到的位置，"打直。"

夏季T恤薄，触感有些明显，纪岑安不由得一僵，随即听从。

南迦走开，将敞开的门关上，隔开外界的干扰，再折返行至她身后。

三楼工作室的窗帘都是拉上了的，门被关紧，这里就成了封闭的空间，像是一个不通透的笼子。

她们都朝着后院的方向，只是一个在前，一个在后。瞧不见背后，纪岑安嘴角一直绷着。

南迦微眯着眼，拉了下纪岑安有点皱巴的衣角，不多时拿起桌上的软尺，温和道："我又不会吃了你，放轻松。"

纪岑安知道这是要做什么，也挺自觉。

南迦的态度寻常且平淡，可没有要商量的打算，不掺杂任何感情，从头到尾都像是公事公办。

她的话就是字面上的意思，没别的含义，她要做什么，也挺直白明了——量纪岑安的尺码，记录数值。

私人模特虽冠上了"私人"两个字，但本质是一样的，只不过普通的模特有所属的正规公司，与纪岑安这种半途上马的外行天差地别罢了。

南迦没兴趣亲自培养纪岑安，太费心力而且也犯不着，毕竟又不是要带她入行走专业的路子。

南迦开口指挥就可以了，挑最简单的方式上手。

旁边的桌上有一个纯灰色的纸盒，里面叠放着黑色的背心与平角裤，面料较为柔软，比T恤还薄一些。

这是南迦为纪岑安准备的，昨天就送过来了。

无须南迦讲得太直接，点到为止即可，接下来该怎么做，纪岑安能懂。

纪岑安进来就发现了那个盒子，明白里面的衣服是给谁穿的。她倒不拘谨忸怩，闻言，往窗外看了会儿，继而就大方地过去换上。

南迦趁此伸长胳膊，白皙的手指一动，随意捡起一根皮筋。她别开视线望向桌面，不看面前的纪岑安，坦然自若又漫不经心，行为很是自然。

纪岑安动作麻利，三下五除二就重新换了一身，还将脱下来的行头都叠放在桌角。

南迦往前走半步，按住她左边的肩膀，平静地说："行了，不要动，就这样站着。"

纪岑安停住，放松身形，目光平视前方，完全随着对方的要求来。

纪岑安以为要开始了，回忆起以往南迦是怎么对待其他的模特的，那些模特又是如何做的，便照着记忆里的流程开始做动作。

南迦觉得她披散在背上的头发碍事，要为之绑起来。

南迦站在后面，和她保持着距离，同时也抬手摸向她脑袋两侧，白皙漂亮的手指钩住那些发丝，然后往后捋顺。

南迦把搭在纪岑安锁骨前和贴着脖子的柔软乌发收进掌心，理成一束，再绾起成团，慢慢地帮她扎好。

南迦举动出乎意料，稍显突兀。鉴于早先发生的那档子事，她们的关系还没缓和，所以感觉到南迦在帮自己扎头发时，纪岑安怔了怔。

当南迦的手指抚到纪岑安的颈侧时，她还敏感地后背一紧。

可能是头一回"享受"这样的待遇，反应难免有点大，纪岑安自己瞧不见，但躯体的回应还挺诚实，肩胛骨当即隆起。紧身背心遮不住身体反应，她暴露得很彻底。

南迦看见了，眼眸轻轻转动，看了看她瘦削的腰，默不作声，视线向上移动，盯着纪岑安的颈后半晌。

"自然点，手臂下垂，不要耸肩。"南迦提醒道。

纪岑安立马放松下来："现在测肩宽？"

南迦点头："嗯。"

一般是先测身高体重，但也没有特别的规定，没有固定的顺序，按习惯来就行。南迦先测肩宽、手臂和腿部，三围、身高和体重稍后，计算上半身与下半身尺寸相差多少则是最后一步。

南迦慢条斯理，讲了讲步骤，测完一项就执笔写下。纪岑安跟着瞄了眼记录的纸张，问："这次做哪种类型的？"

南迦言简意赅："裙装。"

"设计好了当收藏？"

"不是。"

纪岑安刨根问底："那是什么？"

南迦直言："什么都不是，随便练练手。"

纪岑安又一愣，嗫嚅一会儿，后知后觉地想起了一件事，再低声问："云锦还开着吗？"

云锦，南迦个人设计工作室的名字，成立于十三年前，有好些岁月了，是南迦在Z大读大一那年创建的，算是她从前事业中最重要的部分。

纪岑安离开以前，云锦经过了这么多年的风霜后有一定的声望了，虽离享誉国际还差得远，可在国内还是有些名气的。

只是，那时南迦太过追求独特的风格和设计性，计划过于理想化，不愿靠设计赚钱，总是要往概念性的内容上靠，全然不考虑市场这一方面，因而一直都曲高和寡。

纪岑安太久没听到云锦的消息，回来以后也没关注，现今才记起这个。

忽而被问起，南迦顿住，可很快又理好情绪，平和地说道："在开。"

之前请了几个驻店的老师，偶尔会招新人，但主要的事务不归我管，都是他们负责经营。"

纪岑安侧侧脑袋："合伙人？"

"不是，没合伙。"南迦说，不介意告诉她这些。

纪岑安："你还是做主的？"

南迦说："平时只照顾那边的日常开支。"

从主设计的老板，成了专做买卖营生的投资者，名头没变，但性质变了，投资人负责管理，等于早就不做那个行当了。

对话到这儿就进行不下去了，干巴又死板，而且两人也不是真的要聊这些。

纪岑安应了一声。南迦不以为意地说："抬起手。"

纪岑安抬手，任南迦靠上来，双臂虚搂地环住她，让软尺由其身前穿过，紧接着收拢。

测量尺码期间，她们话都少，双方都藏着心事，一点不外露。

南迦十指非常灵活，借着工具软尺分隔自己和跟前的人。

纪岑安挺直身子，片刻，无心地向后靠了靠。

南迦面无表情，没知觉般，转眼就后退半步。

"昨晚去了哪里？"南迦倏地问，讲了一大堆冗长的话后，才拐到主要的话题上。

察觉到对方的有意疏远，纪岑安也不失落，说："白天在这边，下午去学校上班，直至回家前都在上班。"

纪岑安张口就一一交代。她已有心理准备，早就盘算稳妥了，知道如何应对其他人的问题。

南迦相信纪岑安没说谎，可听得出她故意绕了两道弯，跳过了紧要的那部分。

她不承认，南迦也不强求，又一次记下数值后，眼睛瞥向她的右手，再揣摩起这人腰后的伤痕。

背心是露腰款式，长度只到肋骨那里。纪岑安腰间的丑陋疤痕在洁白的光线下格外惹眼，愈合的地方形成了一条条凸出的细小纹路，表面不平整，恐怖且难看。

相处的这些天里，还有早先在会所那次，南迦都看到过，也亲手摸到了伤疤，但没有哪一回像现在这么看得认真。

疤痕的纹路带着不均匀的浅白，昭示着伤口曾经的严重程度，好似粘上去的新肉，总是凸显出来，无法与这具高挑的身材相融。

纪岑安的右手手背上，接近腕骨那里，有一块指甲盖大小的瘀青，显然是磕着碰着了。

因为没感觉到痛，纪岑安不怎么在意，但南迦很早就看见了，发现了不对劲。

"下班以后，几点过来这边的？"南迦轻语，声音细而慢。

纪岑安如实道："比较晚了，应该过了凌晨。"她知道瞒不过，懒得编借口乱扯。

南迦问："然后呢？去了哪里？"

纪岑安说："不想坐车，出去转了两圈。去了很多地方，记不得了。"

南迦径直道："记不得还是不想说？"

纪岑安目视不远处的帘子，西侧的窗户开着一扇，一阵风猛地灌进来，厚重的窗帘便随之卷动。

她安静地站定，报出几处不相干的地名，轻声回答："夕合大道、鸣西路、廊桥坊……还有九街。"

全是从Z大到这边的必经之路，她晚上的确走过。

她明知南迦要问什么，可就是不说。南迦瞧着她的伤疤，手沿着伤疤由上往下的走向，摸了摸。

感觉到皮肤上的凉意，纪岑安下意识偏头，但没转身，看不到南迦此刻的神情。

"裴少阳前天下午约见了六合集团的张总，想让那边帮他搞定西盛内部的个别高层，本来第二天早上还要跟着飞一趟C城，但是临时改了计划，没去。"南迦娓娓道来，说一些看似无关紧要的事情。

纪岑安说："不清楚那些，很久都没见过他了。"

南迦注视了她耳后的部位两秒，反又瞧着她的侧脸，将她面部每一个细微表情变化都收进眼中。

南迦红唇张合："裴少阳去了医院，因为那边出了变故，不得不过去。"

纪岑安浓密的睫毛在颤动，脸色却很正常："什么变故？"

南迦也不介意全盘托出，将自己知道的消息都说了，一五一十地陈述，然后看了纪岑安两眼："他好像收到了什么东西，才赶去找郭晋云，要处理一些事。"

意味有些深沉，南迦似乎早就看穿了真相。

南迦碰了碰纪岑安的手，故意试探。纪岑安下意识就要缩回，不过在此之前，南迦已先行一步。

南迦的眉眼还是原样，但口中的话还是照说："以后没有这边的允许，不要自作主张……"

天花板上白亮的灯光倾泻下来，充满了整个工作室，照在她们的身上。

一番交流风微浪稳，普通无奇地切入正题，过程淡得如同白开水，但有的隐秘终归还是藏不住，逐渐暴露出来。

纪岑安不擅长伪装，遮掩的方式过于拙劣，南迦知道她的本性，习惯了她的做派，对其的行径如数家珍。

她有预谋地甩开保镖，独自消失几个小时再回来，晚归……一条又一条线索，看似无关，可结合裴少阳与郭晋云的动向，真相便浮出水面，乍然若拨云见日。

南迦不是瞎子，不至于这都发现不了。

事实上，保镖刚跟丢纪岑安时就通知了老板，未敢有片刻的拖延，而其后的烂摊子，也是南迦收拾的。

一句轻微的警告，是告诫，也是提点。

这种关头不是算账的时候，适可而止的道理，纪岑安应该明白，无须讲得太通透。南迦不爱咄咄逼人，一贯的风格就是如此，借着量尺码的由头旁敲侧击，向来懂得"轻拿轻放"的道理。

纪岑安无声应对，不辩解反驳。她自知行事不够周密，迟早会被查明。南迦无缘无故突然要测量她的尺码，显而易见是另有目的。

各自都心中有数，拐弯抹角半天都是为了这点陈芝麻烂谷子的事。

测量没结束，不到下楼的时间。

一会儿后，南迦若无其事地收回手，绕到身前人前面，半蹲下去量纪岑安笔直修长的双腿。

纪岑安垂目，一低头，只能看到南迦乌发茂密的头顶。

中途，南迦开口："下个月云锦有一场秋季大秀,定在巴黎举办。"

纪岑安说："你要出席？"

南迦先提起这个，可说完就缄默着，理了理纪岑安的裤腿边沿。

纪岑安面无表情，双唇绷得平直。南迦却很认真，不在意她的反应，继续做自己手里的事。

纪岑安如一根受力的弦，动也不动地绷着，两条白而细的腿都随之绷紧，连脚背上隐在瘦薄皮肉后的淡青色筋脉都微微鼓动。她像被拧紧了发条一样，也不知道自己是因为怎么了才这样。

南迦视而不见，继续进行测量。

良久，等测完两次数值，南迦理了理自己的头发，这才回道："不去。"

纪岑安顿了顿，"哦"了一声："还以为你会去。"

"没时间。"

纪岑安干巴巴地说："你们的业务范围挺广。"

南迦换了方向，转至纪岑安右边，蹲太久了，很累，便改为一条腿屈膝弯着，一条腿向下点地的姿势，乍一看像是单膝跪着。

纪岑安身体太僵硬，南迦拍拍其小腿肚，再度说道："分开些，两脚和肩宽并行，保持正常力度。"

纪岑安依言站定，尽可能转移注意力，但坚持没多久，又忍不住低头俯视。

纪岑安身上的瘀青不止一处，左腿膝盖那里还有，比手腕那里的严重一些，颜色更深。

她自己没感觉到疼，因而对自己的身体不太上心。膝盖下方何时有的瘀青，她也不知道，直至南迦用手按了按，她才拧起眉头，隐约觉得有一丝痛。

知道那是怎么伤到的，南迦装作漠不关心，瞥一眼之余未有更多的动作，径自做手头的事，只有在快起身那会儿，不走心地瞥了眼纪岑安的脸。

南迦继续，开始读取数值。

猜到南迦应该是知道了什么，发现了什么端倪，故意同自己打心理战，纪岑安轻咬唇内侧的软肉，将尖牙抵上去。

南迦还是一本正经，口中的话语也是，说："赵启宏前天帮你收了一次快递，你自己要用，还是帮人买的？"

南迦分明离开了这里，但对纪岑安的生活了如指掌，无足轻重的小细节都在把控之中。

收寄快递是极其简单的日常，她上网买东西，还是借别墅里一名用人的卡和身份信息进行的，南迦连这些行为都发现了，这就很耐人寻味了。

不愿细查纪岑安到底收到了哪些东西，南迦当面直问的模样，似乎只是随口一说。

纪岑安回答："我买的。"

南迦问："是什么？"

纪岑安如实招来："电脑硬件。"

南迦收起软尺，站起身，目光在她的脸上扫视一圈："之前的那些不够用？"

"够用。"纪岑安说，"有的适配度差点，性能不够好，想换一种。"

听不出是真话还是假话，南迦倒没继续深究，张口问一嘴就作罢，领着纪岑安到身高、体重计上站着，读取结果。

"下次让赵启宏去办。"南迦上回也是这么讲的。

纪岑安心平气静,解释道:"那天他不在这边,跟你出门了。"

南迦垂首,额角的碎发从耳后滑落,柔顺地搭在肩上,卷曲的发尾在她锁骨处轻轻撩动,她淡然说:"可以打电话给他,发消息也行。"

纪岑安应下。

当模特是需要技巧的精细活,纪岑安仅让南迦量完各种尺码数据就耗费了三四十分钟之久。

南迦虽然大部分时候在做一些不相关的事,跟纪岑安聊些日常,但该做的事是实打实地全部完成了,没有耽搁。

量完所有,南迦把需要算的部分一起搞定,又不知从哪里找出一块柔软的布料,直接搭在纪岑安的肩上试了试。

布料宽大,需要纪岑安帮着摁住。纪岑安沉默两秒,没话找话:"今天送来的?"

南迦说道:"之前就有。"

这块布挺衬纪岑安的肤色,它质地很好,摸着光滑平整,搭在身上凉凉的,明显是特地找老师傅做的纯手工制品。

纪岑安非专业人士,可前几年受南迦的耳濡目染,也懂一些知识,勉强能分辨出好坏。

南迦认真地把布贴到她的身上,调整两次,反复比画着。

待再绕到纪岑安的背后,南迦抓住布料的一角,由后往前伸手,要将纪岑安裹一圈缠住。

南迦要收拢布料时,纪岑安没让她再试。那块高价布料掉在地上,在桌脚处软趴趴地堆叠着。许久,还是南迦先退开,往后让了半步。

纪岑安没事人似的问:"还要做哪些?"

南迦定了定心神,撩起头发到耳朵后,平淡地说:"可以了,就到这儿。"

纪岑安瞄了一眼南迦,片刻,弯腰捡起布料,然后径直收拾身旁的桌面。

南迦不动手,看着她收拾。

南迦试完布料就没了后续,未有进一步的设计步骤。她时间不允许,今夜也没空,后面有需要只能下次再进行。

南迦比纪岑安先离开,纪岑安整理着桌面,直至余光里无人了,神色才渐渐平淡下来。

同一晚,郭晋云的住所。

与北苑的表面平静相反,这里是另一番景象,整栋楼死气沉沉,一晚上都低气压环绕。

由于没受太重的伤,郭晋云进医院观察了一天就被接回家休养。裴少阳也在这儿,但不是来探望伤患或表达关怀的,而是另有目的。

有的事不方便在外面商谈,医院的病房到底是公共场合,人多眼杂的,只能到私人的地方说。

裴少阳沉着脸,脸色无比难看,黑得跟锅底一般。他刚进门就冲郭晋云的脑门上砸去一个纸质的信封,一巴掌扇过去,打得郭晋云身形歪倒,脚下趔趄,差点摔倒。

纸做的信封砸上去就撕开了一道口子,里面装着的照片悉数掉了出来。

郭晋云低头一看,脸上顿时血色全无。全是他外出鬼混的照片,还是露脸的那种,每一张都是无法辩解的证据。

各色面孔里,一名穿蓝色吊带裙的中年卷发女人赫然在列——这位不是别人,正是裴少阳想尽办法拉拢的六合集团张总的老婆。

郭晋云胆子挺大,真有本事找门路,竟能和张总的老婆搭上关系,还不止一次偷偷见面。

也不知道郭晋云是怎么搭上张总老婆的,至少他的保密工作做得不错,这么多天过去,不仅没让张总抓到不说,还没让裴少阳他们发现,所有人都被蒙在鼓里。

如果不是收到了这份东西,裴少阳怕是至今还被瞒着。

自己的眼皮子底下出现这种情况,裴少阳表情冷得快结霜了,恨不得拿郭晋云出气。

郭晋云自觉大祸临头，身体战栗，赶忙捡起那些照片，铁证如山了，还磕磕绊绊地想辩解："哥……哥，你听我解释，不……不是你想的那样……"

可裴少阳不好糊弄，火气上来就对着郭晋云踹了两脚，然后又把人拎起来，迫使他仰头对着自己，让他清醒清醒，同时咬着牙阴鸷地问道："你是不是想死？"

郭晋云软骨头，敢做不敢认，不见棺材不落泪，哭丧着脸否认，直到心理防线崩溃了，才认错："是她找我的，真的……不是我先找她的，哥，你信我！她找的我，开条件逼我……"

裴少阳气到快没有理智了，压根不听解释，不管谁先找的对方，他只认结果。他眼睛里充满了愤恨的血丝，揪起郭晋云的领口，冷声说："要是西盛的收购因为这个出了问题，你给我等着……"

郭晋云一只眼睛都肿了，嘴角也破皮出血，他扒住表哥的西装裤腿，口齿不清地说："我错了，都是我的不对，是我一时蒙了心。哥，你给我一个机会，我一定想办法补救！"

裴少阳直起身，踢开这丢人现眼的人，冷眼看着他，自始至终眉头都没皱一次。

郭晋云自知表哥的为人，吓得浑身都软了，忍着痛不住地告饶。

裴少阳发泄够了，才阴沉着脸勒令道："明天跟我去C城找张总，你知道该怎么做，再出岔子试试……"

眼看还有回转挽救的机会，郭晋云急忙接道："不会，不会！哥，你让我怎么做，我就怎么做，一定完成。我跟你去C城，这次绝对不出岔子！"

同一夜，不同的境况，远在北苑的两人看不见这里发生的一切，也与她们无关。

郭晋云惹的事，捅了大娄子，把刀递到对手手里，那就怪不得其他人。

纪岑安这边唯一能做的就是传一份照片到那位张总手里，看看他的反应如何。

但她也不抱太大的期望，靠几张照片解决不了所有麻烦。

不过总归还是一桩麻烦事，没那么容易就能解决。对一个男人而言，尤其是张总那个地位的男人，无论今后两方怎么做面子功夫，实际的梁子还是结下了。

隔阂能不能消除是一回事，而且也很费心神，起码不是简单的赔罪就能翻篇的。裴少阳为了这个，起码得让点利出去，短期内必定无暇他顾。

纪岑安能给对方添堵就添堵，能搅浑水就搅浑水。

来而不往非礼也，他们先找的碴，那纪岑安自是得好好回敬，只有他们出了事，其余人才能过上清净日子。

至少接下来的一周内纪岑安他们可以歇歇气，不像早前那样被死死拿捏了。

两边各有计划，一前一后抵达 C 城。

纪岑安收了心，周五晚上就被赵启宏带了过去，不与南迦同路，她改了行程，分批出发。

本来原计划是两人到机场会合再一块儿走，但公司还有事，南迦只能推迟半天再走，就让纪岑安先过去。

当晚，纪岑安入住市中心的五星级酒店，住的顶楼套房。

蒋秘书也在先行队伍之中，她替南迦到这里打理好所有事宜，以免突发状况而来不及处理。

蒋秘书到套房里找了纪岑安一次，告知她明天的安排，包括上午等南迦到酒店，下午要去哪里，以及晚上有一场饭局要参加等事。

纪岑安要陪南迦去找孙铭天他们，然后面见另外的合作方。

准确来讲，是南迦带纪岑安去见那些人，让她正式露面。

作为本方阵营里的一员，早晚都得进行这一步，南迦不可能永远藏着纪岑安，把她关在北苑。就算南迦愿意护着，那些人也不会同意，毕竟谁都不乐意总是拿二手消息。

那些人看中利益，同时纪岑安也需要更多的靠山，否则以后都只能活在阴影之下，继续重蹈覆辙。

纪家祸害了一部分人，纪岑安只得求另一部分人的庇护。

南迦组织的局，自然做了不少的准备，这次会议是孙铭天主持的，而能否说服另外的那些人，就看这边能给出多少好处了。

南迦没告诉纪岑安该怎么做，等过来了才通知她。具体的筹码，南迦已经有了，用不着她费心，按计划办就是。

蒋秘书这晚才把名单交给纪岑安过目，说："劳烦江小姐看看，记下来，不要忘了。"

纪岑安接下名单，仔细地看了一下。一切准备就绪，只等夜晚再一次降临。

翌日，所有事情都依照预先的安排严格进行，包括傍晚时分要换一身精致的行头，还要捯饬妆容。

纪岑安日常的样子不适合今晚的饭局，所以南迦为之备了礼服，派来专业的化妆师团队给她打扮。

饭局定在孙家，离酒店有二十多分钟车程。孙铭天当东道主，周到地设宴，对外的说法是请朋友小聚。

"过去了，放机灵点，见机行事，有的话别太当真，该听的就听，不会答的就不要多嘴。"南迦语气柔和，为纪岑安理顺裙子。

纪岑安颔首："放心。"

南迦把纪岑安的头发都拂到背后，放下手："中间我可能会离场，有什么处理不了的，可以找孙铭天帮忙。"

纪岑安说："好。"

是孙铭天那边派车来接她们到孙家。来接她们的是一辆低调的奥迪车，七点就到酒店楼下了，她们一上去，司机就直接发动车子。

孙家的房子位于一座人工湖边上，环境清幽，远离闹市，非常适合修身养性。

她们两个下车时，其他人都已到齐了，全在前厅等着。南迦走在前，纪岑安随其后。

孙铭天笑呵呵地出来迎接，一副好客的模样，搞得像有多熟一样，见到人了，就先喊"南总"，再是"纪小姐"，仿佛她们是最要紧的贵客。

孙铭天一边带着纪岑安走，一边还给她介绍，生怕她不认识那些面孔。

既然是孙家负责接待，必定还会有别的戏码，不会一板一眼按南迦的打算来走。

今夜的客人队伍里多了一个名单外的角色，是一位不速之客，她是纪岑安的熟人，正经的旧日朋友。

进门走了两步，纪岑安就看见了她。

那个穿小黑裙的浅栗色头发女子，正是纪岑安昔日的老熟人。

对方笑得灿烂，朝她眨眨眼，张口就亲切地打招呼："好久不见了，安安。"

孙铭天老谋深算，年纪大了想法也多，最爱唱一出是一出，前阵子在电话里满口允诺，颇有鼎力支持南迦甘当支援的架势，可实际言行相诡，疑心太重，临到关头又拉拢一番新势力，以寻制衡。

他不愿交出主动权，怕结盟之后会被南迦制约，宁肯再拖一方入场，从源头就开始防范于未然。

浅栗色头发女子姓邵，全名邵予白，现二十五岁，是朗跃科技有限公司最年轻的董事，邵氏集团的准继承人。

她是纪岑安的发小，自记事起她俩就好得能穿一条裤子，是相互陪同长大的伙伴，十数年如一日臭味相投，整天形影不离，当初没少一起瞎闹。

可以说，纪岑安干过的混账事里，有一半功劳都能记在这位的头上。

纪岑安比邵予白小几个月，名义上得喊对方一声"姐"。

她们还没闹掰的那些年，邵予白也的确像自家姐妹般对待纪岑安，不仅去哪儿都带上她，有好的事也和她共享，上了心地照拂，待她比大哥还亲，情同手足。

而在纪岑安碰上南迦以后，邵予白甚至饶有兴致地当起了纪岑安最重要的参谋，几次露面帮忙，极尽方法，卖力为好友找回场子。

全因曾经的纪岑安是无可救药的人，心眼针尖大，眼里容不得沙子，脑子一抽就找了邵予白帮忙。

不过那都是过去式了，这段坚固的友情最终以相看两厌收场，崩盘得比股市剧烈下降的折线还惨烈。

她们很久前就已交恶，由于种种事情而心生嫌隙，不顾旧情断绝了关系，从此老死不相往来，还一度发展到针锋相对、互下狠手报复的程度。

邵予白大学毕业就离开了Z城，远赴他国深造并留在那边帮家族集团开拓海外市场，很久都没回来过。

纪家倒下那阵子，纪岑安还曾狼狈地低头向其求助，希望她能看在往日交情的分上帮自己一把，可惜最后也没收到一句回应。别说见到她的身影，连一个电话都没接到。

邵予白还直接拉黑了纪岑安，不与树倒猢狲散的纪家扯上关系，无视深陷泥潭困境的旧友，做得比纪家任何一位曾经的附庸者都绝。

但她也不能怪邵予白无情无义，毕竟自己是那样的处境。避嫌自保才是合乎常规的做法。人之常情，她能理解。

而今在孙家碰到邵予白，还是在这种情况下，纪岑安瞳孔一缩，难免有些讶然。

哪怕已经猜到还有要面对的"幺蛾子"，清楚孙铭天多半有一些自己的小心思，可纪岑安仍然很意外会在这里遇到姓邵的，看见来人的脸直接就愣了。

南迦也顿了顿，她也未提早收到孙铭天的知会，过来了才发现有邵予白在。

邵予白还是早些年的样子。她看了看纪岑安的脸，不管朋友应答与否，转头又朝向南迦，大方地说："这位就是南总吧，你好，久仰大名，幸会幸会。"

她应酬得游刃有余，一来就镇住了全场。

她似是从未见过南迦,头一回相遇,只与纪岑安认识一样。她的态度挺直白,也给了新来的二人一个无声的指令。

邵予白都这么表现了,那自然是不想其他人发觉她们之间的那点无聊小事,当着孙铭天他们的面,纪岑安和南迦自然都会配合。

纪岑安和南迦都是聪明人,一瞬间就收起意外的表情,半秒钟不到就回过神,走近迎上。

纪岑安先出声:"予白姐。"她压着内心的诧异,像邵予白一样,忍住全部不应当现场展露的情绪。

纪岑安挺会做样子的,仅露出别人想看的反应——遇上旧友的错愕、强行收起的好奇,以及表面装出来的淡定。

第十七章
人得往前看

南迦也驾轻就熟地应付,先是表现出一丝意外,再像没事人一样从容不迫,平和地冲邵予白点点头,回道:"你好。"

随后,她们就等着孙铭天开口。

一旁的孙老头把她们三人的举动都看在眼里,没能瞧出个中端倪,不了解三人的旧日纠葛,满心只念着合作。

他这才继续介绍:"之前忘了告诉你们,邵总这次也是才从国外回来,刚好就赶上了,正巧你们都在,今晚就将大家都请到这儿,咱们一起聚聚,有空聊一聊。"

无论心里怎么想,满意或不满,南迦不能拂孙铭天的面子,接道:"不知道邵总要来,抱歉让各位久等了。"

孙铭天乐得眼睛都眯了眯,赶忙又对邵予白叨叨一通,夸赞南迦如何如何。

邵予白主动伸手,同南迦握了下:"南总客气,我也是刚到,才来一会儿。"

孙铭天走在前面引路,让大家都到里边坐下。

"行了,都齐了,那就先歇着。来来来,大家都别拘谨,快坐,快坐。"

老爷子一面客套,一面拉上一位老板,殷切又不让人反感,说话做事有条不紊。

纪岑安在南迦的身边,并肩而行,等走到那边了,才用余光瞟向邵予白。

偏巧,邵予白也不动声色地打量着她们,目光掠过纪岑安的脸,不多时又瞥一眼南迦。

前厅面积大,装潢气派而华丽,他们需要走一段路才能到沙发座椅那里。

中央处,茶水什么的一应俱全,一排用人整齐地站在侧边,尽职负责地招待客人。他们一过去,就有人上前斟茶,服侍得那叫一个周到,让所有人感觉宾至如归。

纪岑安和南迦坐在一处,在最中间的孙铭天的右侧,邵予白则坐在另一侧。

讲正事前大家必须寒暄一会儿,以孙铭天为中心,其他人甭管相互间熟不熟,一律先找话讲讲。

孙铭天一会儿跟这个搭话,一会儿又同那个浅谈两句,铺垫得可以了,随即问南迦:"令慈的身体可好些了?"

南迦说:"劳烦您记挂,已经痊愈了,只是小毛病,不碍事。"

孙铭天说:"我上周收了根不错的人参,晚点你带上,拿回去给令慈补补。"

南迦也不拒绝,照单收下:"谢谢孙老。"

"哪儿的话。"孙铭天摆摆手,和颜悦色地说,"上回你专门托人送来茶叶,我这也算是还你一份情了。"

南迦顺势问茶叶怎么样,合不合口味,说:"您要是喜欢,那我过阵子再给您送些来。"

"好、好、好。"孙铭天爽朗地说,"那就恭敬不如从命,我也谢谢南总了。"

南迦不卑不亢地回道:"应该的。"

孙铭天很懂交际,借着茶叶的话头再次转向其他人,表示大家现在喝的茶就是南迦给的那种,还特意对邵予白说:"邵总也喜欢茶吧,你快尝尝,试试怎么样。"

邵予白低头抿了一口，认真地品鉴，然后真心实意地陪着夸。几番互相夸赞，几乎全部人都聊上了这个话题。

纪岑安是唯一不怎么开口的，倒不是她故作姿态，而是没张嘴的机会。其他人可不像孙铭天那样对她这么热情，一个个心怀鬼胎，各有各的打算。

有的人在偷偷注视，有的人在明着看，还有的人在揣摩她、南迦和邵予白的关系。

还没进行到该摊开来谈的时候，大家还是比较讲理，无人纠结纪岑安的出身，纪家那点陈年往事，也都不去挑开。这跟今晚的主题不相关，大家没有必要谈这些。

孙铭天始终不提及纪岑安，好似今夜聚在这里不是为了纪岑安。老爷子仔细地品茶，一直都在拉近南迦和邵予白的关系，大抵是知道自己不厚道，这么做有违起初的承诺，因而要变着法子去开解南迦，探她的口风。

南迦面上倒无介意的意思，也不曾说什么，对这般做法不表态。

对面的邵予白也漫不经心，看着老爷子东一榔头，西一棒槌地找补，不担心结果，一副无所谓的样子。

邵予白只关心坐在南迦旁边的纪岑安，整个人肆无忌惮地看了她好几次。

喝茶时，邵予白还单手拿起杯子，将小巧的白瓷器件把在掌心里握着，冲纪岑安做了个隔空碰杯的手势。

她压根没将南迦放在眼里，把她当作空气，唯独纪岑安才是她真正想说话的人，她挺有当年在一起混天混地的味道，什么场合都敢随便折腾。

如此亲近的举动，纪岑安却无视了，清楚邵予白是成心作乱，没事找事。

邵予白眉头一挑，笑了笑，不知被戳中了什么，似乎挺享受这样的待遇。

邵予白喜欢给人找事，添堵而不自觉。纪岑安再次无视她的行为,低垂目光,别开了脸。

和孙铭天他们交流着的南迦捕捉到了这一幕,发现了邵予白的小心思,放在椅子上的手指微微曲起。

暗潮开始流动,卷着莫名的心绪翻腾。三人间的小动作藏在宾客们的交谈之中,不上台面,于细微处进行。

纪岑安没搭理邵予白,不想节外生枝,分不出多余的心力应付,转过脑袋就不再看那边了,从头到尾都正襟危坐,旁听那些无趣冗长的拉家常,将心神都放在所谓的交际上。

他们不停地聊天,才起了个头,后面的时间还长,估计要持续到大半夜。

南迦也如出一辙,不在乎空降而来的对手,给邵予白一眼就算是多的了,后续又把精力转回正事,对她的故作挑衅视若无睹。

她们大老远到C城一趟,来这儿是为了解决麻烦,合作比处理私人方面的恩怨要紧。

看见在外相互容忍配合的两人,邵予白动动手,食指在桌面上无声地点了点。

一会儿,有人找南迦说话,是位四十多岁的中年大叔,姓黄,大家都喊他黄老板。

黄老板捧孙铭天的场子,待南迦与孙铭天聊得差不多了,再温文尔雅地接上来,一脸良善无害地拉近关系,问南迦:"听说南总最近在开拓业务线,有向H市进发的计划?"

南迦温和地说:"在那边设立分部,不算发展新线。"

黄老板莞尔:"那也厉害,你们公司这两年发展得快,年轻人能拼,有干劲,有创造力,比我们这些已经被拍在沙滩上的前浪强多了。"

"您过奖了,也没什么,运气好而已,我们是站在了风口上才有机会,比不得黄老板你们以前。"南迦轻轻道,一番话说到了人家心坎上,可又不显得假惺惺,也没有做作的谄媚,坦诚且真实。

言毕,她有来有往地继续话茬:"黄老板近来在哪儿发财,之前在云城的项目如何了？"

"那个已经做完了，上个月刚收尾。"黄老板很吃温声细语这一套，他的余光自南迦旁边扫过，不着痕迹地窥探一眼，"这阵子都比较空闲，过两个月才忙，后面得着手准备上市的事。"

南迦发现他的目标是纪岑安，随即了然于心，顺着又问了问，恭喜对方一番，漂亮话讲八分，剩两分不至于太满。

孙铭天都未作表率，黄老板必然不会现在就找上纪岑安，只是过来混个脸熟，刷刷存在感而已。

纪岑安也心知肚明。

小聚总共到了十二人，撇开纪岑安她们三个，再除去孙铭天这个主人家，余下的八位分别来自互联网、医药、银行和房地产等行业，其中一位还是某研究院的高知人才，精通数字经济和信息化等领域。

受邀的全部宾客中，算上南迦和邵予白，与互联网业务沾边的人有六个，显然，本场聚会的主题与这方面有关。

纪岑安是例外，她是三不沾人员，出卖劳动力领固定工资生活，计算机专业出身但并非该领域人士。

而孙铭天，样样都沾一点，既做实体，稳扎稳打地搞现金流打底子，又在逐步进军互联网行业。

一行人各怀鬼胎，嘴皮子利索得很，从进来后就停不下来，问东问西，没完没了，一会儿是这样的交际，一会儿是那样的浅聊，扯些乱七八糟、不着边际的东西。

他们应该讲的不正面讲，必须绕来绕去，快绕到天边了，才往回拉，然后讲一两句正经的，随后又是没用的废话。

诸位老板都很有耐心，也不觉得恼火，状态进入得极快，几乎三两下就适应了，如鱼得水般自然顺畅。

现场的氛围和谐融洽，宛若开年会大团圆，一切进行得非常稳当愉快。

孙铭天和黄老板几个都极长袖善舞，前后只需两杯茶的工夫，之前的事就这么定下了。

没谁反对，都同意邵予白的加入，南迦她们也无须再揪着不放。

孙老爷子精明得很，摸清南迦的态度后，不多时就"原形毕露"，几句试探的话后就将新的条例敲定——他这方愿意让利，但前提是朗跃科技必须加进来，往后就三足鼎立了，以两两牵制。

他这人唯恐南迦反水，担忧南迦假以时日会爬到自己头上，恨不得多添两道保险进来。

局面至此，南迦只能同意，吃下哑巴亏。

两边现在是一条绳上的蚂蚱，一荣俱荣，一损俱损，眼下还要面对其他劲敌，她吃点亏就当是让利了。

孙铭天以往没少扶持帮助自己，曾经起步最艰难的时期也是老爷子施以援助，南迦记得这份恩情，不至于忘恩负义到为了这点利益就翻脸不认人。

得了这一方的首肯，饮茶闲谈才慢慢停止，换成上桌吃饭了。既然是请客聚会，肯定少不了这道程序，接下来才是重要时刻，是真正谈事的时候了。

刚围桌而坐，孙铭天他们就讲起西盛，把这些时日以来的详细进程说了说。在座的各位，除了邵予白没参与，其他人都有参与。

纪岑安是主要功臣，没有她的加入，从裴少阳他们手里截和也不会那么容易。

纪岑安的作用远比孙铭天想象中的大。

孙铭天本来以为她只能提供些许零碎的消息，但她给了大家许多惊喜，不只把当初她大哥做的收购计划和盘托出，还准确地告知该从哪里入手，该拉拢哪些人，如何抢占先机……这个曾经不学无术的"废物"比大家预料中的更有用。

虽然之后还有一场博弈，需要跟裴少阳他们再狠狠地交锋一回，但那都是后话了，不归纪岑安管。

桌上，孙铭天亲自倒了杯酒递到纪岑安的面前，终于肯正眼看她了。

老爷子慈祥又和蔼地说道："纪小姐大老远从Z城来一趟不容易，

这第一杯就敬你，辛苦你们特地赶来。"

纪岑安双手接酒杯，起身，将杯沿抵在孙铭天的杯子下方，明面上的态度放得低，十足的晚辈姿态，柔和地回道："不用，不用，应该我敬孙老您才对。"

孙铭天扫视一周。其他老总也起身，纷纷应和，终于肯理会纪岑安了。

纪岑安拿着酒杯又对着其他老总晃一圈示意，挨个儿喊人，随后把五十度的白酒仰头一口喝掉。

她有觉悟，无须南迦教，收起了那身没用的傲气，什么场合办什么事，自己知道该怎么做。

毫无疑问，所有人都对她的举动感到满意，以大家立即就眉开眼笑了。

南迦望了眼纪岑安，任其自由应对，不多干涉。

邵予白也瞧向纪岑安，没有要帮忙挡酒的意思，只是眼睁睁地看着黄老板等人围上去，旁观这群老狐狸灌小年轻。

今晚的场合就注定有此一遭，晚点还得继续聊，只能纪岑安独自处理了。到底她才是主要角色，老狐狸们则是探虚实来的，成不成要看她个人表现了。

数杯酒下肚，就开始轮流试探了。

纪岑安喝得头昏脑涨，还要继续对付这么多妖魔鬼怪。

这是她从前不曾经历过的，当年喝酒都是她自愿的，没人敢灌她，谁若是不长眼，必定吃不了兜着走。

可惜眼下没那样的待遇了，决定当孙子就不能半途而废，人都到这儿了，就没必要假清高。这群人想要什么，她也知道。

西盛的事之后，还有益方医药、太信科技、亚天集团……纪家前些年做出了一块极大的版图，大哥有真本事，那些年做了不少精彩的策划，孙铭天等人野心大，都想吞下。

南迦守在一边，不时也敬众老总一两杯，陪着喝点，但多数时候游离在外，同孙铭天他们周旋，顾不上纪岑安。

黄老板行至纪岑安的跟前，貌似无心地问："纪小姐如今在哪儿高就？"

纪岑安不隐瞒，直接说："没固定的地方，打零工。"

昔日的千金大小姐凄惨至此，在场的人听见了，却也没丝毫惊讶，皆不动声色地继续交流和喝酒。

黄老板："自食其力，挺好。"

不知他是讽刺，还是真心夸赞，但都不重要，纪岑安实话交代："挣点钱维生，要生活。"

黄老板说："就当是历练了，年轻人嘛，起起伏伏的，总有那么些波折。"

纪岑安回道："嗯，是。"

"纪小姐后面有什么打算？"

"等先稳定下来再看。"

"这样……也行，确实是。"分明素不相识，可对方的语调却有种长辈关心自家孩子的感觉。

黄老板一向能装腔作势，不知情的还以为这是在跟女儿聊天呢。谈了两分钟，他递了一张名片给纪岑安，让她收着，说："日后如果有需要，纪小姐随时都可以联系黄某，有空咱们常见。"

纪岑安接下，道谢。黄老板笑笑："这也没做什么，谢什么谢。"

陆续又有别的老总上来表演，有给电话号码的，有学黄老板给名片的……这些人探得纪岑安的斤两后，都放得很开，显然将她视作可信赖的小辈。

邵予白很久才过去，看了下南迦的脸，旋即为纪岑安挡酒，隔开那些人。

"我是不是也该敬你一杯？"邵予白明眸皓齿，浅浅一笑，用只有纪岑安才能听见的声音开口说。

纪岑安不领情，面上保持原有的平和神色，压着声音说："你想做什么？"

邵予白站在她前面不远处，再走近半步，快贴上她。

邵予白的个子也是一米七出头，穿的平底鞋，比纪岑安矮。她稍抬头看着纪岑安，似是感受不到发小的冷淡漠视，红唇微张："安安，不要那么绝情，我又不欠你的。"

纪岑安瞥了眼不远处的南迦，说："别耍花招，走开，离我远点。"

南迦再一次看向了这里，看到二人的身影。

纪岑安欲退开两步，不与之纠缠。

可邵予白不答应，竟趁此把右手搭在纪岑安的胳膊上，一抓住就不给对方离开的机会。

"去哪儿？"邵予白问，"我很吓人？至于这样？"

纪岑安目光低沉："放开……"

邵予白偏不，反而抓得更用力。前后都是宾客，纪岑安没敢直接甩开她，只能忍着。

邵予白侧身，眼睛里波光流转，手上装香槟的高脚杯碰碰纪岑安的杯子，低语："晚点外面等着，我们单独谈谈……"

杯子轻碰，发出清脆短促的"咔"的一声。

对于邵予白的莫名邀请，纪岑安以沉默应对，沉着镇定地收起手，置若罔闻。

纪岑安对其张扬专横的性子已了然于心，熟悉邵予白的为人，知道她是刻意唱戏，引自己上钩，设陷阱等着呢。

她们好歹是二十多年的朋友，幼时朝夕相处到大，早就摸清了对方的本性。

纪岑安不中计，不想被牵着鼻子走，任凭邵予白怎么讲，一概左耳进右耳出。

邵予白倒没介意，见她不搭理自己，也不生气。

纪岑安把香槟一饮而尽，精致立体的五官舒展开，笑吟吟的，伴作十分满意欢悦的模样。

这轮敬酒完毕，纪岑安转回自己的座位上，放下手上的酒水，暂且缓缓，要先歇两口气。

邵予白挪开目光，继而不紧不慢地和最近的中年女士聊上了，她从容自如地换一个交流对象,仿佛方才与纪岑安的闲聊只是走过场而已。

隔着两个座位的南迦看到了她们,虽没听到具体的对话,可大致能猜出些许内容,看得出邵予白的打算。

南迦已不是头一回经历类似的情况,这一招邵予白前些年使过,不止一次两次,她也见怪不怪,已然能以平常心接受。

面对邵予白的挑衅,南迦没表现出一丝慌乱,远比预想中的要淡定许多。

中途,邵予白从南迦的旁边经过,到面前了,假装无心地驻足须臾,垂着眼扫视她一次。

邵予白的嘴角是上扬的,可这份热情的笑意,藏着点情绪。

南迦抬抬头,轻声说:"邵总有事?"

邵予白坦诚地说:"没有,只是站一会儿。"

南迦推出一张凳子,示意邵予白坐,她表现得大方得体,很能接受她的出席。

但邵予白没坐,后一刻又转身到别处,一如既往地不接受南迦的好意,五年前如此,五年后还是这样。

纪岑安去到南迦旁边,待四周无其他人时,温和小声地问:"什么时候可以走?"

南迦看着孙铭天他们这一边,然后脑袋又偏向另一边,随后应道:"还早,后面再看。"

"还有事?"纪岑安问。

南迦"嗯"一声:"等会儿还要跟他们谈谈。"

纪岑安说:"和谁?孙铭天?"

南迦:"除了你之外的其他人。"

安排既已定下来了,那老总们必定还得再好好商议,继续就条件拉锯,纪岑安不便在场。

纪岑安没收到消息,一方面她老早就被排除在商议外,另一方面她也不想掺和进去,不在乎他们后续想如何处理,这不在她考虑的范围内。

"好。"纪岑安应道,"结束了再找我。"

南迦点了下头,说:"少喝点。"她提点纪岑安一句,不想之后照料一个醉鬼,怕出意外,横生枝节。

纪岑安说:"知道。"

"放机灵点,自己注意些……不要坏事。"南迦双唇翕动,举止优雅文静,十足的气质淑女范。

她没把话讲得太直白,只着眼于当前告诫纪岑安一番,其他细枝末节都不关键,她目的性很强。

这种场合不适合叙旧,也不是纪岑安和朋友可以怀念过往的时候。南迦不关心这些,她可以无视邵予白的小伎俩,但不允许今夜出岔子,一丁点意外都不能有。

南迦能将纪岑安带到这里已是千难万难,费了那么多精力铺陈,不能在这种关头功亏一篑。

那些人不好糊弄,她们再这么下去,肯定会被人发现异常。

孙铭天疑心重,再让他察觉到邵予白和她们以前就认识有纠葛的话,往后绝对严防死守,更难对付。

自知做得不够好,纪岑安没吭声,说了会儿话后又分开,以免招人耳目。

南迦习惯了这种场面,没多久就又开始应付上前攀谈的银行老总,不再理会纪岑安。

纪岑安不多时也融入其中,甭管内心情愿与否,行动上还是得捏着鼻子不闻臭地坚持,直到饭局收尾为止。

等桌上被撤干净,墙上挂钟最短的指针已经转了快三个大刻度,时间已是十一点。

残羹冷炙是孙家的用人收拾打扫的,各位大老板酒足饭饱就转移阵地,去了孙家二楼。

他们上去逛孙铭天的私人收藏室,品鉴老爷子花重金购置的各类古董字画,以及其他令人目不暇接的艺术品。

孙铭天就好这一口。

老爷子不谈生意时平易近人，只兴致勃勃介绍起他的藏品，精气神都比之前充足了些。

纪岑安跟在队伍里逛了大半个小时，接着就没什么事了。一名管家上来，把她这个闲人领下楼，带到前厅。

管家说："纪小姐，您可能得多等一会儿，如果无聊的话，可以到后花园或其他地方走走。有什么需要的，您直接吩咐就是，我们随时都在。"

纪岑安没兴趣使唤别人玩，她东西也喝不进去，而且在房子里待久了闷得慌，等了十几分钟后就到后花园转了两圈，坐在吊椅上候着。

孙家的后花园宽阔，占地面积很大，里面种着品类繁多的花草树木，有假山，有艺术雕塑，还有一片不算小的人工湖。处处透露着奢华的品位。

纪岑安背靠长椅，远望夜色里的高墙。

当年的纪家比这里还阔气十倍不止，孙老爷子还是较为"朴素"的了，算得上赚了大钱但"不铺张"的这一类。

晚风轻拂在脸上，一阵接一阵，带着晚夏独有的燥热。

纪岑安半合着眼，歇了歇……然而她清净没多久，长椅上空着的那一边就有人坐下，讨嫌地不请自来。

邵予白还真是听不懂人话，哪儿惹人厌就往哪儿凑，一点自觉性都没有。她忽视纪岑安的排斥，一来就靠得很近，唯恐纪岑安发觉不了自己的存在。

她也往后靠着椅子，舒一口气，说："上面太无趣了，一群人叨叨个没完，听得人耳朵起茧子。"

纪岑安身子不动，睁开眼睛，宁肯平视前方，也不给她一个眼神。

邵予白伸直腿，一只手撑在身侧，向纪岑安打小报告，转述楼上的谈论内容："他们说你了，正在预谋怎么划分阵营，想办法榨干你的价值。"

纪岑安懒得回应,岿然如山。

"你还是挺有用,起码孙铭天很中意,想必短期内会保住你。"邵予白又说,偏偏头,看着她的侧脸,"那个谁……南总,她没发表什么意见,黄延年用你开条件要益方,她也答应了。"

邵予白悉数透露楼上情况,把那群人的虚伪面纱都扯下来,展示给纪岑安看。讲到南迦时,她还加重了语气,离间的意味明显且不加掩饰,就差把"搞事"两个字写到脸上了。

然而纪岑安不上当,任其自言自语,一句都不当真,只在听到南迦时,才愣了一下,可立马恢复稳住了心态。

邵予白贴上她的肩膀:"你就不好奇他们怎么讲的?"

纪岑安仍是这副态度:"离我远点,省点力气,不要在我这里浪费时间。"

邵予白"嗯"了一声,说:"随便聊聊,也不行?"

纪岑安很坚决:"没心情。"

"还在生气?"邵予白哪壶不开提哪壶地说,"因为之前没帮你,所以记恨我?"

纪岑安:"……"

邵予白:"那我给你道个歉,怎样?"

纪岑安沉着脸,怒由心生,可迫于在孙家,还是选择隐忍不发。

但旁边的人得寸进尺,将这份忍耐视作理所当然,无视她面上的神情,非把从前的是非恩怨摆出来说一遍,漫不经心道:"那时候咱们的关系还僵着,不是你为了个外人要跟我较劲置气吗?我呢,当时没想明白,还没原谅你,所以没帮。你要生气,我也能理解,正常,换成我也一样,可能还会更过分一点。"

"时间都过去这么久了,事情已成定局,我辩解也没用,你爱怎么想怎么怪都随意,这是你的自由,我的确没资格要求你。要还是过不了那道关,你先气一气,气完了,我们再说也行。"

邵予白脸皮厚得可以,颠倒是非的本事一流,黑的也能讲成白的。分明不是那么回事,可她说出来,就显得是纪岑安意气用事,有点不知好歹了。

纪岑安低声道:"听不懂人话?"

"前时怨,今日散,不能总执着于过去,人得往前看。"邵予白大言不惭,站着说话不腰疼。

纪岑安厉声说:"滚。"

邵予白听而不闻,讲完了前言,旋即转到主题,单刀直入地说道:"安安,我要你帮我。"

纪岑安冷冷的:"不要做梦。"

"没做梦,不是在请求,也没让你选择。"邵予白说,一脸坦荡,"你可以不帮,站在哪边都行,我都不会有任何损失。"

明白邵予白这是在下套,纪岑安依然无动于衷:"用不着你假好心。"

似是听见了极大的乐子,邵予白眉头又是一挑,不由自主地轻笑了声,有些不敢相信这是她讲出来的话,好似头一回认识她一般:"所以你就是这么看我的?"

纪岑安有些烦了,不想解释。

邵予白转头对上她的侧脸:"这就算假好心了?那南迦偷了你的心血,又算是什么,猫哭耗子?还是她比我能装?"

纪岑安说:"我和你没有什么可讲的。"

"宁愿投靠一个小人,也不肯向我低一次头?"

"我们也没关系。"

邵予白:"那跟谁有关系,只有她这个朋友?"

纪岑安:"和你无关。"

"是吗?"邵予白说,她一向能一针见血,"如果是这样的话,那为什么当初找我求助,而不找她?"

不愿说这些无意义的事情,纪岑安起身,准备换个地方待着。

邵予白成心刁难,忽而问:"这几年一走了之,抛下所有人就消失得无影无踪,有考虑怎么解决你留下的烂摊子吗?回来以后联系过小五他们没有?"

纪岑安半步都不停留，视邵予白为空气……直到后面的人讲出下一句，才倏地顿住。

邵予白专门往她的软肋上扎刀子，逼问道："你离开后，整个开发团队被谁接手了，是死还是活，也不在乎了？"

纪岑安没继续往前走，也不转身回头，如同被点了穴一般僵在那里，没能再抬腿迈出半步。

看出她的动摇，邵予白抓住这个机会，告知她某些不知道的事："小五在你消失后就退出这一行，出国定居了。他找过我一次，问你的消息。我不清楚。当时谁都找不到你，后来只能不了了之。还有阿奇他们，给我打过几回电话，去年也还在找你。团队没散，大部分成员还在。现在阿奇是管事的，接替了你的位子，当老大了。"

后花园里光线微弱，四五米远的小道边亮着一盏浅黄的灯，但不足以点亮这里的昏沉。

纪岑安恰巧站在茂密的树下，她落下来的斜长影子被树影吞噬，半边身体也掉进了灰色之中，背对着这边的脸也隐在灰暗中。她闭口不言，听清了邵予白的话，可久久不回应。

邵予白再接再厉："老蒋前年也离队出走了，转到这边的一家小公司做安全顾问，他是被踢出去的，因为违抗上司的指令，公然和顶头上司作对，唱反调。阿奇出面求情，都没保住他。"

小五、阿奇、老蒋……都曾是纪岑安手下开发团队里的员工。

这支开发团队是纪岑安中学时期就已组建的队伍，只不过当初没这么正式，是一群小年轻没事瞎折腾，打发时间才组建的。

纪岑安从小就对计算机方面的内容极有兴趣，在这方面有那么一点值得挖掘的天赋。基本从会用电脑的那天起，她便开始有心捣鼓，还由家里单独请来的老师带进门，一边学习，一边找人交流，十几岁就掌握了不少相关的知识和技能。

十八岁那会儿，实在闲得慌，有劲无处使的纪岑安心血来潮组建了一支队伍，花重金搞到一堆设备和资源，招揽了一群志同道合的人，从早到晚聚着研究那些"爱好"。

这支队伍后来逐渐发展壮大，越来越强，招进队伍的人也越来越多。

纪岑安那会儿岁数小，不缺钱，便自始至终没想过要解散，一直都是隔一阵就丢一大把票子进去，打水漂似的听个响就完事。她养那么多成员完全不图回报，财大气粗。

之后，等到她读大一这年，队伍又缩减了一次，中间加进来几个很有能耐的高手，这才有了正式团队的雏形。

大学的四年内，团队的所有人还是由纪岑安出资供给。她不遗余力地支持，丝毫不计成本地付出。

而正是如此，由于没有过多的干扰和指标导向，在几年的积累和沉心研究中，团队陆陆续续做出了诸多实绩——从经营网站到上线软件，再到转型全力做游戏，最后又折回去开发各种新功能。

在纪家倒台前的半年，纪岑安本打算再推一把，预计全面打开市场，本已经筹备得七七八八了，可惜没来得及施行。她走了，队伍里余下的成员压根没能力支撑下去，倒不是研发能力弱，而是大家经济条件不行。

这支团队中，她是唯一的经济支撑，上亿元的成本砸进去，眼都不眨一下，做慈善似的养着一堆"祖宗"，寻常人真做不到这一点。

其他成员的家境都不怎么样，家境最好的那位跟纪岑安相比也差得远，没有任何可比性，拿不出足够的资金支持运营。

没了纪岑安，留给团队的只有两种可能，要么原地解散，要么由别的老板接手。

邵予白说："团队的新老板容不下老蒋，他太有主见，治不住，只能用完就把他一脚踹开。"

老蒋是队伍中年纪最大的，加入的时间相对较短，之前没少和纪岑安起矛盾，隔三岔五就因为创意和想法有分歧而吵架。

但老蒋能力在团队里也的确数一数二地强。

以往纪岑安能忍受老蒋，也是看在他有真本事的分上，舍不得辞退他。

新老板南迦不同于纪岑安，站在生意人的立场来看，老蒋就是不稳定因素。他太过独立，不听指挥，有他在，团队随时都可能出现潜在问题，他不适合再待在公司里。

一次对峙后，南迦毫不犹豫地开除了老蒋，剔掉了这根硬骨头，同时还无情地解雇了两位站队老蒋的成员，半分回转的余地都没留。她手段强硬，雷厉风行，比纪岑安狠多了。

邵予白说："老蒋没找过我，但你走后是他领着大家，死都不愿意解散团队。"

纪岑安稍侧身，脑袋动了下。一束光落在她清瘦的背上，也打在她下巴那里，照出半截人影。

"南总最初就是找的他，从他入手，谈了一系列条件，拿下了所有人。"邵予白娓娓道来，一五一十地讲着，"后面为了逼他出队，又用了一些手段威胁他，要求他放弃队里的权利。"

纪岑安抿抿唇，又往回转了转身："老蒋不是没找你？"

她对着邵予白似笑非笑的脸问。

邵予白一脸无辜，摊开手，说："他是没找我，但其他两个找我了，让我帮衬一把。"

纪岑安沉声道："所以？"

"没帮。"邵予白直接说，"老蒋不接受，我联系了他，他不肯点头。"

纪岑安紧了紧双拳，指节弯曲。

邵予白继续煽风点火，一股脑全抖搂出来："南迦卖掉了你们快做成的网站，筹集原始资金，她告诉你了没？"

纪岑安说："你还知道什么？"

"太多了，一时半会儿也说不完。"邵予白慢悠悠地起身，见她隐忍不发的样子，两三步走上去，行至跟前，与之面对面站着，才悉数讲出来，"小五就是因为这个才离开的。南迦霸占了你们的成果，把本该属于你的东西都转到她名下，小五不答应，就被弄走了。南总她……有没有跟你讲过这个？"

纪岑安木着脸，无表情。

"看来是没说，还瞒着。"邵予白扯起嘴角，眉宇间是意味深长的笑意，"不过她应该也不敢，毕竟这么不厚道，确实说不出口。"

纪岑安红唇颤了颤，头一回听到这些事，她早先对此一无所知。

"你刚离开Z城，才消失踪迹，南总后脚就申请注册了现在的这个公司，新瓶子装老酒，直接将团队移植进去，照搬……不对，是借鉴你们原先的成果，研发出了好几样新产品，赚得可不少。"邵予白语气低沉，刻意凑到纪岑安的身边开口，眼神直勾勾的，似要看穿她此刻的想法。

纪岑安杵在那里，唇线绷紧，嘴都有些泛白了，心知邵予白是另有目的，不会是简单地告诉自己事情原委。

灯光下，纪岑安浓密的睫毛在脸上落下两道阴影，径直问："你还想怎么做？"

对方回道："不怎么，只要以后你帮我，我们两个统一战线。"

纪岑安："帮不了，没那个能力。"

邵予白："你有。"

跟她根本讲不通，纪岑安还是那句话回复："邵予白，别跟我玩心机。"

邵予白笑了笑，不再掩饰，直截了当地说："行吧，咱们干脆点，不和你绕弯子了。"

语毕，她拂了拂头发，低声道来："我知道你还留有后手，藏着底牌……你三年前离开时，带走了团队里几个完整的项目的原始数据，把备份都销毁了，关键的资料都跟着一起没了。小五跟我说过，他上次见面讲漏了嘴，我都清楚……"

纪岑安说："你想要这个。"

"也不算是。我对你们的团队没兴趣，不打算接盘。"邵予白缓缓说，"只要你跟我一起做，我出资无条件支持，你继续负责开发项目，赚多少咱都平分。"

纪岑安拒绝："不要妄想。"

早料到她会是这个反应，邵予白说："别急着下决定，等回去了，先考虑一段时间，过阵子再给我答复。"

"没必要，我不会选你。"

"我可以接收你们团队的所有人。"

"不需要。"

"包括把小五和老蒋他们找回来。"

纪岑安无所触动："说完了？"

邵予白又说："安安，其实你也没得选……南迦投靠了孙铭天，她帮不了你，也不会帮你，别抱无谓的希望。"

纪岑安冷着脸后退。

邵予白不介意她的反感："除了我，你没有更好的合伙人了。还有，南迦已经快把你的团队榨干了，假以时日，她还会再踢走一些人，下一次可能就是阿奇，也可能是别的谁。不信，你就等着看，半年内，就会出现另一个老蒋。"

纪岑安目光沉沉，太阳穴的血管都跳了跳。

"行了，就这些。"邵予白打住，不再刺激她，终于心满意足地停住，"他们应该下来了，我马上进去，你自己好好衡量，我给你时间考虑。"

言毕，邵予白给纪岑安理了理裙子，撩开她肩上凌乱的发丝。

纪岑安转过身子。

邵予白莞尔，不再逗留，很快就走进黑暗中，背影越来越模糊。

目送对方远去，直至看不见了，纪岑安才敛起目光。她低下头，情绪莫名，内心酝酿着什么。

在灯柱附近待了两三分钟，纪岑安才朝前厅走，原路返回。而行至拐角处，再转出去，她才看到南迦就站在墙角下，不知何时来的。

第十八章
什么都会变

墙角是视线盲区，四周有遮挡，又是光照不到的地方，有些黑沉，待在那里很难被发现。

乍一迎面撞上，纪岑安怔住，琥珀色的瞳孔骤然微缩，愣了半秒钟。

四目相对，后花园里鸦雀无声，沉寂到听不见别的声响，连晚风都停了下来。

南迦仍是上楼前的样子，一袭温婉的浅色长裙落到脚踝那里，矜贵稳重的打扮衬得她此时更为清冷。她表情漠然，眼神沉郁，没有一丝情绪起伏，带着一股凉薄感。

她应当是来很久了，起码听见了部分对话，最后那些争执肯定已经耳闻。

就算没听到，但只要看见纪岑安和邵予白在一起私聊，南迦也能想清楚是怎么回事，这猜都猜得出来，压根不用听到全部的详细内容。

纪岑安脑子里空白片刻，搜肠刮肚想不出适当的说辞。她双唇张了张，喉头稍动，一番话卡在喉咙，好半响，才定住心神，收起不该有的怪异慌张，小声地说："你……找我？"

南迦仍旧安静，对之前看到的所有不感到意外，面色平淡，回道："不是，没找你。"

纪岑安转而问:"商量完了?"

南迦平和地说:"还要一会儿。"

"下来有事?"纪岑安装作若无其事的样子,压下被抓包后的惊诧感。她知道孙家的后花园不是谈这些的地方,有问题可以回去再讲,于是当作什么都没发生。

南迦也这般,比她还淡定从容,仿佛没见到邵予白一样,自动忽略了这些内容。

"没,他们还在谈其他的,跟我这边没关系,所以就先出来了。"南迦平静地答复,如实告知,语调未有太大的变化,听不出情绪的变动。她始终如一的淡定克制,什么场合做什么,有条不紊地对待。

可饶是如此,纪岑安还是能感知到南迦的不高兴。她不如吃饭时那么放松,比起下午,待纪岑安更是疏离了许多。

她终归还是介怀在心,远非脸上表现的那样淡定。她在意邵予白的出现,厌恶计划之外的插曲。

但这是出于个人感受,还是因为事业和生意的原因,那就无从得知了。

揣摩不透,从脸上看不出端倪,纪岑安有自知之明,知道没做对,迟疑须臾,暂时不解释,接道:"等会儿还要上去?"

南迦也不问,径直侧身回转,走到前厅里坐着。两人都很默契,到了外面就行径一致,天塌下来了都能维持住表面安然的状态。

她们以前就这样,骨子里养成了习惯,现在也是,都知道该怎么做。

孙家的用人和管家还忙着收拾,不时有人上楼端茶送水,但没谁发觉她们三个人的古怪行为。

管家抬起手做了个引路的动作,弯弯腰,温和地说:"您两位要不要再坐坐,到这边歇着,厨房做了夜宵,马上就好了。"她们没拒绝,双双跟在管家身侧。

孙铭天和黄延年他们没多久就下楼了,显然是谈妥了。邵予白也在队伍里,不知道她是什么时候重新进去的。

孙铭天待邵予白亲切，老脸上的褶子都出现了几道，三角眼都快眯成一条窄缝了。

黄延年同样笑吟吟的模样，看起来像中了彩票，甭提多开心了。

协商至此才告一段落，全部参与者都很满意这个如期的结果，纪岑安也很满意。

出于补偿，孙铭天让了部分利益出来，分别匀给了除邵予白之外的其他人，其中南迦分得最多。

南总不乐意邵予白的突然加入，咬紧了条件不让步，孙老爷子只好忍痛割舍，大出血才搞定她这边。

至于分给纪岑安的那部分，依然是原样。

孙铭天愿意让利给南迦，那是因为她不好安抚，怕谈崩了反水，而纪岑安就不用放在眼里了，她没有谈条件的资格。

楼上具体讨论了哪些事情，孙老爷子一句都不告诉纪岑安，其余人等也自觉地闭嘴。

孙家的管家招招手，用人们又送上夜宵，是布满一桌子的炖汤之类的东西。

孙铭天笑着领大家前去坐着，为今夜的小聚收尾，再客套两句，说些"安排不周""怠慢了各位"的话，虚情假意到了极致。

晚上登门做客有够累人的，一群老滑头钩心斗角，绵里藏针，笑里藏刀，虚伪到令人作呕。

结束时已是凌晨时分。

孙铭天热情客气，非要送大家上车，还命令管家将之前提到的人参拿出来，塞给南迦带上，让她带回Z城给南母。

老爷子和蔼地说："有空再来，下回来C城了，就到这边转转，随时都可以过来。"

南迦说："叨扰了，麻烦您老。"

纪岑安也说道："辛苦孙董事。"

孙铭天道："天这么晚了，你们快些回去，到了酒店就好好休息。"

说完，他还叮嘱司机两句。

这行事方式，他就像是亲切的邻家大爷，比家里人还贴心，不掺杂一丝老谋深算的心计。

关上车门，车子往前行驶，到远一点的路口了，南迦才收起柔和的神色，眼睛里的温度一点点在下降。

纪岑安靠在软乎乎的座椅上，侧头看了看，瞥到这人因光线而略显模糊的脸部。

南迦动也不动，直视前方黑魆魆的道路。她的身体还没松懈，可气质变了，不再容易接近。

纪岑安的掌心在座椅边沿摸了摸。她们出去不到半天时间，却好似过了好长的日子，整个人由内而外都疲惫乏力。

她们进入酒店时，蒋秘书与助理还候在房间里，已经做完老板交代的工作，正等着南迦回来了汇报进度。

这趟算是出差，需要做的事情很多。南迦还有事，到了楼上就与纪岑安分别，各进自己的房间。

纪岑安没打搅他们，回到套房内歇着，收拾一番后，躺在床上平复心情。她们两个夜里不住同一个房间，分开了，各睡一屋。南迦的房间在隔壁，也是套房，与这边差不多，只不过位置靠西。

南迦沉心工作，一边听属下的报告，一边打开电脑处理事宜，其间还伴随着签字、看表格等一系列的活动。

助理能干，早就为老板做好了安排，尽量压缩时间，效率很高，把南迦的工作时长控制在二十分钟以内，多给老板留出了一点休息的时间。

南迦支起胳膊肘在桌上，整个人不苟言笑，又略微心不在焉。她在想今晚的经历，思索着事情：跟那群老滑头谈判，纪岑安与邵予白的私下见面，以及……在孙家楼上那会儿，她和邵予白单独谈了几分钟。

同样是邵予白先接近她的。

邵予白讲了一大堆有的没的。她们本就各自看不上眼，谈话注定不会太愉快。

谁都不知道这事，只有当局的两位清楚。

南迦揉揉眉心，没注意听助理汇报的内容。察觉到老板的怪异，助理同旁边的蒋秘书面面相觑，迟疑该不该待会儿再汇报，让老板歇歇，晚点再来。

蒋秘书摇了摇头，示意助理继续。

助理硬着头皮翻了一页资料，放在桌上让南迦过目检查并签名。

南迦翻开文件看了看，行云流水就签完字了："还有哪些？"

助理说："没了，可以了。"

南迦乏了："你们先出去。"

二人应下，走前还带上了门。

合上电脑，南迦过一会儿才换下身上的礼服，穿上酒店准备的浴袍，接着应声开门，放外面那个人进来。

料到纪岑安还会过来，她都懒得纠结，直接放纪岑安进来。

南迦累了，眼下不想说事，打算先泡个澡。她看都不看纪岑安一眼，径自说："有什么晚点讲，等一等。"

纪岑安答应："嗯。"

南迦躺在浴缸里，合上眼，仰着脑袋，双手搭在缸体边缘。她面上还是那个淡淡的样子，似乎并不在意什么，但也不是特别痛快。

纪岑安远远地看着，不靠近，也不知道她在想些什么。

纪岑安的态度不如之前那样了，到底也听进去了一些邵予白的话，她不可能完全不在乎。

毕竟涉及昔日的同伴，纪岑安不可能做到彻底无视，这不是她的风格。

南迦很漂亮，比雕刻出来的艺术品还好看。她白而细的脖子是拉着的，颈侧淡青色的筋脉隐在薄薄的清瘦皮肉里，下巴微扬，看起来有些孤单，也有些高傲。

纪岑安低头，思忖着，余光扫过南迦的脸，眼神一直没变过。她同时也在等，等着南迦发话。

南迦旁若无人，仿佛这里只有自己，泡了几分钟，缓过劲来了，才睁开眼，眸子转动，低声说："过来站在边上，不然就出去等。"

纪岑安过去，半蹲身子。

"没事做就帮我按按肩。"南迦开口就使唤。

纪岑安也听从，帮忙按一按。

南迦靠着浴缸心安理得地享受这份服务，不多时又开始讲："孙铭天会处理后面的事情，黄延年他们跟孙铭天一起，假如不出意外，一周后就能拿下西盛。"她讲起今晚的商议。

"之后可能还要过来一次，孙铭天也许会带你见人。"按摩的力道轻了点，没什么感觉，南迦不舒服，"重些，再按按肩胛骨上方那里。"

纪岑安应声，顺着问及后续的行程。南迦都回答，把她需要知道的部分摊开了讲，末了，忽然说："还有什么想问的，都趁现在问了。"

纪岑安顿了顿，没出声。

"邵予白说过了，你之前也在查，哪里不清楚，可以再理一遍。"南迦红唇轻启，拆穿她的心思。

纪岑安停住动作，指尖还泡在水里，一时沉默。老半天后，她张嘴："阿奇他们……"

南迦打断她，坦荡地承认，慢慢道："全是我做的。"

浴缸里的水太满，一晃荡，便往外溢，溅落在地。纪岑安脚边顿时湿漉漉一片。

无须纪岑安开口，南迦率先坦白，说出原委。她不避重就轻，也不辩解，一是一，二是二，怎么做的就怎么叙述，有头有尾地说清。

"是我找上蒋书林，付了他一大笔钱，开出条件，让他负责说服其余成员，愿意加入的就留下来继续，待遇保持不变，接受不了的就走，换成我信得过的人上。

"蒋书林起初没答应，坚信你会回去，连你派过去的代理律师都不信，带着一帮员工不肯签字领遣散赔偿款，前前后后一共耗了将近半个月。

"等到艾加快成一盘散沙了,他才点头。不过,伍奕铭一直反对,另外有几个也不同意。别的公司要挖他,他没去。他们报过两次警,僵持了一阵子。"

南迦把搭在浴缸边上的毛巾拽进水里浸泡,她半靠着,不看纪岑安一眼。

艾加,纪岑安那个公司的名字。

"伍奕铭对你挺忠心,比其他人要强点,很能坚持。"南迦说,"他到我这儿闹了一回,在办公室门口堵着不走。"

小五是愤青的性格,过于冲动要强,这是他干得出来的事。纪岑安嘴巴微张,半晌后问:"他做了什么?"

"没什么,"南迦说,"只是要挟所有人,不准我接手艾加。"

纪岑安错愕,不知道小五会那么极端。

纪岑安心里突然揪住了一个真相的尾巴,说:"小五出国了。他为什么选择出国?"

南迦转过头,眸子微动,望向她,懒得费口舌解释,问:"你觉得呢?"

答案一目了然。就是纪岑安猜测的那样,与这边的公司有关,有外力从中作梗,逼走小五,以绝后患。

南迦轻声道:"他是不稳定因子,不能留着。"

"老蒋呢,他又哪里做得不对?"

"公司要设立分部,他带头不支持,认为决策有问题,打算带着手下的成员离开,我就成全他了。"

"只是这样?"

未有半分愧疚之情,南迦语气淡漠:"还要怎样才可以?"

纪岑安答不上来,不能具体地指出问题,她没那资格。南迦一番话对她的冲击挺大,和听到邵予白讲是两种截然不同的感受。

她好看的脸渐渐变得凝重,不似听到邵予白离间时那样能冷静地对待,沾湿的手悬在浴缸上,往下滴着水。

她前阵子查过,隐约知道其中的一些事,可了解得较少,只猜到很多事都是南迦做的，结合邵予白的话，她心里也有了底，但没料到南迦会这么决绝。

南迦的做法相当于过河拆桥，把团队里的每个人都视作棋子，没用了就果断地扔掉。

以前的纪岑安很看重团队里的人，一向给予绝对的信任。南迦则是纯粹的商人，不同于她"大冤种"式的资助方式，一上任就动用强硬手段，以赚钱为最终目的，只追求利益最大化。

三年来，南迦干了许多卸磨杀驴的事，数次违背曾经的承诺。她曾经答应老蒋，说待大局稳定下来了，可以像纪岑安那样对团队提供支持。但真到了那时候，她出尔反尔，非但没履行承诺，还数次安插、培养自己的亲信，不断内部分化团队，几乎是死死地压制住全体成员，分毫没给大家能重新站起来的机会。

每次只要团队有不好的变动，南迦就果断地掐掉苗头，极其强势、狠绝。

所有事情，南迦统统承认，一齐铺在纪岑安的眼前，打破了她还抱有的一丝侥幸。

老蒋离开前，这边的公司还反过来告了他，因为他在工作上犯的错误，致使这边蒙受了一定的损失。

南迦变相地杀鸡儆猴，拿刺头开刀，以此震慑其他员工。这其中也有积怨已久的原因在。老蒋不怎么服从上级的指示，太有自己的主意，早前向南迦低头是不得已而为之，近两年稍微过渡得平稳了，他又有了二心，始终不认她这个老板。

和邵予白告诉纪岑安的，过程基本一致，都能对应上。

似是从未真正认识过南迦，纪岑安好一会儿才低声细语道："他最开始也帮了你很多。"

南迦说："公司有比他更合适的人员。"

浴缸里的水不烫，水温已经降了些，凉了下来。

没再给南迦按摩，纪岑安退开了，然后轻语："老蒋不是你的威胁。"

敏锐地感受到她的远离,南迦径自说:"离开公司以后,他去找了邵予白。"

纪岑安说:"他是去找我,到那边问消息。"

南迦扯了扯嘴角,开始打量起纪岑安:"所以邵予白也不算威胁?"

纪岑安起身:"她想拉拢我。"

捕捉到她脸上一闪而过的犹豫,南迦讥讽道:"那她挺念旧。"

纪岑安抓起另一块干毛巾,擦手上的水,同时回答:"不是一回事。"

感觉到南迦的问话愈发尖锐,纪岑安不愿重提那些乱七八糟的旧怨而引发争吵,下意识又要稀里糊涂地搪塞过去。

然而,南迦看出了她的退缩,本来还算平静的神色瞬间就维持不下去了。

也许是今夜压抑了太久,纪岑安的表现又不是很令人满意,南迦故意拆穿她内心的想法:"你觉得自己该对他们负责。"

纪岑安垂头。南迦直直地道:"今天才心软,会不会太晚了?"

纪岑安:"你先起来,出去了再聊。"

"前几年撇下他们一走了之,现在又算是什么?"

纪岑安眉头微蹙,知道南迦还在介意她当初的不告而别,一会儿,她才正面回道:"我没答应邵予白。"

南迦很有原则:"回答前一句。"

纪岑安酝酿两秒钟,动动唇:"……什么也不算,都不是。"

看见纪岑安白皙面庞上的细微变化,南迦一再拆解她的心思:"你不满意我的做法。"

"你有你的立场。"

"心里也是这么想的?"

纪岑安再次无言。

南迦:"看来不是。"

辩驳不了,纪岑安说:"南迦……"

"你上一周就在查我，一早就怀疑了。"

纪岑安未能反驳。

"查了哪些？"南迦问，"公司、我的行踪、工作日程、家庭，还有当年怎么吞并艾加的？"

纪岑安耷拉着脑袋，移开的目光又落回南迦的身上。

"你也调查了徐行简。"南迦好似知悉她的全部念头，"他有对你不利的嫌疑，他是我这边的人，可能有动机。"

纪岑安说："查他跟你没关系。"

"你是从我身边入的手，能查的都查了。"同住一个屋檐下，纪岑安藏得再深，南迦也不可能完全不知情。

不喜欢被咄咄逼问，纪岑安蹙眉，重申："别混为一谈，他是他，你是你。"

"对你而言，邵予白比黄延年更有用。她应该能帮你，至少他是一份助力。"

纪岑安态度不变："她不会真的帮我，我也不找她。"

"她会找你的，过不了多久。"南迦忽然讲出今夜的私密谈判，"她为了你能加入她的阵营，愿意让两成的利给我。"

纪岑安反过来问："你信她？"

感受着已经凉掉的水，南迦继续道："邵予白说她后悔了，不该跟你置气而选择出国。她不介意和你过去的矛盾，要跟你和好。"

纪岑安脸色难看："我和她关系也没好过。"

南迦："可邵予白不这么认为。"

知道南迦对姓邵的无感，能发觉对方明显是在激怒自己，纪岑安还是按捺不下那股子气性，就是还是往枪口上撞："你想我怎么做，再回去找她讲一次？"

纪岑安仿佛近些时日以来积攒的情绪到了顶点，即将冲破界限。

南迦从水中站起来，披上浴袍，点破纪岑安憋了一晚的不快，兀自说："那些人对你很重要。"

她起身时，带起"哗啦"的落水声。

纪岑安站定。

"蒋书林和伍奕铭他们过得不好,你在责怪我……"南迦绝情得彻底,将所有纪岑安在意的事都言明了,一下子戳中要点,"你觉得是我在报复。"

浴室的空间密闭,让人感到沉重而烦闷。纪岑安盯着南迦的脸,心知这是在质问自己,她话里有话。

半晌,纪岑安轻声说:"你生气了。"

南迦坦率得过分:"是。"

"纪岑安……"南迦低声说,停顿了一会儿,"跟他们比起来,在你那儿,一直以来我充当的是哪种角色,呼之即来,挥之即去的随从?陪你无理取闹的笑话?或者不计前嫌,甘愿帮你铺路的垫脚石?"

两道高瘦窈窕的身形对立,彼此近距离朝着另一个人。两人四目相对,静静地看着对方。装潢精致的四面墙壁密不透风,躁动的热意四散,气氛压抑,安静到她能听见彼此轻微的呼吸。

南迦呼吸均匀,她自始至终都强势,逐渐递进,但不是声嘶力竭地激动争执,她调子平和,语速不快不慢。到这时了,她仍心神沉稳、淡定,慢条斯理,脸上的表情波动很小。地上积着的水映出顶上纯白的天花板,以及两人的扭曲影子。

纪岑安语塞,方才还气焰正盛,忽而又偃旗息鼓了。她被这一番过于平铺直叙却尖刻、犀利的话语切中要害,当场卡住了。

她无可辩驳,好像南迦说的每一样都可以对上相应的事,只不过时间线变了而已。

她们就是这么过来的,从认识到成为朋友,再到分开,重聚到现在……那两年内,再到现如今,两人对彼此的认识还停留在从前,一成不变。

过了很久,纪岑安张口:"没当你是垫脚石。"她否认不了前两种,即使是发生在以往的行为。

南迦温和如水,平视她,琥珀色的眸子清亮:"之前为了周冲他们,这次是你的团队,以后又会是谁?"

纪岑安沉默片刻,接道:"不会有谁。"

南迦利落地说道:"我能帮你解决一些问题,但不能是全部。"

宛若被一道无形的手狠狠地扼住了喉咙,死死地掐着自己,纪岑安心上发胀,嘴上干涩,像挨了一针的皮球,开始泄露底气,但还没彻底干瘪。

南迦狠心又直白:"你不是我的责任,他们也不在我的考虑范围内。"

纪岑安嘴巴微张:"知道。"

"他们是你的朋友,但不是我的。"

"……嗯。"

"你已经退出了,我怎么做,和你也没有任何关系。"打开天窗说亮话,南迦将今晚的纠葛摊开了清算,轻轻说道,"那是他们自己的选择,自己的决定。"

睫毛抖动,纪岑安抬抬眼。

南迦的言下之意十分明了:是纪岑安先放弃了艾加,抛下团队不要了,那新老板怎么接手处理,都与她纪岑安无关。

逃跑离开的失败者没资格提要求,厚重的情谊也好,曾经共度艰难也罢,这是纪岑安在意的方面,而不是南迦应尽的义务。

邵予白拿开发团队做文章,讲的都是事实,纪岑安心有触动在所难免,可撇开这些纠葛,平心而论,这只是一种商业行为。

既是商业,那肯定不讲情分,一切都是为了利益着想,留下谁,开除谁,全是平衡大局的手段罢了。

感情与生意不能混淆,有的时候并无对错之分。

南迦一下就能洞悉纪岑安的心思。

南迦太了解她,早就看出她不是完全信任邵予白,防备心很重,不至于听了外人的转述就立马无法忍受,和自己形同陌路。但同时,她内心深处或多或少还是有点想法,这终归也是人之常情。

周冲一大家子只是对纪岑安好了一点,她就陷进去了,浑噩度日中都能变相进行弥补,何况是那群曾朝夕相处的朋友。"

扒掉纪岑安外面那层伪装的皮肤,南迦淡声道来:"我不会为你收拾残局。"

纪岑安心里沉重,大概品出了话里的含义。

是纪岑安搞不清自身的定位,所以南迦便将那条横在中间的无形分界线画了出来。

有些事,她们重聚后从没谈过,两个人都敏锐地避开了矛盾点,尽量不起冲突,仿佛过往与现在只是两段不相干的时段,只要不提矛盾就消失了。

纪岑安额角血管跳动,面色泛出不正常的白。南迦望着她,打量得细致入微:"收收无用的同理心,都自身难保了,你谁也帮不了。"

堪比没开嘴的葫芦,纪岑安沉默了片刻,轻不可闻地应了一声。

南迦冷语:"什么都会变,没人会在原地踏步,一直等着。"

她是指的老蒋他们,但又不完全是。

明白南迦话中的别样含义,纪岑安又倏地呼吸一滞,原本的神情都无法控制地褪去,僵化了似的,被定在那里,再也动不了。

双方已不是头一回这么对峙,吵得更厉害的时候多的是,前些年里难听的话没少讲,可都比不过眼下这几句有杀伤力。

一番对话浮于表面,意味却颇深。这不符合南迦本身的性子,夹枪带棍的,针对性挺强。

纪岑安知道这是指东说西,在旁敲侧击。

室内不通风,这里空气凝固了一般,时间都随之停止,长久地留在这一刻,不再走下去。

三更半夜的酒店很清静,外面的过道里已没有了动静,住宿的大部分客人都睡下了,整栋楼祥和而安宁,窗口还透出光亮的房间寥寥无几。

凌晨时分的C城市中心比Z城要冷清,这会儿街道寂静,四处空荡荡,偶有车辆驶过,只有三两行人结伴夜行。

身上的水没擦掉,打湿了浴袍,骤然还有点凉快,南迦却犹如感受不到那一丝丝冷,站了很久。打湿的头发少量贴在她的背后,大部分则垂在两侧,沾了水的发尾粘在皮肤上。

纪岑安的余光落在南迦缠着一缕青丝的颈侧,琢磨出了什么,透过表象,直击本质:"你是在跟我撇清关系?"

纪岑安的嗓音极低,听起来有些喑哑。

南迦不回答。

纪岑安说:"是不是?"

南迦开口:"我们有什么关系?"

纪岑安被堵成哑巴,当即失声。她们确实没关系。

侧边架子上放着毛巾,南迦走过去,不再干站着,取下来擦头发,直接抛下纪岑安不管了。

纪岑安杵在原地,目光随着南迦移动,看向她的身影,瞥过她瘦削的后背上那对微微凸出的蝴蝶骨。

忖度了几秒,纪岑安刹那间被打通了思路似的,轻声说:"你做事有你的考量,但有一部分是在报复我。"

南迦置之不理,径自理了理身前的头发,把半干的头发往后甩。

"你其实不信邵予白,也不信我。"纪岑安说,"刚刚那些话,是试探。"

半米远处是镜子,南迦上前,对着光滑的镜面整理头发。镜子那边的灯光比这边暗些,没那么亮堂。

南迦周身朦胧,然而耳郭上浅淡的绒毛又都清晰可见。她左边的耳垂后有颗小小的痣,颜色较浅,离得远了看就很容易忽视。

两个人再度对峙,持续拉扯,只是没那么紧张了,气氛渐渐朝反方向转变,冲突平息下来,回归她们一惯的相处方式。

窸窸窣窣一阵轻响,有毛巾摩擦的声音,有瓶瓶罐罐的磕碰声,还有抽屉被拉开再关上的声音。

纪岑安忽然问:"为什么要接下艾加?"

南迦放下手上的东西,说:"你们团队有潜力,适合投资,有利可图,能赚钱。"

纪岑安说："艾加当时没有能挣大钱的项目。"好的那几个项目都被她带走了，剩下的都是些次等的。

南迦看看镜子，缓缓地吐露："跟我原本的行当相比，赚头挺大。"

纪岑安说："卖掉网站的资金，远不够支撑维护项目，赔本的可能性更大。"

"是不够，但当时手里还有一部分余款，算下来也差不多了。"南迦说，眉眼上扬，知道纪岑安的意思，可后一瞬就打破了她的希冀，"给你当了两年的尾巴，这也是我该得的，不是吗？"

纪岑安长身直立，像一块石头。

南迦说："你该不会认为，我是为了不浪费你的心血才这么做？"

纪岑安说："不知道。"

南迦的眸子阴沉了两分，一字一顿地说："现实些，别想那么多。"

纪岑安的表情很是复杂，她不接这句，生根般扎在原处。消沉在空气中流窜，充斥整间浴室。残存的湿润无尽弥漫，将沉默一点点浸染、泡烂。

她们在一块镜子中相互看着，可彼此间的距离始终存在。她们眼睛有些累了，但最终还是纪岑安落败。她敛起神色，低声说："我出去等你。"

南迦不为所动，没反应。

走到门口了，纪岑安蓦地愣住，补充道："当时你也不在Z城，和徐行简去了淮江。"

南迦顿住。

纪岑安说："我没找你。"语毕，她迈步出去。

偌大的浴室里只剩一个靓丽的身形，良久没动静。南迦低头，握着保湿水的手摊开了，指节发白。

敞开的门孤零零地立在那里。外面不开灯，与里面的光亮形成对比，一处漆黑，一处微白，里面交接的边缘融合，分不出清晰的边界线，模糊得很。

早先换下的衣物全搭在架子上，连同纪岑安用过的干毛巾一起，混合堆在一起，乱糟糟的。

南迦形单影只，独处了两三分钟，手心里冒出汗。

南迦良久才回神，打起精神，从适才的心绪中脱离出来。她晃了晃白而细的脖子，慢悠悠地打开小巧而昂贵的瓶子，慢慢地做完睡前保养。

保养也不麻烦，她抹点保湿水之类的东西就行了，三两下收拾完便可以早早歇息。毕竟出差不比在家，她白日里工作应酬已足够劳累，晚上没必要花过多的时间在这里，再高价的护肤品都不如尽快躺在床上睡觉来得实在。

南迦行动很慢，一会儿才直起腰身，拧开水龙头，伸手过去冲洗两下。她再一转身，那块干毛巾已经掉在湿漉漉的地上，被渗透沾湿了大半。

南迦偏头看去，不甚在意，没有要把东西捡起来挂回去的打算，径自忽视了地上的毛巾，接着拿起放在台面上的手机，等头发干了，才走出去。

她全程都是一个样子，面上倒没显露出哀伤的神色，还是挺恬雅文静，从容不迫地应对现实。

待南迦行至外间，才发现纪岑安没走，仍留在这里。不过她未有持续等候再谈谈的意向，早已到挨着卧室的客房沙发上睡下，面朝靠背的方向，整个人纹丝不动。

她睡没睡熟，南迦看不出来，总之像是睡着了。

南迦缄默地守在边上，离沙发只有四五米远，没再往前走一步。她的视线停在茶几上，不一会儿向后游离，瞧着这个偏瘦的背影，整个人定住了一般。

待酒店外的街道又昏沉了一些，马路中央来去的车子更少，附近几乎连人影都没了以后，套房里的明亮才沉进黑暗中，逐渐沦为夜色的囚徒，倏地被灰暗吞噬殆尽。

她们经历了那样的口角，虽然没大吵大闹，其间还算"温和"，可今晚真的没有能聊的了，交谈无法进行，还是各自冷静一夜为好。

这么做即使于事无补，但总比继续撕破脸强。

天边的银钩朦胧，忽明忽亮的星星稀疏散布，零落地点缀着天幕，或陷进云层里，或飘到深色处。

昏黑裹挟理智，南迦辗转反侧一阵，后面就只剩一片漫无边际的沉寂。

翌日清晨，天晴，万里无云。

随行的秘书助理团天刚亮就起床行动，按工作进程做事，先为今日的计划做准备，再分头完成任务。小团队搞定了一切，蒋秘书再汇总收集，八点左右就抱着一堆东西过来，把有用并需要的信息传递给南迦。

此时纪岑安已经不在沙发那儿，回了自己的套房。她什么时候走的，没人知道，南迦同样不清楚。

蒋秘书顺便将早饭叫来了，细节处理得非常妥当，周到且细心。

要喝哪种咖啡，都无须南迦亲自叮嘱，蒋秘书心里都有数，甚至给纪岑安那边都传唤了相应的服务。

昨晚她们之间发生的事，蒋秘书他们毫不知情，还当她们是昨天那样。

两位当局者也绝口不提，夜里的那些矛盾，随着天亮就消散了，不留半点痕迹。以上是对外，而彼此之间，隔阂不会消除。

孙铭天他们那里还有一些事情需要收尾，但纪岑安不用掺和了，顶多南迦出个面，别的一律交给下属去办。

白天还有几个地方要去，她们出去一趟，早上外出，下午很晚了才回来。

本来的行程中没有这项，可碍于昨夜聚会上出的岔子，南迦还是带着纪岑安专门拜访了其中两位老总。她临时更改计划，登门探望，表一下合作的诚意。

这期间，孙铭天又派人送了几份礼品过来，可谓细致热情，待客甭提多体贴了。

其中有一份礼品还是特地为纪岑安准备的，是一块镶钻的古董表，价格不便宜，也是根据她的喜好送的。

纪岑安往些年里就喜欢收集这个，她爱好不多，这勉强算是其中的一个。

老狐狸足够精明，昨儿当着众多宾客的面不拿出来，偏偏等她们出去见人了，才让孙家的管家送来。

管家转告这边，尤其还带了话给纪岑安，说是孙老爷子很喜欢她准备的山水画，劳烦她费心了。

其实山水画是南迦的手笔，只不过送的时候是以纪岑安的名义送出去的。

名义上终究是去做客的，不能空手就上门，怎么也得表示一番，纪岑安没备礼，也没本钱，南迦就一同准备了两人的礼物。她准备了一个古玩小香炉，这些都是在迎合孙铭天的风雅口味。

纪岑安挺给孙铭天面子，还打电话致谢。

孙老爷子在手机那头笑得爽朗，双眼笑得眯成缝了，一副和蔼可亲的长辈样子，全然没有见面时的油滑老成，仿佛变了一个人。

再后面就是一些交际上的杂务了，很多都是南迦在经手，纪岑安不用管，基本不出面。

第十九章 没当自己人

由于某些外因,她们分开了小半天,直到回Z城,中间都没怎么接触,交流的次数更是少之又少。

也许是前一晚的摩擦使得二人有了嫌隙,白日里,南迦只有必要的时候才讲话,其余时刻要么闭目养神,要么做另外的事。

纪岑安不来打扰,需要她了才现身,其他时间则待在房间里捣鼓电脑。

大抵是夜里没睡好,纪岑安面色疲惫,眼睛有点红,血丝多了不少,气质颓丧萎靡,打不起精神。她一整天寡言少语,相对于平常就是半死不活的样子,走到哪里都一个状态。

蒋秘书很快发现了纪岑安的怪异,心知她多半是遇到了什么事。

可她假装又聋又瞎,不管不问。唯有面对老板,他才选择性地展露自我。

在回Z城之前,没有无关紧要的人捣乱,不管邵予白还是裴少阳他们,都无声无息,短暂地"消失"了。

她们比预计的日期晚一日回去。她们下了飞机后,是司机来接的纪岑安,南迦则带上秘书助理团回了公司。

赵启宏也来了,接到老板后,转头第一个招呼纪岑安,极其没眼力见地说:"江灿小姐,出差辛苦了。"

紧接着,他还不见外地朝其余人颔首示意,殷勤得像是前来接女儿的老爹。

南迦"嗯"了一声，没空搭理他。

纪岑安最"捧场"，向他点头问好。

赵启宏咧咧嘴，急忙帮她们搬行李。

纪岑安低声说："走了。"也不知道她是同谁讲的。

赵启宏望了望老板，颇有些为难，磨蹭很久才上去车。

目送车子远去，南迦红唇轻抿，好一会儿都没动作。

大家没敢催，全等着老板。待老板愿意上车了，蒋秘书才递过去一份报表，问及怎么处置朗跃科技，以便之后的布置。

南迦靠在椅子上，合着眼，柔声说："跟其他人一样，不需要特殊对待。"

蒋秘书领会，又问："那纪小姐那边是……"

"也不变，什么都不用做。"南迦回答，"赵启宏会处理，都交给他，你们不用管。"

蒋秘书应道："好的，了解了。"

副驾驶座的男助理向后瞥了眼，再从后视镜里悄悄观望，发觉南迦愈发不对劲。她在C城还好，下飞机前都没什么，似乎和纪岑安分开后就怪怪的。

但男助理不敢妄自猜测，只是心里觉得奇怪，老板平常可不是这个样子，至少没这么不在状态。

机场到公司有一段距离，大约五十分钟车程。南迦在车上小憩了半小时，进公司就径自到办公室，下午又参加了会议，晚些时候再出席饭局，接待大客户。

天黑以后，她是在汉成路的房子住的，饭局结束都很晚了，哪边近就住哪边。

朗跃科技也于这时找来，大半夜来扰民，非要找存在感。

并非邵予白亲自出马，联系南迦的是她的秘书。

对方真把合作当回事了，无比上心，生怕再有意外，硬是连夜就敲定细则，心急火燎地就送来了。

邵予白为人不着调，在外没个正经形象，可对纪岑安的认真不作假，耍嘴皮子功夫了得，但行动也的确切切实实。

邵予白那边是南迦亲自对接的，事无巨细都是她来负责，包括接收那边的邮件，秘书们也全是先交给她过目。

南迦在书房里熬夜到十一点多时，北苑传来信息，纪岑安今晚没回去。赵启宏捏了一把汗，紧张地汇报："江灿小姐住在外面，可能……也许过两天才回来。"

这边长久没声音，静得似是无人应答，或是根本没接通一般。漫长的十几秒过去，还是如此。

赵启宏的心都提到了嗓子眼了，他比较忐忑，直至听筒里响起短促的嘟嘟声。

对面直接挂断了电话。

北苑的二楼成了空屋子，无人留守，比关门尘封的那些日子更显灰败。

偌大的楼房堪比失去了枷锁的铁笼，一丝生机都关不住，纯粹就是混凝土修建的坟墓，大夏天里死气沉沉，凋敝萧瑟，不似能久居的地方。

赵启宏一脸愁苦，他白天那会儿就看出了端倪，拨号前便猜到会是这个结果。他做不了有用的帮衬，哪边都应付不好，夹在中间难做得很。

他轻叹两声，摇了摇头，不理解年轻人忽风忽雨的相处方式。思索一番，他招来敬业勤恳的保镖，耳语交代两句，告诉对方明天该怎么做。

他让保镖多加看着点纪岑安，提高警惕，注意别出事，同时也喊人暗中照顾纪岑安一些，并随时关注自家老板的状况，对两边都极其上心。

赵管家不懂她们的症结所在，于是按照她们两个去C城以前的方式相处行事。他左右不了两个当事人的想法，可挂断电话后，也不能真的装聋作哑，一味听之任之。

这位是老江湖了，有分寸。语毕，他还想了想，然后细心嘱咐保镖："你们都要有点数，必要的话可以稍稍拉开点距离，别跟得太紧了，让江灿小姐感到不舒服。"

保镖有眼力见："是。"

赵启宏摆摆手，示意保镖可以走了，没多久再做些其他布置，尽量找法子应对现在的局面。裂缝已经生成，回Z城的第一天注定不会太平。

这晚的深夜苦而长，无星无月的天幕就是一块不见尽头的宽布，将地面的万物遮得严实，连微风都被裹挟，寻不到出口的方向。

汉成路的别墅里，手机被随意地扔在桌上，成了无用的摆设，到第二日清早都"孤苦伶仃"地放在那里，没再被拿起来一次。

整间书房内十分清冷，斜照在天花板上的光影虚虚地晃了晃，环境都跟着昏暗了两分。

有关朗跃科技的资料被搁在一旁，与那通电话一起沉进无边无际的幽远沉郁中。

总体的进程尘埃落定，几方合作基本达成，还需要做的就是一部分烦琐的善后工作。

南迦连续两天都驻扎在公司办公室，亲自主持并推进相应的大小项目，同时滴水不漏地对付同盟队伍中那些有小心思的老油条，着重"照料"最刺头的黄延年，以防他变卦搞事。

她已经不是第一次与黄延年明争暗斗，双方以往有过几次交手，但那时她初出茅庐，没能在他手里分到多少好处。

黄延年紧跟朗跃科技的步伐，是第二个找上南迦的，他专门单独联络她，一口一个"南总"，喊得毫不含糊，那态度看得甭提有多真心实意。

可嘴上功夫到底不是心里所想，漂亮话讲得再好听，敌不过实际行动的万分之一。

黄延年的意向非常明显，非常愿意和南迦合作，一千个高兴一万个乐意，但他也站队朗跃科技，不是中立同党。

大家只是一条船上的人，利益捆绑才得以共处一个阵营，但那不代表所有参与者必须同一鼻孔出气。

　　队伍内从那晚聚会结束就迅速分出了小团体。南迦拉拢了几个老总，孙铭天那边也不是吃素的，直接将朗跃科技、黄延年拧成一股绳，把局面把控得死死的。

　　黄延年明面上在这边说"哎哟，南总，对不住了，你多担待"，实际在另一边脸都笑僵了，语气轻松上扬，乐得没边。

　　不知道是从朗跃科技和孙铭天那里得到了多少好处，他才这么开心。

　　南迦无所谓，听完就当耳旁风了，表面走个过场，内心一概不往心里去。

　　黄延年最后还觍着那张比城墙还厚的脸，貌似清白地说："南总就是爽快，比其他几个人干脆，跟你谈最省心了，真是……你办事，我信得过，以后还得靠你们，黄某就出不了多大力了，劳烦你费神。"

　　南迦语气亲和，可神情木然："是我仰仗您几位前辈才对，接下来的工作还望您多担待。"

　　黄延年眉宇舒展，心安理得地收下这番恭维，笑着说："到不了那程度，担待太过了，以后你若是有哪里不懂的，多问问我们就成。只要肯听取大伙儿的意见，保准不会做错。"

　　这次交流结束，南迦一直漠然，对前来汇报事情的下属都没什么好脸色，极其严肃，比往常更为苛刻。

　　兢兢业业的下属谨小慎微，见到老大这样子心里发怵，生怕是工作做得不够好，担心自己一个没做对就被顶头上司责罚。

　　但幸亏南迦只是心情不怎么样，看着吓人而已，行为上并未迁怒谁。她素来公私分明，原则性强。

　　蒋秘书是公司里最密切关注自家老板表情的人，一方面万事不过问，不该插手的，绝对不干涉；另一方面也会把南迦的动向悄悄转告给赵启宏。

　　赵管家煞费苦心，私下里说干了口水才劝动蒋秘书，让她时刻关注南迦。

南迦留在公司不回去，赵启宏便一日三餐送吃的过来，也不自己来，回回都托用人送到公司。

赵启宏不管南迦吃不吃北苑送去的东西，硬是坚持送了两天，他才正式出马，改为他来送。

南迦坐在办公桌前，专心处理业务，对赵启宏视若无睹，忙完了才说："明天别送了，不用那么费劲。"

赵启宏身为私人生活管家，立即帮忙将饭菜都摆上桌，然后给南迦端过去一盅汤，接道："这个补身体，您一定要喝两口。"

南迦没伸手，食欲不佳："放在那里，等会儿再喝。"

赵启宏便放下汤水，将其摆在南迦抬起胳膊就能够着的右手边。他瞥了眼她的脸，欲言又止，酝酿了两秒，装作无意地告知："汤是杨婶昨天就开始熬的，今天又煲了一上午，总共只出了两碗，味道应该还可以，闻着挺香的。"

一共两碗，这里只有一碗，还有一碗给谁了……可想而知，傻子都听得出来，明摆着的事。

南迦像领会不了一般，置之不理地回道："公司有食堂，蒋秘书他们也在，你们有空就做自己的事情，该干嘛就干嘛去，有需要，我再找你。"

赵启宏倒不烦人，果断地点头道："欸，好。"

但他说完还是坚持守着要南迦吃完了，才再上前清理干净，要走的时候，问："您明晚回北苑吗？"

南迦没作答，让其出去了。

赵启宏拎起东西就走，坐电梯下楼到停车场，再坐上车子，一路绕行从 Z 大校外经过。

这多事的家伙没打算进学校转悠，只在校外停留一会儿，接到另一位送饭的杨婶后就离开了。

杨婶岁数大了，高温天到学校送饭可不容易，一通折腾忙下来累得要死。

饮品店里的那位也吃了饭菜，没摆谱拒绝，也推拒不了。

杨婶是打工的外人，纪岑安再怎么气性大，总不能让婶子难做，白跑一趟还受累吧。

也许是送饭的影响，外加过去拿电脑的原因，当夜，在外歇了两天的纪岑安这才过去北苑一次，但不留在这里，只待了一个小时。

南迦也在这晚到了北苑，可时间要迟一些，偏巧岔开错过了纪岑安，没跟她见上面。

纪岑安背着包开门，进屋就径直上二楼，同赵启宏打声招呼，知会一句："赵管家，我回来取点用品。"

赵启宏跟着上了楼梯，周到地问："要不要帮忙，我帮您搭把手？"

纪岑安说："我自己来就行，不麻烦你。"

"没有，没有。"赵启宏连连回道，三步并作两步踏上台阶，跟上这位大长腿高个儿，"要什么，我给你找，缺的也可以马上准备。"

这两天承了他的照顾，纪岑安对他不如原先那样冷淡，可还是说不需要："没有要准备的，只是拿两样东西。"

赵启宏收声，这才不打搅了。他其实没想着真的上手帮忙，只是变相试探罢了，看看纪岑安是回来做什么的，是不是真要走了。

发现纪岑安没那意思，确实是取电脑，没有不好的打算，他便由着她了，站在一边看她收了哪些物件放进包里，然后心里默默地盘算。

纪岑安只带了笔记本和与之适配的设备，装好了，再丢两个私人用品进去。她在这里洗漱一遍，收拾干净，换下那身不讲究的衣服，后面的就丢给赵启宏负责。

"给你添乱了，劳烦你帮个忙。"她有够见外的，好似第一天到这儿，明明早前都不曾这么道谢过，现在却谦和有礼。她忽然有种摆正了自己位置的感觉，变得疏离客套，太过生分，让人很不适应。

赵启宏能感知到她的细微转变，可装作无事，只说道："哪里，应该的，江灿小姐本来也是这儿的一分子，这是您的住所，没什么添不添乱的。"

他偏偏就不让她分得太清，又将距离缩近。

纪岑安没心情争辩这个，扎起头发绑了个低马尾，提着包就朝外走。

赵启宏阴魂不散："您这是要去哪儿？"

纪岑安说："店里。"

"不是下班了吗，还到那里做什么？"赵启宏装傻充愣。

纪岑安近几天都住在店里，除了饮品店，哪儿都去不了，赵启宏早就知道。

纪岑安倒没嫌烦，简短地解释："过去守店。"

她把蹭地方留宿说得清新脱俗，好像那是她这个店员的职责，乍一听挺能唬人。

但赵启宏如何不了解，早就知道纪岑安前两个晚上都是瞒着店长睡在那边，她从店长那里弄到了饮品店的钥匙，每晚都找借口最后一个离开，过后就留在那里了，将凳子拼成"床"凑合着睡。

赵启宏欲拦住她，佯作听不出那是假话，顺势劝道："这么晚了，反正放假，学校没人，要不就在这边住一晚，明天早点过去就行。到时候让司机送，肯定来得及。"

纪岑安挺能忽悠，一本正经地说："不太行，走得急，店里的门还没关，还是需要过去。"

纪岑安胡诌的本事见长，堵得赵启宏哑口无言，竟找不出再挽留的话。

沉吟少顷，赵启宏权衡了下，也不拐弯抹角了，直接道："南总晚点会过来，您要不再待一会儿？"

纪岑安一愣，脚下的步子放慢了半拍。

赵启宏察言观色，见其态度似乎软化了，说："今天六合路有个慈善活动，南总过去了，离这边不远，活动结束后，她应该会来这儿。"

可惜纪岑安最终还是没留下，听完话后，偏头看了看他，下一瞬笔直修长的腿照样抬起，继续往前出门。

赵启宏眼看留不住人，也没强求，只得让司机开车送她，省得她大半夜找不到车过去。有这边的司机送，总归能有个眼线照看着，不然更让人摸不着头脑。

纪岑安没矫情，自知时间太晚了，对赵启宏说："谢谢赵管家。"

赵启宏道："那行，路上注意安全。"

他随即使了个眼色，暗示司机快跟上。

南迦过来时，纪岑安已经离开了十几分钟，别墅里又恢复成一尘不染的样子，二楼干净得不像是有人进去过。

赵启宏迎上南迦，半点没隐瞒，交代纪岑安回来又走了的事实，一一讲清楚。

不过他说得比较委婉，在他嘴里，纪岑安的离去是有充分理由的，是为了处理要紧事。至于详细的原因，他讲不明白，只道："江灿小姐这一周应该挺忙的，看她好像也没怎么好好休息，估计要累一阵子了。"

赵启宏一边说着，一边悄悄瞄南迦的神情变化，扯谎都不带喘口气的。

仿佛信了他的鬼话，南迦面无表情，脱下高跟鞋："随她。"

才经历了一场乏味的应酬，南迦有点疲惫，无心理睬那些与正事不相干的事情。

赵启宏自觉地打住，吩咐厨房煮些解酒的汤水上来，然后腾出空间让南迦一个人待着。

走到楼道口，赵启宏回头望了望。后面的门关上，发出一声沉闷的碰撞。响动不大，但余音传至楼梯，一楼的人都能听见。

车上的纪岑安无缘看到这一幕。一路坐车回Z大，她在校门口下车，只身步行至饮品店。

店外面，一袭精致短裙的女人已在那里等待多时。

应当是早料到她会回来，邵予白巧笑倩兮，大方得体，朱唇一张就喊："安安……"

Z大活动中心大楼位于留学生宿舍旁,后依矮山,前临室内游泳馆,相邻的另一边则是用以举行各种校内活动的露天大操场。

学校十一点宵禁,正值更深露重时分,周边几个地方都已清场,大楼里愈发空空落落,比白日里更为凉快、悄然。

冷不丁出现一位讨嫌的外来者,还是最不该到这儿的那种,纪岑安先是一怔,而后沉下那张本就阴郁厌世的脸,排斥感跃然于脸上:"你来做什么?"

纪岑安懒得跟她装样子,心直口快地低声发话,眸子里的温热速降成冰,她不欢迎对方的到来。

邵予白与上回一样,分明能感知到纪岑安的不爽,可自动忽略了,犹如不知那份友情早就是过去式。

无视纪岑安冷淡的语气,邵予白平和的态度依然,微微上扬的嘴角就没下来过,满脸真诚无辜模样:"不做什么,刚好路过这边,有空就过来走一趟。"

言毕,邵予白又慢腾腾地上前一小步,她一手挎着昂贵的红色爱马仕铂金皮包,又晃晃另一只手上提的美味夜宵,刻意停顿半秒,随后仰头望着纪岑安的脸,理所当然地说:"请你吃东西,不可以吗?"

纪岑安转开身子,不想面对这人,冷言冷语道:"不吃,不需要,你自己留着。"

邵予白惋惜地"哦"了一声,很没眼力见,埋怨道:"这么狠心啊?"

纪岑安收了收背包,潜意识让她防备起来,不由自主就有些警觉。她将包放在一边,离邵予白远点,好似邵予白手里的是烫手的山芋,绝对不能接下。

邵予白是特意打扮过来的,浑身上下无一处不用心。相较于在孙家小聚的时候,她现在重新换了发型,由长发变为及肩的中短发。裙子和高跟鞋,以及耳环、手链等饰品都是找私人造型师专门设计搭配的。

美艳却不庸俗的妆面使得邵予白气场全开,再加上她那惹眼的身段和立体的五官,怎么看都是三百六十度无死角的漂亮,挑不出任何瑕疵,颇具当年带着纪岑安做混世魔王的大姐姐样,乍一看还挺让人恍惚,像回到了青春时期。

邵予白不知脸皮为何物,她拉开袋子,朝纪岑安那里再走两步,说:"你最喜欢的荣记烧鹅,还有一些点心和粤式小吃,今天找人坐飞机从G市带来的,傍晚才送到这边,真不要吗?"

纪岑安没被这点殷勤打动,继续疏远邵予白,接道:"现在不喜欢这个了。"

邵予白说:"那你喜欢什么?下回我再买。"

对方过于放得下姿态,连哄带骗的,有意找碴挑纪岑安软肋,硬是什么话都能顺着接下去。

纪岑安眼皮子一跳,忍不了邵予白的"发病"。但迫于是在学校里,即便大半夜无人到店内,可走廊尽头有监控,她不便与之计较,仍是那个冷淡深沉的样子,隐忍说:"没空唱戏。你自己走,不要暗地里跟踪我。"

邵予白死不认账,一口咬定:"没跟踪,真是路过。"

纪岑安眼神有点凶,比见到了仇人还狠厉。她全身散发出遏制不住的戾气,低声道:"再有第二次试试,下回遇到了,别怪我不客气。"

那人岿然不动,被威胁了也没流露出半分惊慌或无措愕然的神态,邵予白知道纪岑安的坏脾气,多年前就习以为常:"怎么了,谁又惹你了?"

纪岑安说:"马上离开。"

邵予白偏要戳心窝子,哪儿最能伤人就往哪里下刀子,好像不懂友好交流的门道:"南总吗,又和她吵架了?"

纪岑安撇开关系:"不关你的事。"

"我也没说要管,知道与我无关。行了,你上次都讲过了,不用再告诫第二遍,我听得见。"邵予白聒噪,蹬鼻子上脸而不自知,她看着纪岑安,把刚刚那些话当耳旁风,"只是过来看你而已,火气别那么大,干吗还迁怒旁人,我有点事问你。"

纪岑安说:"我没兴趣,问什么都是一个答案,不会站在你这边。"

"提防我呀?"邵予白双唇又弯了些,"怕我坑你,把你害得更惨?"

"只要是你参与的,我就不加入。"纪岑安没心力同这种人再纠缠,聊下去也是浪费口水,她推开邵予白挡在自己身前的手臂,拒人于千里之外。

"趁早死了这条心。"纪岑安脸上好似笼罩着一层薄薄的冰,字字刺骨。

邵予白心大,眼看着招数不灵了,蓦地改口走怀柔路线,轻柔地说:"你这几天都住这儿,没其他去处?"

纪岑安行至店铺门边,摸钥匙。邵予白装作没查过她的底细和近况似的,问:"这阵子不住北苑,搬到外面租房子了?"

钥匙在包里放得很深,还被别的物品压着,加上这里的光线暗淡,看不清楚,一时半会儿也翻不出来。纪岑安径自低头找,充耳不闻邵予白的叨扰。

邵予白说:"今晚就打算在这儿打地铺,或者睡在地上,连床盖的被子都没有?"

三两下,钥匙被抓到,细长的手指钩住环扣向上一拉,轻轻用力就带出了钥匙,纪岑安漠然转过身,抓起门锁就要插钥匙。

邵予白火上浇油,赶在最后一刻添堵:"南迦赶你出来的,还是你自己离开的?所以现在是闹掰了,她不要你住在那儿了?"

纪岑安如同被剖开了一道长长的口子,顷刻间内心暴露无遗,她站在原地,开锁的手悬在半空,手上忽然就没了力气,半圈都拧不动了。

邵予白顿时明了:"南迦把你丢了。"她重述一遍,专攻关键点。

纪岑安侧身,半边躯体背着光,右面的脸也隐匿在昏沉的黑夜之中。

"你是哪里有毛病,听不懂是不是?"她咬咬牙,显然有点动怒了,唇色都泛青了,积压了几天的气到了顶,即将炸开。

适才还算温和的局面陡然转变,表层的平静摇摇欲坠,邵予白脸上的玩味表情这才收敛了两分,勉强积点口德,说:"没其他的意思,想问一下你过得怎么样。我在这边有两套房子,旁边那条街就有一套大平层,出国前就买了,装修好的,空着也是空着,你如果不嫌弃,可以……"

纪岑安打断道:"我有去处,住哪儿都行,用不着你好心施舍。"

邵予白眉头一皱:"施舍你?"

纪岑安转身面朝她:"我不会把项目给你,这辈子都别妄想了,毁了也不会。你现在再怎么做,都是白费力气,省省吧。"

"所以是放心不下,怕我骗你。"邵予白拆穿她,"你认为我这是耍心机,用这种方式来迷惑你,就为了那些东西?"

纪岑安说:"无利不起早。"

"这是晚上,半夜了。"邵予白纠正道,"安安,我没这么阴险,不至于做这种事都要装模作样。还在气我?"

纪岑安说:"不是。"

邵予白:"那就是为了南迦,所以成心远离我,担心她误会你跟我是一伙的?"

纪岑安沉默。

"有必要吗?搞得我像十恶不赦会谋财害命的反派似的。"邵予白不再绕弯子逗人,认真坦白来意,"我担心你,脑子进水了所以进来学校转转。"

纪岑安依然不领情,未接受这份照拂:"你来过了,人也见到了,没事可以走了。"

邵予白说:"南迦又不在这里,这么避着躲着,她也不清楚,做得这么绝,其实没意思。"

纪岑安说:"不是因为她。"

"是吗？"邵予白直勾勾地看向纪岑安，好像记起了往事，像是被伤到了，又像是恨铁不成钢，不理解她为何堕落至此。

为了一个外人，纪岑安三番五次拒绝旧日交情，变成了与记忆中毫不相符的样子。

邵予白面露复杂的神色，目光深邃："以前的恩怨就那么重要，没有一次改正的机会？这么久了，你一直记恨我到现在？"

争辩没意义，何况是陈年旧账，纪岑安只道："我不记恨你，是你自己多想了。"

"你就是记恨。"邵予白无比肯定，"我让你离南迦远点，逼你二选一，也要求她跟你绝交，她都答应了，你却不同意。你发现以后，就直接跟我断绝往来，几年如一日地讨厌我。"

两次碰面都是相似的过程，起初平淡，接着开始揭老底，一遍遍撕开伤疤。邵予白不长记性，总是翻出一些不该说的烂事，心里过不去那道坎。

垂眼看看地面，纪岑安停下开门的动作，收起钥匙，决定还是不在这边过夜了。

知道对方会没完没了，而且赶又赶不走，纪岑安只能自己主动脱身。

纪岑安把钥匙扔回包里，转身欲折返出去。

邵予白对她的变卦始料未及，早先还一副不回头的架势，看样子短期内是绝对不会踏足北苑了，可眼下居然临时走回老路，宁可到北苑与南迦冷战，也不乐意听她说话。

邵予白愣了愣，整个人一滞，错误预估了她的抉择。

纪岑安心无留念，几步就走出两米多路。

邵予白出声："你还对她抱有期望？"

纪岑安被这句话问住，踟蹰不前。

"你以前跟她来往就不是真心的，只是看不惯她，所以想借机会找事而已，你自己也说过。"邵予白开口，掷地有声。

邵予白言辞犀利："你那时候也没把她当真的朋友。"

纪岑安问:"所以?"

邵予白说:"你起初就看不起她,一直都是。"

纪岑安说:"真不真,我都只有一个朋友。"

邵予白一针见血:"可是你到现在也搞不清楚情况。"

纪岑安嗫嚅,想要说什么,可话到嘴边还是说不出去。她理不出个具体的逻辑,不知道该怎么应答。

邵予白直接说:"你还是没把她当自己人。"

纪岑安唇瓣张合,可终究还是哑然。她讲来讲去都是白搭,邵予白听不进去,越搭理反而越乱。

纪岑安看了后面的人一眼,拉了拉背包的肩带,转回来,兀自朝外走,丢下邵予白一人孤单站在店门口。

距离越拉越远,转角处一个拐弯,眨眼的工夫,纪岑安就消失在那里。邵予白讨不着丁点好,心机使尽,软硬兼施,可最后依旧竹篮打水——一场空。

与当年如出一辙,不一样的起因,但结果相同。无论纪岑安和南迦吵成什么样,世界都崩塌了,也轮不到她邵予白来掺和。

纪岑安的眼里只有一个影子,不管如何,都留给了那个不相干的外人,未曾留半分给身边守着的朋友。

邵予白面沉如水,不起涟漪。等彻底看不见纪岑安了,她平复了一会儿,才出去。

走到转角口的垃圾桶边上,邵予白抬手就将那些吃的扔进桶里,未有丝毫的不舍。

即使她花了不少钱和精力,大老远专程安排飞机送过来,可纪岑安不接受的话,所谓的良苦用心就成了垃圾。垃圾就应该扔掉,留着也没用。

司机在后门等着,晚上车辆进不来校园,保安不放行。邵予白过去,弯身上车。

等了这么久才等到人,前座的司机不明就里,不清楚老板怎么了,便向后面看了一眼,偏偏往枪口上撞,不机灵地问:"邵总,现在回大院,还是去新街……"

邵予白冷着脸道:"该去哪儿需要我教你?"

她没了面对纪岑安时的和气,与平素的形象相差极大。

司机一个激灵,心头惊诧,不知自己哪个字说错了,一时鹌鹑似的呆坐在驾驶座上。他脑袋空白,转都转不动,适应了几秒,才讪讪地转过去,知道该回大院了。

接到人才去新街,没有接到,他们自是打道回府,不然还能去哪里。

司机坐直身子,万分不自在,屁股被针扎了一般,他额角冒出细细的一层汗。他少有碰上这种时候,怕老板一个不高兴就开除了自己,太紧张了。

幸亏后排的邵予白未过多关注司机,还沉浸在之前的情绪中,靠在座位上,不一会儿,闭上眼养神。她强行压住火气,赶在到家之前调节过来,避免回去后被人看出端倪。

轿车一路通行,没多久就抵达邵家老宅。邵予白已整理妥当,若无其事地下车,宛若才从工作上收心,今夜没做其他事一样。

兜转一圈,这夜,还是回归到起点。纪岑安真的返回北苑,不过到了以后,并不到二楼歇息,而是躺在一楼的沙发上凑合。

此时,别墅里一片漆黑,谁也没发现她进门了。

清晨,早起做饭的住家用人杨婶最先发现沙发上的纪岑安,猛地撞见沙发上躺着人,吓得不轻。

纪岑安觉浅,一有声音就醒了。她示意杨婶别吱声,不要吵醒其他还在睡觉的人。

杨婶以为她有重要的事才回来,说:"江小姐,你又在这儿了,那……那我跟赵管家讲讲?"

纪岑安摇头:"我不走,上午都在这里,下午才上班。"

杨婶了然,不再张扬。

赵启宏晚一些时间才出来,发现了纪岑安。

这会儿纪岑安在厨房里帮着杨婶打下手,正开火煲粥。

赵启宏以为自己没睡醒眼花了,愣了片刻,随后就要喊人,可话都到嘴边了,又硬生生憋住咽下了。

他先试探着问杨婶这是怎么回事,得知纪岑安是在北苑过的夜,而且上午要待在这儿,他一脸疑惑不解的模样,着实弄不懂现在的年轻人。

但赵启宏还是客客气气,尽量不拱火,对纪岑安透露:"南总上午也歇在这边,居家办公。"

纪岑安颔首:"嗯。"人在这里,她却未表明意向,未有要和好或服软的倾向。

赵启宏清清嗓子,算着该是自家老板的起床时间了,于是到客厅走一遭,有心扯着嗓门喊:"江灿小姐,我给南总泡咖啡,您要不要也来一杯?"

纪岑安搅着砂锅里的粥,应道:"要一杯。"

赵启宏一面干活,一面用余光瞥向楼梯口,偷看楼上有没有人下来。

热粥端上桌,早饭准备就绪,卡着八点,楼道里才响起轻微的脚步声。

南迦着一身睡袍下了楼梯,到桌前坐下。纪岑安也坐着,坐在南迦对面,与南迦隔了一定距离。然后用人分别为老板和纪岑安摆餐具,分食。

赵启宏也磨蹭到现在才端咖啡过去,先给南迦倒,再给纪岑安倒,接着打圆场缓和气氛,说些废话。比如纪岑安什么时候过来的,自己记错了之类,表示她昨夜只是临时出去一趟而已。

纪岑安斜眼,南迦也重重地搁下杯子,差点将咖啡洒出来。知道不该乱扯了,赵启宏笑笑,退到一边。

早饭时间短,半小时不到。桌上两人的僵持与没见面时一个样,改变不大。

快下桌了,纪岑安先开口,也不点名道姓,问:"最近孙铭天又怎么说,有什么要我做的?"

南迦放下筷子："还是那样,没变化。"

"朗跃科技联系这边没有？"

"前两天找了。"

纪岑安说："那边如何？"

听到朗跃科技,大抵是想起了邵予白,南迦定定心神,沉默片刻,不过随后还是照实告知了,没在这方面藏着掖着。她的语调很轻,不疾不徐的。

讲这些时,南迦只是复述,说完了就起身离桌。

纪岑安待在座椅上,直到用人走到跟前了才回神。

南迦进入书房,到里面处理没做完的公事,给工作收尾,把二楼让给纪岑安。

纪岑安在楼下待了会儿,不多时还是上去了。

赵启宏坚定地跟随自家老板的步伐,打理完客厅,再到书房里转悠一圈,小声说："江灿小姐中午还是留在这边,下午才去上班。"

南迦说："你忙别的,不用操心她。"

赵启宏点头,转达完就带上门出去了。

南迦摊开面前的文件,心无旁骛,沉静地干正事。上午过得很慢,比往常的哪一天都漫长。

清早没什么要办的,也就那么些能打发时间的事,楼上楼下两个人都在敲键盘,只不过一个是在写代码,另一个不是。

赵启宏指挥用人端茶送水,一样备两份,时而到楼上,时而守在书房外面。

快晌午时,南迦远程开了个小会,让蒋秘书过来了一次。她原本一点要出门办事,但最后还是推了,改为蒋秘书代办。

中间休息换气的空当,她还得翻翻聊天软件,查看有谁留了消息,有没有人找她。

南迦不常用聊天软件,但并非完全不看。这个号加了朗跃集团的员工,也就是邵予白的得力秘书。

这位秘书早上发了消息过来,是一段音频,但没附带别的解释。

南迦心生不悦，但还是点开准备听听看。

这段音频立马播放：

"你以前跟她来往就不是真心的，只是看不惯她，所以想借机会找事而已，你自己也说过。"

"你那时候也没把她当真的朋友。"

"所以？"

"你起初就看不起她，一直都是。"

……

"你还是没把她当自己人 。"

（未完待续）